노루귀

노랑제비꽃

🔖 고깔제비꽃

남산제비꽃

꿩의바람꽃

천마

두릅나무

우산나물

🖝 요강나물

하수오

은방울꽃

◣ 각시붓꽃

삼지구엽초 꽃

➤ 콩제비꽃

🌑 얼레지

진달래꽃

비비추

 으아리

숲의 인문학

| 일러두기 |

• 이 책에 실린 글들은 2007년 10월부터 2012년 10월까지 쓴 것으로, 시간 순서대로 실었다.
• 저자가 사는 지역의 방언은 표준어로 고치지 않고 살렸다.

the
humanities
of
f o r e s t

숲의 인문학

김담

글항아리

머리말_

입춘立春이 지나고 나니 영하로 기온이 곤두박질쳐도 웬지 든든한 벗바리라도 둔 것처럼 추위를 견디는 일이 한결 수월해진 느낌이다. 직박구리 떼가 다시 돌아왔으며 까치는 개 밥그릇에 담긴 먹이를 탐하느라고 개집 근처 전깃줄에 앉아서 깍깍 소리를 질러댔다. 한낮이면 눈석임물이 흘러 볕바른 곳은 질척거렸으나 해질녘이면 덧물이 지던 자리에 다시 살얼음이 끼었다.

아무리 춥다고 웅크리고 있어도 밖은 어느 사이 슬몃슬몃 겨울에 자리를 내주고 있었다. 겨울 가면 봄이 온다는, 아니 이맘때는 겨울과 봄이 앞서거니 뒤서거니 자리를 내주고, 자리를 받아들이는 그 어떤 경계도 없는, 다만 그러한 완충지대로써 겨울이 가고 봄은 오고 있었다.

어릴 때 아무렇지도 않게 읽었던 『알프스 소녀 하이디』를 어른이 되어 다시 읽으면서 새삼스럽게 무릎을 쳤다. 동화책 배경이 알프스 고원이었으니 허브, 약초들이 등장하는 것은 당연한 일이었을 텐데도 어린 시절에는 전혀 그것을 몰랐다가 나이를 조금 먹고 나니 이젠 약초들 이야기에만 눈이 번쩍 뜨였다.

솔수펑이 늙은 금강소나무 보굿에 기대앉았을 때만이라도 무엇인가 깨단할 수 있으면 좋으련만, 20년 가까이 숲정이를 들고 나고 있지만, 여태도 숲이 무엇인지 알지 못한다.

숲정이를 들고 나면서 그때그때 떠오르는 생각들을 수년에 걸쳐 적바림한 글들이다. 이 글을 통해 무엇인가 몇개 먼지 한 톨만큼이라도 배울 게 있다면 그것은 순전히 숲정이 덕분일 것이다.

모자란 글을 추천해 주신 김영민, 이택광 선생님께 가만히 감사 인사를 드린다.

2013년 이른 봄날,
김담 드림

차례

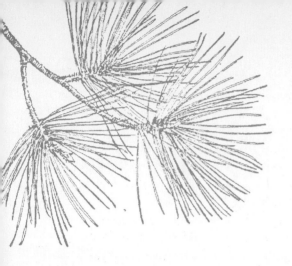

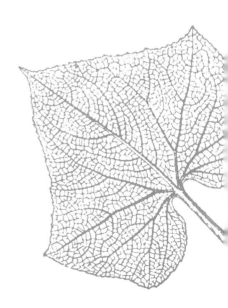

꽃잎 말리는 시간

숲정이 나무들 성기고 헐거워지는 사이 가을꽃들 만개했다. 시간이 강물처럼 흘러간다거나 세월이 살처럼 지나간다거나 하는 말은 어쩌면 아무런 말도 아니다. 차라리 '물이 달을 얻으면 더욱 맑고 달이 물을 얻으면 더욱 희다'는 말이 관계 차원을 달리한다고 해도 오늘처럼 국화 꽃잎을 말리는 시간에는 더 적절하겠다. 가을 장맛비 그친 뒤 하늘은 더없이 드맑고, 오동나무 그늘을 지나가는 바람은 찬 듯하면서도 가볍고 부드럽다. 가을비로 뜨막하던 들판에 다시 콤바인 소리 듣그러운 가운데 숲정이에서 자란 꽃잎들 튤립나무 그늘 아래 다붙어 습기는 날려버리면서 향기는 온축했다.

노란 산국을, 백설 같은 구절초를 뜯어 말리는 데 무슨 큰 뜻이 있는 것은 아니다. 견물생심이랄까. 어느 꽃잎은 살짝 데쳐 말려 꿀병 속에 넣었고, 또 어떤 꽃잎은 씻어 말려 술병 속에 넣었으며 나머지 꽃들은 수돗물에 씻어서 신문지에 널어놓고 몇날며칠을 말리고 있었다. 비가 오면 방 안으로 햇살 좋으면 나무 그늘 아래로 옮겨놓으면서 들여다보았다. 향기를 좇는 꿀벌은 목숨 끊어진 꽃잎인 줄 알지 못하는지, 신문지 꽃 무덤 위로 날아와 윙윙거렸다.

인가 근처거나 논두렁 근처에 핀 꽃들은 되도록이면 피했다. 발품을 들였다. 마을에서 멀리 떨어진 수풀 사이에 난 구절초, 산국만 골라 뜯었다. 진딧물이 낀 것은 버리고, 혹이 생긴 것은 아예 따지 않았다. 꽃잎들 흔하여도 막상 어떤 쓰임새를 생각하면 아무렇게나 딸 수 없으니 발걸음이 저절로 어수선해졌다. 건봉산 기슭 염소목장에서 자란 구절초는 키 작고 꽃잎 또한 앙증스러웠으며 학봉산 밤나무 밭기스락에 핀 묵은 구절초는 대도 굵고 키도 컸으며 꽃잎은 가을 코스모스 꽃잎만 했다. 다 같은 국화과에 속하는 구절초, 산국, 쑥부쟁이 향기는 어금지금했으나 구절초 꽃잎이 지내 깊지 않으면서도 맑았다. 그렇더라도 쑥부쟁이는 따지 않았다.

건듯건듯 바람이 불 때마다 채 마르지 않은 꽃잎들 이파리를 흔들었으나 수면 아래로 가라앉는 거대한 짐승처럼 고요했다. 인간들 죽음 뒤에 세상도 저처럼 적요할 수 있을까. 어떤 아우성도 들끓음도 보이지 않는 꽃 무덤이 사실은 불 때는 옹기가마 속처럼 몹시 뜨거운 것은 아니었을까. 엎드려 누운 꽃잎을 가만히 하늘을 향해 뒤집어 놓는다. 어떤 슬픔도 없이 긴 기다림의 노역을 끝낸 자들의 편안함이 저와 같을까. 둥구나무 같은 그늘 아니었으므로 해를 따라 그늘 속으로 옮겨놓고 또 옮겨놓는 가운데 꽃잎들 시나브로 몸을 바꿔갔다.

상크름한 바람 속에 시간은 정지한 듯하나 뒤돌아보면 꽃잎들 어제 그 모습이 아니었다. 옹골지게 몸피를 말아가면서도 무게는 가볍

디가벼웠다. 신문지 한 귀퉁이가 거풋거리면 그 바람결에 날아도 갔
으나 몇 잎에 지나지 않았다. 처음으로 돌아가려는 관성은 억세고 고
집스러워서 그늘이 짙어지면 꽃잎들 마르는 속도도 한없이 느리터분
해졌다. 꽃잎 한 장 마르는 데도 바람과 햇볕, 습도 등이 올목갖지 않
으면 쉽지 않았다. 절정이란 모든 것이 알맞추 갖춰졌을 때 비로소
안으로 응집하여 뭉친 고스란한 그 무엇일 것이었다. 쇠락衰落을 겪
지 않은 부패는 어떤 모습일까.

　가을김장밭에 앉아 쇠비름을 뽑는 동안, 산 기스락 꽃잎들 빗물로
인해 무거워졌다. 어떤 것은 진작 이울었고, 어떤 것은 여전히 꽃망
울인 채였으며 또 다른 것은 활짝 피어 빗속에서도 자못 환했다. 햇
살 고르고 바람 맑은 구월 중양절重陽節을 앞둔 때이니 고운 벗님네들
모여 앉아 국화전에 국화주에 꽃 잔치를 벌여도 좋을 것이었다. 또한
'진 꽃은 또 피지만 꺾인 꽃은 다시 피지 못한다'고 하였으니 꽃 무덤
앞에 술 한 잔 따를 수 있으면 그 아니 해낙낙할까. 선들바람 불고,
먼 데 산짐승 구슬피 우니 가을햇살 다 이울었다.

몹시 놀라 넋을 잃다

도깨비바늘이 온몸에 새까맣게 달라 붙었다. 차마 어쩌지 못하고 멍하니 내려다보다 다시 내를 건넜다. 이번에는 신발과 양말을 벗어 들었다. 입동을 앞에 둔 까닭인지 살짝 발이 시렸다. 걸음을 뗄 때마다 엉덩이가 따끔거렸다. 가다 말고 멈춰서 엉덩이 부근께 달라붙은 도깨비바늘을 몇 개 떼어내고는 다시 풀숲을 헤가르며 짓밟으며 냇둑으로 올라섰다. 도깨비바늘은 운동화 속 양말까지 침투했다. 끈기라면 그만은 해야겠다 싶었다. 양말에 붙은 것은 떼어내고, 위아래 옷에 붙은 것은 그대로 두었다.

노박덩굴 열매와 산국 꽃잎을 따러 나선 길이었다. 평소보다 한 시간가량 이르게 작은 배낭까지 메고 집을 나섰다. 이웃 마을과 우리 동네는 산줄기가 마치 경계선처럼 가로막고 있어 그 등을 넘나들던 옛길이 있었으나 지금은 자욱길로 남았고, 새로운 아스팔트 도로가 생겨 그리로 오고 가고 있었다. 이웃 마을 내와 우리 동네의 내가 만나는 곳에서 멀지 않은 산코숭이에 노란 산국이 여태도 새뜻하게 피어 있는 것을 엊그제 보아두었다. 해가 짧은 곳이었다.

초등학생이던 어느 날 소풍을 나오기도 했던, 돌을 캐내기도 해서 산비탈은 깊게 움파인 채 몹시 비좁았으나 봄날이면 멀리서도 환하던 산앵은 가을 단풍으로 제법 붉었다. 차茶로 만들어 먹으려던 산국 꽃잎과 구절초 꽃잎이 모자란 듯하여 조금 더 따서 데쳐 말리려던 참이었고, 노박덩굴 열매는 생리통에 좋다는 지인의 귀띔과 부추김에 힘입은 바 커서 조금 더 찾아보려던 작정이었다. 덩굴나무인 노박덩굴은 귀한 듯 흔하였으나 만나도 제대로 열매를 딸 수 없었다. 큰키나무 우듬지까지 줄기를 뻗어 올라간 까닭으로 나무를 베지 않으면 별무소용이었다. 손 닿은 곳에 있는 것만을 따서 모으려니 시큰둥했다. 청미래덩굴 열매도 표적이었다.

산국 꽃잎을 서너 움큼 따서 비닐봉지에 넣고서는 봄날 만났던 노박덩굴이 있던 곳으로 향했다. 땅두릅나물이라고도 하는 '독활'의 열매가 검붉게, 실하게 맺혔다. 내년 봄에는 땅두릅나물을 맛볼 수 있겠구나 절로 흥겨워서 자리를 잘 새겨두었다. 어디만큼 흐르고 있는 산북천은 산기슭을 개개면서 휘돌아가는 까닭으로 내와 숲은 잇닿아 있었으며 작벼리에는 풀이 무성하면서도 한편 성글었다. 짐승들 길인지, 사람들 길인지 풀숲에 숨겨진 길도 제법 훤했다. 독활 열매에서 눈길을 떼는 순간 작벼리에 짐승이 매닥질 친 흔적이 뚜렷했다. 검은 똥 무더기와 짐승 털이 아무렇게나 흩어져 있었다. 멧돼지는 아닌 것 같은데, 그러면서도 유심히 살피지 않고 지나쳤다.

아무런 소리도 듣지 못했다. 단풍에 홀려 고개를 젖혀 치어다보면서도 한편 풀숲에 숨은 움파리를 살펴 걸음을 내디디면서 앞으로 나갔다. 어떤 짐승이 몸을 뒤채면서 나를 치어다봤다. 너구리인가, 오소리인가 잠시 헷갈리는 가운데 녀석은 너구리가 분명해 보였다. 지친 듯하면서 눈빛만은 여전히 형형해서 머리통이라도 한번 쓰다듬어주고 싶었으나 꿀꺽 참았다. 쐐기(덫)를 본 것은 너구리를 본 순간과 거의 동시였다. 앞에서 본 것은 녀석의 털과 똥이었다. 그렇다면 한 5미터쯤 이동을 한 셈이었으니, 쐐기에 걸린 오른쪽 발목이 어떨까 싶었다. 가슴이 떨렸다.

쐐기는 어른 힘으로도 풀기 어려운 것을 봄날 보았던 터라 그곳 마을 '단장'에게 전화를 하여 너구리, 하는데 배터리 부족으로 전원이 꺼져버렸다. 쐐기는 오리농법으로 벼농사를 짓는 농가에서 여름에 그물망을 뚫고 들어와 오리를 잡아채가는 멧돼지, 너구리, 족제비 등을 막을 요량으로 산기슭 논둑 주변에 설치했던 것이었다. 지난 여름 어느 날에도 하천 대청소를 하던 이웃 마을 어른이 풀숲에 숨겨놓은 이 쐐기를 밟는 바람에 크게 다칠 뻔한 일이 있었다. 무성한 여름 숲이었으니 쐐기가 보일 리 없었다. 벼이삭이 나오면 논에서 오리를 거둬들였으나 쐐기를 수거하는 일에는 무심했던 탓이었다.

그곳에서 가장 가까운 집을 찾아갔다. 전화를 빌려 단장에게 마저 설명을 하고, 아직 살아 있는 너구리를 부탁했다. 젊은 집주인은 너구리에 무관심했다. 황토벽돌로 집을 지은 주인과 이야기를 나누다 보니, 해가 한참 기울었다. 단장에게 신신당부, 내맡겨놓고서는 다시 노박덩굴을 찾아서 길을 나섰다. 똥 냄새 풀풀 날리는 대규모 돼지우리를 지나면서 매번 비 맞은 중 염불하듯 웅얼웅얼 욕을 해댔다.

오폐수처리를 제대로 하지 않아 번번이 마을에서 항의를 하는데도 안하무인이었다. 마을 행사 때마다 돼지 한 마리씩 받아먹고 사철 돼지똥 냄새에 시달리는 이유를 알 수 없었다.

수로 옆 노박덩굴 열매는 너무도 까마득하여 지레 포기하고 벼랑 같은 비탈을 나무뿌리를 더위잡고 기어서 둔덕길로 올라섰다. 건봉산 기스락으로 한 바퀴 돌아 귀가할 생각으로 건봉산 오동골 쪽으로 길을 잡았다. 얼마쯤 가다 숲에서 만나 안면이 있던 어른을 김장밭에서 만났다. 김장이 잘되었습니다, 인사를 드렸더니 말도 마 하시면서 손사래부터 쳤다. 그거 두 번 약 쳤더니 이제 겨우 살아났어. 배추 포기도 아직 안 앉았어. 겉보기에는 싱싱해서 손으로 만져도 보았으나 역시 허전했다. 텔레비전에서 약 안 쳤다고 하는 거 다 거짓말이야. 뿌리가 배배 꼬이면서 이파리가 널브러지는 것을 약 한 번 가지고 안 돼서 두 번 쳤더니 이제 겨우 그만한 거야. 약 없으면 아무것도 못해. 다 약 안 치고 싶지, 그런데 죽어 나자빠지는 것을 어떡해? 입도 쩍 못 하고, 인사드리고 서로 헤어져서 열 걸음쯤 걸었을까.

길섶 밭둑에 쳐놓은 그물망에서 퍼드덕대는 새를 봤다. 어, 새가 있어요 했더니, 무를 뽑아서 집으로 가시려던 어른은 뒤돌아다보시면서 그놈 오늘 살판났네, 하시면서도 그대로 자리를 뜨셨다. 때까치였다. 이렇게 저렇게 이빨로, 손으로 그물을 잘라내는 동안 녀석은 날카로운 부리로, 발톱으로 손을 쪼아댔다. 어떻게 어떻게 그물을 잘라내고 길바닥에 놓으니 뒤뚱거리면서 달아나는데 날지를 못했다. 그물이 어디에 걸려 있었을 것인데 찾지를 못했다. 쫓아가서 손

으로 움켜쥐었다. 맥박이 희미했다. 쫓기는 새 가슴은 몹시 뛰기 마
련인데, 이상했다.

　가던 길도 까맣게 잊고, 새를 손에 들고 집으로 향했다. 걸음이 급
했다. 그물만 풀면 살 수 있을 것 같았다. 새는 손안에서 움직임 없이
조용했다. 붉은 십자가를 붙이고 백기를 휘날리면서 신작로를 달려
가는 군용트럭을 보는 순간, 이 새도 치료해주고 가세요, 소리치고
싶은 것을 간신히 참았다. 집이 가까웠다. 도착하자마자 가위를 찾
아 그물을 잘라내는데, 새는 얌전했다. 날개를 이리저리 뒤적거리다
보니 붉은 상처가 보였다. 땅바닥에 내려놓았다. 움직이지 않았다.
다시 들고 풀밭에 옮겨놓고 가만히 지켜보았다. 온몸이 불룩불룩 숨
결이 거칠어지면서 머리 쪽 털이 곤두섰다. 고개도 못 가눴다. 그래
도 살겠거니 했으나 얼마 못 가서 헐떡이던 때까치 숨결은 물거품처
럼 맥없이 잦아들었다.

봄꽃들

제비꽃을 찾아가는 걸음에 눈에 띈 것은 표고버섯이었다. 3년 전에도 같은 자리에서 꽤 많은 표고버섯을 따서 맛깔스런 찌개를 끓여 먹었다. 하나 둘, 네 개였다. 누군가 버섯종균이 주사된 버섯 종자목 하나를 숲에 버렸고, 그 종자목은 해마다 내 눈에 먼저 띄어 맛있는 버섯을 선물했다. 방축골로 불리던 옆자리에는 더덕과 도라지, 두릅과 개두릅을 선사하던 숲이 있었으나 목장을 핑계 대고 소나무를 팔아먹더니 그다음은 황토까지 팔아서 이젠 폐허였다.

숲정이와 파헤쳐놓은 놀란흙 사이 월품을 따라 걷다 까치취로도 불리는 솜나물을 만났다. 사진을 찍는 대신 밝은 볕 아래 가만히 들여다보았다. 목장 예정지와 불과 1미터밖에 안 되는 곳이었다. 돌복상나무도 가지가 찢긴 채 남아 있었다. 노랑제비꽃이 떼판을 이루던 곳으로 잊힌 기억처럼 듬성드뭇하게 남은 꽃 몇 송이가 봄볕을 반겼다. 월품에서 보면 죽음과 삶이 고스란했다. 낫낫한 두릅나무에는 새싹이 뾰족했다.

하나둘 고들빼기가 눈에 뜨였으나 지레 포기했다. 티끌 모아 태산이라고 했지만 한두 개를 캐고 앉아 있으니 모르는 체 지나치는 게 나았다. 찔레꽃머리에 꽃 피우고 마가을에 다시 새싹이 돋는 무진장한 생식력을 가진 게 고들빼기였다. 한자리에서 두어 움큼은 캘 수 있을 때 자리 잡고 앉는 게 좋았다. 어디만큼은 숲 솎아베기를 했으나 '집지'를 하지 않아 베어낸 나뭇가지와 줄기들이 에넘느레하게 흩어져 있었다. 산불 나면 불쏘시개로 안성맞춤일 것이었다. 외진 곳이라 아마도 관리자가 현장답사를 소홀히 했을 것이었다.

골짜기와 등성이를 넘고 넘어가다, 까치 혓바닥 같은 찔레나무 새싹을 땄다. 머위 꽃 이삭도 몇 개 더 따면서 머위꽃차를 만들어볼까 잠시 궁리하다가 접었다. 어른들은 조개나물이라고 부르는 콩제비꽃을 서너 포기 도려냈다. 외딴곳 천둥지기 논두렁에서 고들빼기밭을 만났으나 아무리 '풀종이'를 찾아봐도 십자나사돌리개(십자드라이버)가 간 데 없었다. 수년 전 숲에서 일할 때부터 가지고 다니던 것이었다. 한동안 멍하니 섰다. 수술실에 들어간 후배는 어떻게 되었을까. 고개를 흔들었다. 싸리나무 가지를 꺾어서 나사돌리개를 대신했다.

머위 밭을 둘러보고 내려오는 길에 숲 깊은 골짜기에서 시작한 계류 한켠에 파릇한 새싹이 환했다. 허리 굽혀 들여다보니 돌미나리였다. 계류 옆에는 금강소나무들이 문실문실 자라고 있었다. 답쌓인 낙엽을 방죽 삼아 도려낸 미나리를 물길에 띄워놓으면 저절로 씻겼다. 향이 풋풋했다. 남쪽 비탈에 진달래가 눈부시게 핀 것을 그제야 보았다. 노란 생강나무꽃과 어우러지니 황사 먼지 속에서도 푸른 봄이었다. 찔레나무 새싹을 한 줌 따고 난 뒤 숲 위쪽 높드리를 향해 걸었다. 귀룽나무들 또한 한꺼번에 새싹을 뽐냈다. 생강나무꽃은 색이 바래 보일 지경이었다.

그 숲 어디만큼 사촌과 함께 심어놓은 장뇌삼이 있는데, 장소를 기억하지 못했다. 귀룽나무 아래는 누군가 빤빤하게 잡목을 제거하여 바닥이 휑했다. 달래였다. 무두룩무두룩 한 바퀴를 돌아도 여전히 달래였다. 너른 달래밭이었다. 몇 무더기를 캐다 주춤 일어섰다. 일부러 씨를 뿌려놓은 것처럼 한밭이었다. 달래든 냉이든 재배하는 마을 사람 없는 줄 알고 있었지만 믿기지 않았다. 두어 모숨 캐고 나서 그대로 돌아섰다. 만에 하나 누군가 씨를 뿌려놓은 것이라면 그런 낭패가 없을 것이기 때문이었다.

가시덤불 속에 남산제비꽃이 피었다. 덤불 속을 헤집고 들어가 가만히 앉았다. 꽃들이 둘레둘레 모여 있었다. 천지사방에 붉은 진달래꽃이었다. 이미 현호색이, 돌단풍이, 별꽃이 개화했다. 고들빼기조차 꽃대를 밀어올리고 있었다. 꽃 피지 않았다고, 언제 필지 알 수 없다고, 방 안에 앉아 한데 소리를 한 셈이었다. 도서서 나오는 길에 찔레나무 새싹을 다시 두어 움큼 땄다. 후배의 수술은 무사히 끝났을까. 황사 먼지 얼마만큼 씻긴 자리에 총선 홍보용 자동차에서 흘러나온 확성기 소리가 산골짝까지 길래 울려 퍼졌다. 까막까치 멀리서 날아올랐다.

노루귀 꽃밭에서 노루 울음소리를 듣다

고라니가 냅뛰었다. 산등성이를 깎아 내고 뜬 논두렁을 자박자박 걷던 중이었다. 한쪽은 비탈로 잡목들이 우거졌으며 그 언저리에 잎이 돋기 전 붉나무가 서 있는 것을 보았다. 먼발치서 보면 가시가 있는지 없는지 알 방법이 없었다. 한창 두릅나무 싹이 나오는 때인지라 두릅나무일까, 다가가던 중이었다. 후다닥거리는 소리에 나 또한 얼빠진 채 꽁지가 빠져라 달아나는 고라니의 뒷모습을 멀거니 바라만 보았다. 오늘 벌써 두 번째 어긋남이었다. 건너편 골짜기에서도 비슷한 상황을 맞았다. 사체까지 더하면 고라니와 세 번째 만나는 셈이었다.

숲과 논 사이 월품에 난 자국길 길섶에 하얗게 육탈한 등뼈와 돌돌 말린 가죽이 남아 있었다. 주변엔 빠진 털들이 자국눈처럼 희게 쌓여 있었다. 내장과 살은 간 곳이 없었으며 다리뼈 끝에 검은 발 하나가 뾰족이 나뭇가지에 걸려 있었다. 가만히 명복을 빌었다. 그곳에는 가끔 올무가 놓여 있었으며 오늘도 이미 찌그러져 쓸모없게 된 올무를 물끄러미 내려다보면서 지나치던 길이었다. 아무래도 올무에 걸렸을 것이었다. 죽은 뒤 제때 발견하지 못하면 사체는 짐승들 밥이 되어 사라지거나 바람 따라 허공으로 흩어졌다.

노랑제비꽃은 꽃대를 밀어올리면서 키를 키우고 있었으며 노루귀는 이미 꽃이 지고 잎이 돋아나고 있었다. 솜나물도 이따금 눈에 뜨였으나 어쩐지 빛 속에서는 허전해 보였다. 노오란 생강나무 꽃이 진 자리에 연분홍빛 복사꽃이 해뜩발긋 솜사탕처럼 부풀어 올랐다. 물오리나무, 피나무에도 파랗게 새싹이 돋아 소리 없이 부는 바람에 가만가만 흔들렸다. 올된 엄나무는 활짝 잎이 퍼졌다. 고목은 나무는 천천히, 문실문실 자라는 나무는 다급히 나뭇잎을 펼쳐냈다.

나뭇가지를 꺾지 않고 두 움큼 남짓 개두릅을 땄다. 볕발을 받은 연둣빛 이파리가 곱디고왔다. 무엇이든 배경을 가질 때 빛났다. 가슴 한켠이 싸해지면서도 설레었다. 차마 손댈 수 없어 한참을 맞바라봤다. 작은 이파리를 따서 입에 넣었다. 풋내가 나면서도 달곰쌉쌀했으며 곧이어 입안이 환해졌다. 발뒤꿈치를 도두고서 가지 끝을 잡고 도담한 새싹을 하나둘 땄다. 풀내가 주변을 감돌았다. 산등성이를 깊은 참호처럼 들어낸 드넓은 터에 읍내에서 실어다 널어 말리는 그물더미를 지난 다음 만난 빛과 새싹들이었다.

산불감시원을 멀리 두고 다시 골짜기 다랑논을 지났다. 삼지구엽초 싹이 나왔는지 들여다보고, 더덕 싹이 나왔는지 살폈다. 잔대 싹은 손톱 끝만큼 돋았다. 한 잎 따서 맛보았다. 어린 머위 이파리를 땄던 곳에 웃자란 머위들은 너풀너풀 잎과 줄기를 키우고 있었다. 아름드리 굴참나무가 베인 곳을 물끄러미 둘러보았다. 땔감으로 쓰기 위해 베어낸 자리였다. 트랙터가 들어올 수 있는 곳으로 마구잡이로 나무들을 벴다. 굵은 줄기만 실어내고, 어른 팔뚝만 한 잔가지들은 아무렇게나 버렸다. 솎아베기한 자리보다 더 어지러웠다.

골짜기를 거슬러 올랐다. 무릎까지 키가 자란 어린 엄나무가 잎을 틔웠다. 가시가 촘촘해서 옛 방식대로 대문에 걸어두면 귀신조차 범접할 수 없을 듯했다. 나이테가 많을수록 가시는 저절로 떨어져 나갔으나 어린 나무들일수록 촘촘하면서도 날카로운 가시를 지녔다. 솜나물을 들여다보고 나서 물을 한 모금 마시고 다시 걸었다. 드문드문 노루귀들 눈에 띄었다. 대부분 꽃이 이울고 솜털 그득한 이파리가 봉긋봉긋 땅 위로 돋아나오고 있었다. 꽃과 이파리가 만나는 때는 언제일까, 갸웃갸웃 고개를 저으며 걸음을 옮기던 중이었다.

컹컹, 겁에 질린 목소리였다. 산골짜기가 쩌렁쩌렁 울렸다. 노루였다. 가만히 섰다. 겁 많고 커다란 눈망울을 가진 노루 모습만으로는 도무지 상상할 수 없는 목소리였다. 무슨 까닭으로 그토록 사납게 울부짖는 것일까. 인상이 째푸려지고 기분이 언짢아지는 목청이었다. 큰산(건봉산)까지 가려던 처음 계획을 접고 돌아섰다. 지망지망 쫓기듯 걸었다. 다시 또 울음소리가 들려왔다. 멧돼지에게라도 쫓기는 것일까. 솔숲에 앉아서 가만히 기다렸다. 울음소리가 내 쪽으로 가까워지고 있었기 때문이었다.

뱀을 만나는 사이 나무는 베이고

꽃뱀이었다. 돌단풍이 꽃을 피우고 있는 벼랑바위 옆에서 해마다 배암을 보았던 까닭에 조마조마 가슴을 졸이며 만개한 돌단풍 꽃을 찍고 재빨리 물러난 뒤였다. 갖가지 현호색과 개별꽃이 활짝 피어 끝물이었다. 맞춤한 현호색 사진을 하나 찍어볼까 허리를 구부리는 사이 낙엽 위를 기어 서둘러 도망하는 배암 꼬랑지와 눈길이 마주쳤다. 상체를 벌떡 일으키며 뒷걸음질쳤다. 사진이고 뭐고 줄행랑 놓듯 서로 등지고 헤어졌다.

숲정이에는 연분홍 산벚꽃과 복사꽃이 한창이었다. 꽃그늘 아래 서면 벌집을 건드린 듯 가만바람에도 떨어져 흩날리는 꽃잎들처럼 벌 떼가 난분분 어지러웠다. 어디만큼 벌통을 차려놓고 벌이라도 칠까. 마을 안 살구나무들이 해거리를 하는 동안 숲정이의 돌복상나무들은 끼끗한 꽃들을 자랑처럼 마구 피워내고 있었다. 올해 막 싹을 틔운 어린나무들을 캐다 돌복상과수원이라도 차릴까. 우물쭈물하는 동안 바람이 불어왔다.

고깔제비꽃을 찾아가던 길이었다. 노랑제비꽃과 남산제비꽃이 이

우는 가운데 분홍빛 고깔제비꽃이 피어났다. 계류 옆 소나무와 잣나무 그늘 아래 새끼더덕과 참나물이 돋는 그곳도 배암 천국이었다. 떼판으로 만나려면 그곳만 한 곳이 없는 까닭에 멧돼지가 밭을 일궈놓은 비탈을 지나서 지망지망 걸었다. 솎아베기를 하면서 '집지'를 하지 않은 숲을 엉두덜대면서 지났다. 다랑논 끝머리 비탈엔 올봄 어린 소나무들을 심으면서 베어낸 나뭇가지들을 줄맞춰 정돈했으며 그 옆 두릅나무 밭 두릅나무들 모가지까지 말끔히 쳐서 정리했다.

보랏빛 각시붓꽃이 버려진 나뭇가지들 사이에 피었다. 솜나물들도 사이를 띄우고 으쓱으쓱 꽃대를 밀어올렸다. 만개 직전에 있는 솜나물꽃은 마치 로켓 발사 모양처럼 꽃머리를 불쑥 내밀었다. 같은 이름으로 불릴지라도 같은 모양, 같은 색깔의 꽃은 없었다. 저마다 조금씩 달리 보였다. 고깔제비꽃 밭을 서둘러 둘러보았다. 다시 배암과 마주치기 싫었다. 귀룽나무 아래서 달래를 캤으며 산비탈 어디만큼에서는 고들빼기를 캤고, 또 어디만큼에서는 잔대 싹을 뜯었다. 오다 가다 다래 싹도 한두 줌씩 훑었다. 이 골짝 저 골짝 두릅나무 밭은 누군가 오래지 않은 시간에 지나갔다.

누군가와 동선이 겹치면 유쾌하지 않았다. 그런데 묘하게도 그런 날은 피하느라고 피해도 어디만큼에서는 또다시 발자국과 마주쳤다. 이즘 숲에서 노는 시간이 4~5시간가량 되었다. 앞서간 발자국을 유심히 들여다봤다. 지난해 봄 천마를 만났던 곳을 지나서 계류에서 물을 한 모금 엎드려 마시고 다시 골짜기로 들어섰다. 이 깊은 골짜기에 머위와 달래가 있었다니, 즐겁게 앉아서 머위를 뜯고 달래를 캤

다. 단풍나무와 피나무 어린잎들이 푸른 종처럼 해맑았다. 진달래꽃
은 이울고 있었으며 함박꽃(산철쭉)은 이제 막 피고 있었다. 꽃 지고
잎 피느라고 온 숲이 우꾼우꾼 분주다사했다.

또 다른 다랑논 끝머리 굴삭기로 수로 정비를 하면서 깨진 피브이
시 파이프를 산비탈에 그대로 버렸다. 바닥덮기 했던 비닐은 아까시
나무에 걸려 산발한 머리카락같이 흩날렸으며 비료포대와 농약병들
은 깊은 골짜기에 아무렇게나 버려져 있었다. 눈앞에는 날벌레가 어
른거렸으며 이마에는 땀방울이 돋았다. 난마처럼 얽힌 다래덩굴에
발이 걸려 게두덜거렸다. 칡넝쿨처럼 잘 끊어지지도 않았다. 불평을
늘어놓으면서도 눈 아래 있는 다래나무 싹을 따서 입안에 넣고 씹었
다. 쌉싸래했다.

해동갑하여 마을 쪽으로 걸음을 바꿨다. 비탈을 가로질러 등성이
에 다다랐을 때였다. 참나무 숲이었던지라 슬그머니 엄나무를 찾고
있었다. 키 큰 엄나무는 싹을 딸 수 없으므로 아쉬워하면서도 그대로
지나치기 예사였다. 작은 나무들만 가지를 휘어잡고 한두 개 싹을 딸
뿐이었다. 이상한 기운에 사로잡혀 주변을 두리번거렸다. 베어 넘어
진 엄나무 줄기가 발치에 놓여 있었다. 나무 둘레가 두 뼘 남짓 되었
으며 무슨 일인지 껍질을 홀라당 벗겨냈다. 무릎 높이에서 톱도 아닌
낫으로 수십 번 찍어 줄기를 넘어뜨렸다. 왜 그랬을까.

봄빛에 물들다

찬물에 헹구어 건져낸 두릅을 물기만
짜서 한입에 넣었다. 개수대 앞에서 서너 개를 잇달아 먹고 나서야
나머지 두릅과 나물을 헹구었다. 누군가 톱과 낫으로 두릅나무, 엄
나무를 잘라낸 옆에서 엉두덜거리면서 서너 모숨 따온 두릅과 나물
들을 얼뜨려 삶아 데친 것이었다. 저녁밥상을 차리기도 전에 미리 맛
부터 보았다. 세 식구 입맛이 제각각인 까닭에 간장양념에 무치는 한
편 초고추장도 만들었다. 봄날은 빛깔로 시작해서 혀끝에서 완성되
었다.

연일 세상은 먼지 낀 유리창처럼 희뿌옇게 흐렸다. 날사이 신작로
길섶에 벚꽃들은 간곳이 없었다. 놀란 토끼처럼 얼뜬 표정으로 이곳
저곳을 기웃거려도 꽃 피는 순서는 아예 없었다. 놀랄 새도 없이 숲
으로 들어섰다. 이상스레 가시 달린 나무들이 번창하고 있었다. 사
태막이공사 때 심어놓은 아까시나무 숲으로 들어서면 산초나무가 극
성이었다. 땅이 메마르고 거친 곳일수록 더욱 심했다. 두릅나무도
마찬가지였다. 장마 끝에 달개비풀 돋듯 사방으로 번지고 있었다.

땅속에서 막 돋아난 보랏빛 애기풀을 만났다. 자라면서 키와 부피를 키우는 여느 봄꽃들처럼 애기풀 또한 땅바닥을 기듯 하면서도 이파리와 꽃을 한꺼번에 피웠다. 논두렁에서 흔히 볼 수 있는 주름잎만큼 작디작았다. 문실문실 자라는 참나무 숲을 지나 등성이를 넘자 사태난 골에 함박꽃(철쭉)만 듬성드뭇 연분홍 꽃잎들로 난장이었다. 연둣빛 숲 그늘에 한참을 앉아 있었던 까닭인지 차라리 생뚱스러웠다. 호랑지빠귀가 이따금씩 먼 데서 울었다.

고라니가 오르내린 길을 따라 골짜기 높드리로 향했다. 짐승들이 다닌 길섶에서는 짐승들이 잘라먹은 나물들 그루터기를 흔히 볼 수 있었다. 토끼나 고라니는 멧돼지처럼 한곳을 정해두고 똥을 싸는 것이 아니라 아무 곳에나 똥을 싸놓았다. 나물을 뜯다보면 까만 고라니 똥과 누런 토끼똥이 오복소복했다. 멧돼지 똥무더기는 자리도 넓고 똥덩이도 큰 탓에 똥이구나 얼른 자리를 피했지만, 토끼나 고라니는 똥이라는 느낌이 훨씬 덜한 까닭에 어떤 놀람 없이 가만히 손길을 거둬들였다.

은방울꽃과 둥굴레 잎이 파랗게 돋았다. 떼판으로 피는 은방울꽃은 향수 원료로 쓰인다고 하나 당장은 쓸모가 없었다. 둥굴레 뿌리는 차로 마신다는 풍문이 떠돈 뒤부터 떼판 규모가 점차 작아지고 있었다. 꽃빛깔이 탁한 병꽃나무도 꽃봉오리를 맺었다. 아무런 적의 없이 친해지지 못하는 사람이 있듯 풀과 나무도 간혹 그런 경우가 있었다. 고사리밥이 흔한 골짜기로 들어서니 어느새 고사리가 갸웃 고개를 내밀었다. 한두 개 꺾어서는 어디에고 쓸 데가 없으므로 지나쳤다.

까마득하게 치솟은 엄나무를 만났다. 낮낮한 가지를 휘어잡으면 막 퍼지기 시작한 싹을 서너 개 딸 수 있을 듯했으나 키보다 높았다. 지닌 것이라고는 풀종이와 페트병, 사진기가 전부였다. 고리를 만들면 가지를 휘어잡을 수 있을 듯했다. 두리번두리번 오래전 솎아 벤 나뭇가지들을 살폈다. 참나무는 이미 삭아 푸석했으므로 소나무를 찾았다. 가지 달린 것을 찾아 갈고리를 만들어서 가지를 잡아 내렸다. 낭창낭창한 가지는 새싹을 따는 동안 꺾이지 않았다.

마을로부터 시작한 갖은 색이 들불 번지듯 산마루를 향해 퍼져 나갔다. 거기에 알을 낳고 산으로 오르는 산개구리들 함성까지 더해졌다. 색과 소리들 향연이었다. 삼나물이라고 불리는 미나리냉이는 어느새 꽃숭어리를 매달았다. 소금꽃처럼 희디흰 조팝나무도 만개 직전이었다. 다래나무도 이파리 끝에 좁쌀 같은 꽃숭어리가 매달렸다. 이 골짝 저 골짝 같은 이름의 나무들 꽃들 꽃 피고 잎 지는 때 저마다 달랐다. 엊그제 환했던 복사꽃잎 오늘 다시 가보니 하마 이울면서 꽃 빛깔조차 탁해졌으나 신갈나무 숲으로 들어서니 온통 새뜻한 연둣빛 세상이었다. 몸속까지 파랗게 물들었다.

감자난초

이따금 소쩍새가 길게 울었다. 해질
녘에 들려오는 소쩍새 울음소리는 어딘지 헤식은 듯하면서도 깊은
밤처럼 애절하지 않아 한편 안심했다. 지구가 뜨거워졌는지 한낮 기
온이 30도에 육박하더니 날사이 초겨울처럼 쌀쌀해져서 난방을 해
야 했다. 논배미마다 모를 내느라고 트랙터와 이앙기 소리로 소란분
주하였다. 모내기를 하던 날이면 잔칫집처럼 흥성거리던 활기는 이
제 없었다. 식구들끼리 기계를 이용하여 모를 냈으며 참은 빵과 음료
로, 점심은 읍내 음식점에 전화 주문하였다.

그러므로 점심밥을 먹을 때 일꾼들에게 찐 자반고등어 또는 꽁치
토막을 노느매기하여 떡갈나무 잎에 싸서 앞앞이 나눠주던 일도 이
젠 없었다. 그것만은 일꾼들이 먹든 집으로 가져가든 상관하지 않았
다. '제누리'는 장국수 등으로 가볍게 냈지만 점심밥은 참 걸었다. 장
작불을 때서 지은 가마솥 누룽지 또한 별미였다. 아이들은 집 마당에
서 그 누룽지 한 반대기 얻어먹는 재미로 해를 보냈다. 작은 양이었
지만 그만큼 입에 달고 맛났다. 숲정이에 다시 떡갈나무 잎 무성해졌

지만 아무도 눈길 주는 이 없었다.

집에 논농사가 없으니 부지깽이도 뛰는 시절이었지만 일없었다. 구름이 끼고 간간이 바람이 불었다. 전날 뜯은 참나물을 장아찌 담그고 앉았다가 아니 되겠다 싶어 숲으로 갈 차비를 했다. '천마'를 만났다는 어머니의 전언에 혹한 까닭이었다. 같은 앞산이라도 골짜기마다 자라는 식물이 달랐다. 어느 곳에는 고사리가 흥한 반면 다른 골에는 고비가 흔했다. 지난 해 가지 않았던 '승직골'로 방향을 잡았다. 소나무를 팔아먹은 등성이와 골짜기가 놀란흙을 벌겋게 드러내고 있는 곳을 지나야 했으므로 멀리했던 곳이었다. 폭풍이 불던 날은 황사 진원지를 눈앞에서 목도하기도 했다.

숲 입새에서 앞서간 사람의 발자국을 만났다. 어머니였을까. 어느해 그곳에 가면 천마를 무더기로 만날 수 있다고 했던 이가 다름 아닌 어머니였지만, 그곳에서 고작 천마 두어 개를 만났을 뿐 그리하여 다시는 천마를 만나기 위해 그곳엘 가지 않았다. 방향을 바꿨지만 이미 늦었다. 어머니는 어둑새벽 숲으로 가는 반면 나는 한낮이 지난 뒤 어슬렁어슬렁 숲으로 들기 일쑤였으므로 언제나 한발 늦었다. 높드리까지 올랐다 다시 고라니 길을 따라서 내려왔다. 오리나무와 아까시나무로 산림녹화 사업을 한 숲은 거칠고 메말랐다.

천마는 까맣게 잊고 하수오 잎을 찾았으나 마찬가지로 만날 수 없었다. 그럴 때는 어디로 가야 할지 방향을 가늠하기가 쉽지 않았다. 어쩌다 비추는 볕뉘에 파도처럼 흔들리는 이파리들을 올려다보며 가만히 섰다. 참취도 꺾지 않고 지나쳤다. 퉁퉁 볼이 부어 기스락으로 내려갔다. 한두 개씩 보이는 고사리도 그대로 두었다. 춥고 을씨년스러웠다. 줄기에 속아서 어린 더덕을 캤다가 다시 심는 일도 차츰 싫증이 났으므로 도망치듯 그곳을 떠났다.

지망지망 걷는 걸음 사이로 노란빛이 얼핏 눈에 들어왔다. 뒤돌아섰다. 참나무 앞에 이파리도 없이 감자난초 꽃줄기가 우뚝 솟았다. 허리를 숙이고 킁킁 냄새를 맡았다. 비릿한 날감자 냄새가 나는 듯도 했다. 그렇더라도 그것은 이름으로 인한 선입견 때문일지도 몰랐다. 갑작스레 기분이 가벼워졌다. 집으로 돌아가려던 생각을 접고 옆 골짜기로 접어들었다. 잊힌 묘지 둘레에는 꽃망울이 맺힌 우산나물이 떼판을 이뤘다.

다른 골짜기에서 노는 동안 고비들은 이미 쇠고 말았다. 힐끗 치어다보는 것으로 아쉬움을 달랬다. 여전히 먼저 간 발자국이 눈앞을 어지럽혔다. 어느 흰 꽃이 민백미꽃과 닮았으나 민백미꽃은 아니었다. 주름진 마음이 다시 펴진 것은 '피나무통골'로 들어섰을 때였다. 감자난초 다섯 그루가 한꺼번에 꽃을 피웠다. 처음 있는 일이었다. 그 옆에는 은대난초까지 함께 있었다. 배낭은 비었어도 멱이 꺅차도록 맛난 음식을 먹은 것처럼 금세 즐거워졌다.

열쭝이는 어디로 갔을까

찌그러진 항아리 같은 천마 꽃이 간밤 세찬 바람 속에 피어났다. 꽃을 피우는 동안 덩이뿌리는 스펀지처럼 궁글었다. 꽃 지고 나면 덩이뿌리도 흔적 없을 것이었다. 수돗가에 앉아 나물을 씻다 문득 개울 건너편을 바라다보다 어어, 굽힌 무릎을 펴면서 엉거주춤 일어섰다. 고사 직전에 있는 고목은 금강소나무가 눈에 들어왔기 때문이었다. 붉은빛이 뚜렷했다. 푸름이 한창일 때는 한 번도 눈에 뜨인 적 없었다. 숲을 들고 날 때마다 눈길 마주쳤으며 소나기눈이 쏟아지던 때는 무릎까지 빠지는 눈길을 무릅쓰고 찾아 나서기도 했던 나무였다. 가슴이 아렸다.

골짜기에서 놀고 있는 동안 윗녘에 피었던 삼지구엽초 노란 꽃 씨앗들 흩어졌으며 무명 빛 으아리 꽃 피웠다. '루사'를 겪은 뒤 수년 만에 다시 창고 청소를 하느라고 눈코 뜰 새 없었다. 물에 잠겼던 창고는 여태도 그 흔적이 뚜렷했다. 그때 버리지 못했던 책상이며 의자는 이미 쓰레기였으나 누구도 손대지 않았다. 물에 잠겼던 그림 한 점은 오래 돌보지 않은 덕에 다시 그림이 되어 벽에 걸렸다. 다시 태어난 그림 아래서 항아리 속 약초들 웅숭깊게 익어갔다.

　오후가 시작될 무렵이면 일과처럼 물병을 챙긴 배낭을 짊어 메고 숲으로 들었다. 도라지를 캐는 날은 잔대를 지나치고 더덕을 캐는 날은 삽주를 못 본 체했다. 봄나물은 이제 쇠기 시작했다. 참나물은 줄기가 질겨졌으며 참취는 꽃대를 밀어올리고 있었다. 차례가 없는 듯하였으나 이른 봄 숲에서 만났던 꽃들은 꿈결처럼 아무런 자취 없었다. 초롱꽃을 따서 입에 넣었다. 어릴 때 산딸기를 초롱꽃 속에 넣어 함께 먹었다던 후배의 말이 떠올랐기 때문이었다. 달다했다. 할아버지, 할머니 산소에는 여름 해당화가 붉었다.

　산마루로 나무 그루터기를 더위잡고 올라서려다 그만 미끄러졌다. 한 걸음만 떼면 등성이로 올라설 수 있던 까닭에 그만 방심했던 모양이었다. 허리가 시큰했다. 넘어진 김에 쉬어간다고, 배낭을 벗어 팽개치듯 내려놓았다. 헐벗은 산등성이에 듬성드뭇 소나무들이 싹을 키우고 있었다. 간간 솔바람이 불어왔다. 동해와 멀고도 가까운 마을들이 눈에 성큼 들어왔다. 군데군데 시뻘겋게 사태 난 골짜기를 바라보는 것도 언짢은 일이었는데 아랫녘 골짜기에서 소나무를 옮겨 심는 굴삭기들 굉음이 검질기게 따라왔다.

　멧돼지가 칡뿌리를 파먹느라고 헤쳐놓은 구덩이 옆에 단풍마 이파리가 떼를 지어 느릅나무와 산뽕나무를 타고 올라가면서 너풀거렸다. 잠시 삼가는 뜻으로 눈을 감았다. 다섯 포기 가운데 세 포기만 캐고 자리를 떴다. 오래 묵은 단풍마는 뿌리가 얼기설기 엮이면서도 쭉쭉 뻗었다. 실뿌리가 삼실처럼 질겼으나 본줄기는 뚝뚝 부러졌으며 옆에 있던 '마' 또한 손괭이를 대자마자 툭툭 끊어졌다. 마 뿌리는 깊었으나 악착같이 끊어진 뿌리를 찾아냈다. 코 같은 진이 흘렀다. 어릴 때처럼 화톳불 해놓고 '숯검댕' 코끝에 묻히면서 구워 먹으면 좋겠구나 했다.

산뽕나무 아래서 이제 막 익기 시작한 녹두알만 한 오디들을 나뭇가지를 끌어 잡고 바로 입을 대고 따서 먹었다. 달곰했다. 히물히 물 웃음이 났으나 웃음 끝에 더불어 나눴으면 하는 아쉬움이 슴샜다. 손 닿는 곳에 더 이상 먹을 것이 없게 되자 높은 곳에 달린 오디들을 목젖이 닳도록 치어다봤다. 가지 몇 개를 칼로 잘랐다. 꺾으면 잘 꺾이지 않고 껍질이 벗겨졌다. 느릅나무 가지도 그랬다. 느릅나무가 떼판을 이루는 것과 달리 묵은 산뽕나무는 아주 드물게 눈에 뜨였다.

해 그림자가 길어지고 있었다. 단풍마를 작은 배낭 가득 캤다. 집은 멀리 있었다. 등성이를 넘어 자욱길을 따라 내려오다 보니 어느 날 참취와 참나물을 뜯던 곳이었다. 돌배나무와 산뽕나무도 그대로 있었다. 다시 한 발 옮기려는 순간, 바위에 앉아 있는 새 한 마리가 눈에 들어왔다. 가까이 다가가도 움직이지도 울지도 못한 채 입만 간신히 벌렸다 다물곤 했다. 바위에는 새똥이 물감처럼 들러붙어 있었다. 어치 새끼였다. 아주 기진맥진한 상태였다. 어떻게 손을 써볼 수 없었다. 가만히 지켜보다 내처 걸었다. 숲은 그렇게 뒤에 있었다.

'목우산방' 나들이

그리움으로 마음이 보깨는 사이 앞산 솔숲 정수리 위로 달은 떠올랐다. 숲으로 향하던 발걸음을 되돌려 택시를 타고 낯익으면서도 여전히 서먹한 사람들 속으로 스며들었다. 계류 건너 기스락에 자리한 외딴집 마당에는 가을빛이 내려와 어른어른했다. 마당가에 화톳불을 피우고 앉은 가운데 덩두렷 솟아오른 보름달은 계류를 지나고 있었다. 달빛으로 빛났을 산길을 포기하고 돌아누워 시름겨워하는 사이, 창문 두드리는 소리를 따라 다시 깊은 밤중 자박자박 산길을 걸었다. 밤길은 그림자로 유암幽暗했다가는 느닷없이 해밝아졌으며 밤잠을 설친 산짐승들 울음소리는 저 멀리 밤 깊은 적막을 깨면서 숲이 두런거리는 가운데 사람들 목소리가 담담히 덧입혀졌다. 산울散鬱했다.

남정들이 계류 돌바닥에 앉아 술을 마시는 동안 근처를 헤덤비면서 안주로 내줄 더덕을 캐기도 하고, 용담뿌리를 캐서 허기진 내 주머니를 채우기도 했다. 이른 새벽 두 그루 천년소나무 사이 푹신한 솔가리 위에 누워 동살이 터오는 하늘을 올려다보며 먼 데를 꿈꾸었다. 한품에 다 안을 수 없어 가만히 솔보굿에 손바닥을 대볼 뿐이었다. 육신에 갇혀 때론 오가지 못하는 마음자리도 있는 것이었다. 언제나처럼 보랏빛 용담 꽃은 활짝 개화하지 않았다. 듬숭듬숭 열매를 따고 열매 달린 '숫당귀'를 대여섯 뿌리 캔 다음, 다시 열매 없는 '암당귀'를 캤다. 뿌리를 살펴보면 그렇게 이름 부르는 까닭이 어렴풋 짐작되는 바도 없지 않았다. 슬몃 웃었다.

　한 상에 앉아 밥을 먹으며 술잔을 비우는 사이 각자가 내뱉는 말과 귀는 엇박으로 따로 또 같이 하였으나 한곳으로 모이는 경우는 드물었다. 젊은 날 연대하던 기미들은 이제 무르익어 목련나무 열매처럼 흩어져 어디선가 다시 뿌리를 키우기도 할 것이었고, 또한 가뭇없이 깊은 잠의 나락으로 떨어지기도 했을 것이었으며 아무런 흔적 없이 지상에서 사라지기도 했을 것이었다. 그러면서도 한 시절 잡았던 손을 놓지 않고 거기까지 올 수 있었던 동력은 대체 무엇이었을까, 어깨결음하고 노래 부르며 굳세게 앞서나가던 분노하던 걸음걸음 때문이었을까, 그것뿐이라면 층층켜켜 복잡다단한 우리네 삶의 한 귀퉁이가 참으로 허망한 것이지 않을까, 알 수 없는 나는 이웃집 울타리를 넘보듯 까치발을 하고선 가만가만 엿볼 뿐이었다.

　무슨 인연이었을까. 승주 조계산에서 스쳤던 인연이 양양 남대천을 따라 올라온 참게탕을 앞에 놓고 다시 이어졌다. 아무런 뜻도 없을 막걸리 잔이 천근만근 무게였다. 어떤 사물이든 내게로 왔을 때 비로소 눈에 뜨이는 것과 마찬가지로 어렵지 않게 건네는 말씀 말씀이 맵찬 죽비였다. 식은땀이 흘렀다. 어물어물 건너온 시간들이 눈

숲의 인문학 64

앞에 현현했다. 송광사 대웅전에 무릎 꿇고 엎드려 있던 엄숙하고 단
정했던 예불 시간이 스쳐 지나갔다. 뜨락 배롱나무 꽃에 얹히던 눈물
과 새벽 개망초 꽃에 빛나던 몸짓들이 염불 소리가 되어 한꺼번에 되
살아났다. 수선거리며 일렁이던 조계산의 여름 숲은 어제처럼 눈앞
에 삼삼했다. 진귀한 시간이었다.

　오롯이 어느 것도 내 것이 없는 것과 마찬가지로 집을 나서는 순
간부터 내 힘만으로 이룰 수 있는 것은 없었다. 처음 만난 이가 끓여
주는 아구탕을 걸탐스레 먹었으며, 먼 곳으로부터 온 소주를 아껴 지
극히 적게 마셨다. 모자와 멸치를 받아들었다. 아무렇지도 않게 낯
이 있는 이에게 오래전 쓰던 '복福'자 주발대접을 한 벌 얻었다. 무엇
도 건네준 적이 없는 이들이었다. 나무와 꽃들은 또 어떻던가. 어느
스님 말씀에 따르면 장로란 보시할/나눠가질 주머니가 많은 사람이
라고 했다. 받은 만큼 다 되돌려줄 수는 없겠지만 만 분의 일이라도
누군가에게 나눠줄 수 있다면 나쁘지 않은 삶이 될 것이었다. 무엇이
없어서, 모자라서 불행한 것은 아니었다. 얽매이기 때문에 슬픈 것
이었다. 보름달도 그믐을 향해 이울어가듯 그리움도 깊어지면 수척
해질 것이었다. 비 내릴 듯 안개 자욱했다.

🍃 타래난초

감나무들

금꿩의다리

민들레

백일홍

중나리

➤ 토끼풀

홍성원추리

● 노루오줌

꿀풀

🥬 찔레꽃

줄풀

갈대숲에서 고라니가 뛰쳐나와 동쪽으로 달아났다. 눈 깜짝할 새였다. 뒷모습을 보이며 달아나는 속도감에 잠시 우두망찰했다. 물난리를 겪고 난 개울은 폭이 넓어지고 바닥은 깊어졌다. 수해 복구공사가 끝나고 2~3년 지나니 개울가 작벽리에 슬금슬금 풀들이 자라났다. 그러더니 지금은 온통 갈대밭이었다. '줄풀'을 찾아가던 길이었다. 어느 날 버스를 타고 읍내를 가면서 차창 밖 개울가를 살폈다. 그러다가 어어, 자리에서 엉덩이를 들썩했으나 사정을 모르는 버스는 읍내를 향해 치달리고 있었다. 틀림없이 줄풀이었다.

얼결에 '백초효소'를 만들겠다고 소문을 낸 탓에 하루같이 약초를 찾아 나섰다. 미련이 담벼락을 뚫는다고 모으다보니 어느새 백 가지를 눈앞에 두었다. 그 가운데 줄풀이 있었다. 어느 어른 말씀처럼 봄날 모내기를 하다 봇도랑에 자란 줄풀의 하얀 밑동을 잘라서 먹기도 했지만 이제 콘크리트로 바뀐 수로에서는 줄풀을 만날 수 없었다. 어른들조차 시장에서 배추와 파를 사서 김치를 담그는 일에 익숙해 있었다. 까마중 한 포기 수돗가 튤립나무 아래서 자라 꽃 피웠으나 어느 날 보니 그만 흔적조차 없었다. 아버지께 여쭈니 잡초여서 뽑아버렸다, 하셨다.

옛날 방앗간 근처에서 '쇠무릎'을 만났다. 길섶에 무두룩무두룩 자라고 있었다. 마을에 하나뿐인 둠벙이 그 근처에 있었다. 겨우 이름을 알게 되었을 때조차 쇠무릎은 흔히 눈에 띄었다. 그곳에는 짚신나물, 딱지꽃, 익모초, 갈퀴나물, 머위, 박하 등 미처 내게 소용 닿지 않는 풀들까지 그득그득했다. 그러므로 이해는 어떤 상처를 겪은 다음의 일이었다. 그 앞에 쪼그리고 앉아 작은 가위로 듬성드뭇 줄기들을 잘랐다. 다 자르지 않은 것은 뒤에 열매와 뿌리를 얻기 위해서였다.

이마가 벗겨질 만큼 햇볕이 뜨거워 한낮에는 죽은 듯 방 안에 웅크리고 앉아 졸며 자며 책들을 뒤적거렸다. 해가 건봉산 마루에 다다를 쯤 되면 일어나 아버지 저녁 밥상을 미리 차려놓고 해동갑하여 집을 나섰다. 하루는 아랫녘으로 하루는 윗녘으로 나다녔다. 어느 날은 사진만 찍고 또 어느 날은 비닐봉지 가득 풀들을 뜯어 담아왔다. 그마저도 성가시고 귀찮으면 털신을 터드럭거리며 난들까지 동네를 한 바퀴 돌았다. 사람들이 없는 곳으로 자꾸 갔다.

손괭이로 줄풀들 뿌리를 캤다. 싱싱한 줄기는 허리춤까지 닿았다. 풍성하게 피던 부처꽃은 간 곳 없고, 외따로 한 그루 피었다. 노란 물레나물 꽃은 이미 이울었으며 홑왕원추리는 왕성히 꽃대를 밀어올렸다. 봄날 원추리나물을 먹지 않기 때문일 것이었다. 자잘한 좁쌀

풀 꽃도 한창이었다. 산 기스락 숲에는 패랭이꽃과 솔나물 꽃이 개망초와 어우러져서 수선스레 피고 졌다. 키 큰 보랏빛 꽃창포도 얼굴을 내밀었다. 봄날 작벼리에서는 볼 수 없는 풍경이었다.

뿌리까지 캔 줄풀을 좁은 여울목에 뉘여놓고 모래가 씻겨나가기를 기다렸다. 줄기와 뿌리가 탐스러웠다. 서너 포기 캐려던 것이 그만 십여 포기를 넘고 말았다. 그늘에 말려 건네주면 차茶로 먹을 만한 이들을 한 명 한 명 떠올리다보니 그리되었다. 해가 졌다. 근처 제방을 무성히 타고 오른 칡꽃 향기가 어렴풋이 바람에 실려서 왔다. 물에 거듭 씻은 줄풀 뿌리와 줄기를 각각 잘라서 자루에 넣고 짊어맸다. 등 뒤에서 서걱서걱 줄풀이 바람 소리를 냈다.

모처럼 오동나무 가지에 저녁 반달이 곱게 걸렸다. 폭염과 열대야에 시달리던 몸이 한순간 고즈넉해졌다. 방 안은 웅신했으나 해가 진 문밖에는 바람이 선들거리며 지나갔다. 입에 칫솔을 문 채 한동안 마당을 서성거렸다. 동쪽 숲에서는 수리부엉이가 울었으며 서쪽 숲가에서는 이에 화답이라도 하듯 소쩍새가 길게 울었다. 어느 계절에 서 있는지 문득, 잊었다.

중복물 지다

중복물이 지나간 개울은 붉덩물이 되어 양안을 가득 채우며 굼실굼실 흘렀다. 잇따라 큰비가 내리는 통에 밤이면 잠을 설쳤다. '난리가 쳐들어오는 듯' 빗소리는 거칠고도 사나웠다. 적막하기까지 하던 마을은 그만 빗소리에 갇혀 옴짝달싹못했다. 아침이면 파사했던 꽃잎들이 땅바닥에 널브러져 형체를 알아볼 수 없었다. 키가 훌쩍 커서 어릴 적 '키다리꽃'이라고 불렀던 '겹꽃삼잎국화'는 납작하게 허리가 굽었다. 작벼리 갈대숲에 둥지를 틀었던 새 떼 흔적은 어디에서고 찾아볼 수 없었다. 저편 전깃줄 위에서는 아침 까마귀가 까옥거렸다.

빗줄기가 숙지근해지면 쳇바퀴와 주전자를 들고 신작로로 나갔다. 도랑이나 개울엔 물살이 사나워서 가까이할 수 없었던 어린 나는 하늘에 있던 미꾸라지며 옹고지와 같은 물고기들이 빗줄기를 타고 길 위로 내려온다고 믿었다. 고개를 조금만 돌려보면 길바닥 위의 물고기들은 시위난 도랑이나 논두렁 우리구멍을 따라 나왔다는 것을 알았을 텐데도 그때는 몰랐다. 신작로 물마 위를 철버덩철버덩 오르

내리면서 물살이 거센 곳에는 쳇바퀴를 들이댔으며 움파리에서는 손
으로 모래무지, 옹고지, 꾹저구와 같은 물고기들을 잡았다.

둑 전깃줄에 곧잘 앉아 있곤 하던 물총새도 보이지 않았다. 패암
을 시작한 논배미에 숨어들어 벼이삭들 단물을 빨던 참새들만 떼를
지어 파도처럼 밀려왔다 밀려갔다. 참나리 붉은 꽃잎들 절반은 이울
고 절반은 또 남아 작은주홍부전나비 날개처럼 가느다랗게 흔들렸
다. 둑에 지천인 비수리도 자잘한 꽃들을 한껏 피워냈다. 쇠무릎에
돋아난 연푸른 꽃을 한참 들여다봤다. 쇠무릎은 신경통에 효험이 있
다고 가을이면 늙은이들이 밭두둑에 엎드려서 뿌리를 캔다는 풀이었
다. 수리부엉이가 울지 않는 저녁 산책길은 어쩐지 쓸쓸했다.

물난리가 나면 빗소리에 진력을 내던 사람들이 둑 위나 시멘트 다
리 난간에 줄느런히 서서 물구경을 했다. 수원지인 건봉산에는 군사
시설뿐이었으므로 무엇이 더 떠내려 올 것도 없었을 테지만 어른 아
이 할 것 없이 목을 빼고 서서 물길을 바라다봤다. 그러다가 고사목
에 배암이라도 한 마리 올라앉아 둥실둥실 떠내려오면 우르르 물길
아래를 따라 달려가곤 했다. 이윽고 저녁때가 되면 허전허전한 다리
를 이끌고서 집으로들 향했다. 굴뚝 연기가 피어오르는 부엌에서는
아마도 옥수수가 삶아지거나 강낭콩범벅이 끓고 있었을 것이었다.

얼마 전부터 까마중과 쇠/비름나물을 찾고 있었다. 까마중과 쇠/
비름나물은 밭에서 주로 자랐으나 밭에서는 또 잡초였으므로 제초제
세례를 피하지 못했다. 인가 근처 빈터에서도 자랐으나 마찬가지였
다. 제초제 친 곳을 피하다보니 논밭 두둑에서 간혹 만나도 쉽게 손

을 내밀지 못했다. 까마중 꽃 송아리는 감자꽃과 닮았다. 까만 열매
는 어릴 적 손쉽게 따서 먹던 군입질거리였다. 그렇게 눈에 불을 달
고 찾던 풀들을 마을 외딴곳 상수리나무 숲과 옥수수 밭 어름에서 만
났다.

칼국수 반죽에 날 옥새기 알을 갈아 넣듯, 범벅에는 갖은 여름 곡
물들을 넣었다. 한여름 해질 무렵이면 뒤란에 걸어놓은 한뎃부엌에
서는 현기증 같은 구수한 냄새들이 무젖듯 번져 나왔다. 장마가 길어
지면 한낮 마루에서는 감자 썩힌 녹말가루로 감자떡(감자송편)을 빚
었다. 거무께한 감자떡은 장마철 별식이었다. 감자를 썩힐 때는 코
를 감싸 쥐고 왼고개를 틀다가도 손으로 빚은 감자떡이 가마솥에서
익어갈 때는 목젖이 떨어졌다. 때로는 할머니 몰래 아궁이에 푸나무
를 더 밀어 넣기도 했다.

장마 사이 꽃핀 쥐손이풀들이 간 곳을 몰랐다. 벼이삭이 패기가
무섭게 논둑의 풀들을 깎아버렸기 때문이었다. 아쉬움으로 걸음이
다 휘청했다. 능소화 지고 없는 자리에 분홍빛 상사화 꽃대를 밀어올
렸다. 구름이 벗개진 하늘은 텅 비고 넓었으며 바람 끝에 설핏 가을
색이 묻어났다. 저 꽃들처럼 가고 오는 자리에 흔적 없어도 좋을 것
이었다.

봉숭아물을 들이다

해가 지고 어스레한 동안 박꽃은 활짝 피었으며 칠석물 대신 서쪽 하늘엔 초승달이 수수했다. 칠석제를 지내는 마을을 찾아보기도 어려웠을 뿐만 아니라 삼이웃에서는 그 흔한 호박전도 부치지 않았다. 견우와 직녀의 전설은 이미 동화 속 이야기로 삼복三伏만큼도 기리는 이가 없었다. 아무런 고사도 없이 이불빨래를 하여 찬란한 햇빛 아래 보송보송 말렸다. 책도 나무 그늘 아래 펼쳐놓고 바람을 쐬면 좋을 법도 하련만 선풍기를 틀어놓는 것으로 대신하였다. 어느 날과 다름없는 하루였다.

천 년을 산 듯했다. 여름휴가를, 벌초를 방패삼아 친인척들이 모여들었다. 국수를 삶아내고 옥수수를 쪘으며, 감자적과 장떡을 부쳤으며 닭장에서 금방 잡은 닭을 사서 국을 끓였다. 날오징어 회를 떴으며 채소를 뜯고 삭힌 오징어 젓갈을 무쳤다. 가로등 불빛 아래 앉은 노인들은 십 원짜리 화투를 쳤으며 젊은이들은 맥주를 앞에 놓고 속살거렸다. 백반을 넣은 봉숭아꽃/잎을 물들일 때는 어른 아이 할 것 없이 동참하여 손발톱을 내밀었다. 그러는 가운데 까맣게 늙은 노인들은 돌봉숭아에 얽힌 추억을 그리움처럼 되뇌었다.

물이 빠진 개울에서 왜가리와 물총새는 먹이사냥이 한창이었다. 둔중한 왜가리와 다르게 물총새는 약삭스레 수면 위를 오르내렸다. 작벼리에 피었던 부처꽃, 등골나물 꽃과 원추리 꽃은 장마물이 휩쓸고 간 뒤 자취를 감췄다. 농약 친 논배미를 피해 걷다보니 숲 기스락까지 발걸음이 닿았다. 나무들 정수리를 덮어씌운 칡덩굴에서 새싹을 한 모숨 따서 손에 들었다. 저녁 거미가 내린 들판에는 미세한 농약 냄새가 편두통처럼 떠돌아다녔으며 제초제를 친 논두렁은 새빨갛게 말라가고 있었다.

살아온 날들이 더 많은 늙은이들은 입이 된 까닭인지 마닐마닐한 음식에만 손을 댔을 뿐 미래에 대해서는 어떤 말도 담지 않았다. 남은 날들 건강이 미덕이었으므로 서로에게 건강보조식품을 선물하며 지나온 날들을 아쉬워했다. 지난 삶이 신산스러웠든 행복했든 경험이 곧 진리는 아니었으나 자신이 겪은 일이 어떤 기준이었으며 스스로도 모르는 사이 인이 박인 경험으로 어린 사람들을 압박했다. 아무런 입씨름 없이 웃음으로 눙쳤으나 뒤끝이 개운치 않았다.

외딴곳 혼자 사는 노파의 집이 전등 빛으로 환했다. 유리문으로 새나온 불빛 아래 노파는 밥상 앞에 앉아 있었다. 캉캉 짖어대던 강아지도 삼복더위 개장수에게 팔렸는지 조용했다. 저녁이면 오랍뜰에서 손수 김을 매던 노파와 종종 마주쳤다. 제초제 값이 오른 탓에 손수 김을 매는 것이라고 했다. 올해는 그런 까닭인지 바랭이가 자랄 만하면 약을 쳐대던 모습을 흔히 볼 수 없었다. 봄가을 숲에서도 간혹 마주쳤으며 인동꽃이 한창일 때도 그랬다. 그러면 슬그머니 자리를 피했다. 인동꽃을 따다 수로에 설치해놓은 덫을 밟아 고래고래 소리치던 모습은 여태도 눈에 선했다.

노인이 밭에 심은 곡물, 채소에는 농약을 덜 쳤을 것이라고 무턱대고 믿는 도시인들은 노인이 거둠거둠 싸주는 대로 보따리를 들고 작별했다. 어떤 의심도 하지 않는 것이 꼭 좋은 것일까. 나이 들고 힘없는 노인들은 호미로 김을 매기보다 약통을 짊어 메는 날이 더 많았다. '태양초'라고 팔리는 고추조차 잠깐이라도 고추건조기 혹은 전기패널에 들어갔다 나왔다. 그러므로 온전히 햇볕 아래서 마르는 고추는 매우 드물었다. 생활 방식, 그 가운데서도 부엌 구조, 아궁이가 없어졌기 때문이었다.

마당에 옹기옹기 사람들이 모여 있으니 옆집 귀먹은 아주머니 무슨 일인가 자전거를 타고 운동을 하던 중에 들렀다. 아주머니가 듣지 못했으니 마당에 앉은 사람들이 외려 꿀 먹은 벙버리가 되었다. 십원짜리 화투판을 유심히 들여다보던 중에『조선일보』열독자이기도 하신 아주머니가 불쑥, 왜 부시 대통령 방한을 반대하고 그런대요? 목청을 높였다. 둘러 앉아 있던 사람들 벙어리 증문 가지고 있는 격으로 두 눈만 끔뻑끔뻑할 뿐이었다.

싸리버섯

속이 울렁거리고 머리가 횡했다. 숲
입새에서 알맞추 익은 '산복상'을 딸 때까지 아무런 기미가 없었다.
물이 불어난 계류를 건너 곧바로 숲으로 들었다. 버섯은 없었다. 나
무줄기를 더위잡고 비탈을 지나 등성이에 올라섰을 때였다. 숨을 고
르며 가만히 섰다. 숲 바닥은 멧돼지가 주둥이로 파헤쳐놓아 몹시도
어지러웠다. 낙엽 썩는 냄새 때문인지 비 잦은 버섯철이면 흔히 만나
는 풍경이었다. 기스락 천둥지기에서는 잇달아 대포 소리가 울렸다.
나락에 접근하는 멧돼지를 막기 위한 궁여지책이었다.

한동안 게으름을 부린 몸은 숲에 들어서야 적나라했다. 도설까.
몇 번 망설인 끝에 나무꾼들이 오르내렸을 등성이 자욱길을 따라 놀
민놀민 걸었다. 기죽은 풀색이 애잔했다. 장화 발자국이 눈에 뜨였
다. 길을 바꿨다. 머루덩굴, 다래넝쿨들을 만났으나 열매는 없었다.
늦은 봄 오종종 자욱이도 피었던 꽃들은 다 어디로 간 것일까. 한편
으로는 씨앗을 맺고 있고, 또 한편으로는 꽃이 피고 있는 더덕을 거
저둔 채 지나쳤다. 도라지도 마찬가지였다. 더덕과 도라지는 길래

꽃 피고 열매 맺었다.

사람이 심은 잣나무 숲 바닥에는 온통 그물버섯 천지였다. 발 디딜 곳조차 없이 다복다복했다. 식용버섯이라고 하나 마을에서는 먹지 않았으니 쓸모없었다. 눅눅한 숲 바닥을 파헤치기를 좋아하는 멧돼지도 그물버섯은 피해갔다. 버섯철이 닥치면 솔숲 바닥 또한 마찬가지로 밭 갈듯 파헤쳐놓아 욕감태기였다. 멧돼지가 한번 파헤쳐놓은 솔숲은 송이버섯이 다시 돋지 않기 때문이었다. 고쳐 돌아보면 인간이 숲에 침입한 것은 아닐까. 멧돼지야 인간이 무엇에 소용되는 물건인 줄 영영 모를 테니 아무려나 송이버섯이든 그물버섯이든 무슨 상관이랴.

낙엽버섯, 졸각버섯, 광대버섯 참 많이도 돋았으나 싸리버섯, 밤버섯은 물론 능이, 송이는 언감생심이었다. 버섯도 나던 자리에서 다시 돋는 까닭에 학봉산 높드리를 향해 갔다. 능이, 송이버섯은 들깨 꽃 송아리가 나와야 만날 수 있으니 아직은 더 기다려야 했다. 이상스레 숲을 가다보면 멧돼지가 간 길을 따라가기 일쑤였다. 길 없는 숲이었으니 조금 더 편한 길을 찾다보면 그리되었다. 어쩌면 맨 처음 생겨난 인간들 길은 동물들이 다녔던 길을 사람들이 따라 걸으면서 확장된 것이지 않았을까.

느닷없이 눈앞이 환했다. 듬쑥한 싸리버섯들이 줄을 섰다. 갓 돋은 새끼손가락만 한 밤버섯을 몇 개 만난 뒤였다. 안풍한 곳으로 어느 해 한자리에서 100개 남짓 밤버섯을 땄던 곳 등마루였다. 몇 개의 골과 마루를 오르내린 끝이었다. 저 먼 듯 가까운 곳에서 솔바람 소리가 깊게 흘렀다. 먼발치 계류 물소리는 손에 잡힐 듯 가까웠다. 키 작은 소나무들 사이로 기어들었다. 너럭바위들 틈에서 나무들이 자라고 버섯이 돋았다. 숲 어디만큼은 버섯이었다.

엉겁결에 손팽이로 나무줄기를 쳤다. 무두룩한 싸리버섯에 홀려 그만 바위에서 배암이 노려보는지도 몰랐다. 소리에 놀란 독사는 가던 길을 멈추고 뻣뻣하게 고개를 치켜들고 나를 봤다. 삭정이를 주워 저 먼 곳으로 던졌다. 그때서야 배암은 스르륵 눈앞에서 사라졌다. 독이 없다고 해도 배암을 만질 수 있을까 싶으면서도 때로 그 불그스 레한 빛깔에 매혹되었다. 배암과 마주칠 때마다 놀라는 것은 어떤 학습효과 때문은 아닐까. 어릴 적 동무들은 배암과 개구리를 얼마나 잘 가지고 놀았던가.

숲은 익숙한 듯하면서도 언제나 낯설었다. 발씨에 익은 길이라 생각되어 가다보면 낭떠러지 계류였다. 앞뒤 첩첩한 계류를 건너 뛰어 등성이로 올라 아래를 내려다보니 이번에는 물줄기가 엔굽이쳐 흐르 는 덤부렁듬쑥한 곳이었다. 다래넝쿨과 칡덩굴이 앞을 가로막았다. 곳곳에 복병 같은 거미줄은 사정없이 얼굴을 덮쳤다. 나무 막대기를 홰홰 휘두르며 걸어도 막무가내였다. 다시 등성이를 향했다. 등에 진 두 되가량 되는 돌복상과 서너 사발 되는 버섯이 차츰차츰 무거워 졌다.

능이버섯 사이로 노인 모습이 어른거리고

밤새 발가락이 간지러웠다. 들깨 꽃이 피자마자 큰산(건봉산)에서 송이버섯을 땄다는 소문이 동네 어귀에 들어서기도 바쁘게 끓어번졌다. 앞산(학봉산)은 두어 차례 다녀왔으나 큰산은 먼발치서 바라만 보았다. 새벽드리 집을 나섰다. 언제부턴가 숲에 들 때는 어머니와도 동행하지 않았다. 사진기와 휴대폰도 일부러 지니지 않았다. 해를 가늠하여 시각을 헤아리던 버릇이 시계/휴대폰을 지참하면 그렇지 못한 까닭이었다. 시계는 숲에서 아무런 소용이 없었다.

숲 입새에 세워진 빨간 트랙터를 흘깃 치어다보며 지나쳤다. 기스락에는 자주국수버섯이 빽빽했다. 계류는 물이 불어난 듯하였으나 무슨 일인지 숲 바닥은 윤기 없이 까실했다. 계류에서 들리는 물소리는 바쁜 듯 한가스레 그러면서 또한 시끄럽고도 영롱했다. 한 모금 물을 마셨다. 비로소 건봉산 숲이었다. 흔하던 깨금버섯도, 무당버섯도 없었다. 등마루를 따라 치올랐다. 이제 막 꽃을 피운 참배암차즈기 노란 꽃이 어제처럼 환했다.

밤버섯을 몇 개 만났으나 실하지 못했을 뿐만 아니라 돋아나다 어린 채로 말라버렸다. 지난해 능이버섯을 땄던 골짜기로 내려서려던 순간 앉아 쉬고 있는 사람의 뒤통수를 보았다. 이웃 마을 아저씨와 닮아 보였으나 단정할 수 없었다. 무르춤했다. 뒤로 물러서서 옆 골짜기로 내려가려는 순간 뒤통수를 향해 날아오는 소리 있었다. "능이 많이 땄어요?" 모르는 노인이었다. "화곡리에는 능이가 많이 났다고 하던데 여기는 없네요." "여기가 화곡리보다 조금 늦습니다." 대답한 뒤 힐끔 뒤를 돌아보고서는 서둘러 계곡 아래로 내려갔다.

한정하던 숲이 도떼기시장처럼 번잡했다. 버섯보다 사람이 많았다. 읍내에서 온 사람들이라고 했다. 바다에 있어야 할 사람들이 숲에서 헤덤비고 있었다. 사람 소리가 들리지 않는 곳을 찾아가던 길에 물이 내번진 곳에서 걸음을 멈췄다. 능이버섯이었다. 일서둘러 집을 나서자마자 동네 아주머니와 마주쳤다. 이따금 새퉁스러운 소리를 잘도 해서 질겁하게 했던 아주머니께서 무슨 일인지 버섯 많이 따고, 그리고 버섯 만나면 넙죽넙죽 절도 하라고, 덕담을 해주셨다. 깊숙이 허리 숙여 인사를 올렸다.

깊이 숨을 들이마셨다. 어제와 닮은 변치 않은 바로 그 냄새였다. 여러 개가 한데 엉겨 있는 밑동의 흙을 툭툭 털어 비료포대 다래끼에 넣었다. 가슴이 그들먹했다. 송이버섯은 원체 시절인연이 없었던 터라 솔숲은 건성건성 지나쳤다. 더러더러 싸리버섯과 밤버섯을 만났다. 산을 뒤덮던 사람 목청이 들리지 않는 낡삭은 무덤 곁 소나무 그늘에 가만히 앉았다. 달게 한숨 자고 일어난 듯 머리가 맑았다. 무엇을 본 듯하였으나 아무것도 손에 잡힌 것은 없었다. 펼친 손바닥이 허전했다. 가고 온 뒤에라도 깨달을 수 있다면 남은 생이 조금 더 해 낙낙해질까.

곰버섯(까치버섯)을 찾았으나 만날 수 없었다. 묶어 나는 '기름버섯(연기색만가닥버섯)'은 하나만 만나도 횡재한 듯 반가웠다. 하나 무게가 1킬로그램씩 하는 싸리버섯이 있는 것과 마찬가지로 기름버섯도 그랬다. 손질도 쉬웠다. 능이, 송이버섯을 선호하는 이면에는 뒷손질이 성가시지 않은 까닭도 있었다. 밤버섯, 싸리버섯 등은 검불과 흙먼지를 제거하고 썰썰 끓는 물에 삶아낸 뒤 하루 이틀 물을 갈아가며 우려야 했다. 집에서는 가스 불 대신 한뎃솥을 걸어놓고 나무를 때서 버섯을 삶았다.

아무렇게나 보여주는 숲속 풍경은 없었다. 한 걸음으로 이쪽과 저쪽이 갈리는 것과 마찬가지로 등을 하나 넘으면 또 다른 세상이었다. 어느 곳을 떠돌다 어떻게 마을로 들어온지도 모르는 노인, 20여 년 가까이 숲에서 약초를 캐서 시장에 냈다. 특히 가시오갈피나무만을 골라 뿌리까지 마구잡이로 캐서 욕을 벌었으나 어느 날 약초를 캐러 갔다가 비무장지대 근방에서 영영 사라졌다. 노인을 홀린 풍경은 대체 어떤 모습이었을까.

머루는 어디에도 없고

집안닦달을 하고 고요히 앉아 방 안
에 갈바람만 들여놓고 차를 마셔도 좋을 그런 가을은 이제 까마득한
모양이었다. 한가위를 지나왔건만 한낮은 여전한 뙤약볕 속이었다.
코스모스만 제철인 양 승했다. 숲속 버섯들도 열흘을 넘기지 못하고
사라지고 없었다. 지구가 뜨거워진 탓일 게라고 엉두덜거렸으나 그
뿐. 저 먼 남도에서 재배되던 녹차가 이곳 강원 고성에서도 자랄 수
있게 된 것이 들이좋기만 한 일은 아니었다.

봄날 봐두었던 머루를 만날 수 있을까. 오후로 접어들면서 앞산으
로 향했다. 오랍뜰에 있는 작은집 머루들은 밤이면 너구리들이 와서
다 따먹고 하나도 남기지 않았다. 숲속도 마찬가지였는지 머루든 다
래든 나무열매들을 만날 수 없었다. 사람이 다녀갔더라도 한두 알 정
도는 남기게 마련이건만 어찌된 영문인지 머루 그림자조차 볼 수 없
었다. 바람의 신이라도 데려간 것일까. 허우룩했다. 무릎 아래서 누
렇게 시들고 있는 백선 이파리를 물끄러미 봤다. 바람 한 점 없었다.

봄 내내 뜯어먹은 참취가 하얀 꽃을 피워 별뉘 사이에 애상스러웠

다. 숲이 시작되는 곳, 개구리 양식장 언저리에 지어놓은 정자에서 고기를 구워 먹던 중년의 남자들과 닮았다. 외딴곳에서 마치 서리한 참외라도 먹듯 잔뜩 웅크리고 마주보고 앉아 음식을 먹는 사람들, 소리쳐 부르기에 목례만 하고 지나쳤다. 양식하려고 풀어놓았던 개구리들은 숲속으로 도망했거나 그물망에 머리를 들이받고 죽어갔다. 한가위 뒤풀이일까, 아니면 눈먼 송이라도 만났던 것일까.

넌출진 단풍마 앞에서 잠시 망설였으나 그대로 지나쳐 높드리를 향했다. 딱히 찾는 것도 없으면서 둘레둘레 주변을 살피며 메숲진 숲을 걸었다. 숲 바닥에 까만 도토리가 이따금 눈에 띄었다. 열매 맺은 더덕뿌리를 캤다가 되묻었다. 견물생심이었지만 크기가 작은 까닭이었다. 어느새 무성하던 국수나무 이파리가 성긋했으며 그만큼 또 배낭을 벗으면 땀에 젖은 등허리가 선득선득했다. 백두산 상상봉에는 흰 눈이라도 내리고 있는 것일까. 한참을 등성이 자욱길을 일없이 따라 걸었다.

미역줄나무열매는 어떤 모양일까, 떼판을 이뤘던 곳으로 방향을 바꿨다. 잣나무 숲 바닥은 사람 발자국과 멧돼지가 파헤친 자국이 어지럽게 뒤섞여 있었다. 찔레꽃 필 무렵 하수오를 만나기도 했던 곳이었으므로 주의 깊게 주변을 살폈다. 새까맣게 돋아난 구름버섯(운지버섯)을 조붓한 계류에서 만났다. 옆으로 배암이 한 마리 지나갔으므로 서둘렀다. 어디든 사람의 자취 흔했으나 용케도 비켜갔다. 병사들 훈련장으로 이용하던 흔적이 곳곳에 에넘느레 널렸다.

날삵은 철조망을 딛고 넘어섰다. 빤빤히 벌초를 한 묏등이 숲 한

가운데 도드라졌다. 바닥에는 종이컵이 구겨진 채로 버려져 있었으며 나뭇가지에는 스포츠음료 페트병을 끼워놓았다. 너부죽한 무덤은 비바람에 닳아 간신히 형체를 유지하고 있었다. 두 번 죽기 싫다며 화장을 거부하는 내 어미는 죽은 다음 누가 벌초해줄까. 오늘 만난 육탈한 고라니 두개골처럼 숲 바닥을 뒹굴지만 않을 수 있다면 물고기 밥이 되어도 좋고, 독수리 밥이 되어도 좋겠다.

　다람쥐처럼 가끔 가다 봄날 봐두었던 나무들 위치가 떠오르지 않았다. 숲에 장뇌삼을 심은 뒤 보물지도를 만들던 사촌동생처럼 나도 그래볼까. 엄나무는 어디에서 어디로 몇 발자국을 걸어가면 되는지, 산돌배나무는 숲이 시작되는 곳에서 몇 개의 골과 마루를 건너면 만날 수 있는지, 천마는 몇 개의 피나무를 지나면 캘 수 있는지, 하수오는 어느 골짜기로 스며들어 몇 번째 잣나무를 통과하면 되는지. 우스웠던지 휘돌아 나오는 길, 보랏빛 산비장이가 까막까막 저녁바람에 흔들리고 있었다.

초롱단은 용담

산초나무 열매, 즉 조피로 차를 담갔
다. 숲에서 여전히 푸릇한 열매를 따서 꿀에 재우는 간단한 것이었
지만, 매우 향기로웠다. 절간 스님들께서 겨울철에 드시는 음료라는
설명에 매혹되어 장아찌를 담그려고 했던 것을 즉시 꿀에 재우는 한
편, 다음 날 곧바로 숲에 들어가 한 바구니 더 열매를 땄다. 지난해
조피로 장아찌를 담가 지인에게 건네주었더니 어느 스님께 얻어먹던
그 맛이 아니라고 했다. 이유를 몰라 하던 참에 어떤 책에서 그 실마
리를 찾았다. 산초 열매를 따러 나선 김에 봉황삼도 한 뿌리 캤다. 향
이 더욱 그윽해졌다.

껍질 벗겨 칼로 얇게 저며 햇볕 좋은 그늘에 말리던 산도라지를
거둬들인 자리에 봉황삼을 내널었다. 가을 더덕도 그 한편에서 물기
를 말렸다. 운지버섯과 비수리도 강말랐다. 설악산에 첫얼음 얼었다
는 소식 뒤로 마을은 가을걷이를 하느라고 한창 바빴다. 덕분에 숲은
적적하리만치 고요했으며 이따금 그 사이로 도토리가 떨어져 내렸
다. 공기는 가벼웠으나 소멸하는 것들의 침묵으로 걸음은 무거웠다.

해묵은 소나무 그늘 아래 팔베개를 하고 누워 꼰 다리를 흔드렁거리면서 먼 데 하늘을 올려다봐도 좋겠다.

천둥지기가 있는 앞산, 숲이 시작되는 곳은 봄가을로 팥죽 단지에 생쥐 달랑거리듯 하는 곳이었다. 경운기, 트랙터가 지나다니는 길 한복판에서 뜻밖에 어린 하수오 이파리를 만났다. 한쪽 길섶은 벼를 탐하는 멧돼지를 막기 위한 철조망이 지나고 있었다. 무슨 일인가 하여 주변을 살폈다. 소나무 뿌리 부근에, 가시철망 사이에 하수오 줄기가 덩굴을 올리고 있었다. 어리둥절했다. 마가 있는 곳이라면 하수오 또한 예사로 만났지만, 늘 눈에 띄던 마줄기를 태무심이 지났다. 어린 줄기라 캐지는 않았지만 허거펐다.

숲속에 풀들이 이울고 나면 봄부터 시작한 효소항아리들 뚜껑을 밀봉할 것이었다. 조금 더 일찍 시작했더라면 찌물쿠는 아스팔트를 만신창이 몸을 하고서도 투지례投地禮로 지나고 있는 순례자들에게 보낼 수도 있었을 것인데, 군색하고 아쉬웠다. 숲 기운으로 자란 백 가지 약초이니 숲에 사는 예쁘장한 요정들이 만든 음료는 아니었지만, 그 기운만큼은 명개 먼지만큼 남아 있을 것이니 잠깐의 위안은 되지 않겠는가. 무엇이든 제때 오지 못하고 지내 늦거나 지나치게 일찍 왔다.

어머니께서 어느 날 약초 한 뿌리를 가져다주시면서 초롱단이다, 하셨다. 한참을 이리저리 뒤적이던 끝에 내겐 그것이 용담이었고, 어머니껜 초롱단임을 알았다. 같은 식물을 두고서도 어머니가 부르는 이름과 내가 부르는 이름이 달랐다. 특히 식물 이름은 지방마다 달랐다. 실물 없이 이름만 놓고 보면 아무 상관없는 것이 태반이었다. 이를테면 이곳에서 깨금버섯이라고 부르는 것을 버섯도감에서는 뽕나무버섯/뽕나무버섯부치라고 했으며 어른들이 꾀꼬리버섯이라고 하는 것 또한 책에서는 달걀버섯이라고 불렀다.

민주주의의 병폐는 어쩌면 그 다수결원칙에 있을 것이었다. 다수가 반드시 옳은 것이 아님은 누구든 아는 일일 테지만, 자주 그 사실을 잊었다. 모른 체 잊고 그렇게 지내는 사이 약/소수자들 삶은 더욱 고달파질 것이었다. 아무래도 표준은 통치자/지배자들을 위한 방편에 지나지 않아 보였다. 식물들 이름 또한 어느 한 특정 지역 이름을 표준어로 삼는 순간, 그 나머지 이름들은 배제되거나 삭제될 것이었다. 어머니가 사라지는 것과 동시에 '초롱단' 또한 사라지는 것과 마찬가지로.

숲 그늘 아래 곱고 예쁜 구절초들이 이제 막 꽃대를 밀어올리기 시작했다. 엊그제 봄숲에서 노루귀를 만난 듯했으나 어느새 봄꽃들 가고 없는 자리에 가을꽃들 한창이었다. 산마루에는 이미 겨울을 사는 신들이 당도해 있을 것이었다. 밤이면 이불귀를 꼭꼭 여며야 했다. 찬물에 손을 담그면 손이 곱았다. 붉은 단풍도 없이 겨울이 올까봐 한시잠시 근심했다. 속절없었다.

송이전골 냄비를 가운데 두고

아무래도 『반지의 제왕』을 쓴 톨킨은 버섯을 몰랐거나 무관심했던 게 분명했다. 어떻게 숲을 이야기하면서 버섯을 비껴갈 수 있었을까. 연초煙草에 대해서는 그토록 자주 언급하면서. 숲/땅에 사는 생명들에게 버섯은 떼려야 뗄 수 없는 끈질긴 무엇이다. 요정들이 만드는 음료와 과자에도 버섯이 들어 있지 않았을까. 알 수 없다. 광대버섯이니 마귀버섯이니 하는 버섯들이 독버섯으로 분류되는 이유 가운데 하나는 인간사회가 금기하는 환각작용 때문이다. 디오니소스 축제가 술을 주요 주제로 하는 것일 테지만, 꼭 술뿐이겠는가 하는 의구심이 검질기게 달라붙는다.

송이전골에 오디술을 곁들였다. 우리 집이었다면 삼지구엽초술이나 하수오술을 곁들였겠지만 내 집이 아니었던 까닭에 주인장께서 내주시는 대로 오디술을 반주로 곁들였다. 채소와 쇠고기를 넣고 끓인 다음 마지막에 잘게 찢어 올려놓은 송이들 향은 코끝을 감돌아서 마침내 혀끝을 감쳤다. 끝엔 도토리처럼 쇠고기 저름만 냄비 바닥에서 뒹굴었다. 밖에는 이따금 빗방울이 듣고 방 안 식탁에서는 이렇듯

전골냄비에 따뜻이 김이 올랐다. 춥고 시린 생각들이 아마득히 사라졌다. 송이버섯 맛보았으니 이미 가을이 다 갔다.

버섯 나는 곳을 잘 알아 버섯철이 닥치면 꼭두새벽부터 분주한 일흔 살 아주머니는 올해 같은 해는 생전 처음 보겠다며 고개를 가로저었다. 기온과 습도가 알맞지 않아 버섯들이 자생하지 못한 것으로 추측하는 것 외에는 달리 알 길이 없었다. 다시 말하자면 덥고 메말라서 버섯들이 미처 자랄 새가 없었던 것이다. 그렇다고 해도 아주머니 걱정은 지구온난화도, 숲에 찾아든 불청객도 아닌 그저 이웃들에게 버섯 한 꼬투리 돌리지 못한 것이었다. '퍼드래기'라도 이웃과 나눠 먹는 맛이 있었는데 올해는 어디 한 군데 그렇지 못했다며 아쉬워했다.

추석을 지나고 나서도 전례가 있었던 까닭에 설마 했다. 조짐은 지내 일찍 시작된 버섯철에 있었을 것인데, 아무려니 그럴까 방심했다. 어른들 말씀대로 빗자루로 쓸어버린 것처럼 숲은 빤빤했다. 장마철이면 두엄더미에도 돋곤 하던 버섯이건만 숲은 어째 그럴까 싶을 만치 부엽토 썩는 냄새조차 나지 않았다. 별별스러웠다. 그러면서도 짓깔아뭉개는 것으로 치면 대정코 숲이 으뜸일 것이었다. 나무가 없으면 그것은 사막이었다. 숲이 아니었다. 어디 숲에 기대 사는 것이 사람뿐이겠는가.

한동안 마을 기스락에서 자라던 미추룸한 금강소나무들이 도시로 팔려갔다. 그 일을 끝내자 이번에는 이웃 마을 숲정이를 헐어서 금강소나무들을 파내기 시작했다. 나무 심는 조경업자들은 나무를 시집

보내는 것이라고 굳이 좋은 말로 가려서 했지만, 내게는 다만 팔려가는 소나무들일 뿐이었다. 숲 기스락은 놀란흙을 드러내서 금방이라도 기절할 듯 시뻘겋게 가로누웠다. 그렇게 팔려간 소나무들은 '명품'으로 둔갑하여 도시의 고층빌딩 앞이나 '고급 주택' 정원에 심어졌다. 그것마저도 '한탕주의'와 엇끼어 있었다. 그렇지 않고서야 그토록 이식移植하는 일에 집착해야 할 까닭이 없었다.

농촌에 자리한 숲이 폐허가 되는 동안 그렇다고 해서 도시에 있는 공원이 숲으로 바뀔까. 공원에 저절로 싹 틔우는 나무를 용납할 때만이 까마득할 테지만, 그럴 수 있을 것이었다. 인간은 그악스러워서 쉽게 멸종하지는 않을 테지만, 인간이 떠난 도시라면 느질게라도 옛 기억의 숲을 복원할 수 있을 것이었다. 말뚝 박듯 다 자란 나무를 옮겨 심는 일은 자연의 기반을 허무는 일이었다. 때때로 도입종들이 생태계를 어지럽힌다는 소식은 어떤 묵시록이었다. 고추는 해마다 탄저병이 더하여 약 없이는 지을 수 없는 농작물이 되었다. 대파도 마찬가지였다. 나날이 숲을 거덜내고 갯벌을 메워 없애고 있으니 이 땅에 살아남을 수 있는 것은 과연 무엇일까.

항아리를 얻다

손가락은 곱고, 물소리는 시렸다. 비
그친 뒤 비거스렁이를 하느라고 바람은 찼다. 저만치 산마루를 넘어
오던 가을은 어느 사이 바람이 되어 재바르게 흩어지며 사라지고 있
었다. 서쪽 하늘에 걸터앉은 비구름은 빠르게 벗개지는가 싶으면 다
시 또 휘몰아 뭉쳐서는 햇볕을 가리곤 했다. 전깃줄 위에 앉았던 갈
까마귀 떼는 화르르 꽃잎처럼 날아올라 한순간 빛살 속으로 사라졌
다. 만아晩鴉였다. 바람을 안으며 조용조용 둑길을 걸었다. 논바닥에
깔아놓았던 짚들도 거진 반 걷어들인 자리, 움벼가 돋은 논바닥을 갈
아엎는 트랙터 굉음이 요란했다.

설악산 대청봉에 첫눈이 내린 뒤에도 길섶 민들레는 노란 꽃을 피
운 채 바람에 한껏 흔들리고 있었다. 가만히 허리를 굽히고 보면 주
름잎 그 작고도 여린 꽃잎들이 여태도 만개한 채 겨울을 맞고 있었
다. 산 기슭 볕바른 곳, 논두렁 후미진 곳에는 머위 잎들이 다시 돋
아서 봄날처럼 푸르렀다. 도로변 개나리 노란 꽃잎 또한 만개하였으
나 삭풍에 시달린 듯 생기 없었다. 어느 때가 제철이고, 어느 시절이

온전한 시절인지 알 수 없었다. 산국도 다 이울었는가 싶으면 어느 덤부렁듬쑥한 곳에서는 가만가만 새뜻한 꽃잎을 내밀고 있었다.

이파리 죄다 떨어진 감나무 가지에 붉은 감이 남아서 시린 하늘을 불 밝히었다. 까치밥으로 남긴 것이 아니라 숫제 따지를 않았다. 곶감을 말릴 만한 손품이 부족한 것인지, 아니면 맛이 떫은 땡감인지 알지 못했다. 풋감을 침담가 먹던 일도 이젠 옛일이었다. 떫은 풋감을 소금물에 재우면 떫은맛이 가시고 단맛이 돌면서 씹는 맛이 있어 좋은 군입거리였다. 고욤은 말할 것도 없었다. 서리가 내리고 난 뒤 도토리만 한 고욤을 따서 항아리 속에다 삭혔다. 맵찬 바람이 문풍지를 흔들며 지나가는 겨울 한밤, 화로를 끼고 둘러앉은 식구들의 밤참거리로 그저 그만이었다.

논두렁 옆 감나무에 달린 홍시를 딸까 말까 망설망설하면서 목젖이 닳도록 바라만 봤다. 임자 있는 감나무인지라 선뜻 나서서 손대는 것이 쉽지 않았다. 어찌된 풍속인지 떨어져 썩는 한이 있어도 다른 이들 입에 들어가는 것을 내남없이 내켜하지 않았다. 한 뼘 땅 경계를 두고서도 악다구니를 치며 죽일 듯 싸웠다. 화폐를 지불하고 물건과 교환하는 것이 속편했다. 낭만이 사라진 자리에 낙엽만 흥흥히 답쌓였다. 이윽고 찬 눈이 내리면 집집마다 문 걸어 잠그고 한겨울을 살 것이었다. 민들레를 캐야지, 머위 잎을 뜯어야지 속다짐을 했다.

앞길 멀리 오랍뜰에서 풋고추를 따고 계신 외딴집 아주머니가 보였다. 사진을 찍어달라고 하신 뒤 몇 차례 헛걸음을 했다. 어느 날 드디어 방 안에 앉아 콩알을 고르시던 아주머니를 만났다. 사진 찍으러 왔습니다, 했더니 싫다며 시들한 표정이셨다. 서너 차례 도다녀갔다는 말씀을 드린 뒤에야 겨우 허락을 하시는가 싶더니 옷을 갈아입으시겠다고 했다. 발그레한 분홍빛 셔츠로 갈아입으시고는 단풍 든 벚나무 아래에 벌 받는 아이처럼 가만히 섰다. 슬며시 웃었다. 엊그제 읍내 사진관에서 큼지막하게 인화한 각기 다른 사진 두 장을 갖다드렸더니 밉다, 곱다 하셨다.

어딜 가? 만날 때마다 하시는 말씀이었다. 몰풍스럽게 들릴 법도 한 말투였다. 산책, 그러면서 사진기를 들이댔다. 번번이 실랑이하듯 사진을 찍겠다느니, 찍지 말라느니 입씨름을 했다. 빨간 바구니에는 풋고추가 한가득이었다. 밤사이 풋고추가 얼까봐서 지레 따는 것이라고 했다. 무슨 얘기 끝에 항아리 얘기가 나왔다. 나를 '된(뒤란)'으로 이끄셨다. 처음 들어가보는 뒤란이었다. 두릅나무와 오갈피나무가 떼판을 이뤘다. 장항아리들로 가득했을 너른 장독대는 텅 비었다. 고물장수에게 성한 항아리는 팔고 금간 항아리만 남았다고 했다.

이편저편 작은 항아리들이 옹기종이 모여 있었다. 모여 있는 항아리들 가운데 어느 것을 갖겠느냐고 물으셨다. 물동이보다는 조금 크고, 떡시루보다는 조금 작은 항아리 하나가 유독 눈에 들어왔다. 손가락질을 했더니 항아리 뚜껑을 열고서는 느쟁이(명아주) 말린 것이라고 하면서 주섬주섬 말린 풀을 꺼내놓으시더니 가져가라, 하셨다. 뒤란에서 가장 어여쁜 항아리였다. 그냥요? 했더니 사진도 그냥 찍어줬잖아, 하셨다. 잠시잠깐 손끝이 떨렸다. 뒤란을 한 바퀴 돌아보

고서는 냉큼 항아리를 들고 도섰다. 그것으로 저녁 산책은 중동무이
되고 말았다.

패름이 돌듯

바람이 몹시 부니 촛불을 켰다. 창문
과 다붙어 있는 책상 위에 한낮, 촛불을 밝히고 글쓰기를 멈춘 채 가
만히 앉았다. 방바닥은 뜨겁게 끓고 있어도 창문 틈으로 스며드는 칼
바람은 매섭기 이를 데 없었다. 생각 끝에 촛불 한 자루를 밝히고 보
니 의외로 따스웠다. 책상 등까지 밝혀놓고 보니 한밤중처럼 온화했
다. 여름이라면 더워 휠휠 부채질을 했을 것이었다. 무릎 덮개를 치
우고 홑이불을 내려 덮었다. 갑갑증이 이는 까닭에 창문을 봉할 수
없었다. 후텁지근한 방 안 공기 탓에 알싸한 창 밖 바람을 포기하지
못하는 까닭이었다. 하늘빛이 쩡쩡 찢어질 듯 새파랬다. 글을 쓰는
대신 만두를 빚었다.

꽁꽁 개울도 얼고, 논바닥도 얼었다. 어찌나 바람이 부는지 걸음
을 옮길 수 없어 두어 차례 산책을 포기했다. 밤도 이르게 찾아왔다.
해를 보려면 오후 서너 시쯤 책을 덮어야 했다. 전염병이라도 돈 마
을처럼 문이란 문들은 모두 닫혔다. 개조차 짖지 않았다. 이르게 뜬
달이 저 홀로 창백했다. 길을 바꿨다. 수로 옆 논둑에 버드나무를 만

나러 갈 참이었다. 푸른빛에 언뜻 홀린 까닭이었다. 가다보니 그루터기가 반나마 잘린 나무가 앞을 가로막았다. 고개를 치켜들고 보니 고욤나무였다. 까맣게 익었다. 곰처럼 가지를 타고 나무에 올랐다. 맛보기로 하나를 따서 입에 넣었다. 달다했다. 가지를 하나 꺾어 내려왔다. 직박구리 등쌀에도 용케 남아 있었다.

옹종망종 열매가 달린 가지를 들고서 다시 산책길로 접어들었다. 방 안이라면 씨앗 때문에라도 엄두를 내지 않았을 고욤을 한 알 한 알 따서 먹고는 씨는 아무렇게나 뱉었다. 이쪽에도 한 번, 저쪽에도 한 번, 어디에서고 뿌리를 내렸으면 하는 바람을 담았다. 열매가 줄어들고, 먹다보니 두고 온 것들이 아쉬웠다. 구들장 뜨거운 곳에 앉아 단지 속에 숟가락을 넣고 퍼먹던 어릴 적 고욤열매를 떠올린 것은 자연스러웠다. 당장이라도 돌아서서 열매를 딸까, 걸음이 번거로워졌다. 눈에 띄지 않고 구석진 자리에 있던 영실도 그럴 때는 꼭 등장했다.

찬바람 속에서도 물까마귀는 까닥 까닥 꽁지를 흔들며 사냥 중이었다. 늘 한 마리만 나타났다. 해질녘에 보면 감람 빛이 아니라 아예 숯덩이처럼 새까맸다. 물길을 따라 동쪽으로 서쪽으로 쏜살같이 오르내렸다. 매도 한 마리, 부엉이였을까. 숲 정수리 소나무 우듬지에 앉았다. 논바닥에서 날아오르는 모양새가 둔중해서 한참을 해바라기하듯 치어다봤다. 섣부르게 움직이지 않았다. 기다리는 사람이 지쳤다. 매나 부엉이들 활상을 지켜보는 일은 황홀했다. 가던 사람은 이내 가던 길을 갔다. 뒤돌아보지 않았다. 새는 어느새 머리 꼭대기에서 빙글빙글 맴돌고 있었다.

땅속까지 얼지 않은 까닭인지 슬그머니 패름이 돌듯 얼음판이 녹고 있었다. 깊은 겨울은 아직 시작조차 하지 않았기 때문일 것이었다. 지칭개 새싹이, 쑥 이파리가 이르게 돋아났다 새까맣게 얼었다. 무슨 꽃인가 하여 다가갔더니 별꽃 무더기가 풀이 죽었다. 멀리서 보니 마치 노란 샛별과 닮았다. 허리를 굽히고 확인해도 얼어 죽은 풀 이파리처럼은 보이지 않았다. 생급스레 찾아온 추위는 인간에게만 덧정 없는 것은 아닌가보았다. 길섶에 선 나무들도 전봇대처럼 사날 없었다. 건듯 지나쳤다. 왜바람은 줄곧 꽁무니를 따라왔다. 바람을 따라가면 고니를 만날 수 있었을까.

바야흐로 크고 둥근 해가 졌다. 해가 지는 자리는 날마다 조금씩 바뀌었다. 때 아닌 황사에 목 안이 칼칼하고 눈알이 씀벅이는 것도 참고 무연히 지는 해를 봤다. 희미했던 반달이 은빛으로 도드라졌다. 가고 오는 일이 저처럼 정연하다면 좋을 것이었다. 비로소 주머니 속에 넣었던 팔을 뻗어 홰홰 흔들었다. 어김없이 바람은 맹렬해지고, 콧등은 시려왔다. 마을 공동 쇠마구간으로 소여물을 주러 가는 트랙터, 경운기 엔진 소리가 저녁연기처럼 퍼졌다. 소여물로 주기 위해 짚을 모두 걷어버린 논바닥은 썰렁했다. 너구리, 멧돼지 발자국은 여전한데 황조롱이는 여태도 오지 않았다.

설해목

매운바람이 지나간 길을 자박자박 걷던 중이었다. 잔설이 듬성드뭇한 눈앞 산 기스락에서 후다닥 짐승의 발자국 소리가 들렸다. 놀랄 틈도 없이 고개를 치켜들었을 때는 이미 두 마리 누런 고라니가 겅중겅중 꽁지가 빠져라 저 먼 데를 향해 들이뛰고 있었다. 연이어 장끼가 날아올랐다. 우두망찰 서 있었다. 발밑에서는 눈이 녹고 있었으며 자잘한 주름이 생긴 눈 위로는 해질녘 나무 그림자가 길었다. 먼산주름이 갈수록 선명해지는 것과 같이 볕바른 곳에서는 거진 반 눈이 다 녹았으나 그늘진 북쪽 비탈면에는 여태도 눈더미가 깊숙했다.

지난 하루 눈무지 위를 푹푹 빠지면서 저녁 산책을 즐겼으나 그다음 날 보니 길 위에 눈들이 빤빤히 치워져 있었다. 트랙터로 밀었으며 산책길 동선과 맞아떨어졌다. 겨울이면 그곳은 아무도 다니지 않는 농로였으니 헤아릴 수 없어 고개를 갸웃거릴 뿐이었다. 어딘가에서 보고 있을 누군가의 눈길을 떠올렸지만 별무소용이었다. 고마운 마음에 앞서 어쩐지 뜨악했다. 이미 많은 눈이 녹았던 터라 등산화를 신으면 더딘 걸음이긴 했지만 크게 어렵지 않은 처지였다. 알 수 없는 누군가 말라죽을 짓을 한 것이었다.

눈이 녹으니 살 것 같다는 이웃 어른들 외침을 증명이라도 하듯 전봇대 위에는 조롱이가, 덤불 속에는 방울새와 딱새가 시끌벅적했다. 마치 바람 없이 푹한 겨울 날씨가 기쁘기라도 한 듯했다. 눈길 위에는 왜뚤비뚤 술 취한 걸음걸이 같은 내가 지나간 발자국이 얼어붙고 들뜬 채 고스란했다. 내 지나간 자리가 저렇구나, 한참을 망연히 바라다봤다. 지난밤 쓴 연애편지를 들여다볼 때처럼 낯부끄러움으로 얼굴이 벌게졌다. 눈길 함부로 걷지 말라던 어느 선사의 말씀을 떠올렸다. 무엇이든 그러할 것이었다.

벚꽃나무 가지 끝에 발긋하게 꽃망울이 맺히는 것과 마찬가지로 목련나무 가지 끝에도 봉긋봉긋 망울이 부피를 키우고 있는 가운데, 폭설로 인해 눈들 무게를 이기지 못한 소나무 가지는 셀 수 없이 많이 꺾이고 부러졌다. 소나무뿐만이 아니었다. 촘촘하고 빽빽한 숲속은 눈 피해가 더욱 심했다. 굵은 줄기들이 맥없이 부러져 널브러져 있는 장면은 마치 폭격 맞은 거리와 닮아 있었다. 거리를 확보하지 못해서 벌어진 불상사였다. 숲속에 살고 있는 짐승들은 온전히 목숨 부지하고 있을까, 뒤늦게 떠오른 생각이었다. 희미하던 낮달이 돋을 새김을 하고 있었다.

모자도 벗고 마스크도 내렸으며 주머니에 넣었던 손도 꺼냈다. 봄이 왔다고 설레발을 놓아도 밉광스럽지 않을 만큼 날씨는 푹했다. 순식간일 것이겠으나 당장은 곶감보다도 다디달았다. 꿈자리가 뒤숭

숭하고 알지 못할 것들이 머릿속을 어지럽히는 통에 밤새 고상고상 찌뿌드드한 몸이 조금씩 기지개를 켰다. 생각이 꿈으로 이어지는 것인지, 꿈이 욕망을 지배하는 것인지 도통 알 수 없는 일들이 연속해서 벌어지는 바람에 쉽게 잠들지 못했다. 겨울은 특히 절식을 해야 했음에도 한밤 밤참을 먹은 탓일까. 갱핏했던 몸에 살이 붙으면서 벌어지고 있는 일이었다.

날파람잡을 만큼 돌아다니지 않기 때문이라는 것은 핑계에 불과하며 체중이 붙는 것은 먹는 만큼 움직이지 않기 때문일 것이었다. 한편에서는 굶주림으로 목숨을 잃는 반면 또 한편에서는 불어난 체중을 감당하지 못해서 화폐를 지불하고 다이어트를 했다. 하루에 꼭 세 끼를 먹어야 한다고 여기는 것은 그렇게 학습되고 길들여졌기 때문일 것이었다. 새벽잠을 깨우는 아버지의 아침진지 드시는 소리는 참을 수 없이 시끄러웠다. 먹기 싫으면 먹지 않고도 견디도록 자유자재할 수 있으면 좋으련만, 당당 멀었다. 출출하지 않아도 밥을 찾았다. 습관이었다. 이럴 때는 사람이 짐승만도 못했다. 아니 짐승만도 못한 것이 어디 그것뿐일까마는.

눈길 위를 걸어온 신발 바닥은 눈과 같이 희었다.

생활 속 속도

마른하늘에 눈도 내리지 않는 강추위로 바싹 몸이 얼었다. 어릴 때 걸렸던 동상은 기온이 영하로 내려가면 반복해서 증상을 드러냈다. 팥알만 한 붉은 반점들이 돋아나고 맹렬히 가려웠다. 어릴 때 할머니는 메주콩 자루 속에 발을 넣게도 하고, 세숫대야에 오줌을 받아 발을 담그게도 했지만 크게 효험을 본 기억은 없었다. 얼음판에서 해종일 빙구를 타다가 등하굣길에 징검돌을 잘못 디뎌 물속에 빠져서 생긴 동상이었지만, 날이 풀리면 또 씻은 듯이 자취를 감췄다. 조개탄과 솔방울을 태우던 교실 안 난로로는 물에 젖은 털신을 말리지 못했다.

개울과 논바닥에 꽝꽝 얼음 얼었어도 누구도 빙구며 스케이트를 타지 않았다. 아이들은 보습학원으로, 입시학원으로 방학이 없었으며 어른들은 텔레비전이라는 감옥에 갇혀 집 밖으로 나서질 않았다. 노인들만 이따금 마을회관에 모여들어 십 원짜리 고스톱 판을 벌일 뿐이었다. 삶이 단순해진 대신 메마르고 삭막해졌다. 사랑방에 모여 앉아 새끼를 꼬고 가마니를 짜는 일도 이제는 없었다. 가마니를 짤

때면 가마니틀을 안방에 앉혀놓고 물 축인 짚을 들여놓으면 짚 냄새가 훈훈했다. 그 곁 아랫목에서는 청국장이 익어가고, 콩나물시루에서는 콩나물들이 키를 키웠다.

서너 시간 뒤면 서울에 당도할 수 있다고 해서 내 삶이 윤택해지는 것일까. 구불구불 일방통행이었던 진부령 고갯길은 날이 갈수록 직선으로 바뀌어갔으며 기스락은 점점 더 강파르게 치솟았다. 가속 페달을 밟은 것처럼 숨은 가쁘고 정신은 사나웠다. 춥고 시린 얼굴로 전차를 기다리는 사람들이 슬픈 영화처럼 막막해 보였다. 시골 버스 터미널 대합실에 그 흔한 갈탄난로조차 설치하지 않은 태도가 도심 속 전차를 기다리는 사람들 얼굴에서도 고스란히 엿보였다. 바위벼랑 끝에 간신히 매달려 있는 형국이었다.

마을마다 이장선거 후유증을 앓았다. 전과 달리 농촌개발 사업이 많아지면서 이권에 개입할 여지가 충분해진 까닭이었다. 예전에도 그런 일이 없지 않았지만 지금처럼 수십억 대에 이르는 사업은 흔치 않았고, 행정기관에서 보조를 하는 대신 마을에서 감사의 인사치레로 쌀가마니나 걷어주는 것이 전부였지만 이젠 그렇지 않았다. 생계가 넉넉해진 것만으로는 내남없이 성에 차지 않는 모양이었다. 마을의 이장은 흔히 원로가 맡거나 아니면 원로들이 신임하는 젊은 사람을 밀어서 일을 맡아보게 했지만 요새는 점점 부패한 정치판을 닮아가고 있었다.

자가용으로 인해 생활 패턴이 바뀐 까닭일 것이었다. 버스로 속초 시내를 한번 다녀올라치면 거진 하루를 보내야 했던 것과 달리 승용차로는 왕복 한 시간이면 넉근했다. 농번기 때 읍내 다방에서 커피를 배달시키고 점심으로는 읍내 식당에서 김치찌개를 주문하는 일은 이제 다반사였다. 외식을 하는 횟수도 잦아졌으며 속초 시내 대형 할인 매장을 이용하는 경우도 늘었다. 음식을 주문하면 승용차로 배달되었다. 어른들은 이구동성 세상이 좋아졌다고 했다. 육신의 고통에서 해방되었다고 해서 한가롭고 여유 있느냐고 하면 갸우뚱 고개를 저었다. 더욱 바빠졌을 뿐이었다.

마치 '웰빙'을 살기 위해 쉴 새 없이 고군분투해야 하는 삶과 닮았다. 선택하고 배제하는 게 삶의 골격이라면 취사선택 여하에 따라 삶의 행방이 달라질 것은 분명했다. 문제는 어느 길로 갈 것인가 하는 것일 테다. 컨베이어벨트에 올라앉은 삶에서 뛰어내리지 않는다면 죽을 때까지 뺑뺑맬밖에 방도가 없을 것이었다. 컨베이어벨트만이 삶의 길은 아닐 것이었다. 신작로를 이루는 것은 수많은 사잇길이 있은 다음이지만 이제는 신작로만 길이라고 여겼다. 이를테면 적정선을 어디에 둘 것인가 하는 것도 마찬가지였다.

승용차, 트럭, 트랙터를 다 갖고 있으면서 지구온난화를 이야기하는 것은 자가당착이었다. 모자라서 불행하기보다 차고 넘쳐서 싸움이 잦았다. 알짬은 거기에 있었다.

직박구리 떼 날다

　　　　　　　　　　　　　이미 봄은 당도했는지 겨우내 움츠렸
던 물소리에 생기가 돌고, 숲속 직박구리 떼 몹시 바빠졌으며 가만히
물그림자를 들여다보던 백로는 어느새 이내 낀 서쪽 하늘을 향해 높
게 날아올랐다. 꽝꽝 얼음 언 호수에 패름이 돌고 눈석임물이 흘러내
린 숲길은 진흙으로 엉겁이 되었으며 진눈깨비 지나간 자리에 여린
봄풀들 파릇파릇해졌다. 삭풍이 불던 겨울은 그렇게 작별 인사도 없
이 서둘러 떠났는지, 그늘진 자리에 겨울눈은 여태도 빛이 바랜 채
녹아가고 있었다. 물 먹은 솔숲도 더불어 청청해졌으며 집 없는 고양
이들 빈집 마당에 드러누워 볕을 쬐었다.

　약속은 번번이 어긋났으며 짐작과 추측은 제멋대로 바람결을 따
라 떠돌았다. 말은 말을 건사하지 못했다. 열정에도 미량의 독이 있
듯 이른 봄바람 속에도 채 가시지 않은 겨울의 기미가 여전했다. 바
다 속이 뒤집히는 가운데 해는 뼘 가웃쯤 길어졌으며 코끝을 스치는
바람결은 맵싸했다. 한 번도 만나지 못한 고니 떼는 꿈길을 따라 떠
나갔으며 여태도 모습을 드러내지 않은 황조롱이 또한 저 산 너머 어

딘가에 둥지를 틀었을 것이었다. 어디선가 새뜻한 복수초 피어났을 것이었으며 겨울 건너온 매화 역시 꽃망울을 터트렸을 것이었다. 논밭에 소똥거름을 내는 꼼바지런한 농부가 끄는 트랙터 소리가 들판을 가득 메웠다.

책 속 활자들이 나비 떼처럼 날아오르자 그만 책을 덮고 자리에서 일어났다. 창문을 열어 공기를 갈마들였다. 낮달이 머리 꼭대기에 떠오른 뒤에야 가만가만 집을 나섰다. 도저히 떠날 것 같지 않던 동장군이 한발 물러난 뒤끝인지라 발걸음이 절로 가든해졌다. 발가락에 박혔던 얼음도 시나브로 사라지고 없었다. 어머니는 더 이상 전기장판 사용을 권하지 않았으며 새파랗게 얼어붙는 방 안 추위로 찜부럭을 부리지 않아도 되었다. 물 묻은 손바닥이 쩍쩍 달라붙는 추위에 어기차게 저항하지도 못했으며 그렇다고 묵묵히 순종하지도 못했다.

알지 못할 꿈자리를 떨쳐내기라도 하듯 홰홰 팔을 흔들어댔다. 죽은 자는 까맣게 잊히고 떠오르지 않아야 온전히 죽은 자일 것이었다. 나지도 죽지도 않을 수 있는 어느 지점이 새삼스레 긴절했다. 죽은 자, 산 자의 공간이 이미 다른 것일 테지만 이따금 죽은 자들은 산 자들 마음속에 스며들어 간섭했다. 아니 어쩌면 산 자가 죽은 자를 고스란히 떠나보내지 못해서 일어난 사태일는지도 몰랐다. 죽음의 지층이 깊고 산 자, 죽은 자들 경계가 엄연한 법이었으나 때때로 죽은 자들 그림자가 산 자들 움막을 기웃거리는 것을 막지 못했다.

환절기에 도지는 우울증처럼 자주 졸음이 쏟아지고 허기가 졌다.

밤벌레처럼 희고 오동통하던 노인의 얼굴에 까맣게 검버섯이 덮이는
것은 끼니가 부실한 탓만은 아닐 것이었다. 입맛이 서로 달라진 뒤로
노인은 손수 밥상을 차렸고, 가만히 그 밥상을 들여다볼 뿐 참견하지
않았다. 그와 같은 무관심이 노인 몸을 갉아먹고 있는지도 모를 일이
었다. 볶음밥에 식초를 치고, 쇠고깃국에 후추를 숟가락으로 퍼 넣
고, 콩나물국에 '미원'을 듬뿍듬뿍 넣는 모습을 본 뒤 불쑥 치솟는 뼛
성을 안추른 다음부터 일체 노인이 만드는 음식에 대해 가타부타하
지 않았다.

　어떤 마음 씀씀이, 말 이전에 노인 몸이 먼저 기미를 눈치챘을 것
이었다. 그렇지 않고서야 무탈하던 노인이 급작스레 쇠해질 까닭이
없었다. 저절로 피고 지는 듯하는 꽃잎도 보살피는 손길을 느끼면 더
욱 곱고 탐스러워졌다. 섣달그믐 날 증손녀를 본 노인의 겨울이 곧
봄을 의미하는 것은 아닐 것이었지만 노인의 아내는 지팡이만큼 굵
은 인삼을 구해 꿀에 재웠다. 거동할 수 있어 손수 텃밭을 가꿀 수 있
을 때만이 백수白壽를 축원해도 좋을 것이었다. 착한 것인 곧 선이 아
니듯 겨울 가면 봄이 온다는 순리도 어찌 보면 권력을 가진 자들이
내뱉는 지배담론일 수 있었다.

물장구치는 수달

가만가만히 달빛을 쫓아 걸었다. 해
진 다음 바람결은 삽삽했으나 혹독히 맵지는 않았다. 논두렁에 가만
히 무릎을 가드라뜨리고 앉아 겨우내 눈무지 속에 갇혀 있던 벼룩나
물, 꽃다지, 냉이를 들여다보았다. 이른 봄에 피는 꽃들은 지망지망
지나치면 눈에 잘 띄지 않지만 몸을 낮추고 대지를 살피면 언제든 환
하면서도 수줍게 반기는 새악시처럼 곱디곱게 자신을 보여주었다.
싱둥치 않고 검푸른 빛은 여태도 겨울날 그늘이 드리워져 있음을 짐
작케 했다. 얼핏이라도 푸른빛이 보일라치면 서둘러서 다가갔다. 큰
산 산마루에는 겨울 눈 가득했으나 조바심치듯 따사로운 볕을 그리
워했다.

눈석임물이 지나간 자리마다 뚜벅뚜벅 짐승 발자국 도드라졌다.
멧돼지도 있었고, 고라니도 있었다. 홀로 간 발자국도 있었으며 나
란히 줄달음쳐서 간 발자국도 있었다. 먹이를 구하러 오고 간 것인지
는 알지 못했다. 크고 두툼한 멧돼지 발자국을 보면서 한여름이면 고
약스런 냄새로 고통을 주던 이웃 마을 돼지우리 부도 소식을 떠올렸

다. 냇물에 폐수를 흘려버리고도 한 번도 행정처분을 받지 않고 승승
장구하던 돼지우리였던지라 잠시잠깐 어리둥절했다. 뒤미처 우후죽
순 세워지던 쇠마구간들 가운데 대출을 받아 지었던 어느 쇠마구간
은 1년도 채 못 버티고 문을 닫았다는 소식에 겹쳐 그 망한 쇠마구간
을 사들인 사람들을 생각했다.

　사악한 기운이 서로를 물들이고, 탐욕은 사람들을 우왕좌왕하게
했다. 불황이라는 소문이 사람들을 들뜨고 미치게 하는 모양이었다.
부도와 문을 닫았다는 소문도 눈앞에 내 일이 아니니 무덤덤했다. 이
웃 마을 도로 확장 계획이 발표된 뒤 길섶에 있는 고목은 상수리나무
와 팽나무 떼판이 베일까 그것이 당장은 한걱정이었다. 사람이 상하
지 않는 한 사업이 망하고 부도가 났더라도 다시 일어서면 되겠지만
한번 베어낸 나무들은 다시 만날 수 없는 까닭이었다. 이즘 한낮이면
심심찮게 기계톱 소리가 메아리쳤다. 숲정이에서 화목보일러용 땔
감을 마구잡이 베어내는 소리였다. 어쩌면 불경기 여파는 그런 식으
로 농촌 마을을 잠식해 들어오고 있는지도 몰랐다.

　까마귀 우짖는 소리가 잦아지고, 날씨는 자주 흐렸으나 비는 오지
않았다. 어디서는 사람들이 불에 타서 죽고 또 어디서는 물 부족으로
아우성이었으나 나무 없는 숲은 갈수록 늘었다. 뭉텅뭉텅 산허리를
잘라내고 아무렇지도 않게 급하지도 않은 도로를 뚫어내기에 분주
다사했다. 잦추 불이 나고 강이 메마르니 지구는 점점 더 뜨거워지고
있을 것이었다. 물 한 방울 아끼는 것도 중요하겠지만 나무를 심고
가꿔 숲을 울창하게 만드는 게 먼저일 것이었다. 풍요로운 숲은 혜택

도 혜택이지만 먼저 바라보는 눈길이 감사납거나 아츠럽지 않고 푸
근푸근했다. 숲은 거기 있는 것만으로도 든든했다.

어둑발이 내리고, 한참 달빛을 따라 둥글둥글 걷는 사이 바람결
도 같이 따라 돌았다. 검은 새가 머리 위로 날아가고 멀고 가까운 숲
에서는 부엉이가 울었다. 발이 잦은 곳이었던 까닭에 손전등이 없어
도 아무런 어려움 없이 밤의 기미를 흘깃흘깃 엿볼 수 있었다. 달빛
을 따라 물결처럼 흘러가는 숲길을 따라 오래도록 밤을 도와 걸어도
좋겠다, 아쉬워하며 입을 다셨다. 밤공기는 점점 조밀해지고, 검은
하늘에는 꾀꾀로 알 수 없는 새들이 오고 갔다. 오솔하거나 산란하지
않은 것이 외려 이상할 지경이었다. 코끝으로 나무 타는 냄새가 흘러
드는 사이 둑으로 올라섰다.

순간, 살그머니 걸음을 멈췄다. 냇물에서 물장구치는 소리가 들
렸던 까닭이었다. 윤슬이 반짝이는 사이로 검은 물체가 강벼랑을 따
라 물살을 가르며 물길을 따라 나갔다. 손전등이 없는 것이 유감이었
다. 아쉬운 대로 휴대폰으로 조명하였으나 빛이 미치지 못했다. 살
금살금 둑길을 따라 걸었다. 틀림없는 수달이었다. 물난리가 난 뒤
로 흔히 볼 수 없었던 터라 한동안 잊고 지냈더니 이렇게 불현듯이
찾아왔다. 휴대폰 조명을 끈 뒤 부드럽게 수면을 헤가르며 바람 아
래를 향해 나가는 모습을 한동안 지켜보았다. 통게통게 가슴이 뛰었
다. 달빛은 점점 환해지고 있었다.

멧돼지

멧돼지였다. 놀란 걸음으로 꽥꽥 소
리도 지르면서 산등성이를 향해 궁둥이를 뒤룩거리면서 냅뛰었다.
저도 놀랐겠지만 외려 어이없었던 것은 나였다. 어둑어둑 땅거미가
내리는 산길을 걸어서 이웃 마을로 가던 중이었다. 멧돼지 발자국을
쫓거나 진흙탕에서 멧돼지 흔적을 유심히 들여다보는 일은 이따금
있었어도 멧돼지를 만난 적은 없었던 까닭이었다. 하루는 두 마리가
또 하루는 한 마리가 그토록 혼비백산 등성이 너머를 향해 내달렸다.
매우 가까운 거리였으며 크기는 중돝 정도 되었다. 코로 만만한 묏등
을 쑤셔대는 통에 근처에는 성한 묏등이 없었지만 크게 밉광스럽지
는 않았다. 멧돼지가 뛰자 이번에는 수리부엉이가 울었다.

　그렇지 않아도 가슴이 도둑맞은 듯 쓰라렸던 탓에 한동안 멧돼지
가 달아난 방향을 향해 가만히 있었다. 지난가을 숲에서 딴 능이버섯
가운데 어여쁜 몇 송이를 볕바른 곳에서 말려 냉장고에 보관해두고
있었다. 설 명절 때도 내놓지 않았던 것을 그만 외가 쪽 식구들이 들
이닥쳐 냉장고를 거덜냈다. 능이버섯은 물론 삶은 고사리, 엄나무장

아찌 등이 있었다. 어느 날 길 위에서 아무와 나눠 먹으려고 했던 것이어서 속이 더욱 편치 못하였다. 늘 희떱게 굴어서 나와 마찰을 일으키는 어머니이고 보면 당신의 형제자매들이었으니 오죽했을까 싶으면서도 능이버섯 한 봉지는 씨만했다. 아침잠에 빠져 있던 사이에 벌어진 일이었다.

속된 말로 일하는 사람 따로 있고 먹는 사람 따로 있다더니 딱 그 짝이었다. 어머니는 장사를 하는 분이어서 그런지 숲과 들에서 얻은 먹을거리를 갈무리해놓는 법이 거의 없었다. 돈벌이가 될 만한 것이면 무엇이든 장에 들고 나가는 것을 즐겼다. 하다못해 제수용으로 남겨놓아야 하는 것들조차 그리하는 까닭에 이따금 내게 비웃음을 샀지만 아랑곳하지 않았다. 물건을 사는 즐거움 못지않게 무엇을 파는 쾌락을 모르는 바 아니었지만 때로는 면구스러울 때도 없지 않았다. 조상들 기제사를 모시면서도 그러하니 기막히면서도 쓸쓸했다.

그렇게 달아난 멧돼지 꽁무니를 치어다보며 걷다보니 부도가 난 돼지우리 앞이었다. 여태도 돼지들 똥오줌 냄새가 진동하였으므로 어쩌다가 혹시 울타리를 벗어나 도망한 돼지가 있었으면 그 돼지는 멧돼지와 함께 살 수 있을까, 실없이 궁금히 여겼다. 마이클 폴란이 쓴 『잡식동물의 딜레마』를 보면 폴리페이스라는 농장에 사는 돼지들은 마치 숲속 멧돼지들처럼 그렇게 살고 있었다. 관심을 끌었던 것은 소똥 더미 속에 묻어놓은 옥수수가 알코올 도수 40도로 발효되었을 때 그곳에 돼지들을 풀어놓으면 신이 난 돼지들이 발효된 옥수수 낱알들을 찾아 먹는 장면이었다. 그 과정에서 소똥은 자연스레 서로 섞여 질 좋은 거름으로 거듭났다. 쓰레기를 생산하지 않는 축산업이 실재하는 것을 보여주었다.

폴리페이스 농장은 100에이커의 농장과 450에이커의 숲을 가진 가족농장이다. 1에이커가 1224평가량 되니 우리나라처럼 좁은 땅에서는 그만한 크기의 땅으로 가축농장을 할까 하는 의구심이 스멀스멀 피어올랐다. 아파트단지를 짓거나 관광단지를 조성하지 않을까 하는. 또 한 가지 폴리페이스 농장은 황폐한 땅을 일궈 농장으로 가꿨다. 이따금 소나무를 파낸 뒤로 놀란흙이 드러난 채 방치되고 있는 우리 동네 앞산을 보면서 저 산을 내게 맡겨주면 울창한 숲으로 만들어놓을 수 있을 텐데 하는 아쉬움을 가졌던 터라 풍요로운 땅이 아닌 이미 관행으로 망가진 땅을 되살려 훌륭한 농장으로 탈바꿈시켜놓은 농부들 손이 새삼스레 각별해졌다.

숲이 다양하고 건강해야 인간들 삶 또한 건강하고 행복해짐은 두말할 나위 없을 듯했지만 자주 잊었다. 오늘도 신작로에는 숲을 헐어내고 파낸 소나무들을 실은 트럭들이 길을 메웠다. 이미 30~40년은 자랐을 미추룸한 소나무들을 옮겨 심어 주변 환경을 조성해야 하는지 알지 못하겠다. 어린 나무들이 부피를 키우고 가지를 늘리고 마침내 꽃을 피우는 모습을 지켜보는 즐거움도 있지 않겠는가. 속도에 쫓겨 미리 사는 삶이 그리 좋을까.

산불

숨 가쁘게 꽃잎이 흩어지는 사이 호
랑지빠귀가 울었다. 어디 등 기댈 데 없는 울음처럼 절박했다. 그러
는 동안에도 해가 뜨고 새싹이 돋았다. 뭉게뭉게 꽃구름 일어 어디에
도 꽃 사태였다. 살구, 자두는 물론 복사꽃, 목련이 한꺼번에 와, 와
피었다. 숲정이에는 진달래, 함박꽃(철쭉)이 동시다발 피어 눈길을
어지럽혔다. 새움이 홍역을 한 지가 엊그제였다. 배꽃과 귀룽나무도
앞다투듯 피어났으나 숲 바닥에 핀 작디작은 꽃들은 미처 피지도 못
하고 이울고 있었다. 참나물과 두릅이, 삼나물과 취나물이, 쑥이 한
뼘씩 자랐으니 통째로 봄이었다.

몸살을 앓듯 한동안 기진해서 틈만 나면 방바닥에 눕기 바빴다.
목쉰 감기는 검질겨서 아침이면 석쉼한 소리로 남들을 놀라게 했다.
아침 첫차를 타고 꼬박 3주 '교육'을 받으러 다녔던 것이 벅찼던 모양
이다. 날씨는 더웠다 추웠다 널뛰기를 했다. 그렇지 않아도 긴 봄날
을 지루해하는 형편이었는데, 꽃샘잎샘까지 더치는 바람에 몸의 기
운이 아주 옹색해졌다. 양약을 먹지 않으니 병세는 들쭉날쭉했으나

가만히 들여다보고만 있었다. 그러면서도 교육이 끝나고 집으로 돌아오면 그 즉시 숲으로 줄행랑을 놓듯 스며들었다.

진달래꽃잎으로 시작한 효소 만들기에 코를 빠트린 까닭이었다. 어느 날은 뚱딴지(돼지감자)를 배낭 가득 캐서 안고지고 돌아왔다. 가을이면 새뜻한 노란 꽃을 피우곤 하던 뚱딴지 떼판을 그대로 지나치곤 했다. 어른들은 오래지 않은 옛날 뚱딴지 먹던 일을 추억처럼 말씀하였으나 내게는 그런 기억이 없었으니 강 건너 불구경하듯 건성이었다. 한 번도 뚱딴지 죽은 대궁 밑을 파보겠다는 생각을 하지 않았다. 뚱딴지를 캐게 된 것은 어머니 때문이었다. 호기심을 자극했으니 현장에 가보지 않을 수 없었다. 굵은 대궁 밑을 파보니 어른 주먹만 한 감자들이 줄줄줄 쏟아져 나왔다. 노다지였다.

어깨 빠지는 줄 모르고 캐다보니 팔꿈치가 욱신거렸다. 숲정이에서 만난 것은 무엇이든 하나둘 맛보는 것으로 끝이었고, 뚱딴지도 머드러기로 골라 하나 깎아먹고는 그만이었다. 15킬로그램이 넘는 나머지는 손질하여 효소 항아리로 직행시켰다. 머위 잎이 눈에 띈 것은 그때였다. 어머니가 마침 한 광주리 머위 잎을 건네주셨다. 뜨거운 물에 데쳐 된/간장 양념에 무쳤다. 연거푸 두 끼를 먹고 났더니 그제야 기운이 돌기 시작했다. 내친김에 달래를 양념간장에 무쳐서 또 두어 끼를 먹었다. 슬슬 입맛이 돌아섰다. 끼니때마다 봄나물 한두 가지를 밥상에 놓으니 저절로 봄이었다. 쑥버무리까지 만들어 먹고 나니 하마 봄이 다 갔다.

매캐한 연기 냄새를 맡은 것이 꿈길이었는가 했더니 앞산 너머 이

옷 마을 솔수펑이에서 산불이 나서 소나무들을 태웠다. 산마루에서 불길이 시작되었으니 누가 보더라도 방화였다. 건조한 바람은 여기 저기 불기운을 몰고 다녔다. 그곳과 멀지 않은 곳에서도 연거푸 산불이 났다. 산불이 나면 큰 불길을 잡고 끄는 것은 소방헬기였으며, 사람들은 잔불 정리하는 것으로 소임을 다했다. 바람을 타고 다니는 산불은 아무것도 가리지 않았으므로 사람이 알아서 피해야 했다. 봄 숲에서 새싹 틔운 꽃과 나무들, 그리고 짐승들은 어찌 되었을까.

머위 꽃 이삭을 뜯고, 민들레를 캐고 그리고 고깔제비꽃을 찾아 나선 길이었다. 무슨 일인지 떼판으로 피던 고깔제비꽃을 볼 수 없었다. 꽃을 피운 몇 포기조차 꽃잎들이 상해 있었다. 그러던 길에 작년에는 한발 늦어서 누군가 나무까지 베고 따간 두릅 밭으로 들어섰다. 어, 어 두릅 싹들이 우꾼우꾼 탐스런 모습을 드러냈다. 가지가 굵은 만큼 손길이 닿지 않았다. 돌아설까 망설망설하다 칡줄을 찾아 '고리재기'를 만들었다. 가지를 꺾지 않고 두릅 싹을 딸 수 있는 방법이었다. 지난해 누군가가 제겨낸 나무줄기가 발길에 채였다. 새싹은 보기에도 먹음직스러웠다. 장갑 없는 맨손에 두어 개 가시가 박혔으나 삶아 데친 두릅 싹을 떠올리는 순간, 그쯤은 얼마든지 견딜 수 있었다. 바야흐로 봄이었다.

찔레꽃머리

숲 골짝 골짝 아까시 꽃이 희게 피었
으니 뻐꾸기 울고, 숲 바닥 어딘가에는 천마 싹이 돋았을 것이나 어
찌된 일인지 뻐꾸기 울음소리는 여태 듣지 못했다. 무슨 일로 헤덤비
며 돌아치느라고 숲으로 가는 길을 종종 잊었다. 아니면 숲 기스락에
만 겨우 닿았다 돌아오곤 했다. 그런 가운데 어느 때는 길래 비가 내
리기도 했다. 바람이 불고 비 내리는 동안 감자난초가, 은대난초가
꽃을 피웠으며 다래넝쿨과 찔레덩굴은 좁쌀만 한 꽃망울을 매달았
다. 건봉산 마루까지 초록으로 뒤덮였으니 이제는 찔레꽃머리였다.
이 동네 저 동네 들판에 모를 내느라고 기계음 소리가 천지를 진동시
키고 있었다.

새벽에 집을 나선 어머니는 오전 8시도 지나지 않아 3킬로그램 남
짓 천마를 캐서 돌아왔다. 천마, 천마 노래를 부르던 끝이었다. 전날
오전에 캐서 손질해놓은 도라지를 항아리에 재우고 난 뒤 망설망설
하다가 그예 배낭을 메고 집을 나섰다. 어머니께 씨알 굵은 천마를 1
킬로그램 남짓 사놓은 뒤였다. 이른 새벽 멧돼지에 놀란 어머니는 아

마도 꿈땜일 것이라며 돼지꿈 얘기를 하며 천마를 들었다 놓았다. 어머니 계산법으로 쌀 닷 말 값을 벌었으니 횡재수였으며 실제 만난 돼지 한 쌍은 여전히 어머니 가슴을 두방망이질하는 꿈땜이었다.

봄날 이른 아침 숲으로 들어가는 일은 거의 없었다. 아침 겸 점심을 먹고 느지막이 어슬렁어슬렁 숲으로 들기 일쑤였다. 숲에 들어서도 처음 계획했던 대로 움직이는 것이 아니라 발길이 닿는 대로 이 골짝 저 골짝을 넘나들었으나 어머니께서 캔 천마를 보았으니 걸음이 재발라야 했지만 말라죽은 소나무 앞에서 또 한참을 그림자놀이를 하느라고 시간을 탕진했다. 천마를 염두에 두었으나 숲속 생물들이 내 짐작과 맞아떨어져 그 자리에 온전히 자리한 경우는 별반 없었으므로 움 돋은 두릅도 따고, 하수오도 찾아서 두리번거리고 그다음엔 도라지를 캘까 말까 망설이면서 등성이를 넘었다. 고사리는 밥이 생기도록 쇠었지만 관심하지 않았다.

천마효소는 고혈압 약을 자시고 잘못된 어머니를 살린 뒤로 각별해졌다. 작년 그 자리를 이리저리 살펴보았으나 만날 수 없었던 대신 하수오 한 뿌리와 대면했다. 설렁설렁 캐고 보니 제법 굵었다. 참나물 밭을 향해 나아갔으나 이미 누군가 다녀간 뒤였다. 실망스러웠다. 올해는 이상스레 참나물 밭에만 가면 아직 자라지 않았거나 아니면 누군가 방금 꺾어간 뒤였거나 했다. 그런 까닭에 원하는 만큼 참나물을 만나지 못했다. 효소도 그렇고, 장아찌도 그랬다. 참나물 장아찌는 씹히는 맛이 부드럽지 않았지만, 한두 번은 생색내고 먹을 만했다. 더 먼 곳까지 나가지 않고 주변을 뺑뺑매다 마침내 등성이를 넘어 골짜기로 내려섰다.

물이 마른 계류에는 멧돼지 발자국만 선명했다. 다래넝쿨 아래를 몸을 숙이고 빠져나와 보니 고목은 돌배나무와 산뽕나무가 있는 근처였다. 참나물과 더덕이 있던 곳이기도 했다. 더덕을 찾으려고 고개를 숙였다 들었다. 아무래도 어디에서 본 나무였다. 마가목이었다. 십수 년을 다녔던 곳이었지만, 그곳에 마가목이 자생하리라고는 명개 먼지 한 톨만큼도 생각해보지 않았다. 줄레줄레 늘어섰다. 다래넝쿨에 옥죄이기도 해서 어느 나무는 비틀리고 또 어느 나무는 비탈에 기대 키를 키우고 또 어느 나무는 이제 막 태어났다. 꽃망울을 맺은 나무도 있었으며 이파리만 파랗게 키운 나무도 있었다. 어리떨 떨했다.

숲 입새에 다다랐을 때 휴대전화가 진동했다. 사촌동생이었다. 장뇌삼을 확인하러 가자는 요청이었다. 어디만큼에서 만나 지난겨울 아무것도 찾지 못했던 지도에 표기된 곳 가운데 가장 가까운 곳을 향해 다시 길을 고쳐 잡았다. 멧돼지가 쑤셔놓았던 곳인지라 아마도 멧돼지 밥이 되었을 것이라고 짐작했던 그곳에는 무려 일곱 포기, 그리고 그 일곱 포기가 열매 맺어 자생한 어린 삼들이 올망졸망 잎을 피웠다. 처음 발견한 사촌은 덩실덩실 춤을 추었다. 장뇌삼이든, 삼이든 숲에서 처음 만났지만 아무런 감흥이 없던 나는 춤을 추는 사촌을 물끄러미 바라만 봤다. 천마 대신이었을까. 10년생 장뇌삼이 줄느런히 꽃대를 올리고 있었다.

쌍무지개

쌍무지개가 떴다. 전처럼 매일 산책
을 할 수 없는 터라 겨를이 날 때마다 자전거를 타거나 걸었다. 길섶
에서 오디를 따고 걷는 가운데 어디선가 쓰레기를 태우는 연기가 눈
에 띄어 먼 길을 돌아서 가던 길이었다. 제초제로 인해 벌겋게 타죽
는 논두렁이 있는가 하면 예초기로 벌거숭이산처럼 반반하게 깎아놓
은 곳도 있었다. 기계로 제초한 논두렁은 수수번번하였으나 풀이 깎
인 자리를 지나면서 슬그머니 맡는 풀 냄새는 어쩐지 민둥했다. 그러
면서 제겨낸 풀 냄새는 삶과 죽음, 그 경계 어디만큼에서 슴새여 나
오는 것일 게라고 스스로 위안했다. 부엉이가 사라진 다음 의기소침
했던 걸음은 풀 냄새가 나는 길을 걸을 때면 살짝 가벼워지곤 했다.

벌통을 들여다보는 이웃집 어른을 만났다. 피나무 꽃과 밤나무 꽃
이 한창인데 벌이 움직이지 않는다는 하소연이었다. 아까시 꽃 필 때
는 바람이 불어서 꿀을 따지 못한 까닭에 밤늦이 필 때를 기다렸는데
소용없게 되었다고, 한숨이 길었다. 한쪽에서는 '호박벌'을 볼 수 없
다고 근심했다. 어릴 때 할아버지는 밤나무 밭에 벌통을 가져다놓고

밤꿀을 땄다. 진한 갈색의 꿀은 그러나 그 맛은 기억에 없었다. 지금
도 꿀과 인삼을 즐기지 않지만 그때는 꿀보다는 '오꼬시'라고 불리던
밥풀과자와 눈깔사탕 같은 인공의 맛에 더 매료되었었다. 과자를 올
목갖게 갖춘 동네 점방을 지날 때면 그래서 늘 군침을 흘렸다.

　모낸 논에 우렁이를 풀어놓은 이웃에 사는 한 어른은 날더러 우
렁이 좀 잡아먹으라고, 마누라한테 혼나게 생겼다고 울상이었다. 풀
뜯어 먹으라고 논바닥에 풀어놓은 우렁이들이 뜯어먹으라는 풀은 안
뜯어 먹고 애먼 모를 먹어치워 논배미를 마치 쥐 뜯어먹은 것처럼 만
들어놓았다. 풀이 미처 자라기도 전에 논바닥에 우렁이를 풀어놓은
탓이었다. 당장은 농약으로 제초하지 않는 것만도 미덕이었던 까닭
에 외래종 우렁이가 생태계에 어떤 영향을 미칠지 자세한 검토 없이
우렁이부터 풀어놓은 결과였다. 기온 변화로 외래종 우렁이도 이제
월동을 하기 시작했다. 냇가 줄풀 떼판에 빨갛게 슬어놓은 우렁이 알
은 어쩐지 낯설었다.

　어떤 이는 생태계 변화를 국내 정세와 비교해서 풀이했다. 토종붕
어가 사라진 자리에 일본 떡붕어, 일본 떡붕어에 이어 중국 떼붕어
와 미국에서 들여온 배스와 블루길이 하천과 저수지를 장악해나가고
있었다. 하천이 오염되면서 집 앞 내에서 어릴 때 잡고 놀았던 꾹저
구와 옹고지 같은 물고기들을 이제는 거의 볼 수 없었다. 물 댄 논에
서 유유히 헤엄치던 무자치, 물뱀 또한 못 본 지 한참 되었다. 아무래
도 인간이 죽은 뒤에도 산과 숲만은 그대로일 테지만 그 산과 숲 또
한 예전 그 산과 숲은 아닐 터였다. 뉴질랜드 마오리족 말처럼 과거

는 앞에 있고, 미래는 우리 뒤에 있는데 곧잘 그것을 잊고 살았다.

북미든 남미든 사람들 이동거리가 짧아지면서 한국이 미국산 물고기들로 골치를 앓고 있는 반면, 국내 가물치는 미국 내 위해동물로 악명을 떨치고 있다고 했다. 국내외 동식물들 이동 이유를 보면 원치 않게 껴묻어온 경우도 있었지만 절반 이상은 자본을 따라서 들어왔다. 외래종으로 인해 국내 생태계가 어지러워지는 것을 옹호하지는 않지만, 풀과 나무들, 그리고 동물들은 그 터가 알맞았으니 그곳에서 살아남았을 것이었다. 얼마간 혼란이 뒤따르겠지만, 외래종이라고 해서 박멸부터 생각하는 것은 자가당착이다. 우리 인간들 자리부터 뒤돌아보는 것이 순서다.

오디가 두어 줌 들어 있는 비닐봉지를 흔들며 왜죽왜죽 걷던 걸음을 멈췄다. 해는 이미 졌고, 냇가 갈대숲에서는 소꼴을 베는 손놀림이 매우 바빴다. 잘못 본 것이 아니었다. 앞산 산마루 너머 멀리 바다 쪽으로 쌍무지개가 희미하고도 환하게 내걸렸다. 오작교처럼, 아니 등천하는 용의 꼬리처럼 가뿟하게. 동네방네 왜장이라도 치고 싶었다. 쌍무지개가 떴어요, 구경하러 나오세요! 그러는 사이 시나브로 한 쌍이었던 무지개는 다시 외톨로 남았다. 땅거미가 짙어졌다.

벌과 곤충이 사라진다면

부엉이 사체를 발견한 것은 돌복숭아를 따려고 갈대가 우거진 냇가 작벼리를 지나던 길이었다. 듬성드뭇 갈대가 베인 곳이었다. 어떤 의심도 없이 냇가에 내던져버린 것이 그만 갈대 그루터기에 걸린 것이 분명했다. 이리저리 내려다보며 잠깐 기도를 했을 뿐 아무런 행동도 하지 않은 채 자리를 떴다. 이따금 슬레이트 지붕 아래 자리 잡은 참새 둥지에서 빨간 참새 새끼가 시멘트 바닥에 떨어져 죽어 있으면 부삽으로 떠다가 흙에 묻어주는 일은 있었지만 그것은 보기 흉해서 그리했을 뿐이었다. 죽은 부엉이는 목이 비틀린 채 깃털만 헐겁게 남아 있었다. 숲이었다면 죽은 부엉이 사체가 그토록 낯설지는 않았을 것이었다.

간신히 직선을 면한 개천은 그나마 또 보에 막혀서 개천 한 귀퉁이에는 이끼가 끼어 부글부글 끓고 있었다. 저온 현상에 가뭄까지 겹쳐서인지 개천은 도랑물처럼 흘렀다. 개천을 차지한 것은 갈대들뿐이었다. 소꼴로 베고 또 베어내도 갈대들은 쑥쑥 잘도 자랐다. 물총새가 이따금, 노랑할미새는 자주, 꼬마물떼새도 어쩌다가 볼 수 있었으나 전처럼 흔하지 않았다. 갈대가 작벼리를 뒤덮은 다음부터였다. 노란 꾀꼬리는 딱 한 번 만났으며 뻐꾸기 또한 해질녘이면 가끔 가다 한 번씩 길게 울었다. 전에 보던 새들을 흔히 볼 수 없게 된 것은 알게 모르게 깃들여 살 수 있는 곳이 자꾸 파괴되고 바뀌기 때문일 것이었다.

이즘은 논밭 근처건 숲정이에서건 아무것도 뜯거나 캘 수 없었다. 농사를 짓는 곳이면 어느 곳을 막론하고 살충제며 제초제를 막무가내로 쳐대기 때문이었다. 가장 심한 곳은 논두렁이었다. 벌겋게 타들어가는 것이 마치 가뭄에 곡식이 타들어가는 것과 닮았다. 힘들고 성가시기 때문에 제초제를 치는 것이라고 이구동성, 한결같이 말했다. 가끔 웃지 못할 상황이 벌어지는 곳도 논두렁이었다. 어떤 곳은 예초기를 빤빤하게 깎은 반면 잇닿은 옆 논두렁은 제초제로 인해 땅이 시커멓게 죽어 있었다. 이를테면 물귀신 작전이었다.

제초제를 비롯한 살충제는 사용하면 할수록 동/식물 또한 내성이 생겨서 점점 더 독한 농약을 써야 했다. 농사를 짓는 사람들도 그것을 모르는 게 아니었지만, 애써 외면하려 했다. 이제는 예전처럼 집안에서 기른 작물을 이듬해 씨앗으로 사용할 수 없었다. 다시 사용하면 수확이 형편없거나 병충해에 쉽게 노출되었다. 굶어 죽어도 씨앗자루는 베고 죽는다고 했던 옛말은 말 그대로 옛말이 되었다. 굶어 죽더라도 저금통장은 베고 죽어야 한다고 말을 바꿔야 하는 시대가 왔다. 농민들이 쓰는 모자에 새겨진 농약 이름이 바로 그 농부의 삶을 대변하는 것이라고 했던 누군가의 말이 떠올랐다.

농부가 농사를 짓는 것이 아니라 농기계 회사와 함께 다국적 농약 회사가 농사를 지었다. 대규모 영농과 단일경작이 가져올 폐해가 가까운 시일 안에 우리를 공포와 불안으로 몰아갈 것이었다. 여름이면 집 주변에 제초제를 쳐서 나와 신경전을 벌이곤 했던 아버지는 올해는 무슨 영문인지 제초제를 치지 않겠노라고 선언했다. 그런 다음 틈틈이 집 주변에 풀들을 손으로 뽑았다. 그러나 그런 기쁨도 잠시 뒤꼍 작은집 텃밭과 논에 뿌려지는 제초제와 살충제는 어찌할 수 없었다. 서둘러 장독 뚜껑을 덮고 창문을 닫는 게 할 수 있는 일들 전부였다.

태풍 루사 때 사라졌던 다슬기가 돌아왔지만, 다슬기에 어떤 변화가 생겼는지는 알 수 없었다. 동식물도 살아남기 위한 변신을 거듭하는 까닭이었다. 개천에 물이 어릴 때만큼 풍부하지 않은 까닭도 있지만, 큰산 어디쯤에 군사훈련장이 들어선 뒤부터 마을 사람들은 개천에서 멱을 감지도 않았을뿐더러 빨래도 하지 않았다. 그러면서도 물고기는 잡아서 국을 끓여 먹었다.

풀과 나무가 사라지고, 벌과 곤충들이 사라지면 그다음 사라질 목록에는 무엇이 올라갈까.

멧돼지 새끼를 사로잡다

잠결에도 부엌에서 두런거리는 노인들 목소리가 또렷했다. 아침잠이 없는 노인들은 눈비를 가리지 않고 꼭두새벽이면 어김없이 개울 건너 밭엘 다녀왔고, 그 뒷얘기를 나누느라고 이따금 아침잠을 방해하곤 했다. 이번에는 멧돼지 새끼 때문이었다. 수로에 빠진 한 달쯤 된 멧돼지 새끼를 잡지 못해 노인은 애면글면했다. 까무룩 잠이 들었는가 싶었는데 다시 또 큰 목소리가 귓가를 어지럽혔다. 또다시 밭엘 다녀온 노인은 이번에도 멧돼지 걸음을 따라잡지 못해서 그예 멧돼지를 놓쳤다는 하소연이었다. 마침내 어머니가 방문을 열고 들어섰다. 사촌동생에게 연락하라는 말씀이었다. 비 내리는 날 밭에는 무슨 일로 갔는지, 구두덜거리면서 사촌동생에게 전화했다.

얼마 뒤 비옷을 입은 사촌동생이 나타났다. 붙잡은 멧돼지 새끼를 다른 사람에게 건네도 좋겠느냐는 허락을 얻기 위해서였다. 노인은 이미 멧돼지 새끼한테 손을 뗀 뒤끝인지라 아무래도 좋다는 입장이었다. 사촌동생을 따라 나섰다. 마대에 들어 있는 멧돼지 새끼는 다람쥐처럼 등에 갈색 줄무늬가 선명했다. 물길이 좀 더 높았더라면 헤엄쳐서 숲으로 갔을 것이라고 사촌동생은 귀띔했다. 어미 따라 왔다가 장난을 치다 그만 수로에 빠진 것일 게라고 사촌동생은 추정했다. 작은집이나 우리 집은 멧돼지를 키울 만하지 않았다. 멧돼지는 땅을 파는 습성이 있고, 또 좀 더 자라면 울을 뛰어오르기도 하는 까닭에 넓은 뜰이 필요했다. 멧돼지를 키우겠다는 이가 있어 그이에게 건넸다.

돼지고기, 닭고기를 매우 즐기는 노인은 집에서 닭을 키울 때도 닭을 잡지 못해서 이웃에 사는 작은아버지께서 닭 멱을 따야 했다. 근년에는 올무를 놓아 잡은 멧돼지 고기 또한 입에 대지 않았다. 기른 짐승과 산 짐승 사이에 무슨 차이가 있는지 나는 알 수 없어 했다. 채마밭을 들락거리는 고라니를 쫓기 위해 허수아비를 만들어 세울 뿐, 올무는 꿈에도 생각지 못했다. 3000평이 넘는 밤나무 밭에 난 풀을 일일이 예초기도 아닌 낫으로 벴다. 그러면서도 하루가 멀다 하고 육식으로 밥반찬 했다. 밉광스러울 정도였다. 손에 피 안 묻히고 먹는다고 고기를 먹는 죄책감이 덜해질까. 산 생명 아니었던 적 있는가, 모든 고기가.

수로에서 멧돼지를 건져낸 뒤에야 노인은 안심했다. 비 맞고 물길을 오르내리느라고 기진했을 것이라면서 안쓰러워했다. 자루에 끈을 풀었을 때 새끼 멧돼지는 바들바들 떨었다. 신문지로라도 따뜻하게 해주자는 말을 사촌동생은 뭉때려버렸다. 야생동물이어서 괜찮다고, 비 오면 비 맞는 것이라고. 사촌동생의 말에 수긍하면서도 당

장은 보기 좋지 않았다. 조금 더 길게 시간을 두고 멧돼지 새끼를 지
켜봤더라면 새끼는 다시 숲으로 돌아갈 수도 있었을 것이었다. 비가
하루 종일 내렸기 때문이었다. 어쩌면 지나친 간섭이었는지도 몰랐
다. 인간이 간섭하지 않으면 동/식물들은 그들 방식대로 잘 지냈을
것이었다.

　잠깐 짬을 내면 논밭을 어지럽히는 동물들 때려잡은 이야기를 농
부들에게 숱하게 들을 수 있었다. 짚어야 할 것은 동물들이 왜 인간
들이 심어 놓은 논밭의 곡식을 탐하게 되었는가가 아닐까. 살충제,
제초제 먹고 자란 논밭 곡식이 더 맛있을 리는 없지 않은가. 숲속 동
물들이 먹이 부족에 시달리게 된 원인은 우리 인간들에게 있었다. 먹
이그물망에 코를 빠트린 것은 우리 인간들 아닌가. 산 기스락 논밭에
는 전기울타리를 치고, 올무와 쫴기를 놓고, 만나는 족족 때려잡고,
거기에다 때 되면 살충제, 제초제를 쳐댔다.

　복원한 생태습지에 각시붕어만 풀어놓을 것이 아니라, 각시붕어
가 알을 낳을 수 있는 민물조개까지 함께 풀어놓아야 하는 것과 마
찬가지다. 민물조개가 없으면 각시붕어는 알을 낳을 수 없기 때문이
다. 마찬가지로 제초제, 살충제로 인해 풀과 벌레들이 죽는다는 것
은 다른 동물들 먹잇감이 사라지는 것에 다름 아니다. 고기를 탐하면
서도 동물을 죽이지는 못하는 노인의 궁한 처지는 그리하여 때로 쾌
쾌했다. 산 짐승에 대한 연민도 연민이려니와 지금보다 고기를 덜 자
시는 게 어쩌면 더 좋은 일이지 않을까.

복달임

개기일식이 지나간 뒤 마을 사람들은
개를 잡았다. 가뭄 때문도 아니었고, 망국의 징조를 보이는 나라살
림 때문도 아니었다. 소뿔도 꼬부라진다는 삼복더위 때문은 더더욱
아니었다. 복달임, 다만 중복中伏인 까닭이었다. 개와 닭을 샀다. 마
을을 건너지르는 다리 아래서 어떤 예도 없이 아무렇게나 때려잡은
개를 불에 그슬렸다. 개고기는 어떤 사람에게는 단고기였으나 또 어
떤 사람에게는 먹을 수 없는 사위하는 음식이었다. 유난한 금기 때문
이었다. 금기에 사로잡힌 이들을 위해서는 따로 닭고기를 준비했다.
마을회관 한 귀퉁이에 딴솥을 걸고 장작불을 지폈다.

마을 노인들은 잔치마당에 나오지 않고 노인회관으로 심부름한
고깃국을 비웠으며 또 다른 노인들은 아예 참석조차 하지 않았다.
고기로 노인네 망령을 고친다는 말도 이제는 옛말이었으며 마을 일
에 감 놔라 배 놔라 관섭하는 노인네 또한 거의 없었다. 어쩌면 미립
이 튼 노인들 경험은 뒷방에서 삭아가고 있는지도 모를 일이었다. 아
무래도 무릎을 베고 누운 손자 손녀에게 옛이야기를 들려주는 노인

네는 박물관, 텔레비전에서나 찾아봐야 할 듯했다. 뒷방으로 물러난 노인네들은 그렇게 식물인간이 되어가고 있었다. 손에는 십 원짜리 고스톱을 위한 화투장을 들고서.

화들짝 비꽃이 흩뿌리기 시작했다가는 슬그머니 개고, 그러나 큰 산은 여전히 비안개 속에 갇혀 있었으며 또한 심심찮게 미친바람이 불어댔다. 막 익어가던 열매들은 정신없이 바닥에 떨어져 도사리가 되어 나뒹굴었다. 햇빛을 보지 못한 열매들은 단맛이 없었으며 제초제 친 논두렁에는 바랭이만 잔뜩 키를 키웠다. 어쩌다 해가 나고 아스팔트를 뜨겁게 달구는 날도 공기는 전에 없이 무거웠다. 물난리가 났던 해에 잠겼던 집 안팎은 곰팡이 냄새가 가시질 않았다. 선풍기를 켜도 눅눅한 기운은 좀처럼 달라지지 않았다. 아침저녁 냇물에 손을 담그면 서리 내린 가을 물처럼 찼다.

해질녘이면 온 동네가 폭발음으로 인해 전쟁터를 방불케 했다. 산기스락에 있는 옥수수 밭을 멧돼지로부터 지키기 위해 설치한 '폭음기'에서 나는 소리였다. 밤새도록 소리를 냈다. 초 단위로 울려 퍼지는 소리는 귀청을 찢는 듯했다. 문을 닫고 가만히 귀 기울이면 먼 데서 들리는 폭발음, 마치 전차군단이 달려 내려오면서 쏘아대는 대포 소리와 닮았다. 숲에서는 사람 발자국 소리에도 짐승들은 놀라 몸을 피했다. 사람조차도 폭발음이 들릴 때마다 깜짝깜짝 경기를 일으키는데 짐승들은 오죽할까. 저물녘이면 어떤 산짐승, 날짐승 소리도 들을 수 없었다.

어느 해 북한 잠수정이 동해안에 침투한 일이 있었다. 십수 명에 이르는 간첩이 육지에 상륙했고, 이들을 찾는 수색작전이 펼쳐지는 가운데 밤낮없이 헬기가 떠서 하늘을 돌아다녔다. 이때 염소농장에 있던 암컷 염소들이 유산했다. '작전'이 끝난 뒤 염소농장 주인은 정부로부터 보상을 받았다. 지난해 폭음기 때문에 마을 공동 쇠마구간 암소들이 유산했다는 소문이 떠돌았으나 폭음기 주인은 그에 아랑곳없이 올해도 또 폭음기를 설치했다. 짐작과 추측만으로는 아무것도 설득·요구할 수 없는 까닭이었다. 그렇더라도 만에 한 가지, 이웃들이 불편한 잠을 잘 것이라는 것, 그것 한 가지만이라도 생각해낼 수 있었다면 밤마다 폭음기를 작동시킬 수 있었을까.

동물에 대한 예의는 그만두고라도 인간에 대한 예의, 그 상식선만이라도 회복할 수 있으면 우리는 좀 더 풍요로운 삶을 살 수 있지 않을까. 윗물이 맑아야 아랫물이 맑다고 했던 옛말, 그르지 않았다. 개장국을 끓이는 불 곁에 서서 사람들의 표정을 살폈다. 들깨가루를 즐기지 않는 이는 인상을 찌푸렸으나 올목갖게 양념들이 들어가자 구수한 냄새가 진동했다. 개장국을 즐기지 않으니 그림 속 떡이었다. 맛있게도 냠냠 먹는 모습을 보니 저절로 군침이 돌았다. 고기 좋아하는 노인이 집에 계시니 한 그릇 돌라 달라고 했다. 아침진지로 닭죽을 자신 노인은 저녁밥으로 또 개장국 한 그릇을 달게 비웠다. 중복이었다.

꾀꼬리 한 쌍

숲 코숭이에서 서로 희롱하며 놀고
있던 것은 샛노란 꾀꼬리 한 쌍이었다. 순간 떠올린 것은 기막히게
도 기원전 유리왕이 지었다는 「황조가」였다. 슬그머니 웃음을 빼물었
다. 이따금 만나는 꾀꼬리 울음소리는 생긴 맵시만큼 아름답게 들리
지 않았으니 아무리 귀 기울여 들어도 '꾀꼬리 같은 목소리'는 영 와
닿지 않는 말이었다. 걸음을 멈추고 새뜻한 빛깔에 홀린 듯 바라보
는 사이 두 마리 꾀꼬리는 시나브로 나무들 사이로 사라져갔다. 「황
조가」, 그토록 오래전에 지어진 노래가 여태도 전해지고 있다는 사실
에 까마득한 현기증이 일었다. 물가로 나서면 낮게 날고 있는 물총새
를, 싸리나무 꽃에서 꿀을 빨고 있는 호랑나비를, 먹이를 낚아채는
해오라기를, 비가 자주 내리는 요즘 흔히 만났다.

청개구리들이 벽과 창문을 기어오르는 일이 잦더니 억수장마가
시작됐다. 평전을, 식물에 관한, 음식에 관한, 그리고 『장자』를 반복
해서 읽다 그예 진력증이 났다. 빗줄기는 가늘어질 기미를 보이지 않
았다. 뚝비였다. 그 사이 옥수수를, 차를, 밥을 먹어도 빗소리는 한

결 같았다. 엎드렸다, 누웠다, 앉았다를 반복하다 기어이 책을 배 위에 올려놓은 채 설핏설핏 풋잠에 빠지기도 했다. 어느 해처럼 물난리가 날까봐 잠시 근심했다. 문턱이 낮은 효소방에 있는 책과 항아리들을 살피는 것도 잠깐 다시 책으로 돌아와 빗소리를 멀리 밀어낸 자리에 난방을 했다. 보송보송해진 방바닥에 엿가락처럼 들러붙어 젖은 몸에서 곰팡이가 피도록 뭉그적거렸다.

개가 울부짖는 듯했다. 그곳에서 이따금 고라니를 만났던 터라 걸음을 멈추었다. 덤부렁듬쑥한 수풀에서 해오라기가 날아오르고, 뒤미처 둑 위로 모습을 드러낸 것은 다름 아닌 고라니였다. 놀란 가슴을 진정시키지 못했는지 다시 또 개처럼 울었다. 해오라기가 이미 저 멀리 사라진 뒤에도 걸음을 쉽게 떼지 못하는 고라니는 사진을 여러 장 찍는 동안에도 불안한 모습으로 한자리에 못 박힌 듯 서 있었다. 겁이 실린 걸음으로 달아나면서도 울음을 그치지 못했다. 안쓰러우면서 궁금했다. 해오라기가 무슨 일로 고라니를 놀라게 한 것일까. 고라니 머리꼭대기에라도 앉아 자드락거리기라도 한 것일까. 고라니 울음소리는 어떤 통곡 소리와 닮아 몹시 불편했다.

양발 신은 발이 젖는 것을 무섭도록 싫어하는 터라 빗속을 뚫고 나설 엄두가 나지 않았다. 빠끔히 문을 열고 빗소리를 구경하다가는 다시 이불을 둘둘 말고 엎드렸다. 숲이 궁금하여 발가락이 간질거렸으나 어찌할 방도가 없었다. 기세가 조금 숙지는 동안 기껏 물이 불어난 개울둑에 서서 붉은 물이 굼실굼실하는 개울을 구경할 뿐이었다. 높아진 물길은 둑에 개개면서, 작벼리에 갈대숲을 휩쓸면서 막

힘없이 기운차게 흘러갔다. 내 몸조차 발끝부터 출렁출렁 물이 차오르는 듯했다. 넉넉한 물길은 언제 봐도 흐무뭇했다. 꽃과 바람을 잉태하는 것도 저 물길일 것이었으나 한편 작벼리 갈대숲과 수풀에 둥지를 틀었을 날짐승들은 어찌되었을까 안부가 궁금했다.

얼마 전부터 소문으로만 들리던 송이버섯과 마주한 것은 사촌동생 덕분이었다. 일삼아 숲을 들고 나는 사촌이 마침내 송이를 눈앞에 펼쳐놓았다. 향기도 고스란했다. 염천이어야 할 팔월 초순에 송이버섯이라니, 모두 송이에 침 흘리면서도 어이없어 했다. 고르지 못한 기후로 패암을 시작한 벼이삭을 보면서 어른들은 하나같이 (흉년)을 입 속에 삼키면서, 쭉정이가 너무 많다는 말로 대신했다. 덥다고 아우성이어야 할 칠팔월 복허리에 밤이면 이따금 난방을 해야 했다. 밝고 뜨거운 햇살을 구경한 지도 오래되었다. 그런 가운데 숲에서는 (가을)버섯들이 옹기종기 돋아났다.

삼복 가운데 구운 송이버섯 한 저름에 술 한 모금, 달달하면서도 이상스레 씁쓸했다. '유월송이'인지 '올/이른 송이'인지 하는 실랑이도 부질없어 보였다. 어떤 시절 구분도 모두 인간이 만든 잣대였으니 불행히도 인간은 영영 숲에 다다를 수 없을 것이었다.

아무렇지 않게 전해진 부음

찌물쿠는 날씨가 연일 이어지고 있
었다. 숲을 헤덤비며 돌아칠라치면 온몸이 땀에 절어서 매우 꾀죄했
다. 바람 한 점 없는 숲은 말 그대로 한증막이었다. 물을 마시고 또
마셔도 갈증은 쉽게 가시지 않았다. 앉아서 쉴 만한 곳을 찾지 못해
노박이로 걸으며 숲 바닥과 나무들을 살폈다. 왕왕 사방에서 들리는
기계톱 소리를 피하자니 목적했던 곳을 눈앞에 두고도 갈 수 없었다.
아무런 두려움도 아니었으나 난데없이 숲 기스락을 따라 기계톱과
안전모가 줄느런히 놓여 있는 것을 보고는 기겁하여 슬그머니 걸음
을 되돌린 뒤 더욱 그랬다. 어떤 기척도 없었지만 작업 인부들이 숲
그늘 어딘가에서 점심식사 뒤 낮잠을 즐기고 있으리라는 것은 보지
않고도 알 수 있는 일이었다.

무턱대고 걷다 '토치카'에서 내민 총구멍을 만났을 때처럼 등골이
오싹했다. 훈련 중이었던 병사들은 숲길을 향해 그렇게 총신을 내밀
고 있었는데도 나는 아무런 낌새도 눈치채지 못한 채 걷고 있었다.
총구를 만나는 순간 심장이 딱 얼어붙었지만 병사들은 아무 일도 아

니라는 듯 태연했다. 부아가 뒤집힌 것은 한참을 걸어온 뒤였다. 완전무장한 병사들을 이따금씩 보곤 했지만 병사들이 가진 총과 단도는 배암처럼 이물스러울 뿐 이상스레 익숙해지지 않았다. 무기에 대한 공포는 어릴 적 만난 지뢰 폭발 사고로 발목이 잘린 어떤 후배로부터 기인하는 것인지도 몰랐다. 큰산 숲 바닥을 헤집다보면 이따금 녹슨 포탄 파편을 만났다. 그럴 때마다 서둘러 그 자리를 피할 뿐 살펴보거나 만지지 않았다.

마가목 열매가 어떻게 되었는지 꾀꾀로 궁거웠다. 먼 데서만 마가목을 만났던 터라 올봄 앞산에서 만난 마가목은 타별했다. 등잔 밑이 어둡다고, 집 밭에 '비단풀'을 두고서도 먼 곳까지 비단풀을 찾아나섰던 것을 생각하면 더욱 그랬다. 하지만 마가목 붉은 열매는 쉽게 눈에 띄지 않았다. 존재를 몰랐을 때는 몰라서 눈에 띄지 않았고, 기미를 겨우 알아챌 즈음 되니 그 존재가 흔치 않게 되었다. 어떤 가치를 깨닫게 되었을 때는 이미 그 때를 놓치는 경우가 결결이 있었다. 이따금 밤버섯이 눈에 띄었으나 벌레 먹고 망가져서 쓸모없었다. 끼끗하게 돋은 흰가시광대버섯은 찬란했다.

다래나무는 마가목 나무를 얼기설기 덮어 누르며 있는 대로 뻗어 올랐다. 어느 해 폭우로 넘어진 소나무를 타고 올라 서너 알 맛을 봤던 다래나무는 그 사이 기세등등하게 세력을 넓혔다. 우듬지에 걸린 가지를 잡아당기지 않아도 눈높이에 오종종 매달린 다래를 손쉽게 딸 수 있었다. 가끔 농익은 열매들은 입으로 가져갔다. 서너 됫박 실히 땄으니 잡았던 줄기를 놓았다. 나머지는 새 떼와 멧돼지들 만찬에 기꺼이 희생당할지라도 그쯤에서 멈추는 게 좋았다. 베인 참나무 그루터기에 돋은 운지버섯은 더할 수 없이 깨끗했다. 무엇이 몸에 좋다고 해도 손수 담근 효소 외에는 거의 먹지 않으니 이 또한 효소항아리로 직행했다.

슬렁슬렁 숲을 들고 나는 내게 이제는 기력이 쇠한 까닭에 전처럼 자주 숲으로 가지 못하는 늙은 어미는 어디에 가면 무엇, 무엇이 있다고 알려주기를 즐겨했지만 어미 말을 들어서 좋았던 때가 없었으므로 아예 귓등으로 흘려듣곤 했다. 그렇다고 눈길조차 주지 않는 것은 아니었다. 목적했던 곳과 별반 멀지 않은 곳이면 속는 셈치고 한 번씩 둘러보곤 했다. 늙은 어미의 기억 속에는 여전히 송이, 능이버섯을 자루로 따던 때가, 시장에 내다 팔 줄도 몰라서 장아찌도 담고, 국도 끓이고 볶아도 먹던 때가 어제처럼 삼삼했지만 이제는 다 옛말이었다.

바깥에 딴솥을 걸고 장작불을 지펴 싸리버섯을 삶았다. 뒷손질이 필요 없는, 이를테면 송이, 능이버섯과 같은 다른 버섯이 없을 때에만 싸리버섯을 따는 것은 손이 많이 가는 까닭이었다. 일일이 버섯 밑동에 붙어 있는 흙먼지를 제거해야 하는 것은 아주 지지한 일이었다. 손질해서 삶은 버섯을 또 한참 물에 담가 우려야 비로소 들기름에 볶아서 먹을 수 있었다. 그날, 그렇게 삶은 버섯을 수돗가에 앉아 씻고 있을 때, 소여물을 주러 마을 공동 쇠마구간으로 가던 이웃집 노파가 김대중 대통령이 죽었어, 아무렇지도 않게, 그렇게 지나가는 혼잣말처럼 전했다. 한순간 암전이었다.

고기를 먹는다는 것

들기름에 달달 싸리버섯을 볶아놓고
보니 밖은 한여름이었으나 밥상은 어느덧 가을이었다. 여름내 검정
콩으로 콩국수를 만들어 마치 알천이라도 되는 듯 냉동실에 얼려놓
고 혼자서만 후루룩후루룩 먹곤 했다. 밀가루 음식 좋아하는 노인은
또 콩국수는 싫어하는 터라 줄곧 미역냉국에 국수를 말아 자셨다. 먼
저 노인이 자실 진지상을 본 다음, 삶아 얼린 콩을 믹서에 갈아서 따
로 국수그릇에 담으니 한 끼를 먹으면서도 두 번 밥상을 차리는 일이
흔했다. 노인은 김치는 물론 된장, 쌈장을 자시지 않았으나 고기와
생선은 끼니마다 없으면 불편해해도 있으면 알뜬히 드셨다. 식구食口
인지 아닌지 이따금 헷갈렸다.

장/때마다 고기를 사다 냉동고에 쟁여놓는 어미는 1년에 돼지 서
너 마리는 자실 게라고 노인 흉을 보면서도 고기를 떨어뜨리는 일이
없도록 단속했다. 닭과 돼지고기는 물론 보신탕까지 올목갖게 구해
서 노인을 극진히 대접했다. 육식에 무관심한 탓에 대체로 수수방관
하는 편이었으나 설거지를 할 때는 저절로 얼굴을 응그렸다. 고기 먹

은 그릇은 세제를 쓰지 않으면 불쾌할 정도로 미끌미끌했다. 짐승들을 기르느라고 물을 대량으로 쓰고, 마지막 찌꺼기를 없애느라고 또 많은 물을 써야 했다. 그런 이유 때문이 아니라 육식은 크게 맛을 몰라서 달가워하지 않았다. 그렇다고 내가 먹지 않으니 너도 먹지 말라고 강권하지 않았다.

육식을 안 한다고 해서 지구 생태계에 크나큰 보탬이 되는 것은 아니었다. 채식하면서 줄창 자동차를 타고 다니는 사람하고 육식은 하면서도 버스, 택시는 1년에 한두 번 탈까 말까 한 사람하고 누가 더 생태계에 이로울까. 비록 이런 단순 비교는 아무런 해결책도 아니며 기껏 미봉에 지나지 않을지라도 한번쯤 곰곰이 되작여봐야 하지 않을까. '생태계, 생태계' '지구를 살리자', 말로만 지껄이지 말고 아니 말만 앞세우지 말고, 물이라도 한 바가지 덜 쓰는 게 외려 낫지 않을까. 자가용 운전하면서 길 막힌다고, 공공장소에서 춥도록 냉방이 안 되었다고, 게두덜거릴 일이 아니었다.

옥수수 대가 마르면서 이따금 새참으로 먹던 옥수수 대신 고구마를 삶아야겠다고 노인이 가져다놓은 것을 보니 꼴이 꼭 쥐 파먹은 것처럼 옹색했다. 쥐 또한 이물스러워하는 생물인지라 그 이빨 자국이 몹시도 생경하여 칼로 도려내는 것이 아니라 아예 잘라내고서야 솥에 삶았다. 맏물치고는 맛이 들어서 파근파근했다. 허출한 김에 두어 개 먹고 난 뒤에도 아무래도 짐짐했다. 두 번째는 다짜고짜 노인에게 쥐가 파먹은 것이냐고 물었다. 대답이 뜻밖이었다. 꿩의 짓이었다. 그런 것만 골라놓고 보니 한두 개가 아니었다. 꿩도 새라고 쥐보다는 나았으나 오십보백보였다.

노인은 고구마 밭을 찾아드는 꿩을 쫓기 위해 댓가지에다 검은 비닐봉지를 찢어 허수아비처럼 세웠다. 누군가 꿩이 까마귀를 무서워한다고, 그리하여 검은 비닐봉지는 졸지에 까마귀가 되어 고구마 밭을 지켰다. 그 뒤로 꿩은 고구마 밭에 나타나지 않았다. 꿩으로부터 고구마 밭을 지키는 것도 중요하겠지만, 만국기처럼 펄럭거리는 검정 비닐이 아무래도 나는 못마땅했다. 가까운 숲 근처 혹은 기스락에 있는 논밭, 특히 밭엘 가면 두렁 주변에 아무렇게나 버려진 농약병, 그리고 폐비닐은 특히 대추나무 연 걸리듯 나뭇가지에 걸려서 바람에 흩날렸다. 한번 만들어지면 죽지도 썩지도 않는 물건이 비닐이었다.

땅, 즉 토양이 건강해야 인간살이도 건강하다는 것을 줄곧 잊었다. 집 앞 논을 살펴보면 모내기에서 추수를 하는 동안 제초제를 많게는 대여섯 번, 적어도 서너 번은 쳤다. 제초제를 친 논두렁을 보면 제일 먼저 바랭이가 기승을 부리고 그다음에는 줄기가 죽었던 풀들이 전보다 더 기세등등하게 돋았다. 어른들도 제초제가 월남전 때 미군에 의해 뿌려졌던 고엽제 같은 것쯤이라는 것은 알고 있었으나 그뿐이었다. 그렇게 죽어가는 땅이 마침내 나도 죽일 것이라는 것은 미처 알려고 하지 않았다. 아니 알아도 어쩔 수 없다는 투였다. 당장 눈앞에 벌어지는 일이 아닌 까닭이었다.

대체 군색하지 않으면서도 소박한 밥상이란 어떤 밥상일까.

벌에 쏘이다

웽웽 하는 소리가 들리는 순간, 등판이 뜨끔했다. 등 뒤에서 벌 날갯짓 소리가 나자 손곡괭이를 휘두르며 벌을 쫓았으나 역부족이었다. 악 소리가 절로 났다. 온몸이 매시근해지면서 눈앞이 흐려지는가 싶더니 속이 메슥거렸다. 처음 찾아들어간 골짜기 신고식치고는 몹시 격렬했다. 언제부턴가 벼름벼름하던 당귀와 오갈피를 만나러 간 길이었다. 문이골은 다른 골과 마루와는 달리 소나무가 흔치 않은 곳이었다. 그 대신 팥배나무며 고로쇠나무, 다래와 서어나무 등으로 메숲진 곳으로 버섯이 흔치 않은 까닭에 잘 찾지 않았다. 등마루에서 시작된 계류는 깊고 넓었으며 너럭바위를 타고 흘러가는 물길은 이따금 폭포를 만들 정도로 절경이었으나 민통선인 까닭에 쉽게 접근할 수 없는, 또한 그러한 이유로 여태도 전쟁 이후 상흔을 그대로 간직할 수 있는 곳이 되었다.

한여름 물장구치며 천렵을 하였으면 그만이었을 계류 옆 자욱길을 따라 앞으로 나아가면서 한편 위를 향해 올랐다. 누구에게도 보여주고 싶지 않을 정도로 비경은 계속되었다. 당귀와 오갈피는 만나지 못해도 아쉬움 없을 듯했다. 골짜기 입새에서 하얗게 꽃을 피운 천궁을 만났을 때만 해도 어떤 행운에 대한 기대가 자못 컸다. 모르는 어떤 이가 신을 모시던 자리는 빈 공간으로 남았으나 잠깐 고개 숙이면서 훌쩍 저쪽으로 징검돌을 딛고 건너뛰었다. 이미 손을 탄 다래나무와 아무도 건드리지 않은 돌복숭아나무를 만난 것은 뜻밖의 소득이었다.

나무 아래 노랗게 떨어진 돌복숭아 대신 가지에 여전히 더러더러 달려 있는 열매를 따서 다래끼에 넣었다. 마을 숲정이에서는 볼 수 없는 풍경이었다. 무게만 아니라면 바닥에 떨어진 농익은 것들도 모두 줍고 싶었지만 걸음이 바쁘다는 핑계를 대고 자리를 떴다. 흐릿한 하늘이 내심 마음에 걸려서 뭉그적거리다가 나선 길이었으나 이따금 나무들 사이로 볕뉘가 비쳐들 때마다 발꿈치는 절로 가벼워졌다. 앞서간 발자국이 있었다. 산코숭이에 세워진 트랙터로 미루어 사촌동생일 것이라고 어림잡았지만 전화를 걸어 확인하지는 않았다.

돌복숭아 떼판을 만난 것은 얼마 뒤였다. 칡덩굴에 덮어씌워져 있었지만 굵은 열매를 조롱조롱 매달고 있었다. 바닥에는 발 디딜 틈도 없이 무르익은 열매들이 널려 있었다. 살금살금 깨금발로 옮겨 다니면서 가지에 달린 열매들을 땄다. 주울 수 없었으므로 그림의 떡이었지만 아쉬움은 없었다. 몇 그루는 그대로 두었다. 작은 배낭에는 빈 곳을 남겨두어야 했다. 아직 당귀를 만나지 못했기 때문이었다. 몇 발자국 걷다 뒤돌아보는 순간 어린 오갈피나무를 보았다. 얼핏 잘못 보았는가 했더니 아니었다. 분명 오갈피나무였다. 눈도장만 찍고 자리를 떠났다.

대체로 떼판을 이루는 당귀였지만 이상스레 띄엄띄엄 눈에 띄었다. 아마도 대궁이 굵은 것은 이미 다른 손을 탔기 때문이 아닐까 짐작했다. 사람이 살지 않는 산이었지만 사람 입에 들어가는 나물과 약초는 쉽게 사람들 손을 탔다. 줄지어 난 오갈피나무는 어린 나무들뿐이었다. 열매 맺은 나무는 한 그루도 만날 수 없었으며 가끔 바닥을 기다시피 하는 조금 굵은 나무를 만날 수 있을 뿐이었다. 수년 전까지만 해도 마을에 오갈피나무만 전문으로 캐는 할아버지가 있었다. 그분께서 숲에서 사라진 뒤에야 비로소 오갈피 씨앗들이 숨통을 트게 된 것이라고 마을 어른들은 이구동성으로 한마디씩 했다. 가지를 몇 개 꺾은 뒤 어린 나무들은 못 본 듯 지나쳤다. 깊은 숲에서 자생하는 천궁을 만난 기쁨은 아주 컸다.

여전히 배낭은 홀쭉했지만 그쯤에서 마무리하고, 습관처럼 버섯들 움직임을 살피기 위해 오던 길을 도서는 대신 등마루를 넘기로 결정했다. 멧돼지 길을 따라서 산허리를 돌았다. 고로쇠나무 아래는 이른 봄철 나무즙을 받기 위해 묶어놓았던 끈과 비닐호스가 어질더분했다. 깨진 술병 조각도 어렵지 않게 볼 수 있었다. 개새끼, 쇠새끼들, 구두덜거렸지만 반응 없는 짓이었다. 숲 바닥은 깜깜했다. 마을로 돌아오려는 작정으로 다시 계류를 따라 아래로 향해 가는 길이었다. 골짜기 모든 계류는 마을을 지나 동해로 스며드는 까닭이었다. 까마득한 우듬지에 덩굴을 드리운 다래나무를 치어다보면서 입맛을 다시는 한편 어디서 새참을 먹을까 궁리하던 길이었다. 벌 떼

날갯짓 소리를 들은 것은.

바위에 쪼그리고 앉아 숨을 고르며 정신을 가다듬었다. 벌에 쏘여 기절하거나 고생한 경험담은 심심찮게 들어왔지만, 그리하여 잠깐 이렇게 죽을 수도 있구나 생각했지만, 심산유곡에서 달리 방법이 없었다. 배낭에 넣어두었던 효소를 한 모금 마시고, 다시 길을 잡았다. 어릿어릿 제 걸음일 수 없었다. 계류 징검돌에는 방금 지나간 사람의 신발 자국이 찍혀 있었다. 크기로 봐서 사촌동생일 가능성이 컸지만 전화를 한다고 해서 별수가 없을 것이란 판단을 했다. 기껏 걱정이나 끼치고 배낭을 들어다주는 정도일 것이었다. 다른 것은 그만두고 복통 때문에 견딜 수 없었다. 두어 군데 벌에 쏘인 곳에서 일어나는 통증에 비할 바가 아니었다.

얼마가 지나자 시나브로 통증이 가라앉았다. 화끈거리며 따가운 것만 빼면 그런대로 견딜 만했다. 산 초입을 벗어나자 한결 괜찮아졌다. 집에 돌아와서도 병원 갈 생각은 없었다. 신발을 바꿔 신고 배낭을 정리하는 가운데 차츰차츰 몸이 가려우면서 빨갛게 두드러기가 돋기 시작했다. 배겨낼 재간이 없었다. 택시를 불러 타고 읍내 의원으로 향했다. 소식을 전해 들은 사촌은 목 주위를 쏘였으면 죽었을 것이라고, 덕담 아닌 덕담을 했다. 십수 년 만에 엉덩이주사를 맞고, 약을 먹었다. 그랬더니 이번에는 맨 벌에 쏘여 고생한 사람, 죽은 사람들 이야기가 귓가를 맴돌기 시작했다. 땅벌이었을 것이라고, 사촌은 말했다.

저녁산책

개울물 소리가 한결 맑아지면서 또
한 웅숭깊어졌다. 여름내 벌창했던 물길은 고즈넉이 제자리를 찾아
들었으며 언제부턴가 집 앞 백합나무에는 딱새가 날아와 앉기 시작
했다. 작벼리엔 이제 막 꽃대를 밀어올린 갈풀이 어느새 피고 지기를
반복하며 열매를 맺은 물봉선과 함께 바람을 타고 있었다. 가벼워진
공기와 환한 햇살은 고추를 말리고 벼이삭을 살찌웠으나 숲속은 가
물대로 가물어서 습기 좋아하는 버섯은 땅 밖으로 나오지 못하고 있
었다. 산마루 쪽 하늘엔 잠깐 희롱하듯 구름이 내려앉았으나 곧 흩어
졌으며 해진 다음에는 별들만이 말똥말똥했다.

구절초와 네귀쓴풀을 찾아 나선 것은 어느 하루 구경삼아 숲에 다
녀온 다음 날이었다. 키가 한 자도 채 되지 않은 구절초는 떼판으로
피었으되 꽃은 한 송이씩만 피웠다. 자잘한 자줏빛 꽃을 피운 네귀쓴
풀이 사이사이 섞여 있었으며 참취꽃과 노란색 마타리는 흔했으나
못 본 척했다. 참취꽃은 이미 이울고 있었던 까닭이며 마타리는 약재
로 쓰이긴 하나 냄새가 향기롭지 않은 까닭이었다. 구절초는 무리지

어 피었어도 어딘지 애상스러웠다. 꽃잎 따서 말려 베갯속에 넣으면 꽃잠 잘 듯했으나 더러더러 뿌리째 뽑았을 뿐 따로 꽃잎을 모으진 않았다.

누런 벼이삭이 우꾼우꾼 익어가는 들길 사이로 가을 풀벌레들 목 쉬도록 울어댔다. 이명처럼 이따금 소쩍새 울음소리가 달 없는 그믐 밤길을 밝히기도 했으나 발새에 익은 길에 조족등이 필요한 것은 아니었다. 숲속 정령들이 깨어날 시간, 그대로 숲속으로 스며들어도 좋을 듯 별빛은 도드라졌으며 바람은 더없이 풋풋해졌다. 풀벌레 울음소리 뚝 그치는 순간 길 저쪽 난데없는 들짐승 논 속으로 뛰어들었다. 밤의, 숲의 전령은 아니었을까. 옥수수 밭에서 산 기스락 논으로 자리를 옮긴 귀청을 때리는 폭발음 때문에 적잖이 언짢아졌다. 짐승과 인간들 아귀다툼은 언제쯤 끝이 날까.

천천히 걷는 것이 아니라 때로는 자전거를 타고 슬렁슬렁 이웃 동네까지 마을 네 곳을 한 번에 휘돌아올 때도 있었다. 오르막내리막길이 마치 숨바꼭질하듯 숨어 있으니 술래라도 찾을 것처럼 질질 자전거를 끌면서 두리번두리번 길섶을 살피기도 했다. 그러다가 둑 저 아래 눈꽃처럼 피어 있는 천궁을 만났다. 물길 위 어느 밭에서 지금은 세상 떠난 '이씨 노인'이 천궁을 길렀던 적이 있었던 터라 아마도 그 씨앗들이 물길을 따라 내려오다 아무렇게나 자리를 잡은 것이 드문드문 둑 기스락에 꽃을 피운 것이 아닐까, 짐작했다. 큰물이 지나간 뒤 '노루오줌'이 사방공사를 한 둑에 피어났던 것처럼. 다래덩굴도 있었으며 금꿩, 은꿩의다리도 가끔 만났다.

　세상이 시끄럽고 쓸쓸해도 꽃들은 피고 텃밭에 김장배추는 잘도 자랐다. 밤나무 밭에 들어서 아람 내린 밤을 다람쥐처럼 주워서 보니를 벗겨내는 둥 마는 둥 와작와작 씹었다. 수십 년 동안 농약 한 번 치지 않은 밤밭의 밤들은 벌레가 먹고, 크기도 볼품없지만 맛만은 쏠쏠했다. 천 년을 산다는 밤나무는 아마도 숲속에서의 일이었을 테고, 우리 집 밤나무들은 아직 50년도 못 살았는데 이미 기진했는지 가지가 꺾인 뒤 조금씩 말라죽고 있었다. 빈자리에 돌복숭아나무도 심고, 당귀 씨도 뿌리고, 어린 오갈피나무도 드문드문 심었다. 참나무류는 성년이 되려면 40여 년을 기다려야 한다는 말에 기가 질려서 굴밤을 들고 망설였다.

　달 없는 밤 멀리 가로등 불빛이 큰 별처럼 빛나고, 하늘에 별들은 은하수처럼 흘렀다. 시멘트 포장을 한 농로는 한여름 뙤약볕이 내리쬐는 신작로처럼 하얗게 빛났다. 바람을 등에 업고 멀리멀리 걸어가도 좋을 듯 먼 데 숲들이 술렁술렁 춤을 췄다. 알지 못할 슬픔도 가만가만 어루만지면서 풀숲에 숨어든 반딧불이로 호박꽃등을 만들어 길잡이 삼으면서 밤을 지새워도 좋을 듯했다. 어지럽던 상념에 놀라 가만히 걸음을 멈추고 호흡을 고르는 사이 기세 좋던 풀들이 숙지고, 빨간 열매들이 익는 소리로 귓가가 쟁쟁했다. 열매 속 씨앗들은 언제 또다시 세상과 만날 수 있을까. 별자리가 바뀌었다.

네귀쓴풀

달개비꽃

노루궁뎅이버섯

◥ 구절초

땅두릅열매

▬ 물그림자

개미취 꽃이 있는 가을 풍경

단풍

● 운지버섯

코스모스

물봉선

▶ 능이버섯

대포알이 날아가도

아무래도 비는 다시 오지 않을 모양
이었다. 엊그제 가는 비가 한 차례 흩뿌렸으나 신작로는 먼지가 뽀얗
게 일었다. 일삼아 나뭇가지를 꺾어 흙을 파보았으나 마찬가지였다.
누구 말처럼 가랑잎만 적시고 만 빗줄기였다. 그렇더라도 숲이 궁금
하지 않을 수 없었다. 며칠 전 급기야 채 돋지도 못하고 까맣게 마르
던 능이버섯을 서너 군데서 만났던 까닭에 이번 비가 한 차례 내린
뒤 발가락이 꼼지락거리는 것을 참지 못했다. 몸이 무거웠지만 볶음
밥과 빵, 그리고 물을 챙겼다. 먹을 것을 지나치게 많이 챙긴다 싶었
지만 아침밥 대신이라고 스스로 핑계를 만들었다. 좋지 않은 조짐이
었지만, 기미를 느꼈다고 해서 어떤 일을 즉각 멈출 만큼 현명하지
못했다.

　아침 햇살에 빛나는 구절초를 사진기에 담지 못하는 것을 아쉬워
할 사이도 없이 걸음은 이상스레 진땀이 흐를 만큼 무거워졌다. 돌
아설까 망설망설하면서도 걸음은 앞으로 나가고 있었다. 언제나처
럼 골짜기 입새에 세워진 트랙터를 만났다. 숲 초입새도 아니고, 숲

깊숙한 그곳까지 트랙터를 몰고 오는 이들 걸음은 편하겠지만 숲길은 울퉁불퉁 짓이겨지고 있었다. 경운기가 등장한 뒤 '발구'가 없어지고, 그다음 지게가 없어졌다. 이제는 누구도 등짐을 지지 않았다. 일소가 없어진 것과 마찬가지로 일상에서 쓰이곤 하던, 사람 손에서 멀지 않던 기구들은 그렇게 하나둘 자취를 감추고 말았다. 그 숲길은 땔나무를 하던 시절 발구가 오가던 길이었다.

계류는 점점 물높이가 낮아지고 있었다. 숲 기스락을 지나오면서 두 군데 '관정'을 지났다. 저수지가 있어 농사철 물 때문에 어려움을 겪는다는 이야기를 들어본 적 없었지만, 이 관정은 농업용수로 쓰였다. 쓰임을 다한 물은 수로를 따라 개울로 갔으나 그 물이 바다에 다다랐는지는 알 수 없었다. 지하수는 다시 빗물로 돌아와야 했으나 지금 하늘엔 비를 부를 만한 구름은 보이지 않았다. 가벼운 구름들이 새털처럼 날아다녔다. 이색처럼 단풍나무 가지 끝이 물들었으나 곱지 않았다. 등성이 길을 걷는 동안 물소리는 끊어졌다 이어졌다 잇따라 갈마들었다. 나뭇잎은 이미 생기를 잃었으며 뚝뚝 바람결에 떨어지곤 하던 도토리 소리도 더 이상 들리지 않았다.

낙엽이 답쌓인 조붓한 길에 앞서간 발자국이 선명했다. 일삼아 발자국을 짚었다. 장화를 신은 듯했으며 아주 작은 발이었다. 지나간 지 오래지 않았다. 그 발자국은 아마도 솔밭을 향해 나갔을 것이겠기에 등마루 어디만큼에서 헤어졌다. 작년에도 그랬고, 올해도 마찬가지로 내 관심은 오로지 능이버섯이었다. 산허리에서 만난 '깨금버섯'을 그냥 지나친 것도 그런 이유 때문이었다. 얼마 전 숲에서 만난 이

윗 마을에 사시는 한 어르신은 '눈 빠진 겨울에 소금에 절였던 깨금버섯을 국에 넣어 먹으면 매끌매끌한 게 얼마나 맛있는지' 그러면서 깨금버섯 밑동을 낫으로 손질하며 입맛을 다셨지만, 나는 그저 모호하게 웃으면서 자리를 떴다.

가고자 했던 곳은 등을 넘고 골짜기를 몇 개 더 건너야 했으므로 먼저 예전에 능이가 났던 곳을 중심으로 걸음을 옮겼으나 아무런 버섯도 만날 수 없었다. 흔하디흔하던 무당버섯조차 보이지 않았다. 올해는 이상스레 배암을 만난 일도 없었다. 새끼 유혈목이를 계류에서 한 번 만났을 뿐이었다. 숲 어디를 가든 지겹도록 모기 떼만 극성이었다. 그곳에 당도하면 내 궁금증을 어느 정도 해소할 수 있을 것이었다. 참나무 아래서 볼일을 보던 순간이었다. 대포 발사 소리가 났고, 수 초 후 귀청을 때리는 대포 터지는 소리가 바로 등 뒤에서 울려 퍼졌다. 울컥 뼛성이 났다. 대포알이 터지고 난 뒤에는 그 잔음이 앞산에 부딪혀 파도를 이루며 길게 이어졌다.

오늘은 예고방송조차 없었다. 명절 앞둔 버섯철이었다. 으레 사람들이 숲에 있을 것이란 생각을 왜 안 하는 것일까. 개새끼들 쇠새끼들, 구두덜거리면서 뒤돌아섰다. 대포 종류가 다른지 터지는 소리도 각기 달랐다. 무겁던 몸이 시나브로 가벼워졌으나 그때까지 빈속이었고, 시계도 없었으므로 대강 해를 가늠하면서 소나무 아래에 앉았다. 한쪽에서는 대포알이 꽝꽝 터지고, 나는 볶음밥 대신 빵을 한 입 베어 물었다. 시간차를 두고 터지는 소리였지만 잠깐 딴 데 정신을 팔다가는 깜짝 놀라기 일쑤였다. 전쟁터에서 살아난 또는 여전히 전쟁터에서 살아가는 사람들 불안과 공포를 어림짐작했다.

눈앞으로 대포알이 날아가는 소리가 들리고, 눈만 밝으면 금속의 대포알도 보일 듯했다. 대포알이 터지고 나면 핵우산처럼 뿌옇게 먼지가 일어났다. 50년이 넘도록 봄가을로 대포알을 쏘아댄 까닭에 그곳엔 풀조차 자라지 않았다. 먼 데서도 벌겋게 드러난 속살이 보였다. 습지에서 뒹굴던 멧돼지를 비롯한 산짐승들은 모두 어디로 갔을까. 좀처럼 분을 삭이지 못했지만 돌아서서 산을 내려오는 길밖에 달리 방법이 없었다. 등을 넘고 골짜기를 내려와 계류를 건넜다. 빨간 영실을 만났으나 말벌 때문에 열매를 마저 따지 못했다. 벌에 쏘인 자리가 이따금 후유증처럼 가려웠기 때문이었다.

각시취, 수리취 연달아 꽃대를 밀어올렸다. 노란 배암차즈기는 늘 그 자리에 있었다. 떼판으로 핀 쑥부쟁이는 가을 물처럼 맑고 환했다. 길섶 한 곳에서 벌 떼가 윙윙거리고 있었고, 익살스럽게 생긴 두꺼비 한 마리 엉금엉금 그곳을 향해 가다 멈췄다. 나 또한 가던 길을 멈추고 가만히 섰다. 어릴 적에는 뒤란 장독대에서 흔히 만나곤 했지만 근래에는 자주 볼 수 없었다. 산밤나무 아래에는 멧돼지가 까놓은 밤 껍질이 어질더분했다. 그 가운데 흙 묻지 않은 알밤을 골라 다래끼에 넣었다. 밤밭집 딸이 산밤나무 아래서 밤을 주웠다. 집에서는 하지 않는 일이었다. 두어 됫박 실히 됐다. 능이버섯은 까맣게 잊은 채 마을로 돌아오는 내내 날밤을 까먹었다.

대포 소리는 여전히 귓등을 때렸다. 마을의 평화는 당당 멀었다.

가을가뭄

여름내 궂은 날씨로 마음을 졸이던 어른들은 가을날 일기를 잘한 덕에 벼 단풍이 곱게 들었다고, 농약 비료를 덜 친 곳에 생긴 쭉정이를 단풍이 가려준다고, 한시름 놓는 모습이었다. 한낮이면 벼 익는 소리로 온 들판이 수선스러웠다. 한쪽에서는 콤바인을 이용하여 벼를 벴고, 또 한쪽에서는 벼 건조기가 굉음을 울리면서 돌고 있었다. 평년작은 될 것이라는 안도감도 순식간이었고, 쌀값 폭락을 항의하는 집회가 지역을 가리지 않고 열리고 있었다. 들깨와 콩을 꺾는 손길에도 안타까움이 배었다. 가을가뭄으로 콩꼬투리와 들깨꼬투리가 채 여물지 못하고 매매 말라버린 탓이었다. 하나가 높으면 하나는 낮게 마련인 듯 김장밭도 가뭄을 타기는 마찬가지였다. 그렇더라도 이와 무관하게 가을 들판은 오채영롱했다.

활짝 핀 갈꽃이 바람에 흔들리는 것을 보면서 내 고향은 어디일까, 불현듯 궁금했다. 한 번도 태를 묻은 곳으로 돌아왔다는 안도감을 느끼지 못했다. 때로는 도시에 있는 텅 빈 극장에서 영화를 구경할 때 오히려 편안함을 느끼곤 했다. 단감나무에서 단감을 따서 그 자리에서 바지에다 썩썩 문질러 베어 먹는 것이 당연하면서도 또 한 편으로는 약초와 나물들 효능과 이름을 대는 것을 이상스레 여기는 어른들도 여전히 있었다. 그렇게 지내다보니 때로는 방외인처럼 여겨질 때도 없지 않았다.

어떤 일을 꾸밀 때도 마을 밖 사람들을 염두에 두는 일은 있어도 눈 뜨면 대하는 마을 사람들을 마음속에 두는 일은 없었다. 서로가 이방인이었다. 쭉정이가 머리 드는 법이었고 어사는 가어사가 더 무섭다고 했던가. 농사를 짓지 않는 나는 농민들이 미덥지 않았으며 '관행농법'에서 헤어나지 못하는 농민들이 불편했다. 1년 내내 농사 지어서 농기계 값, 화학비료와 농약 대금을 물고 나면 다음 해는 또 다시 영농자금을 대출받아야 했다. 악순환이었지만 농민들은 그러려니 했다. 죽어도 씨오쟁이는 베고 죽는다는 말도 이젠 옛말이었다. 언제부턴가 농사꾼은 자신이 기른 곡식을 다음 해 종자로 쓸 수 없었다. 해마다 씨앗을 새로 사야 했다. 볍씨가 대표적이었다. 기계로 모를 심으면서부터는 흙도 사야 했다. 집에 씨오쟁이를 쟁여두는 일도 점점 드물어졌다.

농민들은 자신들이 등골이 휘도록 일해서 특정 기업, 특히 다국적기업을 살찌운다는 사실을 알지 못했고, 또한 알려고 하지도 않았다. 귀찮아했다. 여태껏 잘 살아왔다고 이구동성으로 외쳤다. 우리 마을에는 온전한 자작농이 거의 없었다. 대개 남들 논을 빌려 소작을 병행했다. 농사에 필요한 기계는 모두 가지고 있으니 많이만 지을 수 있으면 그런대로 수지가 맞았지만, 이앙기부터 콤바인까지 기계 가진 농민이 태반이니 논을 빌리는 일도 쉽지 않았다. 부재지주는 그 틈을 이용해서 소작인을 상대로 농간을 부렸고, 소작료는 올라갔다. 1년에 한두 번 쓰고 창고에서 잠자는 농기계였지만, 수천만 원을 들여서 농기계를 장만했다. 전부 빚이었다.

농약, 화학비료 없으면 농사를 짓지 못할 것이라고 철석같이 믿었다. 불과 20~30년 사이에 그렇게 됐다. 이제는 뼈 깊이 사무쳐 아무도 농약, 비료를 줄일 생각을 하지 않았다. 올해는 유난스레 '피'가 기승을 부렸다. 하나같이 농약을 적게 쓴 탓이라고 했다. 농약 폐해에 대해 아무리 이야기해도 귀 기울이지 않았다. 대지가 병들고, 아니 당장 내 살이 썩어 들어가고 있어도 모르는 체했다. 이제는 아무도 마을 개천에서 목간하고 세수하지 않으면서도 별스럽게 여기지 않았다. 물고기를 잡고, 물장구를 쳤으며 이불빨래를 하고, 작벼리에서는 소를 먹이던 곳이었다.

큰산 산마루에서 시작된 단풍이 마을을 향해 시나브로 하산을 하고 있었다. 저녁 바람이 선득하니 걷기에는 알맞추 좋았다. 비를 만들지 못하는 구름은 둥실둥실 잘도 흘러다녔다. 달 없는 이른 저녁 숲정이에서는 고라니 목 쉬게 울음 울었고, 길섶에는 가을 풀벌레 울음소리 더없이 맑았다. 어디로든 갈 수 있을 듯 바람은 불어왔다. 이따금 하늘 저쪽에는 기러기들이 떼를 지어 날아갔다. 기러기도 어떤 소리를 낸다는 사실을 새롭게 발견이라도 한듯 고개가 뻣뻣해지도록 하늘 저쪽을 바라다보곤 했다. 그 하늘 아래서는 쓸쓸하게 꽃들이 피고 지는 사이, 감들이 빨갛게 익어갔다.

만산홍엽

어디를 둘러봐도 오색영롱한 가을이
었다. 서두르는 기색도 없이 차근차근 산과 마을을 물들이며 하강하
는 빛깔에 그만 흘게라도 빠진 듯, 알 수 없는 저 깊은 곳에 물빛 같
은 눈물이 흐르다 말다, 한동안 잊고 살아도 좋을 만큼 단풍은 이제
소리로 고여 강바닥을 채웠다. 턱 괴고 앉아 창밖을 보다 말다 슬픈
듯 기쁜 듯, 어디 저 먼 데를 향해 가는 날짐승들 날갯짓 소리에 명주
실 같은 구름들이 가볍게 흘러갔다. 홍시로 익은 감이 선승의 깨침처
럼 단박에 바닥으로 떨어져 낭자하게 땅바닥을 물들였다. 한생이 끝
나는 뒤끝치고는 몹시도 날카롭고 매서웠다. 달면서도 떨떠름한 고
욤을 따서 우물우물 이 빠진 늙은이처럼 먹었다.

드맑은 하늘은 새파랗지도 감파랗지도 않았지만 어디선가 콩과
들깨들 지저깨비를 태우는 연기는 길게 솟구쳐 흩어졌다. 의도는 늘
어긋났으므로 먼저 서쪽을 향해 갔다. 울퉁불퉁한 둑길을 기운차
게 자전거를 몰았다. 새뜻한 산국꽃잎에 눈길이 홀리면서도 어느 사
이 쇠무릎 뿌리를 캐고 있었다. 바짓가랑이는 쇠무릎 씨앗이 달라붙

어 따끔따끔했다. 뿌리는 묵었는지 실하고 탐스러웠다. 촘촘히 씨앗을 매단 쇠무릎은 비탈을 가득 메웠으나 대여섯 뿌리를 캐고는 손곡괭이를 거둬들였다. 거덜을 내지 않아야 다음에 또 쇠무릎과 만날 수 있을 것이기 때문이었다.

이른 봄처럼 머위가 새파랗게 돋았다. 겨울 지난 봄과 달리 향기는 짙지 않았지만 시들어가는 풀빛들 사이에서 도드라진 푸른 빛깔만으로도 오금이 들떴다. 산 기스락 샘가에는 미나리가 돋았으며 서양민들레는 물론 주름잎까지 봄에 피었던 꽃들이 또다시 피어났다. 단풍 든 나뭇잎만 아니라면, 아니 짧게 기운 쇠잔한 저녁 빛만 아니라면, 아니 아니 보랏빛 배초향과 쑥부쟁이만 아니라면 봄이 왔다고 소리쳐도 좋을 듯했다. 숲 바깥에서는 찔레꽃 붉은 열매가, 숲속에는 청미래덩굴 열매가 가을 짧은 볕뉘에 초여름 앵두처럼 붉었다. 아람 내려 풀숲에 숨겨졌던 알밤이 용케 다람쥐 눈길을 피해 쪼글쪼글 고소하게 잘도 익었다.

외딴집 마구간 구유에서는 송아지들이 콩깍지를 먹고 있었다. '논두렁콩'(논두렁에 심은 서리태)을 떨던 집주인은 '멍우(머위)'를 뜯었다는 말에 무엇에 쓰려는지 궁금해했다. 그러면서 슬쩍, 그 효소라는 것을 어떻게 만드는지, 물었다. 한참을 서서 이러쿵저러쿵, 집에서 기른 무, 배추, 과실 모두 가능하지만, 그놈들 모두 농약 과다일 테니 쓰지 마시고, 숲에서 자란 것들로, 나물과 약초라고 불리는 그놈들만 쓰시라고, 했더니 이번에는 매실과 돌복숭아 담근 얘기, 그리고 해 지난 지구자(헛개나무) 열매까지 꺼내 보여주었다. 우리 아버지만 빼고 동네 어른들 태반은 봄가을 숲에서 나물도 뜯고 버섯도 땄으니 약초에 대해서도 일가견이 있었다. 다만 나물은 날것 혹은 묵나물로만 이용하고 있었을 뿐이었다.

움 돋은 뚱딴지 이파리가 밤바람에 까맣게 죽었다. 짧은 해가 진 뒤 어디에선가 눈이라도 내리고 있는지 갑작스레 손이 시렸다. 검은 봉다리에 해당화 열매를 따서 자전거에 달아매고서는 휘휘 동네를 한 바퀴 돌았다. 어느 날부터인가 해질녘이면 집 앞 논두렁에 백로 한 마리 날아와 오래도록 서 있었지만 벼를 벤 뒤부터는 만날 수 없었다. 노랗게 익은 벼 숲에 동그마니 서 있는 모습이 이채로워 우두커니 서서 일없이 지켜보곤 했다. 작은 봇도랑이 있었지만 먹잇감이 풍부한 곳도 아니었는데 매일같이 백로는 날아와 그 자리를 지켰다. 내 생각으로는 어떤 것도 알 수 없었다.

한동안 오래된 항아리를 수소문했다. 어떤 집은 새 집을 짓고 쓸모없어서 망치로 깨서 버렸고, 또 어떤 집은 고물장수에게 단돈 몇천원 받고 팔았으며 또 어느 집엔 오래도록 쓰지 않은 탓에 금 가고 깨진 항아리들이 장독대에 그대로 엎어져 있었다. 이제는 다시 만날 수 없는 옛 항아리들이 괄시받는 것을 보니 은근히 부아가 났다. 그러는 가운데 오지랖 넓은 우리 어머니, 쌀 한 가마니 들어가는 오래된 독을 두 개 구해왔다. 하나는 아주 잘생겼고, 또 하나는 어느 술 취한 옹기쟁이가 만든 것인지 유약을 미처 바르지도 못한 채 구워졌다. 그렇더라도 이제 내게 왔으니 때 빼고 광내서 볕바른 곳에 가만히 세워뒀다. 보고 있는 것만으로도 그럴 수 없이 좋았다.

오색 단풍 위로 가을꽃들 얼어 죽지 않을 만큼만 눈이 내렸으면 하고, 하늘 한 번 더 올려다보았다. 감은빛으로 어두워가는 서쪽 하늘에 어른 엄지손톱 깎아놓은 것 같은 초승달이 떠올랐다. 음력 초나흘이었다.

'추곡수매'하던 날

서쪽 산마루 위로 무지개 같은 채운
이 활처럼 휘어져 빛을 뿌리고 있었다. 어마뜩한 채로 잠시 걸음을
멈췄다. 언제 채운을 봤는지 기억도 못 하고 있던 터라 순간 무지갠
가 했으나 비는 오지 않았으므로 얼없는 구름이었다. 하도 신통하고
반가워서 고개가 다 숙여졌다. 미친바람이 지나간 뒤끝이었던지라
놀라움은 한층 더 컸다. 아무런 즐거움도 아니었으며 또한 어떤 징후
나 징조도 아니었지만 해가 지는 순간까지 채운은 쉽게 스러지지 않
았으므로 지켜보는 걸음이 달뜨고 움켜쥔 손에는 잔뜩 힘이 들어갔
다. 한 걸음씩 앞으로 내딛는 그만큼 구름은 더욱 멀어졌지만 그쯤은
아무것도 아니었다.

정부 추곡수매를 하는 자리는 종일 괜한 흥겨움과 어쩔 수 없는
근심이 묘하게 뒤엉켜 있었다. 특등을 받지 못했더라도 한 해 농사를
매듭짓고, 그 수고로운 노동의 몫을 한몫에 받을 수 있기에 어른들은
술잔을 기울이고 고기를 구우면서 서로가 서로를 위로하고 격려하며
누구와도 나누지 못할 쓸쓸함을 함께했다. '색시집'에는 못 가더라도

노래방쯤은 가야 하지 않겠느냐고 누군가 꺼드럭거리기도 했지만, 맞장구치는 입도 없었을뿐더러 어쩐지 사그라지는 숯불처럼 힘이 없었다. 전업농인 후배는 농기계 값 갚고 나면 다시 빚을 내야 한다고 한숨지었다. 그나마 수매가라도 좀 더 올랐으면 좋겠다는 바람은 입속말이 되고 말았다.

어느 해 겨울 황조롱이가 와서 앉곤 했던 자리에는 작은 새매가 대신 자리를 잡았다. 빛을 가로지르며 날아가는 새 떼는 꿈결 같아서 차라리 아마득했다. 갈색 물까마귀도 냇가로 돌아왔다. 겨울 철새들이 하나둘씩 모습을 드러냈지만 어쩐지 바람 빠진 풍선처럼 맥아리가 없었다. 낙엽 떨어뜨린, 웅크린 불곰 같은 숲이 아니라면 겨울은 어쩌면 논바닥에 얇게 언 얼음에서나 느낄 수 있을까, 그도 아니면 짧아진 한낮 길이에서나 감지할 수 있을까. 슈아베기 한 숲에는 굴참나무 이파리가 움돋았으나 돋자마자 누렇게 단풍 들었다. 토끼풀은 폭설도 아랑곳없이 다시 파랗게 싹을 틔웠다.

관공서에서 '수도작'이라고 하는 벼농사가 천대받기는 오늘날과 같은 때가 없을 것이겠지만, 곰곰 톺아보지 않더라도 당장 오늘부터 서양식으로 식생활을 바꾼다고 해도 문제는 남았다. 논을 다 갈아엎고 밀농사를 짓는다고 해도 지금과 같은 자동차 팔아서 쌀 사먹는다는 사고방식이라면 마찬가지였다. 먹을거리 안전/안보는 그만두고 어쩌면 자동차 100대를 팔아야 겨우 쌀 한 가마니를 살 수 있게 되는지도 모를 일이었다. 중국 농산물 싸다고 좋아할 일이 아닌 것은 지난번에 이미 직접 봤다. '농업 정책'은 벌써 '농촌 정책'으로 바뀌었지만 '벼농사'를 기반으로 하지 않는 농촌 정책은 도로 아미타불이 될 것이었다.

어쩐 일인지 매일 논/두렁에서 다다붙어 사는 이들이 농약과 비료는 더 쳤다. 마을 공동 논은 공동의 일이어서 무관심했고, 무심했던 만큼 이제는 가을 논에서 사라졌다고 했던 메뚜기가 뛰놀았다. 이런저런 이유로 농약 비료 한두 번 덜 쳐서 벼농사 잘되었다는 소리는 여러 곳에서 들려왔다. 그러면서도 한편으로는 병충해방제기간 펼침막이 나붙으면 불안과 공포를 잠재우지 못했다. 먼저 농약을 쳐야 안심했다. 오리농법도 우렁이농법도 2~3년 반짝하더니 언제부턴가 흐지부지됐다. 농약을 치지 않으면 수확량이 준다고, 농약 없으면 농사지을 수 없다고 목소리를 높이는 이도 없지 않았다.

농약에 내성이야 생겼겠지만 수로에서 만난 거머리는 때 아닌 반가움이었다. 미꾸라지 옹고지를 잡으러 가면 장딴지를 물어서 새빨갛게 피를 흘리곤 했지만 언제부턴가 거머리를 보는 일도 흔치 않았다. 갈대 뿌리에 달라붙어 꿈틀거리는 거머리는 여전히 눈에 거슬렸지만, 멸종했다는 소식보다는 기꺼웠다. 올봄 수리부엉이가 어이없고 허무하게 떠난 뒤로 이따금 부엉이 우는 소리가 들려오긴 했으나 아직 진위 여부를 확인하지 못하고 있었다. 소리가 맑은 '긴꼬리'가 울면 가을이 왔다고 여기는 것처럼 화진포호수에 새하얀 고니 떼가 돌아와야 비로소 겨울이 당도했다고 느끼곤 했으나 무슨 일로 여태도 뭉그적거리면서 화진포호수엘 다녀오지 못하고 있었다.

어이딸

어둠이 내리고 별빛보다 먼저 가로 등이 불을 밝히는 사이로 바람이 불었다. 지르되게 피어 여태도 지지 못한 꽃들이 까맣게 멍드는 가운데 검은 날짐승이 머리 위로 날아갔다. 호곡 같은 바람 소리를 따라온 고라니는 인기척에 놀라 쫓기듯 산마루를 향해 냅뛰었다. 텃새라고 하지만 여름에는 볼 수 없으므로 여전히 겨울 나그네새로 여겨지는 방울새 무리가 지난해 그 자리에 재잘거리던 모습 그대로 떼를 지어 다시 나타났다. 나이를 알 수 없는 금강소나무는 왜바람이 어울치면 동굴 속 같은 깊은 울음소리를 토해냈다. 어느 트랙터 트레일러에서 떨어뜨렸는지 모를 짚덩이 하나 길 위에 동그마니 놓여 있었다.

이따금 저녁 산책길에서 스쳐 지나곤 하는 어이딸 앞잡이가 되어 논틀밭틀길을 따라 숲길을 향해 나갔다. 처음 멧돼지 올무를 본 어이딸은 놀라운 듯 신기해했다. 사람이 살지 않는 폐가에서 굴뚝 연기가 피어올랐을 때는 무슨 영화 같은 이야기를 상상했고, 그리하여 호기심이 일지만 두려움을 떨치지 못하는 어이딸을 뒤세우고 폐가 앞에 이르렀을 때는 사람은 보이지 않고 승합차만 한 대 외따로 서 있어 몹시도 어리둥절했다. 유심히 번호판을 살피면서 다 허물어진 폐가를 두리번거렸다. 어느 시절 조금만 더 용기를 냈더라면 마을에서 멀고 외딴, 건봉산 기스락에 바투 자리 잡고 있던 그곳은 내 삶의 터전이 되었을 수도 있었던 곳이었다.

또한 지금은 버려진 채 비바람에 낡아가고 있지만 그곳은 한때 초등학교 동무가 살던 집이기도 했다. 수년 전 산등성이를 밀어내고 논을 일궜지만 당시에는 포도과수원이 있었으며 듬성드뭇 가구도 몇 가구 잘 됐다. 이름도 따로 없이 그저 '고아원'이라는 이름으로 호명했으며, 우리보다 서너 살 위로 아들 없는 집에 양자로 들어왔던 그 동무를 그리하여 조금은 멀리하고, 또 조금은 두려워하면서 스리슬쩍 따돌리기도 했다. 한 반은 보통 네 개 마을에서 온 아이들로 이루어졌고 마을끼리 등하교도 같이 했지만, 고아원이라고 불리던 곳에서 온 같은 반 동무 두 명은 어느 날은 이쪽, 또 어느 날은 저쪽 마을 아이들과 어울렸으나 무엇보다 그는 목자가 사나웠다.

여자아이들 고무줄을 끊기도 해서 원성이 자자했던 그가 그때 우리들과 함께 어울려 놀고 싶어서 그랬다는 것을 뒤늦게 알게 되었지만 그때는 이미 다들 어른이 된 뒤였다. 헤어진 뒤 30년쯤 되어 초등학교 운동장에서 다시 만났을 때 소금장수가 된 그는 내 작은오빠 또래들과 어울려 지내고 있었으며 동창들은 그를 형이라고 부르고 있었다. 말이 편치 않으니 자연 자리가 어색하고 떨떠름했으나 한편에는 그와 함께 군 대표 운동선수가 되어 모래주머니를 발목에 차고 어느 산길을 오르내리던 일과 함께 귀갓길에는 이유 없이 그가 꺼려져 멀리 떨어져서 걸었던 기억만은 또렷했다.

승합차 주인으로 여겨지는 이는 어스름이 내린 근처에서 약초 뿌리를 캐고 있었다. 우리는 큰 소리로 인사를 건네며 몇 마디 아는 척을 하면서 자리를 떴다. 질척한 숲길은 무슨 일인지 사람 발자국으로 어질더분했으나 못 본 체, 첫걸음인 어이딸을 위해 나무 이름과 쓰임새를 주섬주섬 떠들어대면서도 바삐 숲길을 걸었다. 어둑해지면 혼자서는 밖엘 나오지 못한다는 얘기를 언젠가 그 어머니로부터 들었던 터라 내심 근심이 컸으므로 자연 걸음이 빨라졌다. 괜한 선입견이었을 테지만 이왕에 앞잡이로 나섰으니 더 깜깜해지기 전에 숲을 나오는 게 좋겠다는 판단을 했기 때문이었다. 마을로 이사 온 지 수년이 지났지만 어이딸은 그날 처음으로 그 숲길을 걷는 것이라고 했으니 걸음을 조금 늦췄어도 좋았을까.

길을 바꾸니 숲으로 향했던 길은 다시 마을로 이어졌다. 숲을 나온 뒤 어이딸의 빨갛게 달뜬 얼굴을 보니 그제야 조금 걸음이 가벼워졌다. 눈길 머무는 길 끝에는 푸른 동해가 살짝 어깨를 드러냈다. 책 속에서 만나는 동그라미 활자들이 도루묵 알로 보일 만큼 요즈음 읍내 부둣가에는 알배기 도루묵이 개락이었다. 서쪽 하늘엔 샛별을 앞세운 초승달이 도드라졌다. 귀갓길 걸음을 서둘러야 하는 이유 하나 더 늘었지만 노랗고 붉은 노박덩굴 열매가 자꾸 눈에 밟혔다.

콩 두 말로 메주를 쑤다

맵찬 바람이 부는 아침 자전거 짐칸에 콩 두 말을 싣고 고개를 넘었다. 며칠 전부터 메주를 쑤기 위해 콩을 마련해두고 미친바람이 잦아들기만을 목을 늘이며 기다리고 있었다. 이웃 마을 어르신께 부탁을 드렸는데, 어르신이 주중에는 일을 나가시는 까닭에 휴일에나 가능했던 터라 더욱 맘을 졸였다. 전날은 마을을 떠메고 갈 듯 미친바람이 휘몰아쳤다. 문밖을 나설 수도 없었을뿐더러 방 안에 앉아 있는 것조차 퍽 힘든 일이었다. 창문에 흩뿌려대는 모래먼지는 그렇다고 해도 웽웽 울어대는 전깃줄 소리는 어떻게 피할 도리가 없었다. 기와였다면 아마도 지붕이 다 거덜이 났을 것이었으나 다행히 낡은 슬레이트는 잘 견뎌주었다.

바람살에 밀려 자전거를 타지 못하고 질질 끌었다. 손은 시려오고 숨결은 거칠어졌으나 쨍쨍한 초겨울 하늘은 한결 위안이었다. 집에서도 한뎃솥을 걸고 메주콩을 삶을 수 있었으나 메주를 띄우는 게 문제였으므로 아예 이웃 어르신께 부탁을 드리기로 했던 것이었다. 메주에 대한 허전하고 아쉬운 기억은 초등학교 때 할머니 살아생전이었다. 겨울이면 부엌 가마솥에 대여섯 말씩 콩을 삶느라고 부엌 안이 욱신욱신했으며 뒤미처 삶아낸 콩을 자루에 넣고 밟았다. 메주 쑤는 날은 며느리 밥을 안 줬다는 옛말처럼 삶은 콩을 밟으면서도 연신 갓 삶아낸 콩을 집어 먹었다.

집에 도착하고 보니 어르신이 이웃에 마실을 가고 계시지 않았다. 꼭두새벽부터 일을 하시는 어르신인지라 해가 중천에 떴는데도 내게서 연락이 없어 궁금답답해하시던 참이었다고 하셨다. 한뎃솥에 불을 지피는 가운데 찬물에 콩을 씻어서 솥에 안쳤다. 이제부터는 과하지도 덜하지도 않도록 불땀을 조절하는 것이 사북이었다. 마당 한쪽에 쌓아놓은 지저깨비와 삭정이를 끌어다 아궁이가 미어지도록 땔감을 넣었다. 미친바람은 꽤 숙지근해졌으나 이따금 냉과리를 토해내기도 했다. 바람에 아랑곳없이 불길은 기죽지 않고 활활 잘도 들었다. 콩물이 끓어 넘치기 시작하자 어르신은 불땀 조절을 도맡으셨다.

솥뚜껑 위에는 한쪽 모서리가 깨진 수십 년째 사용해오고 있는 나무주걱과 목장갑 한 짝이 놓여 있었다. 어느 옛날 집에서 주걱을 깎아주지 않아서 장날 읍내 장에 나갔다 그 나무주걱을 사왔고, 또 그래서 집안 어른들께 지청구를 들었다며 어르신은 잠시 옛날 일을 떠올렸다. 나무주걱에 관심을 드러내자 '개박달나무'와 같이 재질이 단단한 나무로 깎으면 좋다고 일러주셨다. 차츰차츰 콩이 익어감에 따라 구수한 콩 냄새가 진동했다. 어르신은 콩물이 넘치지 않도록 솥뚜껑을 열고 콩을 휘저어 섞는 한편 물과 불을 조절하셨다. 콩이 다 익자 마지막으로 나무 등걸 하나만을 남기고, 콩물이 잦아들도록 뜸을 들였다.

콩 뜸을 들이는 동안 김장밭에 남겨둔 눈비 맞은 배추로 배춧국을 끓여서 점심을 먹고, 쫀득쫀득하고 달보드레한 곶감을 나눠 먹었다. 알맞추 잘 삶아진 콩을 퍼서 포대에 담고 그 위에 자루를 덧대고 자근자근 밟았다. 발바닥이 따끈하고 보드라웠으나 한편 무명자루였으면 하는 아쉬움이 슬그머니 스쳤다. 다 밟은 콩을 어르신께 건네면 어르신은 네모반듯하게 모양을 지어 구팡에 늘어놓으셨다. 마당 한쪽에는 2주일 전에 쑨 메주가 맑은 볕 아래서 고즈넉이 말라가고 있었다. 뒤늦게 부탁을 드리는 바람에 어르신은 두벌일을 하시게 된 것이었다. 내년 봄에 간장을 담글 메주라고 말씀드렸더니 조금 긴장하시는 듯했다.

된장 없이 막장을 주로 담그던 이곳 풍습은 도시와 달리 간장을 뺀 메줏덩이는 따로 쓰지 않았지만 이제는 그것도 조금씩 바뀌고 있었다. 간장을 담글 메주라면 특히 잘 띄워야 한다며 부엌 아궁이에 불 때며 살던 시절과 달라 여간 조심스러운 일이 아니라고 은근슬쩍 걱정을 내비치셨다. 그에 관심은 두지 않고 반듯반듯하게 빚어지는 메줏덩이를 보는 일만으로도 히죽이 웃음이 나는 것을 참지 못했다. 맑고 고운 볕에 해종일 말려 드디어 짚으로 묶어 처마 밑에 달아맸다. 갓 마흔에 첫 버선이라고 어르신 덕분에 전부터 소원하던 일을 이루게 됐다.

프랑켄 푸드(유전자 조작 작물)

모든 음식은 정치적이다. 2009년 12월 7일 "8중 유전자변형 '슈퍼GMO' 옥수수를 식품용과 사료용을 수입 승인"했다는 뉴스가 떴지만 어느 결에 속절없이 묻혀버렸다. 다국적 종자기업 몬산토에서 생산한 '슈퍼GMO 옥수수'는 기존 GMO를 교배한 것으로 '해충 저항성과 제초제 저항성 등 총 8가지 변형 형질이 발현되는 옥수수'라고 설명했으며 농촌진흥청이나 식품의약품안전청에서 별도의 안정성 검사 없이 수입 승인했다는 것도 곁들였다. 사료용으로 유전자를 변형한 옥수수와 콩이 수입되고 있었지만 식품용 유전자변형 옥수수가 수입 승인된 것은 처음이었다. 어떤 농사꾼 말처럼 사료용으로 수입되었다면 이미 우리 식탁에 알게 모르게 올라왔을 테지만 식품으로 수입하는 것조차 안정성 검사 없이 수입을 승인했다는 대목에서는 크게 놀랐다.

마리-모니크 로뱅이 쓴 『몬산토』를 보면 다국적기업 몬산토는 이미 국가와 정부 위에 존재하고 있었으며 또한 오로지 '돈'을 벌기 위해 저지르는 갖은 악행은 시정잡배, 양아치보다 못했다. 미국은 물

론 브라질, 아르헨티나를 비롯한 남미와 인도에서 유전자변형 콩과
옥수수, 그리고 면화 재배를 둘러싸고 벌이는 일은 사람 목숨을 지푸
라기보다 하찮게 여기는 돈독 오른 다국적기업들이 벌이는 갖은 행
태를 고스란히 보여주고 있었다. 또한 유전자변형 면화로 인해 인도
에서 벌어지고 있는 끔찍한 자살 행렬을 보노라면 마치 외계인이 나
오는 재난영화를 쏙 빼닮았다. 영화라면 차라리 마음 놓을 수 있었을
테지만 지금 이 지구에서 벌어지고 있는 일이었다.

그들은 유전자변형이라는 말 대신 이제는 생명공학이라는 그럴듯
한 말로 포장, 선전하는 일도 잊지 않았다. 그들은 전 세계를 자신들
이 생산한 하나의 품종으로 도배, 지배하는 날을 꿈꾸었다. 무슨 전
초전처럼 그렇게 하기 위해서 가족농이나 영세한 농민들을 불도저로
밀어내듯 빈민굴로 쓸어 넣었다. 또한 아무런 해도 없을 것이라던 선
전과는 달리 제초제는 모다기비처럼 쏟아 부어야 했으며 그런 까닭
에 농장 근처에는 사람이 살 수 없었다. 그들은 사람 손으로 직접 작
물을 재배하는 것이 아니라, 트랙터 또는 항공기를 이용한 대규모 기
계화 영농으로 콩과 옥수수를 키웠다. 그들이 하는 달콤한 말에 이끌
린 가난한 농민들은 결국 빈털터리가 되어서야 그 덫에서 벗어날 수
있었다. 내 돈 주고 샀어도 이듬해에는 그 씨앗으로 다시 농사를 지
을 수 없었다. 그것이 다국적기업 몬산토의 법이었다.

씨앗이라는 것이 바람과 빗물에 쓸려 이웃 밭고랑을 넘기도 하는
법이었지만, 그들 몬산토는 그것을 빌미로 손해배상을 청구했으며
그렇게 해서 벌어들이는 돈이 꽤 짭짤했으니 그 일을 멈추지 않았다.

농약도 그들이 생산한 것만을 써야 했다. 애초 정착하여 농사를 짓기 시작한 것은 먹고살기 위해서였을 것이었으므로 올목갖게 곡식과 채소를 심었던 것은 당연했을 것이었다. 그렇지만 그들은 오로지 한 가지 작물만을 심도록 했다. 내성이 생긴 병충해는 더욱더 강한 농약을 원하게 되었고, 이 악순환의 고리는 쉽게 끊어질 수 없게 되었다. 그렇게 농약 범벅이 된 작물은 사람이, 짐승이 먹는 음식으로 탈바꿈했다. 콩과 콩을 교배하여 더 좋은 콩을 만드는 것이 아니라, 종과 종이 서로 다른 식물과 동물을 교배하여 만들어내는 작물이 과연 어떠할까. 그 부작용이 빚어내는 대가는 누가 치러야 할까.

이따금 '마트'에 들르면 이것저것 식품성분 표시를 읽느라고 한참을 머물렀다. 인공색소와 같은 첨가물을 사용하지 않았다고 크게 선전하는 제품이더라도 주재료인 밀가루는 수입산, 즉 미국산과 호주산을 섞어 쓰는 경우가 허다했다. 마찬가지로 인공조미료를 쓰지 않았다고 하는 경우도 마찬가지였다. 우유를 비롯한 유제품을 몸에 좋다고 열심히 먹는 것도 결국은 낙농기업들 선전술에 휘둘리는 것이라면, 그렇게 되지 않으려면 곡식과 채소를 비롯한 각종 먹을거리를 선택하는 일에 매우 조심스러워야 했다. 그런 움직임들이 모여서 바른 먹을거리, 좋은 먹을거리 생산으로 이어질 수 있을 것이었다. 어떤 선거에 투표를 잘하는 것도 중요했지만, 어떤 먹을거리를 먹느냐 하는 것 또한 더할 나위 없이 종요로웠다.

화진포호수 한 바퀴

아직 오지 않았는지 아니면 벌써 떠났는지 화진포호수에 고니 떼는 없었다. 맵고 시린 바람에 볼이 얼얼하고 눈초리에서는 쉬지 않고 눈물이 흘러내렸다. 하늘은 파랗고 파도는 높았다. 안쪽 호수는 두껍게 얼음 얼었으나 바깥 호수는 언제나처럼 바닷물이 들고 나는 까닭인지 물결이 출렁거렸다. 호숫가 금강소나무들은 추위와 바람에 지쳤는지 앓고 난 사람처럼 윤기 없이 앙상했다. 저기 안쪽 얼음이 얼지 않은 곳에 이름을 알 수 없는 작은 새들이 옹기종기 모여서 메마른 바람에 떨고 있었다. 금방이라도 소나무 가지를 부러뜨릴 것 같은 바람 속을 걸어가는 걸음에 잔뜩 울음과 웃음이 실렸다.

고니 왔느냐는 물음에 우물우물 제대로 답하지 못했다. 답을 했더라도 그것은 온전히 핑계였을 것임은 묻는 이도 답하는 사람도 아는 까닭이었다. 누군가 가을부터 내내 일을 미루는 바람에 한 해 막바지 미친바람 속을 오가기를 반복하였음에도 일 마무리는 끝내 해를 넘기게 되었다. 귀 질기고 무척이나 엉덩이는 무겁고, 성의는 없는 사람이었다. 이따금 우물을 들고 마실 만큼 성미가 급했던 탓에 소화도 안 되고 머리도 무거웠다. 앞일을 알 수 없으므로 하는 것이 약속이 었다. 말부터 앞세우는 사람 믿지 말라는 우리 어머니 말씀, 그럴 때 쓰는 말이었다.

팔 쓰는 일이 어려워 겨울 접어들고 처음 대중목욕탕엘 들렀다. 벌거벗은 이웃끼리 나누는 이야기를 귓결에 흘리며 들었다. 아픈 곳은 슬그머니 덮어도 주었으며 좋은 일은 크게 웃어도 주면서 다른 이에게 말하지 못하는 속내는 밀어도 밀리는 때처럼 조근조근 털어도 놓았다. 목욕탕에 동행하기를 좋아했던 전생의 내 자매를 떠올렸다. 한 시간도 겨우 견디는 나와는 달리 서너 시간씩 묵새기기를 즐겼다. 동네 골목골목 스미고 퍼져 있던 갖은 소문을 내 귓가까지 물어다 날랐다. 내겐 시시하고 하찮은 내용들이었지만 자매에게는 일상을 이루는 한 부분이었다. 품앗이하듯 서로서로 등을 밀어주는 풍경은 여전했다. 탕 안에 있는 거울이 뿌옇게 흐렸다.

평소와 달리 도로에는 차가 흘러넘쳤으며 길을 묻는 이들을 자주 만났다. 잘 곳을 찾는 이도 여럿이었다. 맵찬 바람이 부는 낯선 곳이 얼마나 추울까 안타깝기도 했지만 그런 시절도 한때일 것이었으므로 오히려 보기에 좋았다. 화진포호숫가에 한동안 못 가는 사이 새 집이 생겼으며 조릿대는 키를 훌쩍 넘어버렸다. 산돌배나무에게도, 미루나무에게도 또 금강소나무들에게도 인사를 건네는 동안 왜바람으로 불어대는 바람은 쉴 사이 없이 등을 밀어대고 얼굴을 할퀴며 지나쳤다. 땅으로부터 흘러 호수로 스며드는 작은 물길은 얼지 않았으나 갈

대들은 이미 한세상 다 산 노인처럼 고단해 보였다. 박새 몇 마리 갈
대밭을 휘젓고 다녔다.

　노래를 불러주었던 금강소나무들 곁에 전에 볼 수 없었던 커다란
간판이 새로 섰다. 흘러가는 글씨까지 넣어서 광고해야 하는 것은 맛
과 풍경이 아니라 이곳에 사는 사람들이 아닐까, 아쉬워했다. 너른
모래밭을 옆에 두고도 고기 잡는 이들은 그물 널 곳을 찾지 못해 우
리 마을까지 찾아오는 형편이었다. 제 식구 홀대하는 집안치고 잘되
는 집안 본 적 없다. 곳곳에 허여멀건 조립식 주택을 짓고, 땅을 파헤
치고, 산줄기를 잘라내고 직선도로를 놓는다고 해서 과연 좋은 일일
까. 산불보다 자연재해보다 더 무서운 것은 사람이 만들어놓은 것들
이었다.

　걷느라고 걷는 길 끝이 천 길 낭떠러지일 수도 있으며 또 가끔은
막다른 골목일 수도 있을 것이겠으나 그 길 어딘가에는 또 사잇길이
벅벅이 있을 것이었다. 고통과 사랑, 또 슬픔은 영원히 면역되지 않
을 것이겠지만 또한 그리하여 한생을 흔들리며 흔들리며 걸어갈 수
있을 것이었다. 바람을 안고 걷는 일이 쉽지는 않았지만 너른 호수가
온통 내 차지인 것만 같아 흐무뭇 웃고 또 웃었다. 맵고 시린 바람 속
에도 해당화 열매 붉게 익었다. 길은 아직 저만치 남았다.

건봉사 가는 길에

꽃샘잎샘에 설늙은이 얼어 죽는다고 바람 끝이 맵싸했다. 그늘진 응달에는 산더미같이 눈이 쌓여 있었으나 볕바른 양달에는 거진 반 눈이 녹아 푸릇한 빛으로 산뜻했다. 개천에 버들개지도 꽃을 활짝 피워냈으며 금강소나무에도 푸른 물이 오른 것을 보면 어쩌면 봄은 저 멀리 가고 있는 것인지도 모를 일이었으나 눈에 보이는 것만을 믿는 어리석음은 검질겨서 여태도 봄은 멀고도 아마득했다. 물 흐르는 수로에서 짝을 찾는 개구리들 울음소리가 그야말로 악머구리 들끓는 듯했다. 꽃다지들이 논틀밭틀에 겨우겨우 고개를 내밀었다. 발길에 밟힐까봐 섣부르게 들어서지도 못하고 까치발로 서서 인사를 나눈 뒤 서둘러 자리를 떴다.

아직 고개 내밀지 못하는 풀들은 발밑에 깔려서 숨이 막힐 것이었다. 살피느라고 살폈으나 건봉사 경내에서는 얼본 하얀 노루귀를 밟아 꽃모가지를 꺾은 것을 뒤에 알았다. 묵직한 발힘은 얼부풀다 녹은 땅을 무자비하게 짓눌렀다. 피었다 지는 꽃들은 저들대로 피었다 지게 두어도 좋으련만 굳이 들여다보고, 또 보아야만 직성이 풀렸다.

새들처럼 저희끼리 희롱하고 수작하며 놀듯 나도 그와 같이 꽃과 놀수 있었으면 바랐던 때문이었으나 꽃은 그대로 목숨을 내놓아야 했던 것이다. 근심과 걱정 또 어떤 짜증들이 물밀듯이 밀려오는 자리를 뒤로하고 놀민놀민 건봉사로 가는 길을 따라 걸었다.

슈아베기를 하는 톱날 소리가 을개살개한 골짜기를 울렸다. 자른 나무토막들은 어깨에 얹어 길섶으로 운반하고 있었다. 어지간한 산은 죄다 사람 손을 탔다. '숲가꾸기' 팀, '간벌'팀들이 눈도 채 녹지 않은 산을 헤딤비며 다녔다. 어느 것이 숲과 사람을 위한 것인지 알쏭했다. 이웃 마을 어느 집에서 수십 년 묵은 상수리나무 두어 대를 벴는데, 바람이 불면 쓰러져 집을 칠까봐 그리했다는 답을 전해 들었다. 수십 년 동안 아무 탈 없이 집에 그늘도 드리우고, 바람도 막아주고, 새들이 물어다 나른 씨앗으로 겨우살이 열매도 맺곤 하던 나무였으니 그런대로 두어도 좋지 않았을까 싶었지만, 이미 나무는 밑동만 남은 뒤였다.

그리움 끝에 만난 사이처럼 노루귀 떼판을 향해 너른 개울을 건너 뛰었다. 물소리는 시리면서도 맑았으나 물길에 귀를 열어둘 여유는 없었다. 살금살금 도둑고양이처럼 땅바닥을 살폈다. 눈더미에서 흘러내린 눈석임물로 질퍽질퍽했으나 아랑곳하지 않았다. 되도록 땅바닥을 밟지 않고 나뭇가지며 낙엽 위를 까치발로 제겨디뎠다. 드디어 손톱만 한 보랏빛 꽃이 한눈에 들어왔다. 왈칵 밀려드는 것은 그리움도 회한도 아닌 가슴 쓸어내리는 덤덤함이어서 외려 어리둥절했다. 눈과 비에 시달린 흔적은 지우지 못했는지 어딘지 꽃잎들은 기운

차지 못하고 느슨해 보였으며 아직 다 꽃대를 피워올리지 못했는지 듬성드뭇 흔치 않았다. 도서는 길에 흰 노루귀를 만났다. 순정한 빛은 고즈넉했다.

빨간 조끼를 입은 순박한 산불감시원을 만난 것은 개울 건너서 다시 길로 들어선 뒤였다. 감시원은 사뭇 궁금한 얼굴을 맞바라보며 내려오고 있었다. 꽃을 찾아왔노라고 했더니, 동그랗게 눈을 뜨고 다시 한번 나를 보았다. 사진기를 꺼내 찍은 꽃을 보여주었더니 그런 꽃이 있었느냐고 놀라워했다. 산불감시원에게 위치를 알려주고는 다시 길을 떠났다. 얼레지와 애기중의무릇은 꽃대만 간신히 피워올리고 있었다. 예불 드리고 지나가던 스님은 무엇을 하느냐고 물으면서도 그냥 지나쳐갔다. 글쎄, 무엇을 하고 있었던 것일까. 해종일 노루귀 꽃밭에서 놀아도 좋으련만 집으로 돌아갈 시간을 염두에 두지 않을 수 없었다.

해는 이미 서쪽 산등성이에 바짝 붙어 있었다. 맵고 쌀쌀맞은 바람에 손이 시려왔다. 적멸보궁을 향해 가던 늙은 어미와 아들이 고개를 숙이며 인사를 건네왔다. 어느 날 아무것도 없이 떠난 사람을 잠시잠깐 떠올렸다. 물소리, 바람 소리 없는 그곳에는 무엇이 있을까. 아무도 지나지 않는 무지개다리를 건넜다. 늙은 팽나무처럼 오래 사는 것을 바랄 것이 아니라, 고묵은 금강소나무처럼 어여쁘기를 바랄 것이 아니라 흐트러지지 않는 걸음걸이가 무엇보다 중요한 것이 아닐까. 무지개다리를 건너며 두 손을 가만히 모았다.

생강나무 꽃

생강나무 가지 끝에 화들짝 놀란 고라니가 골짜기로 냅뛰었다. 두 마리째였다. 지질한 날씨는 겨울인지 봄인지 분간을 어렵게 했으며 꽃은 어디에서도 볼 수 없었다. 참꽃이 피고 생강나무는 거진 반 이울고 있었어야 했으나 이제 겨우 생강나무 노란 꽃 피워올렸다. 기다려야 할 아무런 까닭은 없었으나 길게 목을 빼고 꽃들을 그리워했다. 어느 하루 햇살이 맑은 날 생강나무 꽃을 찾아 귀룽나무가 잎을 틔우고 있는 골짜기를 찾아들었다. 달래는 예전만 못해도 봄기운에 취해 여전히 푸른빛으로 너울거리고 있었다. 달래는 못 본 척 그만두고 남산제비꽃을 찾았으나 아무런 기척도 느낄 수 없었다. 나무가위를 들고 햇살 속에 더욱 새뜻한 생강나무 가지를 가지치기하듯 하나둘씩 잘랐다.

어느 골에선가 이명처럼 개구리 울음소리 들렸으나 내친걸음으로 골짜기를 따라 올랐다. 솎아베기를 한 숲속에는 큰 나무들뿐 자잘하고 키 작은 나무들은 이제 보기 어려워졌다. 생강나무, 참꽃나무들도 마찬가지였다. 나무를 자른 뒤 정리하지 않은 까닭에 걸음을 옮기는 일이 여간 성가시고 귀찮은 게 아니었다. 구두덜거리다가 지레 지쳐 웃고 말았다. 잘린 산초나무라도 만날 양이면 그야말로 생지옥이었다. 청바지를 입었으나 거친 걸음걸이 때문인지 이따금 종아리까지 가시가 훑아댔다. 그럴 때는 가시 달린 나무들은 없었으면 좋겠다 싶으면서도 또 열매 맺는 철에는 가시 달린 나무를 찾느라고 눈에 불을 켰다.

고깔제비꽃을 찾느라고 땅바닥을 살피는 가운데 조각난 짐승 가죽이 눈에 띄었다. 당장 멧돼지인지 고라니인지는 알지 못했으나 뜯긴 짐승 날가죽인 것만은 분명했다. 어디로 걸음을 디뎌야 할지 잠시 난감해했다. 고비가 나는 산비탈을 따라 걷는 중에 눈에 띈 것은 날파리 떼가 새까맣게 들러붙은 멧돼지 사체였다. 머리는 그대로였으나 갈비뼈가 하얗게 드러났으며 가죽이 붙어 있는 꼬리 부분은 새빨간 피가 선명했다. 그 속에서 검은 파리 떼는 아우성이었다. 멧돼지 쓸개를 탐낸 밀엽꾼들 짓으로 보였다. 얼른 고개를 돌리고 서둘러 자리를 떴으나 잔상은 쉽게 가시지 않았다. 흙으로 돌아가기도 전에 이미 또 다른 짐승들 밥이 되었다.

어쩌다 듬성드뭇 만나는 샛노란 생강나무 꽃잎을 땄다. 지나치게 어린나무도 피하고 아주 큰 나무는 어찌할 수 없이 따지 못했으니 만만한 나무에서만 꽃가지를 잘랐다. 돌이킬 수 없는 봄이었건만 등마루를 스쳐가는 바람결은 파랗게 날이 섰다. 참꽃은 서너 시간 숲속에서 헤덤비는 사이 딱 꽃잎 한 장을 보았을 뿐이었다. 겨울잠이 깊은 것인지, 먼산주름 골짜기엔 녹다 만 눈이 하얗게 남아 있었다. 눈은 무디고, 귀는 여린 탓일까. 꽃을 기다리는 맘이 겸연쩍고 부끄러울 지경이었다. 찌르레기가, 호랑지빠귀가 돌아왔으니 살구꽃 복사꽃 꽃망울을 터트려야 했건만, 기대대로 되는 것은 아무것도 없었다.

맑은 계류에 엎드려서 물 한 모금 닭 모이처럼 먹고서는 다시 등마루를 넘었다. 빈틈없이 키 작은 나무들을 잘라내는 것이 정녕 숲을 가꾸는 일인지 알지 못하겠다. 나무들 자른 뒤 새싹 움트면 성난 상처처럼 키 작은 나무들은 더욱 번성하고, 거기에 가시나무들까지 합세하면 그야말로 전쟁터였다. 한번 손댄 숲은 또다시 사람 손길을 필요로 했다. 사람보다 오래 사는 나무들을 볼 때마다 묻고 싶었다. 지금 이렇게 사람이 손을 대는 것이 잘하는 일이냐고. 넝쿨이나 떨기나무 주변은 산짐승들 의지처였다.

알싸한 생강 냄새가 나는 꽃 봉다리를 덜렁덜렁 흔들면서 계류를 따라 내려왔다. 물컹한 개구리 알 까맣게 모여 있는 가운데 산개구리들 여태도 짝짓기에 여념이 없었다. 걸음을 멈추면 들불처럼 울음소리 일어나고, 탁탁 발걸음 소리를 내면 큰바람 뒤처럼 고요했다. 자취 감춘 자리엔 소란 뒤끝이 뿌연 흙탕물로 남아 있었다. 어디로 가야 할지 모르는 사람처럼 여태도 캄캄한 진달래꽃 가지를 들여다보았다. 산문 밖 소식은 멀었다.

진달래꽃

제비가 돌아왔다고 소리칠 겨를도 없
이 처마 밑을 배돌던 한 마리 제비는 순식간에 눈앞에서 사라지고 없
었다. 들고 있던 바구니를 쥐고 멍하니 섰다. 춥다고, 춥다고 움츠리
고 있던 어깨가 비로소 펴지는 순간이었지만 삼월 삼짇날 돌아온다
던 제비는 삼짇날이 한참 지나고서도 겨우 한 마리 눈에 띄었을 뿐이
었다. 진달래 꽃잎을 따던 손끝에도 벌들은 기껏 한두 마리 눈에 띄
었고, 어디에서고 활기찬 봄 냄새는 잘 느껴지지 않았다. 세상이 미
친 것일까, 곰곰 되작여도 아무 소용없었다. 피었다가 까맣게 으스
러지듯 추위에 얼어붙어도 꽃들은 제 깜냥대로 피고 졌다.

　마을에 사는 한 아주머니는 비닐 봉다리에 질경이며 멍우(머위)를
한가득 캐고 뜯어오면서도 숲정이로 향하는 내게는 아무것도 없노라
고 재우쳐 일러주었다. 걸음은 슬렁슬렁 걸어도 마음은 바빴던 터라
건성으로 들으면서 아무래도 이해할 수 없었던 것은 아무것도 없으
면 머위와 질경이도 아무것도 아닌가 하는 의구심이 저물녘 굴뚝 연
기처럼 뭉게뭉게 피어났다. 아는 만큼 이야기할 수밖에 없는 것이지

만 내게 보이지 않는다고 아무것도 없다고 하는 것은 독단이고 오만
이었다. 서로 마주 서 인사를 하고 있던 그 길섶에도 쑥이며 개미취
가 파릇파릇했다.

발 빠른 어느 이웃이 올두릅 밭 두릅나무 줄기들을 자르고 제거내
서 그야말로 깍두기판을 만들어놓았다. 지난해에 이어 두 번째였다.
짐작 가는 놈이 있었지만, 누구도 놈에게 말하지 않고 돌려놓은 채
뒤에서만 구두덜거렸다. 잘린 나무들은 무참했다. 좋은 맘으로 만든
음식이 약이 되듯 즐거운 마음으로 딴 나물과 약초들이 결국은 사람
을 편안케 할 것이겠지만, 이따금 나만 먹고 살자고 달려드는 손길을
보고 있자면 퍽 쓸쓸해지곤 했다. 쑥쑥 자라서 쑥일 테지만 지난해
쑥을 뜯은 곳을 다시 둘러보면 지난해만큼 자라지 못하는 일이 아주
흔했다.

고라니며 토끼가 무더기로 똥을 싸놓은 곳에서 자란 달래며 무릇,
산부추들은 옹골졌다. 이즘 마을에는 아무도 사람 똥을 거름으로 쓰
지 않은 까닭에 짐승 똥 대신 사람 똥이면 어땠을까 되작여보곤 했
다. '숲가꾸기'를 하는 곳이나 '수로' 공사 현장에 하얀 휴지들이 어질
더분하게 흔적으로 남아 있으면 멀찍이 에돌아갔다. 하얀색은 유난
히 도드라졌으며 그것이 똥오줌 닦은 휴지라는 데 생각이 머무르면
이상하도록 오래 불쾌했다. 짐승이라고 하찮게 여기는 멧돼지도 똥
만은 정해진 곳에다 싸놓았다. 제 뒤를 돌아보지 않는 인간만이 아무
곳에 아무렇게나 똥오줌을 쌌다.

지난해까지 꽃으로만 보던 개별꽃을 캤다. 뿌리가 마치 인삼처럼

생겼다는 말이 사실임을 알았다. 산 기스락 솔숲 사이에 듬성드뭇 무더기로 피고 있던 개별꽃들은 10년 넘게 지켜만 봐오던 꽃들이었다. 뿌리가 신통하여 들여다보고 또 들여다봤다. 싹만 보고도 식물 이름을 알 수 있어야 했는데 어떤 것은 그러지 못했다. 기연가미연가하여 다시 책을 들춰봐야 했다. 짚신나물이 그런 경우였다. 분명하지 못해 마음을 놓지 못하면서도 뿌리를 캤더니 향이 아주 환했다. 지난해에도 짚신나물을 캤지만 무슨 일인지 그 향을 기억하지 못하고 있었다. '나물'이라고 이름 붙은 나물들은 약용 이전에 이미 식용이었지만, 여태도 짚신나물은 나물로 먹지는 못하고 있었다.

우산나물과 비비추 그리고 산부추들을 이제야 겨우 아무런 거리낌 없이 쌈 싸먹을 수 있었다. 제각각 고유한 향과 식감이 어우러져 이미 입안이 또 다른 봄이었다. 어떤 것은 장아찌도 담고, 또 어떤 것은 살짝 데쳐 초고추장, 간장에 무쳐 먹고 났더니 아무런 아쉬움이 없었다. 복사꽃 피는 그늘에 앉아 먼산주름을 바라다보았으면, 늙은 달 뜨는 밤 살구꽃 그늘 아래를 서성거렸으면 하는 바람들도 이미 아마득하게 잊고 말았다. 어쩌면 옛일을 들추면서 오늘을 쓰렁둥하는 것은 사람뿐이지 않을까 싶었던 것이었다.

벌써 저만치 가고 없다, 봄날은.

아무도 찾지 않는 나물들

악머구리 들끓는 소리도 없이 애기나리가 피고 뻐꾸기가 울었다. 산마루까지 당도하지 못한 여름이었으나 숲정이에 고비는 일찍 쇠고 고사리는 감감무소식이었다. 가문 탓이라고 어른들은 입을 모았으나 지난겨울 소나기눈이 내릴 때는 올봄 나물 많이 날 것이라고 지레 즐거워했던 이들 또한 어른들이었다. 겨울에 그 많던 눈은 다 어디로 갔는지 저수지 물길이 닿지 못하는 천둥지기 논은 아직 모내기를 못 하고 있었다. 무엇도 잘 믿지 않는 나는 지난해 봄에 건너뛴 숲정이에서 올해는 더덕 떼판을 만나 이곳저곳에 선심을 쓰고도 술과 효소를 담을 만한 양을 얻었다.

비비추와 우산나물은 아무도 찾지 않는 까닭에 늘 내 배낭에 담기고도 지천이었다. 지난해 솎아준 삼지구엽초 떼판은 새끼를 쳐서 밭이 넓어졌다. 두릅이 쇠고 난 자리엔 노란 솜방망이가 무리를 이뤘다. 참취를 자주 만나는 대신 참나물 밭에는 매번 누군가 먼저 다녀가곤 했다. 산돌배 꽃은 하루아침에 속절없이 지고 없었으나 볕을 좋아하는 잔대는 '숲 가꾸기'를 한 뒤 흔하게 눈에 띄었다. 더덕을 캐러

간 날은 느릅나무 싹을 얻었으며 삼지구엽초를 만나러 간 날은 약쑥을 덤으로 얻었다. 천마는 아직 일렀는지 산민들레 꽃들만 바람에 흩어지고 있었다.

주먹만 한 삽주 알뿌리인 백출을 얻고서는 걸음이 가벼워졌다. 약초들이 뿜어내는 냄새는 대체로 향기로웠다. 맘대로 쓰기 어려운 천남성은 그래서인지 자주 눈에 띄었다. 어릴 때 할아버지는 천남성 뿌리를 말려 가루를 내서 약으로 썼으나 이젠 아무도 천남성을 찾지 않았다. 처마 밑에 걸어놓은 천남성 뿌리가 궁금하기는 했지만, 혓바닥이 갈라진다는 말씀에 겁먹고 차마 맛보지 못했다. 지금도 붉은 열매를 맺을 때만 눈으로 탐할 뿐 손대지 않았다. 투구꽃도 마찬가지였으며 제비꽃을 효소 재료로 쓴다는 이야기를 전해 들었으나 한번도 손대지 않았다. 도대체 손이 가지 않았다.

비비추로 장아찌를 담는 내가 이상하게 보이듯 어른들이 이미 알고 있는 몇 가지 나물만 먹는 것이 내게는 이해되지 않았다. 구황식품으로 먹었다는 무릇이며 둥굴레도 이젠 한두 명 손길만 탈 뿐이었다. 그분들 가고 없으면 아마도 책 속에서만 전해지거나 아니면 호랑이 담배 피던 시절 이야기로만 전해질 것이었다. 고향을 떠난 사람들이 봄이면 찾곤 하는 '즈네기'와 '노리대(누룩치)' 또한 마찬가지일 것이다. 지금은 흔하지도 않을뿐더러 워낙 높은 지대에서 나는 까닭에 만나는 일 자체가 쉽지 않았다. 노리대는 재배하는 곳도 있긴 했지만 맛과 향내는 숲에서 자란 것에 비할 바 아니었다.

팬지며 삼색제비꽃의 기원이 우리 숲정이에 흔한 노랑제비꽃이고, 미스김라일락은 우리나라 털개회나무가 그 기원이라는 것은 누구나 다 아는 이야기이며, 식물에게 따로 주인이 있을 수 없겠지만 인간은 이상한 종자라서 제 이름, 국적을 표기해놓고 자기 것이라고 우기는 일은 이제 아주 흔한 까닭에 우리 산에 흔한 금강소나무를 영어로 쓸 때는 Japanese Red Pine이고 잣나무는 Korean Pine이다. 내 것이라고 해도 이미 남의 것이었다. 잣나무는 한국 특산종이지만 중국산 잣, 캐나다 산 잣이 수입되고 있으니 먹을 수 있는 잣이 열리는 나무는 한국산 잣나무였지만 그것도 이젠 별 의미 없게 되었다. 종자 유출은 흔하고 빈번하게 일어난 일이었다.

이따금 아무렇지도 않게 숲정이에서 캐고 뜯고 하던 나물과 약초들에 대해 누군가 느닷없이 이용하는 값을 물라고 하면 어떻게 한다, 아니 그런 날이 오지 않을까 하는 염려가 없지 않았다. 살면서 발 뒤축을 물리는 일은 흔했으므로. 그렇다고 또 내 것만 내 것이라고, 나만이 옳다고 우기면 그것도 보기에 딱한 노릇일 것이었다. 어여삐 여기는 삼지구엽초 떼판이 숲 가꾸는 이들에게 짓밟히지 않기를, 이 밤 가만히 바랐다. 서쪽 하늘에 초사흘 달 가느슥하게 떴다.

솔 싹

꾀꼬리 한 쌍 수풀 속에서 날아올랐다. 도망치면 쫓고 다가오면 달아나면서 서로가 서로를 부르면서 질러대는 목소리는 괴상야릇하면서도 맑았다. 수컷 목소리는 숲속 전령사라고 불리는 어치 버금가게 듣그러웠으나 암컷 목소리는 부드러우면서도 고왔다. 멀리서는 암수 구별이 쉽지 않았다. 하늘은 흐리고 날은 저무는데, 희롱을 하는 것인지 짝짓기 전희인지 알 수 없었으나 암컷으로 보이는 꾀꼬리는 좀처럼 곁을 내줄 기미를 보이지 않았다. 애가 단 수컷은 멀리 상수리나무 숲으로 홀로 날아갔다가는 다시 돌아와 암컷 곁을 뼁뼁맴돌았다. 그럴 때면 암컷은 조금씩 수컷 쪽으로 자리를 옮겨 앉았다. 푸른 수풀 속에 샛노란 꾀꼬리 한 쌍은 그렇게 오래도록 나무에서 나무로 옮겨 다녔다.

오동나무 꽃그늘에 서서 솔 싹을 딴 뒤 조금 더 깊은 숲으로 움직이던 중이었다. 진흙이 엉겁으로 달라붙는 발길이 성가셔서 구두덜거리는 가운데 눈앞에 검은 물체가 쓰윽 지나쳤다. 눈을 비빌 새도 없이 걸음을 멈추고는 숲 가장자리를 살폈다. 어린 멧돼지였다. 두

팔로 안으면 넉넉할 듯한 갈색 멧돼지는 별로 놀란 기색도 없이 슬렁슬렁 제 길을 갔다. 숲에서 만에 하나 어린 멧돼지와 마주치더라도 결코 손대면 안 된다고 어른들이 누누이 일러왔으니 멧돼지를 쫓을 생각 따위는 없었다. 멧돼지는 어미와 새끼가 함께 다니는 습성이 있다고 익히 들어 알고 있었고, 또 새끼에 손대면 근처에 있던 어미 멧돼지가 공격할 것이라는 이야기는 들어 알고 있었지만 어쩐지 마음이 휘영했다.

쏜살같이 멧토끼가 달아났다. 나물을 뜯던 손길을 멈추고 우두커니 섰다. 1년에 한두 번 볼까 말까 한 멧토끼는 꽤나 실해 보였으며 달아나는 걸음이 굼떠 보일 지경이었다. 어릴 때는 꿩과 마찬가지로 멧토끼 또한 흔했으므로 잡아서 구워도 먹고, 국도 끓여 먹었다. 특별한 맛은 기억나지 않지만 토끼고기는 닭고기만큼 자주 먹었던 듯하다. 남한에서 볼 수 있는 멧토끼는 한 종으로 이빨이 날카로워 풀과 나무를 면도칼로 자른 듯 반듯하게 잘라먹는다. 농촌에서 농부들이 고라니 피해를 호소하며 잡자고 아우성이지만, 고라니가 멸종위기종이라는 소리를 들으면 참 막막해지는 것과 마찬가지로 풀을 먹고 사는 멧토끼를 언제까지 볼 수 있을까 싶다.

지난해에는 숲에서 배암을 보는 일이 거의 없었지만 올해는 무슨 일인지 이른 봄부터 숲에 들 때마다 한두 마리씩 배암을 만나고 있었다. 꽃뱀이라고 흔히 불리는 유혈목이가 아니라 검은 빛깔을 띤 독사 종류들이었다. 날씨가 선선할 때도 그렇고 덥고 무더운 날도 그랬다. 무슨 일인지 알지 못하니 그저 조용히 배암과 헤어지는 길밖에 없었다. 배암에게 아무런 적의를 품지는 않았지만, 그렇더라도 배암을 만나는 일은 섬쩍지근했다. 동식물이 있는 이유는 무슨 필요에서라기보다 어떤 이유가 있을 테지만 사정을 알 수 없으므로 궁금답답할 뿐이었다. 새끼도 자주 보였고, 어미는 말할 것도 없었다. 그렇다고 마주치는 순간 날쌔게 도망하는 것도 아니고 대체로 느릿느릿 기운 없이 움직였다.

이른 아침 숲에 들어서 천마를 캔 곳은 지난해 그곳이었다. 옹골진 녀석들을 캐서 들고는 한동안 좋아 어쩔 줄 몰랐다. 천마효소는 고혈압 있는 어머니에게 좋은 약이 되었던 적이 있었으므로 비상약으로 준비해두고 있었다. 메주를 쑤어 간장을 달이는 일이 나 혼자 먹자고 하는 일이 아닌 것과 마찬가지였다. 나눠서 함께 먹는 것도 빼놓을 수 없는 즐거움 가운데 하나였다.

여름이 오고 장마가 지면 숲은 또다시 미욱해질 것이겠지만, 지금 숲은 가장자리에만 들어서도 날선 듯 팽팽하면서도 느슨하고 감미로우면서도 싱싱한 기운으로 충만했다. 어디 먼 데를 향해 우렁우렁 메아리를 보내도 좋을 듯했다. 계류에는 맑은 숲 그늘이 어룽어룽 드리우고, 이따금 목 마른 새들 날아와 놀다 갔다. 간밤 빗속에 찔레꽃 하얗게 피었다.

간장을 달이고 된장을 담그다

아무런 소식도 없이 감자 꽃이 피었
다. 소쩍새 울음소리에 잠을 깨 새벽녘 마당을 서성거렸다. 사대 독
자가 느꼈을 법한 어떤 막막한 외로움이 들판을 떠돌았다. 그믐으로
가는 달빛 아래 잠들지 못하고 통밤을 우는 짐승들 울음소리는 죄로
울 만큼 낮고도 검질겼으며 또한 높고도 깊었다. 바람도 없이 별들은
흘러갔으며 물소리는 어디선가 자꾸 맴을 돌았다. 모살이한 논배미
에는 이룽이룽 달빛이 흔들거렸다. 어떤 원도 흥도 없이 발밤발밤 걸
음을 옮겼다. 이미 닿을 수 없는 거리가 지레 걸음을 주춤거리게 했
다. 덩두렷 핀 찔레꽃이 마치 무덤 속처럼 환했다. 그 무덤 속에는 애
첩 같은 삼지구엽초가 파랗게 늙어가고 있을 것이었다.

아닌 밤중에 홍두깨처럼 한의사는 내게 걸으면 안 된다고 겁박했
다. 난생처음 듣는 소리인지라 실실 웃기만 했을 뿐 실감하지 못했
다. 고쳐서 쓰겠다는 대답이 당돌했던지 의사는 더 이상 아무 말도
덧붙이지 않았다. 그러면서도 마음 한쪽은 왠지 언짢아서 그동안 미
뤄두었던 집안일을 마무리했다. 그러다가도 하던 일을 접고 시골시

끌한 해질녘 숲정이를 어슬렁거리곤 했다. 죽은 혼들이 귀환이라도 하는지 해질녘 숲정이는 늘 수선스러웠다. 한참 새알둥지를 찾아다녀도 좋으련만 아무도 새둥지를 찾지 않았다. 새둥지를 많이 맡아두는 게 무슨 권력이라도 되는 양 으스대던 시절도 이젠 가고 없었다.

돌복숭아가 앵두가 하루가 다르게 부피를 키워가고 있었다. 언제나처럼 군침을 흘리며 곁을 지나쳤다. 개구리 울음소리에 열매들 힘을 얻을 법도 하건만 제초제와 살충제가 어지럽게 춤을 추는 들녘에는 시나브로 개구리 울음소리가 잦아들고 있었다. 미래를 팔아 오늘을 사는 어리석음일지라도 당장 발등에 떨어진 불똥처럼 어른들은 '잡초'를 참고 견디지 못했다. 재앙은 잡초에서 끝나지 않겠지만, 수십 년 익혀온 농사 방법을 고치고 수정할 생각이 없었다. 쉬운 길을 두고 어렵고 불편하게 사는 사람을 이해하지 못/안 했을뿐더러 한심하게 여겼다. 팔십 자신 우리 아버지 이제야 겨우 뜰에 난 잡초를 뽑아도 되느냐고 물으셨다. 십수 년을 구시렁거린 덕분이었다.

지난가을 쑨 메주로 간장을 달이고 된장을 담갔다. 손이 많이 가는 일이었지만 이른 아침 장항아리 뚜껑을 열 때면 무엇인지 모르게 마음이 뿌듯했다. 지긋지긋하게 여기던 탈지대두간장, 밀가루된장에서 벗어났을 뿐만 아니라 이곳저곳 맛보기로 나눠줄 수도 있게 되었다. 간장을 달일 때 다시마와 숲에서 딴 표고버섯을 넣었더니 맛이 한결 더 달곰했다. 돌이켜보면 몇백 원, 몇천 원짜리 장에 무슨 기대를 한 것이 미련하고 어리석은 일이었는지 몰랐다. 옛 어른들 콩알 하나, 쌀 한 톨 아끼며 귀하게 여겼던 것은 그 속에 든 수고로운 노동과 자연이 주신 은혜로움을 알았기 때문이었을 것이다.

신작로 길섶에 자란 톱풀을 집 손바닥만 한 텃밭과 밤나무 밭에 몇 뿌리 옮겨 심었다. 톱풀이 트로이전쟁의 영웅 아킬레우스와 관련이 있으며 지금도 프랑스에서는 '목수들 약초'로 불린다는 이야기를 전해 들었던 터라 관심이 더욱 커졌다. 흔하면서 흔하지 않은 까닭에 도로 가장자리에서 흙먼지를 뒤집어쓰고 있는 것이 불편했던 것도 한 이유였지만, 제초제에 시달리며 빨갛게 말라가는 것이 맘에 쓰였기 때문이기도 했다. 꽃망울이 맺힌 것을 옮겨 심었는데도 텃밭에 심은 것은 며칠 새로 금방 빳빳하게 허리를 곧추세우더니 마침내 꽃을 피웠다.

무엇이든 눈 깜짝할 사이에 사라지고 새로 나타나는 때에 풀 한 포기 내 곁에 두고 볼 수 있게 옮겨 심는 것은 욕심 때문이었겠지만 한편 안심이 되는 것도 어찌할 수 없었다. 삼지구엽초도 이파리 자르고 몇 뿌리 옮겨 심었더니 뾰족하게 새싹이 올라왔다. 지난가을 아버지에게 맡긴 씨앗들 가운데 움튼 것은 하나도 없었으며 뿌리를 옮겨 심은 땅두릅만이 겨우 싹이 났다. 아버지 손을 탄 나무들은 거의 다 키 작은 쥐암손이가 되었다. 지나친 관심 때문이었다. 숲속에서 자라던 식물들 씨앗은 술술 땅속 깊이 묻지 않고 흩뿌려놓으면 좋았을 텐데 우리 아버지 깊게 고랑 파고, 물까지 듬뿍 주곤 했다. 숨 막혔을 것이었다.

넘어진 김에 쉬어간다고

　　　　　　　　　　　　　　　노인이 내쉬는 숨결에 따라 고추밭
고추들과 풀들은 죽음과 삶 사이를 오갔다. 부지런한 것도 가끔은 병
인지라 병들지 않은 고추밭에 병이 들까봐서 미리 탄저병 약을 치는
이웃 노인을 멀찍이 떨어져 앉아 물끄러미 건너다보고 있었다. 고추
밭 옆에 콩과 옥수수를 심은 자리도 제초제를 쳐서 다른 풀들은 볼
수 없이 빤빤했다. 이따금 우리 집 노인이 가꾸는 밭을 들여다보면
씨앗을 뿌리고 제초제 치지 않고 그대로 놓아둔 곳에서 자라는 들깨
나 파들이 더 싱싱한 경우가 흔했다. 누구 말처럼 흔히 말하는 잡초
들 뿌리가 수분을 공급해주기 때문이 아닐까. 섞어짓기, 사이짓기를
하지 않는 이즘 농사는 그런 까닭에 농약과 비료, 그리고 비닐이 없
으면 짓지 못하는 지경에 이르렀다.
　심은 지 수십 년이 지난 밤나무 밭에는 기린초, 둥굴레, 하수오,
비단풀, 쇠비름, 개미취, 중나리, 패랭이꽃, 잔대며 쑥, 사위질빵 같
은 풀들이 피고 졌다. 살충제와 제초제를 마구잡이로 뿌리지 않은 까
닭이었다. 기계를 어려워하는 노인은 기천 평쯤 되는 밤나무 밭을 일

일이 낫으로 풀을 베고 호미로 김을 맸다. 불에 타고, 폭설에 쓰러지고, 수로를 내면서 밤나무들을 베어낸 자리에는 돌복상나무와 감나무, 모과나무들을 듬성드뭇 심었다. 오갈피나무와 엄나무는 모래땅에 그리고 지나치게 바람 타는 곳에 심었던지라 여전히 키가 크지 못하고 주눅이 잡혔지만 옮겨 심지 않는 채 그대로 두었다. 아버지 손때 때문이기도 했다.

어머니는 밤나무 밭 가까운 곳에서 천마를 캔 뒤 뒤늦게 내게 그 자리를 알려주었다. 밤나무 밭 주인은 노인들이라 여긴 까닭에 좀처럼 드나들지 않았지만, 요즘은 이따금 들러 제피 잎을 따기도 했고, 옮겨 심은 풀들이 잘 자라고 있는지 들여다보기도 했다. 그러던 엊그제 밭 한쪽 귀퉁이에 인동초가 주저리주저리 꽃 피우고 있는 것이 눈에 띄었다. 이미 쇠비름을 포대로 하나 캤던지라 그대로 돌아서도 좋았을 것이었다. 온전히 견물생심이었다. 그전에 이미 인동초는 십수 킬로그램을 따서 항아리에 재웠으니 없어도 그만이었다. 두어 번 손길이 오고 갔을까. 갑자기 엄지손가락이 따끔했다. 하늘이 노래졌다. 벌이었다.

황급히 벌을 쫓는 바람에 벌이 꽂고 달아난 벌침은 빠졌는지 보이지 않았다. 눈으로 들여다볼 수 있는 엄지손가락 근처였으므로 가만히 살폈다. 바늘구멍 같은 작은 구멍이 보였다. 처음 쏘였을 때와 같은 고통은 느껴지지 않았지만, 워낙 이상한 몸뚱어리인지라 안심이 안 되었다. 전 같으면 내버렸을지도 모를 꽃들을 들고 자전거를 세워둔 곳까지 걸었다. 차츰차츰 손등이 부어올랐다. 아무런 조치도 하지 않고 두었다. 손등이 솥뚜껑처럼 소복했다. 붓기는 더 진행되지 않고 손등 주변에 머물렀으나 엄지손가락을 제대로 움직일 수 없었다. 그것이 또 재미있어서 자꾸 움직였더니 이번엔 말갛게 부어오른 곳이 가려웠다. 얼음찜질을 했다.

올해는 무슨 일인지 자주 몸에 이상이 생겼다. 그런 까닭에 몇 차례 한/의원엘 들르고 약을 먹고 하는 과정에서 부작용에 시달린 탓에 병원이고 약국이고 다시는 안 가기로 맘을 정한 터라 가만히 두고 보았지만 큰일은 없을 듯했다. 예전 같았으면 야단법석이 났을 테지만, 손등 주변만 붓고는 그만했다. 어쩌면 몸에 이상이 생기는 것은 쉴 때는 쉬고, 놀 때는 놀고, 일은 또 몸이 감당할 수 있을 만큼만 하라는 말없는 압력일지도 모를 일이었는데, 지나치게 몸을 혹사시킨 결과인지도 몰랐다.

넘어진 김에 쉬어간다고 때마침 장마도 시작되고 했으니 이불을 껴안고 뒹굴뒹굴 누워서 쌓아놓은 책들을 벽돌 헐듯 한 권 두 권 헐어서 읽는 재미가 퍽 괜찮았다. 천성이 워커홀릭은 아닌 모양이었다. 그러면서도 한편 어서 볕들기를 기다리고 있었다. 조릿대, 딱지꽃, 야관문, 그리고 또 줄풀과 같은 풀들을 모아 항아리에 재워야 하는 까닭이었다. 훅훅 더운 숨이 끼치는 땅에 코 박고 밭김을 매다보면 김만 보이는 것과 닮았다.

단호박 두 통에 얹힌 인정

　　　　　　　　　　단풍 물들이려는 것이라고 어르신은
비안개 가득한 마당 밖을 내다보며 혼잣말처럼 중얼거렸다. 단단했
던 여름 끝이었던지라 차라리 가을은 있는 듯 없는 듯 어느새 군불
지필 일을 걱정해야 하는 겨울이 옆구리를 위협하고 있었다. 그러고
보면 맑은 바람 들어앉히고 가만히 찻잔을 기울인 날도 흔치 않았다.
아침햇살 잠깐 반짝인다 싶으면 어느새 검은 구름이 몰려들어 마을
을 까마귀 떼처럼 물들이곤 했다. 여름내 그리하더니 가을이라고 다
르지 않았다. 대추도 여태 시퍼렇고, 모과도 아직 한참은 기다려야
노랗게 여물 테지만, 기온은 널뛰듯 급박히 오르내렸다.
　가을걷이는 얼마만큼 끝을 보이고 있었지만, 아직도 논들에는 베
지 못한 벼들이 남아 있었다. 콤바인으로 벼를 베면서부터 여러 과정
이 생략되었지만, 반면 비가 오면 돌멩이 맞은 개구리처럼 옴짝달싹
하지 못했다. 낫으로 벼를 베어서 논두렁에 쌓아놓거나 아니면 낟가
리를 만들어 햇볕에 말려 타작마당으로 옮겨 탈곡기 혹은 도리깨로
벼이삭을 터는 것은 이제 다시 만나볼 수 없는 일이 되고 말았다. 벼

를 베거나 벼를 옮겨 타작하는 날은 아이들에게는 또 다른 잔칫날과 다름없었지만, 콤바인으로 벼를 베면서부터는 아무런 흥도 없는 슴슴한 날이 되었다.

과정이 생략되면서 언어도 잃고 말았다. 탈곡하는 날이면 사방으로 날아다니는 짚북데기며 까끄라기 때문에 고생도 했지만, 이젠 그런 날 풍경이 아쉽고 그립기까지 했다. 한 짐 가득 볏단을 져서 나르던 지게도 박물관에서나 볼 수 있게 되었다. 편리해졌다고 반드시 행복을 보장하는 것은 아닌 것과 마찬가지로 기계가 시간을 넉넉하게 만들어주는 것도 아니었다. 사람 손 대신 기계가 대신하는 일이 부쩍 잦아졌는데도 사람들은 여전히 바빠서 뼁뼁댔다. 동무 따라 강남 간다고 덩달아서 도달하지 못하는 어떤 지점을 향해 모두 미친 듯 달리기만 했다. 한 발짝 느린 걸음으로 걸어가도 좋으련만, 왜 바쁜지 모르면서도 바쁘기만 했다.

몰가을한 들깨 밭엔 타작하지 않은 깻단들을 올멍줄멍 세워놓았다. 깨알을 더 말려야 하는 까닭이었다. 깨를 꺾는 밭을 지날 때면 고소한 내가 천지를 진동시켰다. 이곳은 참깨보다 들깨를 더 많이 심었다. 참기름이 있다는 것을 안 것은 도시로 이주하고 난 뒤였으며 나물을 무치고, 전을 부칠 때면 으레 들기름을 썼다. 아니 먹는 기름은 들기름뿐이었다. 그랬던 것이 이제는 먼 나라에서 온 이름도 낯선 기름들이 부엌 한구석을 차지했다. 얼마 전에는 어릴 때 할머니께서 무쇠 솥뚜껑에 들기름을 바르고 부쳐주시던 '적'이 생각나서 무쇠 프라이팬을 구입했지만, 할머니가 쓰시던 솥뚜껑과 같은 기분은 나지 않았다.

벼 베기가 끝난 외진 논둑 또는 버덩을 찾으면 듬성드뭇하게 핀 샛노란 산국을 볼 수 있었다. 먼발치서 보면 미역취와 이따금 헷갈리기도 했다. 구절초 꽃잎과 함께 베갯속에 넣으면 향기로웠던 터라 꽃잎들이 활짝 필 때를 기다렸다. 오르막길이라서 자전거를 끌며 걷고 있는데, 호박 줄기를 걷고 계시던 이웃 마을 어르신께서 불러 세웠다. 무슨 일인가, 고개를 돌리며 자전거를 세웠다. 어르신 두 손에는 호박이 두 통 들려 있었다. 가져가라시며 앞으로 내밀었다. 작은 것 하나만 주십사 했더니, 두 개 다 가져가라며 건네주셨다. 떡호박(단호박)이었다. 낯만 겨우 익힌 어르신이었으니 외려 놀라 우두커니 서 있었다.

농사를 지어도 이웃과 무엇을 나눠 먹는 일은 점점 흔치 않은 일이 되어갔다. 시장에 내가면 단돈 천 원이라도 받을 수 있기 때문이었다. 때로는 버스 삯 들여 시장에 내가면 남는 것이 있을까 싶었지만, 백 원도 귀하고 천 원도 소중했다. 그만큼 이웃과 거리는 멀어졌다. 아무렇지도 않게 이웃집 담에 달린 호박을, 텃밭에 열린 고추를 따서 먹던 일도 이젠 옛날이었다. 오랍뜰에 심은 채소는 그렇게 인심 강파르지 않게 서로 나눠 먹었으며 한두 개 없어져도 그러려니 했다. 단호박 두 통을 실은 자전거 뒤꽁무니가 제법 묵직했지만, 걸음은 오히려 가든했다.

겨울 입새

된서리가 내리고 얼음이 얼면서 미처 단풍들지 못한 나뭇잎들은 까맣게 말라버렸다. 마가을은 그렇게 속절없이 겨울에 자리를 내주었다. 집 노인들은 미처 따지 못한 고추들이 다 얼었다고, 배추도 이파리가 까맣게 말랐다고 근심이었다. 밭엘 나가보니 성한 고추가 하나도 없고, 김장배추 이파리들은 죄다 아등그러졌다. 당황스럽기는 나도 마찬가지였다. 시간 나면 캐려고 두었던 쇠비름과 비단풀이 그만 말갛게 형체만 남아 있었다. 어떤 상실감을 느끼기도 전에 다만 맥이 빠졌다. 내 몫이 아니었던 것이라고 위안하며 돌아섰다. 들판이 온통 잿빛이었다. 논들엔 아직 거두지 못한 볏짚이 그대로 썩어가고 있었다.

폭탄이라도 맞은 듯 한순간 잿더미처럼 까맣게 변한 들판이었지만, 그 가운데도 산국만은 노란빛으로 도드라졌다. '~낙목한천落木寒天에 너 홀로 피었느냐 아마도 오상고절傲霜孤節은 너뿐인가 하노라' 하는 시조가 저절로 떠올랐다. 이파리와 꽃잎은 물론 향기까지 말짱했다. 한두 줄기씩 꺾었다. 된서리 내린 뒤여서인지 이따금 보이던 벌 떼도 보이지 않았다. 되도록 활짝 피지 않은 꽃봉오리들을 더듬어서 몰가을하지 않고 솎아서 꺾었다. 벌 떼 눈에 띄지 않았지만 언제처럼 느닷없이 제 밥그릇 빼앗는 도둑놈에게 달려들듯 손가락에 침 쏘일까봐 가끔 가지들을 뒤흔들어서 벌을 쫓아낸 뒤였다.

예전엔 담그지 않던 아버지가 거둬들인 밤만 따로 설탕에 재웠다. 지난여름에 마셨던 오미자효소액이 입에 달아서 이번엔 30킬로그램이나 구입해서 따로 항아리를 마련하여 먼 데, 쿠바에서 온 유기농설탕에 재웠다. 오갈피열매도 마찬가지로 따로 항아리에 재워놓고서는 아침저녁으로 한 번씩 들여다보았다. 산국도 마찬가지였다. 지난해는 복분자를 따로 재워서 올 여름 이따금 맛을 보았다. 여러 약초와 나물을 함께 설탕에 재우는 것도 재미있지만 한 가지만 따로 담가서 맛맛으로 먹는 것도 즐거웠다. 마가을 머위만 따로 담가볼까 궁리하다가 그만 늑장을 부리는 바람에 머위들 서리에 푹 절여지고 말았다. 술도 괼 때 걸러야 하듯 뭐든 제철을 놓치고 나면 그것으로 끝이었다.

언제 눈 내릴지 몰라, 맘이 다급했다. 찔레꽃 열매도, 청미래 열매도, 땅두릅 뿌리도 마련해야 했다. 숲으로 가자니 쌓아놓은 책들이 걸리고, 문 닫아걸고 책들을 읽자니 항아리들이 아우성이었다. 그럴 때면 숲정이도 방 안도 아닌 마당에서 널어놓은 고추들을 들여다보았다. 건조기에 넣지 않은 고추들은 마르면서 속으로 썩어갔다. 고추를 다듬는 것을 본 이웃집 어르신은 예전과 달리 고추가 크고 두껍게 개량된 까닭에 햇볕으로 고추 말리는 일이 쉽지 않게 되었다고 했

다. 예전에 심던 고추는 작고 얇아서 불 땐 방과 마당을 오가면서 말
리는 것으로 되었지만 지금은 그렇지 못하다는 것이었다.

그러고 보니 어릴 적 이맘때면 방 안이고 마당이고 죄다 곡식들
차지였다. 콩이며 들깨, 고추를 널어놓은 멍석을 거두는 일이 귀찮
고 싫었다. 마당에 풀어놓은 닭들이 곡식멍석에 다가들지 못하도록
쫓아내야 했으며 타작이라도 하는 날에는 온통 짚북데기로 천지사방
이 따끔거리는 것도 성가셨다. 웃방에는 둥우리를 만들고 겨울에 먹
을 고구마를 가득가득 쟁여두었다. 그것만은 뿌듯했으나 천정을 오
가던 쥐들이 용케 알고 고구마 둥우리를 습격하여 고구마들을 갉아
먹을라치면 참 덧정 없었다. 할머니는 김장할 일과 메주 쑬 일을 걱
정했지만, 그것은 어른들 일이었다.

춥고 눈 내리는 밖에서 놀려면 털신과 모자, 그리고 벙어리장갑도
있어야 했다. 땔감을 마련하는 일과 소여물을 준비하는 일 또한 어른
들 일이었으므로 어린 우리는 아무런 근심 없었다. 지붕에 얹을 이엉
을 엮는 곁에서 숨바꼭질을 하면서 눈 내릴 날을 기다렸다. 긴 창과
설피에도 눈길을 주었지만 그뿐이었다. 헛간 한구석에 쌓여 있던 누
런 청둥호박들은 탐스러웠다. 호박, 콩과 같은 잡곡은 소도 먹고 사
람도 먹었다. 지금처럼 인심이 사박하지 않았다. 시월 어느 날 큰산
에 눈이 내리기도 했건만 호들갑스러웠는지는 모르겠다.

죽임을 당하는 짐승들

　　　　　　　　　　아무 곳으로도 돌아갈 곳 없는 이들
을 위해서인지 동짓달 보름달은 강마른 추위 속에서도 덩두렷하게
떠올랐다. 얼었던 강물이 풀리는 것도 잠시 미친바람은 살천스럽게
휘몰아쳤다. 우리에 갇힌 소 돼지들은 채 살기도 전에, 아니 미처 목
숨이 끊어지기도 전에 땅속에 파묻히고 있었으니 예수 오신 날이라
고 밝힌 기쁨으로 가득한 꽃등은 되레 조등이 되고 말았다. 아무개들
잘못이라고 하기 전에 어쩌면 갇힌 자, 가축된 자들이 지닌 운명일
것이었다. 일소로 살았던 수십 년 전 만하더라도 소들은 어린 식구보
다 대접받는 귀한 일꾼이었다. 농사를 함께 짓는 대가로 겨울이면 짚
에 콩과 청둥호박을 썰어 넣은 여물로 호사했다.
　집에서는 어떤 가축도 기르지 않고 있었지만 멀고 가까운 곳에서
죽임을 당하는 소들을 바라보는 맘은 편치 않았다. 우리 마을도 그렇
거니와 이웃 마을에서도 하루가 다르게 소를 키우는 집이 늘어가고
있는 까닭이었다. 벼농사만 지어서는 남들만큼 살지 못한다는 어떤
강박이 소를 사들여 키우는 데 한몫으로 들추겼다. 논 만 평 농사지

어봐야 천만 원 벌기가 어려웠다. 그렇다고 밭농사가 많은 것도 아니었으니 손쉽게 궁리하는 것이 소를 키우는 것이었다. 그런 형편이고 보니 어느새 산기슭 이곳저곳은 소 돼지를 기르는 우리가 자리를 차지하고 말았다. 대부분 사람이 고기를 먹으려는 비육우였으며 겉잡아도 한 우리에서 키우는 소는 100마리에 가까웠다.

갇힌 우리에서 성장촉진제, 항생제, 사료를 먹고 자라는 가축에게서 예전과 같은 건강함을 기대하기란 이미 어리석은 짓이었지만, 고기를 먹지 않으면 힘이 달린다고, 기력이 없다고 믿는 내 아비와 같은 이들에게 어느새 고기는 밥에 버금가는 일용할 음식이었다. 독과 다르지 않은 것을 화폐를 지불하고 사서 먹는 것과 같은 것이라고 여기는 내게는 여간 이상스러운 일이 아니었지만, 이틀이 멀다 하고 내 아비는 패린 돼지 두부 앗는 날처럼 고기를 삶아서 자셨다. 어쩌다 맘먹으면 얻을 수도 있는 멧돼지고기는 또 아예 거들떠보지 않았다. 집에서 담근 매실액은 자시지 않으면서도 가게에서 화폐를 지불하고 산 매실음료는 없어서 못 마셨다.

어쩌면 지금과 같이 하루가 멀다 하고 고기를 먹는 일상이 소와 돼지를 죽여 없애야 하는, 걷잡을 수 없는 상황으로 내몬 것은 아닐까. 카우보이들이 세운 미국이 끈질기게 소고기를 사야 한다고 겁박하는 것도 마찬가지였다. 땅과 숲에서 멀어진 결과였다. 죽은 먹을 거리를 죽은 줄도 모르고 먹고 사는 이즘 세태가 빚어낸 비극이었다. 편리를 미끼로 한 것이지만 결국은 제 목숨을 까는 일이었다. 새로운 질병에 취약하기로는 갇히고 얽매여서 사는 우리 인간들 또한 소 돼지와 다르지 않을 것이었다. 도로 옆에 또 다른 도로를 내고, 그것이 마치 신세계로 향하는 길인 듯 선전하고 있지만, 마지막 다다른 그 어떤 곳에서 맞는 것은 결국 죽음뿐일 것이었다.

산마루를 곧바로 넘어서지 않으며 굽잇길을 돌고 돈 뒤에야 비로소 잿마루를 넘었다. 서슴거리며 삼가는 그 모든 일은 이제 옛 이야기가 되었다. 어떤 것도 거칠 것이 없었으며 그 무엇도 가릴 것이 없었다. 샘물 한 사발을 마실 때도 잠시잠깐 숨을 멈춘 뒤 물을 길어 올렸다. 둥구나무 앞이라면 내남없이 걸음을 멈추고 옷깃을 여몄던 그 행복하고 조심스럽던 시절은 이제 그만 가고 없었다. 앞산머리 위로 떠오르는 아무것도 아닌 달 앞에서도 두 손을 모으고 고개를 숙이던 버릇도 지금은 잊고 말았다.

강물 위에 시나브로 살얼음이 끼기 시작했으며 어디선가 장독이 얼어터지고 거리에서 잠자는 사람들 목숨이 위태로운 이즘 또 다른 곳에서는 소와 돼지들 동장군에 발목이 잡혀 목숨이 아슬아슬했다. 높이 떠오른 보름달이 차마 애처로워 잠들지 못하는 사이 미친바람은 무엇도 꺼리지 않고 감때사납게 태질했다.

눈무지 속 쑥대궁

눈석임물에 비친 벗나무 가로수

밤나무 겨울 풍경

감나무 겨울 풍경

말똥가리 날다

못내 아쉽고 안타까울 것도, 잔밉고
얄미운 이도 없는 한 해가 저무는 사이 문밖에는 무슨 그리움처럼 눈
꽃이 흩날렸다. 얕고 낮게 흐르던 냇물도 얼어붙었다. 헐거워진 숲
정이에서는 작은 날짐승들이 바람처럼 수선거렸으며 날개 큰 말똥가
리는 숲 언저리 하늘을 맴돌았다. 넓고 고요하게 펼친 날개만으로도
홀로 나는 날짐승들은 매섭도록 아름다웠다. 한 해가 시작되고 끝나
는 어느 지점이 있을 리 없었지만, 그 경계 없는 날 위에서라도 잠시
오고 간 시간들을 헤아려보았다. 그 무엇도 내 것이었으면서 또한 어
느 것도 내 것이 아니었다. 얻은 것 없지 않았으나 놓친 것 또한 없지
않았다.

흩어지듯 내린 눈발이 답쌓인 곳에 노루발풀들은 얼지도 죽지도
못한 채 새파랬다. 여러해살이 운명이라고 할지라도 어딘지 고단하
고 서글퍼 보였다. 넘나듦이 자유롭지 못하니 어딘가에 한 발을 걸치
고 있거나 아니면 몸을 움쩍하지도 못한 채 먼산바라기를 하기 일쑤
였다. 참나무 등거지에 피어난 운지버섯이 어떤 결핍이며 과잉인 것

처럼 경계를 넘나드는 일도 어쩌면 그와 같을 것이었다. 찔레 덤불 위에 앉은 수컷 딱새 꽁지가 가늘게 떨렸다. 상수리나무 키 높은 우듬지에 까치집 같은 겨우살이들 황금처럼 빛났다. 기대 살면서도 저토록 당당했다.

짐승 우리로 가는 입새마다 날석회 가루가 화장한 뼛가루처럼 길을 막았다. 구제역으로 소, 돼지들이 죽임을 당하는 동안 이번에는 조류독감이 또다시 발생했다. 인간과 인연을 맺은 짐승들은 죄다 견디기 어려운 일을 당하고 있었다. 논배미에 무리지어 앉은 기러기 떼를 보는 맘이 그리하여 편치 않았다. 어떤 이들은 오가는 새들이 날아 내리지 않도록 미리 논을 갈아엎었다. 가을걷이한 뒤 떨어진 이삭이며 낟알을 먹으려고 오는 날짐승들을 막기 위한 예방조치였다. 논밭 주인은 또 주인대로 절박했을 것이었지만 퍽 야멸치고 강밭아 보이는 것은 어쩌지 못했다.

강담 밖으로 덩굴 뻗은 호박덩이 하나도 맘대로 손대지 못했으며 외진 밭 가장자리를 지키고 있는 밤나무 그늘 아래 떨어진 알밤 하나도 이젠 주인 허락 없이는 줍지 못하는 지경이 되었다. 가까운 어느 시절엔 '서리'라는 말이 아이들 여름밤 장난이며 놀이였다면 이제 서리라는 낱말은 도둑질과 같은 말이었다. 놀이가 범죄가 되었으니 장난이 아이가 된 셈이었다. 무엇이든 화폐로 교환되어야 안심했다. 내 어린 시절처럼 동냥을 다니던 사람들이 거리에서 사라진 것도 한 원인은 아닐까. 구세군 냄비가 아닌 사람과 사람이 밥과 나물을 건네며 나누는 것이야말로 사람과 사람이 사는 법이라고 가르쳐주었다.

먼 데 숲이 눈발 속에서 아마득하게 닫히면서 열리는 가운데, 동쪽 하늘엔 새 떼가 날아올랐다. 알록달록한 풍선이라도 함께 띄워 올렸으면 싶었지만, 발밑에서 굴러다니는 '삐라'를 본 뒤끝인지라 애써 바람을 접었다. 북녘으로 가지 못한 선전물들이 이따금 맞바람에 떠밀려서 강가고, 길섶이고 어디서나 아무렇게 나뒹굴었다. 별스러울 것도 없어 보이는 종이는 그러나 눈비에 젖어 찢어지지 말라는 듯 굳고 단단했다. 그럴 때마다 새들처럼 모둠으로 그렇게 살아도 좋지 않을까, 내 편은 내 편대로 살고 네 편은 네 편대로 서로 간섭하지 않고 살면 좋지 않을까, 철없는 생각을 하곤 했다.

눈꽃바람으로 흩날리던 눈발은 어이없게도 한순간 스러지고 없었다. 먼 곳에 사는 이들은 이따금 눈 소식을 물었으나 딱히 전해줄 말이 없었다. 당황스럽게도 이곳보다는 서울에서 더 많은 눈을 만났으니 '양간지풍통고지설襄杆之風通高之雪'하던 옛말도 이젠 고쳐져야 할 모양이었다. 무엇도 어제와 같은 것이 없을 것이었고, 또 내일 같은 오늘도 없을 것이었지만, 그렇다고 하더라도 어딘가 가늘게 흘러가는, 흐르는 그 전통이라는 맥락도 좀 있으면 좋을 것이었다. 땅속에서 불쑥 솟아난 거인도 아니고, 알 속에서 태어난 영웅도 아닌 다만 사람이었으니 사람과 사람 사이에 얇은 온기라도 가늘게 흐른다면 오늘처럼 이렇게 메마르고 삭막하지는 않을 것이었다.

어정섣달

기다리면 오지 않는 사랑처럼 어정섣달 초승달이 서산마루에 떠올랐다. 날짐승들은 둥지를 찾아들고, 숲속 정령들은 기지개를 켜는 아시저녁이었다. 숲정이는 뒤끓는 듯하면서도 어딘가 스스러웠다. 그렇게 한낮 살짝 녹았던 냇물에 다시 살얼음이 끼고, 먼 데 숲들이 잠을 청하는 해가 지고 달이 뜨는 어슴푸레한 까치밤은 신생의 시간이기도 했다. 동지를 지나면서 노루 꼬리만큼 길어진 햇살이었지만, 여전히 해진 뒤에는 매서운 칼바람이 불었으며 솔숲에 사는 나무들은 속 깊은 소리로 울어댔다. 농로로 내려온 멧돼지 발자국을 따라 걷는 사이 숲 기스락에서는 고라니가 산등성이를 향해 냅뛰었다.

지난해 십이월에 이어 엊그제 또다시 큰산에 산불이 났다. 군부대 포사격이 원인이었다. 눈비도 내리지 않는 이 한겨울에 바싹 갈잎이 메마른 숲을 향해 포를 날리는 까닭을 알지 못해 궁금답답했다. 예전에는 없던 겨울철 포사격이었다. 지난번에는 헬기 두 대가 떠서 저수지에서 물을 퍼서 불을 끄더니 이번에는 소방헬기 한 대만 떠서 마을 앞 개울에서 물을 퍼서 불을 껐다. 오전 열한 시쯤 시작된 산불은 해가 다 질 무렵까지 숲을 태웠다. 어른들은 송이, 능이밭 다 태운다고 동동 발을 굴렀다. 수십 년째 과녁이 되어 허연 속살을 드러낸 오십령 부근은 이제 나무들까지 태워 더욱 볼썽사나워졌다.

구제역으로 살처분한 돼지와 소가 기어코 100만 마리를 넘었다. 구제역 바이러스는 바람을 따라 100여 리는 가볍게 오고 간다고 하였으니 시군 경계 도로 초입에 세워놓은 방제액 살포대가 어쩌면 무색한 일이었다. 안락사를 시키는 주사액도 떨어져 이젠 살아 숨 쉬는 짐승을 그대로 땅속에 묻는 지경에까지 이르렀으니 문명이 가진 힘이 기껏해야 여기까지인 모양이었다. 살아 땅속에 파묻힌 짐승의 원한은 그만두고라도 당장 오염된 물과 공기를 먹고 마셔야 하는 우리는 또 어찌해야 할 것인지. 강원도 강릉에 이어 양양까지 구제역이 당도했다는 소식이었다.

초상집이 된 축산농가들 옆에 두고 미국산 쇠고기를 팔겠다고 나서는 시장 인심을 보면서 언제는 아니 그랬던가 하면서도 퍽 쓸쓸했다. 아닌 게 아니라 우리는 누구 할 것 없이 누군가, 다른 무엇들 죽음을 디디고 사는 게 아니었던가. 그렇더라도 나만 살자고 하면 그때 이미 나는 죽고 없을 것이었다. 숫자로 헤아리기도 어려운 짐승들이 죽어가고, 거기에 관련된 축산농가는 물론이거니와 그 밖의 사람들, 산 짐승을 죽여야 하는 사람들 마음은 또 어찌해야 할 것인지. 짐승에게 닥친 재앙이 사람이라고 피해갈까. 구제역이 비껴가면 소 값이 오르지 않을까 내심 맘이 달뜨는 사람도 없지 않았으니 참 무섭고 징

그러운 세상이었다.

어쩌면 그것은 이미 물길을 돌려 콘크리트를 바르고 당산목을 버려두어 말라죽게 하고, 산맥을 허투루 잘라내서 도로를 만드는 거기에 내재해 있었는지도 모를 일이었다. 수풀이 아등그러지는 한여름 채소밭에 물을 주면 채소들 저 혼자만 물 받아먹는 것이 아니어서 비가 내릴 때와는 다르게 아주 쉽게 흙이 마르는 것이라고 했다. 자기 앞으로 흘러온 물을 옆으로 뒤로도 그렇게 나눠주기 때문에 흙은 쉽게 마르고, 또 그만큼 더 많은 물이 필요한 것이라고, 토양생태에 대해 가르치던 교수는 힘주어 말했다. 사람이 사람만으로 살 수 없는 것을 생각해보면 참 당연한 일인데, 잘 모르고 살았다.

달이 뜨는 밤이면 나무들은 겨울눈 부피를 키우고, 또 짐승들은 어디선가 새끼를 배고, 생매장당한 짐승들은 구천을 떠돌며 울부짖고 있을 것이었지만 아직은 당장 눈앞에 닥친 일 아니었으니 뜻도 모르는 책을 읽다 졸다 무슨 기척에 번쩍 눈이 뜨여 한겨울 이불 빨래를 했다. 황태처럼 얼면서 마르는 이불과 요는 고슬고슬하지는 못하였으나 깨끗하고 여전히 야른야른했다. 직박구리들 소란스럽게 날아들었으나 아직 볕들지 못한 담 아래 그늘엔 박힌 얼음들 고요하도록 단단했다.

가든한 삶

딱새 수컷만 이따금 보일 뿐 암컷은 어디 마실이라도 갔는지 영 보이지 않았다. 해질녘 덤불숲에는 멧새 무리 엉겨 모여 분주탕이었으나 높은 하늘엔 말똥가리 저 혼자 유유자적이었다. 어디에서 날아오는지 알 수 없는 하늘을 나는 새는 그러나 한순간 눈앞에서 사라지고 없었다. 얼음 언 논바닥을 방울새들 떼로 옮겨 다니는 사이, 상수리나무 숲 머리 높은 우듬지에는 하늘색 꽁지깃을 가진 물까치 떼가 날아들었다. 한겨울 추위가 사나운 기세로 달려드는 동안 처마 밑 참새 떼조차 보기 어려웠으나 문밖을 나서면 크고 작은 새들은 살을 에는 추위 속에서도 여전히 그대로 있었다.

찬바람 때문에라도 밖엘 나가지 못하고 있는 아비는 어미가 갖다 안긴 은행을 까느라고 종일 방 안에서 딸각딸각 소리를 냈다. 어미는 갖다 맡겨만 놓을 뿐 뒷일은 안중에 없는 듯 마을회관 들로 마실을 가더니 그예 형제자매 생일을 핑계대고 영 너머 친정으로 나들이를 가고 없었다. 방 안에 누워서 텔레비전을 보면서도 영감 밥을 차려주지 않는다고 어미 흉을 보는 가운데도 아비는 그러거나 말거나 손수 끼니를 챙겨 자셨다. 이따금 끼니를 챙겨드릴라치면 인공조미료를 사용하지 않는 내 음식이 입에 맞지 않는다며 손사래를 쳤다. 그러다 보니 아예 끼니때가 되어도 진지 차릴 생각을 하지 않게 되었다.

식구 서너 명이 사는 집에서 끼니때가 다 달랐으니 물이며 가스 전기 사용이 두세 배는 될 것이었으나 누구도 아랑곳하지 않았다. 먹을거리라고 어미가 잔뜩 사들고 들어오는 것은 죄다 인스턴트식품이었으므로 냉장고가 미어터질 지경이었다. 지켜만 보다 아니 되겠다 싶어 팔을 걷어붙이고 냉장고 문을 열었다. 곰팡이 핀 여름 열무김치를 비롯하여 요만조만한 통에 들어 있는 먹을 수 없는 음식들이 참 볼 만했다. 지옥엔 내가 가리라 다짐하며 절반 이상을 버린 뒤에라야 냉장고에는 숨을 쉴 수 있을 공간이 마련되었으나 아직 냉동고는 손조차 대지 못했다.

밀가루 음식을 싫어하는 어미는 칼국수 한번 밀지 않았으나 사오는 것이 라면 만두요, 햄 참치였다. 겨울에 냉동꽁치를 누가 먹나, 프라이팬에 구워놓은 꽁치가 그대로 있으니 이번에는 다른 프라이팬에 불고기를 구웠다. 마지막에 버리는 일에는 늘 내 손이 가야 했지만 어미는 버리면 또 굽고, 삶았다. 먹는 일에 탐욕스럽지는 않았으나 왜 그렇게 쌓아놓는 것인지 알지 못해 답답했다. 그래도 염치라는 게 있는지 냉장고 마루 등에 널려 있는 것들을 거듬거듬 모아서 이번에는 마을 아낙들이 모여 화투를 치고 있는 마을회관으로 들고 나갔다. 아까울 것 없이 속이 다 후련했다. 어딜 가나 음식이 차고 넘쳤다. 더도 말고 새들처럼 또는 짐승들처럼 먹을 만치만 먹었으면 좋겠다.

먼 데 시베리아 어디쯤에서 불어온 고추바람이 살을 엘 듯 휘몰아치는 사이, 냇물 얼음 위 덧물이 다시 얼어붙기 시작했다. 날짐승들 수선거리던 소리도 바람 소리에 묻혀 가뭇없었으며 이르게 떠오른 달빛이 점점 밝아지고 있는 가운데 마을 공동 쇠마구간으로 여물을 주러 가는 행렬이 길게 이어지고 있었다. 살아 있는 짐승들 목숨이 지푸라기처럼 아슬아슬, 위태로워 보였다. 짐승들 재앙이 짐승들한테만 재앙일 수 없었으니 차라리 먼 데 어디 깊은 숲 골짜기에 움막이라도 짓고 사는 게 차라리 나을 성도 싶었다. 어쩌면 가든하게 살지 못하는 살림살이에 오늘날 재앙은 이미 숨어 있는지도 모를 일이었다.

쇠죽가마에 여물 끓일 일도 없으며 화로 껴안고 앉아 불씨를 되작거리면서 시집 읽는 밤도 이젠 없으니 그렇더라도 파리한 형광등 불빛이라도 위안삼아 북극의 얼음집처럼 살아도 괜찮지 않을까. 이따금 바람 소리 따라 밤 부엉이 박자 맞춰 울어줄 테니 긴긴 겨울밤이 그리 춥지는 않을 것이었다. 덜어내고 비워내는 삶에 오롯한 무엇이 있을 것이겠지만, 여전히 쌓아두기만 할 뿐 버리지 못해 힘겨워하며 살고 있었다. 해가 졌다.

그때 그 동무들은 다 어디로 떠났는지

냇물도 꽁꽁 얼어붙고 메마른 바람이 천둥치듯 불던 일도 어제 일인 듯 잠시잠깐 날씨가 푹해진 틈 사이로 러시아 민요를 듣고 있노라면 미친 고추바람쯤은 아무것도 아닌 듯 여겨졌다. 끝이 보이지 않는 자작나무 숲 사이로 썰매를 타고 내달려도 좋을 만큼 발가락이 근질거리고 온몸이 흥에 띄었다. 헤아리던 날짜도 잊을 만큼 날씨는 연일 영하를 오르내렸으나 전처럼 견디기 어렵지 않았다. 추위, 아픔, 사랑 따위는 면역되지 않는다고 곧잘 중얼거렸으나 익숙해지지 않으면 살지 못할 것이므로 몸 저 스스로 추위에 몸을 맞췄는지도 모를 일이었다. 견디는 것은 그러므로 마침내 용기였다.

나뭇가지 끝에 겨울눈 빛나는 것을 딱새가 먼저 보았는지 인기척이 느껴졌을 법도 하건만 새는 좀처럼 나뭇가지를 떠나지 않았다. 파도 더미를 뚫고 얼어붙은 얼음만큼 붙박여서 맑고 환한 겨울 햇살을 즐기고 있었다. 잠든 사물들을 들깨우는 바람 또한 이따금 고마웠지만 추운 겨울 방 안으로 스며드는 햇볕만큼 고마운 것도 없었다. 밤이면 책상 앞에 앉을 수 없었으나 겨울 한낮만큼은 노루 꼬리만큼 스며드는 햇살에 기대어 책상 앞에 앉아 있을 수 있었다. 아마도 감옥 한 뼘 틈으로 스며드는 볕뉘에 대한 감사가 그러할 정도로 겨울 볕은 고마웠다.

'번식우'를 키우는 이웃 마을 한 어르신이 소가 새끼를 낳았다고, 젖도 잘 먹고 잘 뛰어놀아서 얼마나 예쁜지 모르겠다고, 버스 안에서 인사를 채 마치기도 전에 갓난송아지 자랑을 하셨다. 우리 마을 어르신은 갓난송아지가 설사를 해서 여간만 걱정이 아니라고 했더니 갓난송아지를 추위에 방치하면 그렇다고, 옷가지 등으로 따뜻하게 해 줘야 한다고, 아니면 사랑방 같은 곳에 군불을 지피고 들여놔야 한다고 충고를 하는 가운데 옛적 소가 일꾼이던 시절에는 한겨울 송아지를 나면 사랑방에 들여 세상과 마주할 시간을 주었다고 어르신들은 한목소리로 이야기하셨다. 마을 공동 쇠마구간에서 설사하던 갓난송아지는 끝내 세상을 등졌다.

수백만 마리 돼지와 소가 산 채로 땅속에 묻히는 가운데 생명 가진 것들은 또 새끼를 배고 낳았다. 우리에서 길러지는 가축들은 이제 살과 살이 맞닿는 즐거움 없이 오로지 번식을 위하여 인간에 의해 수정당했다. 흘레하는 개들을 거리에서 볼 수 없게 된 만큼 씨소 또는 씨돼지를 찾아 휘추리를 맞으며 신작로를 뒤뚱거리면서 가던 소와 돼지도 이젠 옛이야기가 되었다. 신작로 한복판에서 이른 아침 흘레붙는 개들은 사정을 봐주지 않는 학교 가는 아이들에게 돌멩이나 나뭇가지로 얻어맞기도 했지만, 하던 일은 좀처럼 멈추지 않았다. 찬물이나 한 바가지 뒤집어써야 마지못해 서로의 몸을 놓아주었다. 까마귀 울음소리만큼이나 자연스러운 일이었으나 아이들은 어색하고 쑥스러운 그 광경을 차마 그냥 지나치지 못했다.

　외딴 골짜기 산비탈에는 기계톱에 베인 나무들 밑동이 하얀 눈물방울처럼 눈에 들어왔다. 잔가지들은 다 버려두고 굵은 줄기만 실어 갔다. 산비탈 위는 흙을 팔아먹고 논을 뜨느라고 정수리가 날아간 곳이었으나 그리하여도 비탈만은 용케도 남아서 봄이면 미추룸한 나무들 틈에서 싹을 틔운 나물과 약초들로 비탈 숲이 즈런즈런하던 곳이었다. 논두렁 깎듯 위아래 좌우 폭 10미터 가까이 아무것도 남겨두지 않았다. 솎아베기하듯 땔감을 마련할 수는 없었는지 퍽 사박한 인심이었다. 동네 앞산에는 솎아베기한 나무들이 아무렇게나 나뒹굴고 있었다. 품을 조금 더 들여야 하는 까닭이었다. 목초지 조성을 이유로 소나무를 팔아먹고 난 뒤 바람이 불 때마다 사막처럼 흙먼지가 흩날려 숲정이가 흙먼지로 뒤발하는 것을 보면서도 그러했다.

　얼음 언 논배미에 들어서 슬렁슬렁 끌어주는 사람 없이도 썰매를 타면서 혼자 놀았다. 얼음은 더할 수 없이 두껍게 얼어서 깨질 염려 따위는 하지 않아도 좋았으나 그 얼음 위에서 함께 놀았던 동무들은 다 어디로 떠났는지 알지 못했다.

봄이다

재난영화를 다시 만들어야 한다는 소리를 모처럼 텔레비전 앞에 앉아 뉴스를 보다가 얼결에 하게 되었지만, 다시금 되새기는 것은 자연 앞에서 인간은 아무것도 아니라는 평범한 사실이었다. 지진해일은 불가항력, 속수무책이라고 하더라도 원자력발전소 폭발에 따른 방사능 유출은 인간이 누리던 편리가 빚어낸 참혹한 진실이었다. 원자력발전소 안전하다고 힘주어 세뇌하던 그 입들은 지금 일본에서 벌어지고 있는 원자력발전소 폭발 소식을 들으면서도 원자력은 깨끗하고 안전한 에너지라고 말할 수 있는지 사뭇 궁금해졌다. 방사능 유출에 따른 대가는 세세연년 인간이 겪고 짊어져야 할 고통이 되었으며 재앙은 눈썹에서 떨어진다는 속담은 이제 현실이 되었다.

희벗한 하늘은 봄이 오는 증거라고 욱대겨도 아무 소용 소득 없는 일인 줄을 번연히 알면서도 차라리 그렇게 믿고 싶었다. 죽어간 뭇 생명은 또 죽은 생명들이었지만 살아남은 생명들 남은 생은 어떠할까 싶은 마음에 괜스레 발걸음이 어수선산란해지곤 했다. 하느님을

멀리해서 지진해일이 발생했다는 어느 교회 목사의 말은 이미 말이
아니었다. 그렇다면 한반도에서 발생한 구제역과 조류독감으로 수
백만 마리 짐승이 희생된 일은 하느님을 너무 가까이해서 발생한 재
난, 재앙인가. '성직자'라는 직업이 일으킨 혼란, 망상이 아니라면 있
을 수 없는 일이었다. 무엇을 네/내 탓으로 돌려 말할 때는 이미 사
태는 걷잡을 수 없는 듯 보이지만 실상은 그 안에서 뺑뺑매는 자가당
착이었다.

　찌르레기가 돌아오고, 멧새들 박새들 무리지어 와자지껄 숲정이
요란한 가운데 들녘 논두렁에는 냉이, 달래를 캐는 안뎔들 하나둘
눈에 들어오기 시작했다. 응달 숲에 잔설이 하얗게 남아 있다고 거
울이 아니듯 봄은 벌써 새파랗게 움터 밀물처럼, 땅속 깊은 곳에서
힘차게 전진하고 있었다. 봄바람은 첩의 죽은 귀신이라는 말도 잊어
버렸는지 우리 집 나이 든 아비는 창문으로 비껴드는 햇살만 믿고 자
전거를 타고 숲정이로 동네로 휘뚜루마뚜루 돌아다니더니 결국은
감기몸살로 끙끙 앓아눕는 지경에 이르렀다. 일 년 내내 감기약을
달고 사는지라 그러려니 해도 봄바람에 돌아눕는 노인의 병은 꿈속
검은 짐승처럼 불길했으나 남편을 일구월심 섬기는 아내 덕분인지
그만그만했다.

　고단한 세월과는 아무런 상관없이 깎아지른 듯 높다란 논두렁 볕
바른 비탈에는 원추리들 파릇하게 움터 나오고, 꽃다지 좁쌀 같은 노
란 꽃대를 한껏 밀어올렸다. 배밀이를 하듯 봄은 낮은 곳으로부터 널
널하면서도 재게 왔다. 보이지 않는 어느 손이 논두렁을 까맣게 불태

윘으나 그 검은 재 때문인지 원추리들은 더욱 새파랗게 보였다. 옛 시절엔 경칩 지나면 생명 있는 것들을 죽이지 않으려는 뜻에서 논두 렁에 불 놓는 일을 금했다고 하지만 지금은 '산불방지'를 위해 쥐불 놓는 일을 금했다. 얼핏 보면 본치는 같은 듯하나 속뜻은 판이했다. 100년도 살지 못하는 짧은 인생이라고 한탄하면서도 자본이 있고 없 음에 따라 죽음을 대하는 방식도 표나게 드달랐다.

　짝짓는 개구리들 여태 보이지 않았으므로 어쩌면 봄은 저 멀리 물 가에서 서성대고 있는지 모를 일이었으나 생강나무 가지 끝에 봉오 리 금방이라도 터질 듯 부풀어 올랐으니 봄이다, 소리치며 나들이라 도 떠나고 싶은 마음 굴뚝같았으나 겨우내 얼렁얼렁 보내고 났더니 일이 산더미같이 쌓였다. 때맞춰 마당가 수도까지 고장 났으니 넘어 진 김에 쉬어간다고는 하지만 그렇더라도 할 일이 줄어드는 것은 아 니었으므로 이번엔 근심이 태산 같았다. 어떻든 가까운 일본이 지진 해일로 과혹한 고통을 받고 있다는 소식에 연민하지 않는 것은 아니 었으나 차마 그것은 아직 내 몸까지 괴롭히지는 않았다. 당장은 나이 든 우리 집 아비 운명이 더 걱정이었다.

　죽은 뒤 찾아오는 평화가 죽은 자들에게 대체 무슨 소용일까.

어린 나무를 심다

무엇과 이별하기 좋은 날이 있다면
바로 오늘 같은 날일 것이었다. 함박눈이 앞뒤 없이 깜깜하게 눈갈기
를 일으키며 휘몰아치는가 싶더니 한순간 뚝 단박에 눈발이 그친 구
름장 사이로 볕뉘가 쏟아져 내리는가 싶더니 어느 틈엔가 또다시 검
은 구름 같은 눈발이 쏟아지며 하늘을 뒤덮었다. 먼 데 하늘엔 눈구
름이 새까맣게 몰려들고 있었으며 마을 앞 숲정이에는 어느 것도 분
간할 수 없을 만큼 눈발은 폴폴거리며 길과 지붕을 뒤덮었다. 눈결은
꽃봉오리 맺힌 매화나무에도 흩날리고, 알록 고양이 잔등에도 거침
없이 쏟아져 내렸으나 오래 머물지 못하고 흰목을 뽑으며 희떱게 굴
다 급락한 사내처럼 한순간 근천맞게 사라지고 없었다.

어제는 해질 무렵 지칭개를 뜯다 말고 사촌동생 전화에 붙들려 군
청소재지에 마련된 나무시장엘 다녀왔다. 나무시장이 열리는 날을
지난해 기준으로 어방대중했다가 그만 헛걸음을 한 뒤로 아무런 말
도 하지 않고 있었더니 책임감에 있어서 둘째가라면 서러워하는 동
생인지라 제가 먼저 전화하여 앞장을 섰다. 동생이 찾는 나무들은 없

었으나 내가 찾는 나무들은 거진 반 나무시장에서 만날 수 있었다. 날일기가 고르지 못했던 까닭인지 가식해 놓은 나무들 태반이 그대로 있어서 튼실한 나무들로 골라서 살 수 있었다. 생전 처음 내 돈 주고 마흔 그루 나무를 샀다.

몸살감기로 비영비영하는 아버지를 들깨워서 작은집 텃밭에 가식을 하다 말고 그예 자전거에 호두나무와 사과나무를 싣고 밤나무 밭으로 향했다. 성마르기로 치면 도깨비 찜 쪄 먹을 아버지였으므로 아무런 말도 없이 뒤따라 나섰다. 내 자전거는 겨우내 눈비 속에 삭고 낡은 나머지 그만 바퀴가 못쓰게 망가졌으므로 하는 수 없이 걸어가야 했다. 나물을 캐던 동네 안덜은 나물이 없다고 인사말을 하는 것인지 혼잣말을 하는 것인지 구시렁거리는 사이 길섶 외딴집에서 풀어놓은 사냥개들은 목청이 찢어져라 짖어댔다. 돌멩이라도 날릴 참이었으나 어느 결에 개 주인이 달려왔으므로 물러가라고 누구에게랄 것도 없이 소리쳤다.

나무시장에서 이미 가지치기를 한 나무들이었지만 그래도 아버지는 못 미더웠는지 바람 때문에라도 나무들 키를 키우지 말 것을 당부했다. 고목은 밤나무들 말고 새로 심은 과실나무들은 하나같이 조막손이를 만들어 얼기설기 볼품사나웠으나 끝내 묵묵, 아무런 밭을 달지 않았다. 여든을 넘긴 늙은이가 나무를 심는 마음은 어떤 것일까 짚이는 바 없었으나 나무를 심던 늙은이는 한숨 돌리는 사이 나 죽은 뒤에 누구라도 따 먹겠지, 혼잣말을 했다. 밤나무 밭 가장자리, 산기스락 할머니 할아버지 묏자리 아래 지난가을까지 보이지 않던 새

터가 생긴 것은 끝내 늙은이들 죽은 뒤 돌아갈 묏자리일 것이었으나 모르는 체했다.

자전거를 탄 아버지 뒤를 따르지 않고 산 기스락을 휘돌아 생강나무 노랗게 꽃 핀 자리를 찾아 숲정이로 스며들었다. 드레없는 날씨 때문인지 꽃들은 마치 마지못해 세상에 나온 꼴로 힘없이 우련했다. 손톱만큼 자란 쑥들 사이로 꽃다지들 꽃대를 밀어올리고 있었으나 차마 애색하기 이를 데 없었다. 수를 헤아릴 수 없는 기러기들 갈까마귀 떼처럼 하늘을 뒤덮으며 울음 우는 사이 늙은 왜가리 목을 한껏 움츠린 채 개울 기슭에 외발로 서서 먼 데를 바라보고 있었다. 다시 돌아온 찌르레기들 직박구리 사이를 휘저으며 상수리나무 숲을 뒤흔들어댔다. 그악스럽도록 울부짖던 직박구리 기러기 떼를 따라 하나 둘 자취를 감추었다.

봄은 벌써 부풀대로 부풀었는지도 모를 일이었으나 볼 수 없으면 믿지 않는 버릇대로 여태도 몸은 춥고 귓불은 시렸다. 숲 골짜기 어느 그늘 진 자리에 보랏빛 노루귀들 꽃 피웠을 테지만 아직 만나지 못한 게으름을 그렇게라도 위안받고 싶었는지도 모를 일이었다. 아이들은 늙어가고 노인들은 어느새 새로운 땅을 꿈꾸듯 마을 위쪽 건봉사 가는 길목에 있는 저수지에서는 둑 높임 공사가 한창이었다. 바야흐로 다시 공사의 계절이 시작되었다.

산개구리들

이윽고 한 시절을 마감한다는 체감도
없이 숲 바닥 가장 낮은 자리로부터 봄은 왔다. 지난해 담근 효소를
거르는 한편, 오후가 되면 작은 배낭을 메고 숲정이로 향했다. 어느
밤 버스를 타고 진부령을 넘다 말고 차창 밖을 향해 한껏 고개를 외
틀었다. 눈꽃 속에 핀 샛노란 생강나무 꽃 때문이었다. 비 오다 말다
하던 날씨가 산마루에서는 급기야 눈으로 변했으나 봄꽃들은 겨울
눈을 어찌지 못하고 고스란히 뒤쓴 채 캄캄한 밤을 지켜내고 있었다.
날이 밝으면 숲으로 향하리라, 달뜬 다짐은 며칠을 지낸 뒤에야 간신
히 지켜졌다. 그믐밤에 달이 뜨는 일은 없겠으나 봄이라고 여겼던 어
느 날 난데없이 소낙눈을 만나는 일은 흔한 가운데 샛노란 꽃봉오리
에 앉은 겨울눈은 차라리 가여웠다.

거름을 내던 사촌동생을 숲 어귀에서 만나 캔커피를 하나 얻었다.
동무들과 거름을 내다 말고 새참으로 맥주를 마시고 자리를 걷던 중
이었으나 사돈총각이 들고 있던 비닐 봉다리에서 내가 먹지 않을 것
을 알면서도 건네는 커피를 외면하지 못하고 받아들었으나 숲을 나

와 집으로 돌아올 때까지도 캔커피는 주머니에 이미 식은 채 그대로 있었다. 캔맥주였으면 반가웠을지도 모를 일이었으나 벌써 오후였으므로 배낭에 들어 있는 마실거리만으로도 충분했지만 기어이 건네주는 대로 커피를 받아들었다. 나번득이지 않고 어련무던한 사돈총각이 건넸기 때문이었다.

생강나무 꽃을 따러 간다는 말에 사촌과 동무들은 문이골 어귀에 가면 지천이라고, 대다골은 숲 가꾸기를 한 탓에 나무들이 이미 베어졌노라고, 나도 알고 있는 소식을 전해주었지만 생강나무 꽃은 어쩌면 핑계모였고, 제비꽃 노루귀꽃들을 내심 염두에 두고 있었던 탓에 핑계 핑계 도라지 캐러 간다고 되는 대로 고개를 주억거리면서도 내친걸음이었다. 예상했던 대로 생강나무는 드물었으나 귀룽나무 아래 달래로 향하는 눈길을 애써 거둔 뒤 개구리 울음소리에 이끌려 등성이를 넘었다. 분주탕을 피우고 있던 검은 산개구리들 인기척을 느꼈는지 단숨에 괴이할 정도로 조용해졌다. 오동나무 물무늬를 만들고 있는 옹달못 곁에 쪼그리고 앉아 한참을 기다렸으나 산개구리들 다시 울지 않았다.

노랑제비꽃과 남산제비꽃은 지난해 피었던 그 자리에 다시 또 피어났으나 아직은 어리고 여려서 어떻게 손쓸 틈도 없이 까치발로 꽃밭을 벗어나야 했다. 성가시게 개개는 청미래덩굴이었지만 어느 가을이면 그 열매와 뿌리를 탐할 것이므로 종아리가 긁히는 것도 크게 개의치 않으면서 먼발치서도 환히 빛나는 듬성드뭇 피어난 생강나무 꽃을 향해 걸음을 옮기는 가운데 낙엽 밟히는 소리가 귓결을 스쳤다.

봄 산나물은 여태 이른 철이었으므로 사람일 수 없을 것이었으나 신경을 도사렸다. 가까운 데서 낙엽 위로 풀썩 뛰어내리는 소리를 향해 고개를 돌리니 늙은 고라니가 힘껏 내달리고 있었다. 흔했으므로 이젠 고라니들 눈여겨보지 않았다.

　가던 길을 바꿔 돌아서는 길에 살진 달래를 캔 것은 덤이었다. 이른 봄에 새 움이 홍역을 한다고는 하지만 이르거나 지르되거나 하는 것은 어쩌면 내 시선일 뿐인지도 모를 일이었다. 올해는 그만 놓쳤는가 했던 자리에서 노루귀 떼판을 만나고, 황금 등불로 피어난 고목은 생강나무를 얻어 만나는 것은 내 걸음이 재발라서가 아니었다. 그들은 그들대로 아무런 뜻도 시름도 없이 그냥 그곳에 살고 있었던 것이었다. 내 걸음이 흥에 띈 것은 다만 덤이거나 우수리였다. 방사능비를 내리게 하는 것은 오로지 인간이 지은 죄일 테지만, 바람이 머물렀다 가고, 노박비가 내리는 일은 노루 꼬리에 감긴 별뉘로부터 비롯되는 것일지도 모를 일이었다.

　머위와 머위 꽃을 만나 군침을 삼키는 것도 잠시, 농수로를 넓히느라고 깎아내린 비탈엔 늙은 소나무들이 쓰러져 나뒹굴고 있었으나 걸음을 멈추지는 않았다. 자칫 잘못했다가는 옹벽 친 수로에서 떨어져 물귀신이 될까봐 두려웠으나 그 또한 한순간, 숲 입새를 벗어나 논두렁으로 들어서면서부터는 지는 해를 등에 지고 아무런 생각도 없이 놀량으로 걸었다.

공사 중

주인 떠난 빈집 앞에도 매화는 피어 한창 봄이 무르익은 듯 여겨질 만도 하건만 날씨는 저녁 굶은 시어미 상을 하고서는 좀체 따뜻해질 기미를 보이지 않고 있었다. 집 둘레가 하도 시끌벅적하여 차라리 숲정이가 낫겠다 싶어서 정오가 지난 뒤 집을 나섰다. 마을은 지금 저수지 둑 높임 공사에 쓰일 흙은 건봉산 기스락에서, 또 농촌종합개발 사업의 하나로 마을 한가운데 다목적 센터를 짓기 위한 흙은 어딘지 모를 곳에서 실어오느라고 온종일 흙 먼지를 흩날리며 덤프트럭들이 농로와 신작로를 오르내렸다. 거기에 논갈이하는 트랙터들과 감자밭을 고르는 트랙터들이 우왕좌왕하는 가운데 수로 공사를 하는 포클레인과 트럭들로 인해 마을은 때 아닌 분주탕이 일었다.

들머리판을 내기로 작정한 다음이 아니고서야 산등성이를 헐어서 멀쩡한 저수지를 더 높이는 까닭도 알 수 없으려니와 성한 콘크리트 수로를 걷어내고 다시 콘크리트로 벽을 치는 이유도 알지 못했다. 흙으로 된 물길일 때는 한여름이면 미꾸라지며 옹고지와 같은 민물고기들을 잡아 고깃국을 끓여 먹기도 했으나 콘크리트로 물길이 바뀌면서는 쉽지 않았다. 어릴 적 집 앞 냇물에 흔했던 물고기들 숫자가 줄어든 것도 마을 위쪽 건봉산 쪽에 저수지가 생기고, 또 그 근처에 군부대 유격훈련장이 생겼기 때문이 아닌가 하는 의심은 쉽게 접지 못하고 있었다. 이제 냇물은 멱조차 감을 수 없게 더러워졌기 때문이었다.

　머위 꽃을 꺾기 위한 길이었으나 때 아닌 곳에서 만난 진달래꽃에 눈길을 빼앗겨서 문득 걸음을 멈췄다. 생강나무 꽃과 진달래꽃이 한꺼번에 피었으니 맛 좋고 값싼 갈치자반이라도 된 듯했으나 가만히 되짚어보니 생강나무 꽃이 피고 진 다음에야 진달래꽃이 피고는 했으니 아무래도 날씨가 제정신 어디로 가고 개혼이라도 썰 게 아닌가 싶었다. 장 내고 소금 낼 수 있었으면 좋았으련만 그럴 만한 주변이 되지 못하는 까닭에 보이는 대로 진달래꽃도 따고 생강나무 꽃도 꺾었다. 이따금 눈에 띄는 산부추도 내키는 대로 캐서 다래끼를 채웠다. 참새 헛바닥만큼 돋은 찔레 싹은 아쉬웠으나 어쩌지 못하고 걸음을 옮겼다.

　산길을 닦은 뒤 사태가 난 자리에도 아슬아슬하게 노루귀는 꽃을 피웠으나 걸음을 붙잡은 것은 땅두릅 마른 줄기였다. 마른 줄기 근처에 있는 흙을 살살 파헤치니 움이 뾰족하게 돋아나고 있었으나 뿌리가 필요했으므로 걸태질하듯 뿌리를 캤다. 이다음 새싹도 필요했으므로 뿌리는 두 개만 캐고 자리를 떴다. 전에 가지 않던 골짜기로 접어들었더니 때 아닌 봉분들이 앞을 막고 있었다. 봉분 둘레는 아름드

리나무를 베고 버린 잔가지들로 어질더분하였으나 산뽕나무 발치께
서 만난 산달래 때문에라도 그만 잔가지들은 까맣게 잊고 말았다. 숲
정이에서 만나는 산달래들은 알뿌리가 작고 연했으므로 초간장에 무
쳐 먹기 알맞춤해 배낭을 벗어놓고 신이 나서 달래를 캤다.

　하늘은 점점 어두워지고 있었으나 길을 조금 더 돌아가기로 했다.
방사능비가 내릴 것을 훤히 알면서도 태백산맥에서 인공강우를 실
시하려 했다는 소식을 들으면서 불쾌했다기보다 어이없고 언짢았을
뿐, 이미 방사능은 우리 둘레를 포진하고 있을지도 모를 일이었으므
로 더 이상 두려워하지 않기로 작심했다. 피곤하고 기운이 없다며 전
에 없이 자주 낮잠을 자는 사촌에게 이유를 물었더니 그 모든 게 방
사능 때문이라며 피탈했다. 옳으니 그르니 자그락거려봐도 소용없
는 짓일 테고, 시간만이 사촌의 낮잠 이유를 증명해줄 것이었다.

　덤프트럭들 먼지 흩날리던 비탈길은 어젯밤처럼 잠잠해지고, 흙
팔아먹고 빈 터로 남은 곳엔 난데없이 고들빼기가 지천이었다. 복사
꽃나무 곁에서 똥딴지도 두어 바가지 캤던 터라 듬성드뭇 아무렇게
나 세세히 살피지 않고 눈에 띄는 대로 저녁 반찬거리만큼만 캤다.
육탈한 짐승의 허연 뼈가 되는 대로 마구 나뒹굴고 있었던 것도 손길
을 재게 놀리는 데 한몫했다. 트랙터와 경운기가 다니던 농로를 누가
그랬는지 흙을 그러덮어 길을 막아놓았다. 까닭이야 있었겠지만 볼
썽사납기는 마찬가지였으니 봄이 봄이 아닌 모양이었다.

꽃샘잎샘

꼴짜기마다 꽃봉오리들은 움터, 터져오르는 소리는 수선거림을 넘어 차라리 황홀경에 이르러 내지르는 신음이었다. 콧마루가 시큰한 어떤 슬픔으로 마른 눈물을 삼키느라고 미열이 다 났다. 숲 입새에서 만난 짐승 털과 뼈다귀는 한눈에도 멧돼지 주검인 줄 알아볼 수 있었다. 돌아가려니 마침 또 동그란 올무가 걸음을 낚아챘다. 낮은 소리로 죽은 짐승을 위한 기도를 드린 뒤 무심한 척 걸음을 옮겨 다보록하게 모여 있는 만질만질한 산부추를 캐서 다래끼에 담았다. 언제 한번 부추전을 만들어야지 하면서도 한 번도 실행해본 적 없는 산부추는 그 빛깔만으로 충분히 봄이었으나 지난해 핀 꽃대를 여태도 마른 채 그대로 달고 있는 미련을 알지 못해 고개를 갸웃거리긴 했지만, 그것은 이미 내 영역이 아니었다.

아직은 뒷날에 싹틀 것이라고 여겼던 잔대 싹을 본 것은 산등성이를 넘어서 머위 꽃대를 찾으러 골짜기를 향해 가던 길에서였다. 뿌리가 인삼을 닮은 개별꽃은 어느 골짜기에서는 만개하였으나 또 다른 골짜기에서는 여태도 봉오리조차 맺지 못한 채 추위에 떨고 있었던 터라 캘 것인지를 결정하지 못한 채 걸음만 대고 옮기는 중이었다. 숲 바닥은 솎아베기를 하면서 뒷정리를 하지 않아 사방에서 나뭇가지들이 걸음을 잡아채는 통에 신경이 잔뜩 곤두서 있었다. 겨우내 얼부풀었던 땅이 녹으면서 뿜어내는 먼지 또한 대근하여 입을 벌려 숨 쉬기조차 버거웠다. 비는 오려다 오려다 늘 한두 방울 비꽃으로만 그치곤 했다.

놀란 토끼 벼랑 쳐다보듯 한동안 가만히 잔대 싹을 들여다보다 기어코 곡괭이를 댔다. 쌉쌀한 향은 전보다 조금 더 진했으며 뿌리조차 실했다. 조심성 없이 지망지망 걸을 때는 보이지 않던 잔대 싹들이 앉은 자리에서는 일제히 아우성을 치듯 한눈에 죄다 들어왔다. 건너편 산비탈에는 분홍빛 진달래꽃이 숲 가꾸기를 한 뒤에는 더욱더 선명하여 차라리 불길이었다. 무엇으로도 어찌해볼 수 없는 봄이 그처럼 활활 산불처럼 타오르고 있었으나 몸은 여전히 춥고 시려 배낭 속에 넣어두었던 '넥 워머'를 꺼내 뒤썼다. 꽃샘잎샘에 설늙은이 얼어 죽는다더니 꼭 그 짝이었다.

얼어 죽을 때 얼어 죽더라도 웅숭깊은, 뿌리를, 우주를 뒤흔들어대는 듯한 솔숲 소리에 넋을 빼앗겨 소나무 둥치 앞에 바싹 등을 대고 앉았다. 이쪽 그늘이 저쪽 숲 비탈에서는 맑은 햇살로 아낌없이 쏟아지고 있었으나 지척이 천 리처럼 아마득할 뿐 걸음을 옮기고 싶지는 않았던 터라 오래오래 솔바람 소리에 귀를 기울이며 앉아 있었다. 잘 익은 술동이에서 부걱부걱 술이 괴어오르듯 슬픔도 그만큼 괴어오르는 듯, 그렇더라도 그때쯤에는 솔바람 소리조차 구름같이 사라지고 없었다. 꿈결이었을까. 풀어놓았던 다래끼와 배낭을 거듬거듬하여 자리에서 일어섰다.

바야흐로 화창한 진달래꽃들은 하필이면 소나무 그늘 아래서 떼로 피어났다. 꽃잎을 딸 작정이 아니었으므로 그저 먼 데 님 바라보듯 고개를 치켜들고 바라만 볼 뿐이었다. 그 결에 얼비치던 것은 분명 사람이었다. 살그머니 무릎을 구부리고 다시 봐도 잰걸음으로 뛰듯 걸어가는 이는 분명 사람이었다. 등마루에 올랐을 때 산 기스락 도로에 줄느런히 서 있던 트럭들을 보았던 터라 크게 놀라지는 않았지만, 아니 다시 기억을 톺아보니 소나무 그늘에 앉아 있을 때부터 분명 어떤 소리들이 들려오곤 했다. 그는 등성이 길로 바지런히 앞으로 가고, 나는 계류를 따라 그와 반대 방향으로 걸어 내려왔다.

숲 초입에서 뒤를 돌아보니 한 무리 사람들이 저쪽 숲 기슭에서 솎아베기를 하고 있었다. 기계톱 소리가 천둥처럼 크게 골짜기를 메우고 있었다. 등성이를 두어 개 사이에 두었건만 기계톱 소리는 마을에서 들리는 줄로만 여겼다. 이따금 땔감을 자르는 기계톱 소리가 마을을 휩쌀 때가 있었던 까닭이었다. 다시 시작된 솎아베기 톱날 소리에 산개구리들 울음소리는 가뭇없이 사라지고 그 자리엔 현호색 무리들 활짝 피어났다. 저녁 해가 지고 있었다.

제비 돌아오다

　　제비가 돌아왔다. 여러 날을 계속하
여 강마른 바람을 동반한 황사가 마을을 빼곡히 뒤덮고 있는 가운데
다시 온 제비는 반가움보다 무엇인지 모르게 뜨악했다. 바람이 꽉 찬
산은 어느 것도 허락하지 않을 만큼 단단하게 뭉쳐 있는 먼지 덩어리
처럼, 아니 묵은 솜뭉치 같은 모양으로 마침내 손에 잡히지도 않을
것이지만 억지를 써서 움켜잡는다고 해도 어느 순간 빈손일 게 분명
했으나 당장 눈앞에 보이는 먼지구름은 도무지 앞뒤를 분간할 수 없
을 만치 지독스러운 비안개를 닮았다. 산벚꽃과 가로수벚꽃이 한꺼
번에 피어나고, 오월이나 되어야 돋아나곤 했던 두릅나물들이 마구
돋았다. 눈 깜짝할 새 만산은 연둣빛 세상이 되었다. 혁명이었다.

　　하늘과 땅을 뒤덮고 있을 방사능 때문에라도 숲정이에서 캐고 따
는 나물과 약재들이 얼마간 꺼림칙한 면이 없지 않았으나 달리 뾰족
한 수가 없었다. 달래는 가는 곳마다 듬성드뭇 다보록다보록 자라고
있었으니 건성 지나칠 수 없어 일일이 캐고 다듬은 뒤 다시 또 손품
을 들여 달래장아찌를 담가 맛맛으로 먹고 있었다. 각종 매체에 들고

나는 이야기를 드렁조로 듣는 것은 아니었지만 당장 땅에서 나는 것을 먹지 않으면 먹을 것이 하나도 없었다. 그렇다고 비닐하우스에서 재배한 것을 산다고 해서 문제가 간단해지는 것도 아니었다. 비닐하우스에서 자란 채소들 태반은 지하수를 사용하고 있으니 지하수에는 그럼 아무런 문제가 없을까.

불난 강변에 덴 소 날뛰듯 일제히 피어난 꽃들은 메마른 바람을 타고 이리저리 마구 떨어져 흩날렸다. 꽃비 소식이 아름답고 애잔하여 먹먹해야 할 것이었으나 차라리 황망하여 머쓱했다. 천지사방이 꽃밭이었다. 앞뒤 순서 없이 어지럽게 피어난 꽃들에게 죄를 물을 일 아니었으나 이 사태가 그다지 달갑지만은 않았다. 한꺼번에 화들짝 피어나고 한목에 지고 없는 다음이 숫제 낯설고 막막한 까닭이었다. 얼마 상관 아니게 앞다투어 피던 꽃들이었으니 궁금하고 답답할 따름이었으며 어쩌다 한발 늦는다고 때로 지르되게 핀다고 어여뻐야 할 꽃이 꼴밉지는 않을 것이었다. 무엇이 꽃들을 단걸음에 피어나게 했을까.

천둥지기가 있는 숲 기스락에서 나물을 뜯는(뜯는다고 여긴) 아주머니가 눈길을 사로잡았다. 이웃 마을에서 산을 넘어온 분이었다. 아는 체를 하려다가 먼발치서 가만히 엿보다 돌아섰다. 왜 마주 다가가 인사를 하려는 찰나에 꼭 오줌을 누거나 오줌을 눈 뒤에 괴춤을 추스르는지 알 수 없었다. 늙은 아주머니들은 그나마 나은 편, 트랙터에 앉아 논 갈다 말고 내려와서 오줌을 싸는 남정들은 매우 민망스러웠으니 가던 길을 에돌아가는 게 나았다. 숲속에서 만나는 짐승들은 자연스러운데 인간과 마주치면 퍽 불안해지고 민둥해지는 이유를 알지 못했다.

거칠고 메마른 바람은 분명 어떤 불을 품고 있었을 것이니 어느 골짜기에서는 불길이 일고 있을지도 모른다고 생각하는 순간, 마침 뿌옇게 불어오는 먼지바람 속에 탄내가 섞여들었다. 사촌과 함께 아마도 민통선 어디선가 불이 났을 게라고, 심심찮게 산불이 이는 봄날을 보아왔던 터라 경험은 그렇게 쉽게 어림짐작하게 했지만 어떤 소식도 들리지 않아 한편 안심했으나 탄내는 꽤 오래 마을을 맴돌았다. 불탄 쇠가죽 오그라들듯 하는 마을 숲정이를 보면 산불은 다시없어야겠지만, 산불보다 더 무서운 약탈자는 인간이었다. 마을 숲을 둘러보면 건설이 아니라 파괴였으며 마침내 폐허였다.

봄밤 한껏 부풀어 오른 달빛 아래 살구꽃 구경이 좋은 구경거리이겠으나 어쩐지 몸이 으슬으슬 춥고 모든 게 구살머리쩍게 여겨졌다. 쩡쩡 얼음장 깨지는 소리라도 들으면, 아니 어디 먼 데 늙은 둥구나무가 있는 오래된 골목길을 떠돌고 있으면 머리가 조금 가벼워지려는지. 보낸 지 오래된 택배는 도착하지 않았다는 전갈이 왔으며 늦은 밤 여론조사를 핑계 대는 전화벨은 쉬지 않고 울렸다. 누런 모래바람이 부는 봄밤은 어쩐지 한여름 뙤약볕에 땀벌창이 된 것처럼 후줄근했다.

꽃 무덤

산 빛은 알록달록 연둣빛으로 밝아 오려는 찰나였으나 겨울눈은 산마루를 하얗게 덮어버렸다. 놀랍고 괴이한 일이라고 해야겠으나 하룻밤 사이 처연히 벚꽃이 지고, 손발이 시린 것을 빼면 그다지 들썽거릴 일도 아니었다. 이미 전례를 따라 날씨를 살피고 헤아리는 일은 별무소용이 되고 말았다. 하늘을 떠받치고 있는다 해도 바람은 불고 별은 뜰 것이며 또 눈비는 제멋대로 오고 갈 것이기 때문이었다. 구름이 걷히면 달빛은 밝을 것이며 호랑지빠귀는 어느 옛날처럼 제 울음을 울며 인간들 마을로 스며들 것이었다. 숲정이엔 할미새들이 날기 시작했으며 한 번도 눈에 띄지 않던 까치무릇은 무더기로 피어 꽃밭을 이루었다.

두릅을 딴 뒤 데쳐 속살이 시퍼렇도록 먹었다. 봄은 어쩌면 음식에서 비롯되는 것이 아닌가 싶을 만치 먹을거리가 흔전만전해서 숲정이에 들기 전부터 입안에서는 군침이 돌았다. 냉이와 달래를 시작으로 해서 산나물에 이르면 이제 봄도 거의 막바지에 다다른 것과 다름없었으나 이즘 숲은 무슨 일인지 나물과 꽃들이 죄다 한꺼번에 피고 지는 바람에 도무지 정신을 차릴 수 없을 정도로 어수선산란했다. 더덕과 잔대는 그렇다 쳐도 둥굴레까지 싹을 틔우느라 분주탕이 일었으니 박새와 딱새를 비롯한 나그네새들까지 올목갖게 짝을 짓느라고 숲정이가 왜자했으니 모르는 척 한쪽 눈을 질끈 감아줘도 좋을 듯했다.

노랑제비꽃이 쑥쑥 꽃대를 밀어올리는 사이 애기붓꽃은 하마 꽃잎이 이울고 있었다. 분홍빛 고깔제비꽃도 떼판으로 피었으나 비바람에 시달린 까닭인지 성한 꽃잎 찾기가 쉽지 않았다. 첫대바기에 만난 꽃들이 허양 그랬으니 마음이 좋지 않았다. 이따금 꽃과 나물들 사이에는 고라니, 토끼, 거기에 멧돼지 똥까지 드문드문 섞여 있었다. 선뜻 손이 가지 않아 자리를 옮겨 돌아앉았다. 멧돼지들은 대체로 정해진 곳에다 똥 무더기를 만들었으나 고라니나 토끼는 아무 데나 새까맣고 노란 똥을 싸질러놓곤 했다. 덤불숲에 들어앉아 약초를 캐다 만나는 방금 싸놓은 새까만 고라니 똥은 반지르르 윤기가 흐르기도 해서 똥이라고 생각하지 않으면 어여쁠 듯도 했다.

똥 누러 가서 밥 달라고 한다고 하듯 잔대를 캐러 갔다가 더덕을 캐거나 다래 싹을 따러 갔다가 머위 이파리를 한 자루 뜯기도 했다. 무엇도 의도나 생각대로 이루어진 적은 거의 없었다. 생각보다 걸음이 먼저 숲길을 찾아 들었으며 걸음이 내키는 대로 가다보면 처음 마음속에 두었던 것은 간 곳이 없었다. 그렇다고 아무것도 가슴속에 품지 않고 숲정이에 들 수는 없었으므로 어느 날은 삽주 싹을 뜯어야지 하면서도 또 한편으로는 난데없는 봉황삼과 맞닥뜨리니 아니 캘 도리가 없었다. 봉황삼이란 이름은 사기꾼들이 그리 불렀다는 우스갯소리가 있었지만 뿌리를 캐서 냄새를 맡으면 가슴 바닥까지 환해지고 머릿속은 뜻밖에 명징해지곤 했다.

사냥꾼에게 짐승 사체를 숲 바닥에 아무렇게나 버리는 까닭을 물었더니 같은 짐승을 유인하기 위한 목적 때문이라고 대답했다. 죽어 부패하고 있는(있을) 동족의 냄새를 맡고 꾀어드는 짐승들은 또다시 제 무덤 자리를 찾아드는 것은 아닐까. 아니 그 자리가 짐승들 본향은 아닐까 하는 의심이 들었으나 끝내 알 수 없는 일이었다. 하얗게 육탈한 짐승의 뼈는 이미 뼈가 아니라 나무토막 같거나 플라스틱 장난감처럼 여겨지기도 했으니 어쩌면 흙으로 돌아가는 길 위에 있어서 그렇게 보였는지도 모를 일이었다. 무엇이든 죽으면 이내 아무것도 아닐 것이었으나 사람이든 짐승이든 죽은 뒤에 곡도 하고 제사도 지내는 것은 그다음을 알 수 없기 때문일 것이었다.

거세찬 비바람에 가로수 벚꽃나무 아래는 창졸간에 꽃 무덤이 되고 말았다. 하룻밤도 견디지 못하고 벌어진 일이었다. 무슨 일로 벚꽃이 필 무렵이면 바람은 매몰차도록 불어대는 것인지 모를 일이었다. 그렇더라도 숲정이에는 산벚꽃들이 제법 희끗희끗 피어난 까닭에 봄이 온 줄을 먼발치서도 알 수 있었다.

귀룽나무는 구름나무

꽃 핀 귀룽나무는 마치 몽환이어서 어느 때 집 지으면 먼 뜰에 늙은 나무로 서너 그루 심어놓고 덩두렷 둥근 달이 떠오를 때면 저도 나도 귀신 형용이 되어 한바탕 춤추며 놀아도 좋을 것이겠지만 당장은 숲정이 이곳저곳에 '구름나무'로 서 있는 나무를 먼발치서 바라보는 것으로 그 아쉬움을 달래야 했다. 이 웃집 담벼락에 핀 자두나무 낙화가 영 시쁘장하던 차에 만난 흰 꽃이 어서인지 차마 애틋하기까지 하였으나 오래 두고 볼라치면 서 있는 자리가 어디인지 문득 잊었다. 나물과 약초를 캐려던 찰나였던 것조 차 까마득하게 잊고 말았으니 귀룽나무는 분명 세속의 꽃은 아닌 모양이었다. 그럴 때는 꼭 구름나무가 마땅했다.

날씨 타령 그만하자 하였으나 숲정이로 들 때는 하늘을 엿보지 않을 수 없는 까닭에 점심 무렵이면 자연히 고개를 들고 하늘을 살피는 버릇이 생겼는데, 그렇다고 무얼 아는 것은 아니었지만 비를 머금은 구름인지 아니면 해거름녘까지는 참아줄 만한 비구름인지 깜냥껏 헤아려보았다. 그렇게 헤아려보기는 하지만 도무지 알 수 없는 것이 날

일기인지라 비꽃만 흩뿌리지 않으면 배낭을 찾아 들고 집을 나섰다. 되우 심한 바람은 크게 문제가 되지 않았으나 비만은 어떻게든 피하고 싶은 까닭에 비구름이 오락가락하는 날은 먼 데까지 들지 않고 걸음나비를 줄이면서 숲 입새에서 어정어정했다.

앞산 어느 골짜기를 찾아 들었더니 솎아베기를 한 다음 베어낸 나무들을 가지런히 모아놓았다. 마을과 가까운 숲 기스락에서 만날 수 있었지만 퍽 드문 풍경이었다. 솎아베기하고 가지를 잘 모아둔 곳에서는 참취를 비롯한 여러 나물을 더욱 잘 살필 수 있어 마치 개천 치다 금을 줍는 심정이었다. 누군가 이미 다녀간 두릅 밭을 한 바퀴 돌아 지난해 헛걸음을 한 등마루 쪽 두릅 밭을 향해 가면서 거저줍듯 취나물을 꺾었으면서 그렇더라도 가시 달린 나무들은 여전하여 한편 눈살을 찌푸리면서도 나물 꺾는 재미에 팔려 등마루에 거진 다 올라왔다고 여기는 순간, 다른 곳이었다.

분홍빛 꽃 핀 돌복상나무들 자리를 확인하면서 다시 아래로 향하였더니 바로 묏등 머리 꼭대기와 가까운 곳이었다. 뜻하지 않게 한 바퀴를 돈 셈이었으나 멀리서도 두릅나무 맏물 싹이 고스란한 것을 한눈에도 알아볼 수 있었다. 떼판이었다. 그때부터 노느매기하여 도시에 사는 지인들에게 택배 배송하는 상념에 사로잡혀 아닌 말로 머릿속이 벌집을 건드린 듯 뒤숭숭했다. 양은 정해져 있고 보내고 싶은 곳은 여럿이었으며 또한 보낸다고 하여 상대방이 즐거워할는지, 아니 누구한테는 보내고 누구는 빼고 할 수는 또 없어서 난데없는 숙제에 발목을 잡히고 말았다. 택배 마감 시간에 맞춰 집으로 돌아오기는 하였으나 아무래도 답이 안 나왔다.

저물녘에 다래끼만 챙겨 스며든 골짜기에는 우산나물이 지천이었다. 장아찌를 마음속에 두었다. 꽉 찬 비닐봉다리를 들고서 삼지구엽초는 안녕한지 길을 바꾸는 순간, 엉겅퀴가 또 떼판이었다. 엉겅퀴가 몸에 좋다는 소문이 퍼지면서 가을이면 흔하게 만나던 꽃이었으나 언제부턴가 쉽게 볼 수 없었다. 십수 뿌리나 되었다. 어린잎은 못 본 체 그대로 두고 잎이 크고 뿌리가 튼실할 만한 놈들로 골라 서너 뿌리 캤다. 어린잎은 나물로 먹는다지만 가시가 사나워서 먹고 싶지 않았는데 이미 다래끼가 그득해서 먹지 않아도 배불렀다. 어느 해 담가놓은 엉겅퀴술이 창고 어딘가에 있을 것이었다.

빤빤하게 숲 가꾸기를 한 비탈에서 이젠 씨가 말랐으려니 했던 곳에서 뜻밖에 삼지구엽초 꽃을 만났다. 무엇보다 편애하는 식물이었던지라, 아니 딱 한 그루 홀로 서서 노란 닻과 같은 꽃을 피워올렸던 터라 한참 멀뚱멀뚱 아무 말도 못 하고 가만히 서 있었다. 잎은 미처 피지 않았으며 허리를 숙이고 보니 둘레에는 작은 싹 몇이 기신기신 추위에 떨며 대궁을 밀어올리고 있었다. 반갑고 놀라워야 했겠으나 떼판이었던 곳이 사태 만난 공동묘지처럼 황량해졌으니 오히려 우울해졌다. 사진기 없음을 아쉬워할 겨를도 없이 둘레를 사막에서 금강석 찾는 심정으로 돌아보니 겨우겨우 몇 뿌리 살아남아 있었다. 노란 닻과 같은 꽃을 피운 채.

삼지구엽초

동쪽 산마루에 무지개가 걸렸다. 온
종일 여우비가 졸금졸금하는 날씨여서 오전 내내 뭉그적거리다가 잠
깐 볕이 든 사이를 가로질렀다. 엊그제 만났던 삼지구엽초를 다시 만
나기 위해 긴 농수로를 걸어가서 그 끝에서 곧바로 숲으로 들려고 했
던 처음 계획은 경운기가 한 대 그쪽으로 향하는 바람에 길을 멀리
에둘렀다. 후드득 비꽃이 떨어지기를 수십 차례였으나 이왕 숲정이
에 들었으니 다래끼나 채우자는 심정으로 둘레둘레 솎아베기를 한
숲을 살피면서 이따금 이미 쇠서 가시가 돋기 시작한 엄나무 싹을 따
기도 하고 또 땅두릅 싹을 칼로 도리기도 하면서 등마루와 골짜기를
오르내렸다.

　고사리는 이미 걸음 잰 이가 다녀갔는지 고사리밥 주변에는 발자
국이 뚜렷했으나 미처 보지 못해 꺾지 못한 고사리가 제법이었으니
그냥 지나치지 못했다. 하나둘 꺾는 게 부지하세월이었지만 어느 것
하나 손품 들이지 않고 얻을 수 있는 것은 없었으므로 급한 성미를
애써 눌렀으나 마음보다 걸음이 먼저 길을 잡아나갔다. 고비는 무더

기무더기 자라났으므로 한꺼번에 한 움큼씩 꺾을 수 있었지만 고사리는 딱 하나씩만 줄기가 돋았으므로 어찌해볼 수 없이 참을성을 길러야 했다. 그렇더라도 고사리 밭이 아닌 다음에는 개구리 돌다리 건느듯 건성건성 지나쳤다.

솎아베기를 한 곳이었지만 골짜기마다 한두 그루씩 엄나무를 살려두었다. 아마도 이웃 마을 아낙들이 그때 그 장소에서 작업을 했기 때문은 아닐까 겉짐작했다. 나물을 뜯는 이 발자국과 짐승 발자국이 나란히 지나갔는데도 엄나무 싹은 고스란히 쇠고 있었다. 이따금 두릅이든 산부추이든 짐승들이 뜯어먹은 자국을 발견할 수 있었지만, 나무 키가 짐승 키보다 높은 경우는 그대로 살아 있었다. 숲속 동물과 숲 밖 인간이 먹이다툼을 하는 꼴이었지만 숲속 짐승보다는 인간들에게 유리했다. 쇠기 시작한 엄나무는 장아찌를 담글 요량으로 보이는 대로 꺾었다. 어쩌다 나무 싹에 입맛을 길들이게 되었는지 문득 궁금해졌다.

물뿌리개로 하늘에서 물을 흩뿌리듯 빗방울들 떨어지다가도 한순간 숲속이 환해졌다. 도무지 알 수 없는 일이었으므로 볕뉘에 기대 잠시잠깐 꽃들을 들여다보기도 하고, 어찌하다 솎아베기한 골짜기는 가시나무투성이일까 궁금해하기도 하면서 솔숲 사이를 돌아다녔다. 미추름한 소나무에는 붉은 띠가 둘러져 있었다. 어느 날 솎아낼, 아니 먼 데로 시집갈 나무들은 아닌지, 안타까웠다. 어제 만난 숲을 내일도 볼 수 있을지, 지금 같은 처지로는 장담할 수 없었다. 고성 소나무들이 여의도 국회의사당 앞으로 시집갔다는 소문을 웃으면서 들을 수 없는 까닭은 그 나무들이 나고 자랐던 자리는 이미 폐허였기 때문이었다.

어느 한때는 누런 벼로 가득했을 묵정논에는 옛날처럼 솜방망이가 샛노란 꽃을 피우고 있었으며 산비탈에는 우산나물을 비롯한 비비추와 땅두릅이 키를 키웠다. 옹달저수지 주변에는 천지를 분간할 수 없는 귀룽나무가 하얗게 꽃들을 피웠다. 가지 잘린 다래나무들도 기어이 새싹을 키우며 번창했던 그 옛날 기억대로 가지를 뻗어가고 있었다. 그 사이, 어찌해볼 수 없도록 연하디연한 꽃잎을 피우는 삼지구엽초가 노란 닻과 같은 꽃을 피우며 비바람에 흔들리고 있었다. 아직다 잎 펴지 못한 어린 싹들은 마치 햇병아리처럼 만지면 까칠할 듯또한 부드러울 듯 고개를 숙인 채 가만가만 깊은 숨을 쉬고 있었다.

두서너 해 묵혀두면 그 어느 때처럼 떼판으로 되살아날 수 있지 않을까 싶어 가만가만 까치발로 땅을 제겨디디며 걸었다. 그럴 수밖에 없는 것이 맨흙이었던 곳을 어느 날 문득 찾으면 나물과 약초들이잎을 키우고 꽃을 피웠기 때문이었다. 아름드리 소나무도 기원은 볍씨만 한 작은 솔 씨에서 시작된다는 것을 기억한다면 숲을 함부로 밟고 돌아칠 수 없었다. 숲이 우거지는 여름은 지난해 가을부터 벌써 시작되었을 것이었다. 털어낼 것과 보전할 것을 가든하게 정리한 뒤 숨죽여 봄을, 따사로운 햇살과 살랑거리는 바람을 기다렸을지도 몰랐다. 꽃은 그다음에 생긴 어떤 나머지일 것이었다.

학생學生 하나에 유인孺人이 둘

짐승이 그랬을 것이었다. 삼지구엽초 이파리를 모조리 아주 깔끔하면서도 알뜰하게 잘라 먹었다. 건듯 지나치면 아무것도 보이지 않을 것이었지만 때마침 삼지구엽초 밭을 찾아가던 길이었던지라 이파리 잘린 삼지구엽초 줄기들이 눈에 들어왔던 것이었다. 무슨 일인가 싶어 이리저리 들여다봐도 뾰족한 수가 없었으나 문득 삼지구엽초를 한방에서 음양곽이라고 부른다는 것을 떠올렸다. 풀을 먹는 산짐승들이 그리했을 것이라고, 이다음에 다시 와서 이파리가 새로 돋는지 보아두어야겠다고, 걸음을 떼려는 순간 고사리가 지천이었다. 오전에 앞산에서 고비를 두어 사발 꺾었던 터라 고사리 생각은 명개 먼지 한 톨만큼도 없었다.

쪼그리고 앉으니 그야말로 고사리 밭이었다. 자리를 바꾸면 세상이 달라 보이듯 숲정이에서도 마찬가지였다. 키가 작은 잔대와 같은 약초를 캘 때는 자세를 낮춰야 하고, 다래 싹이나 느릅나무 싹을 찾을 때는 자세를 높여야 했다. 고사리도 서서는 아무래도 눈에 잘 띄지 않았다. 고사리는 고비와 달리 볕을 좋아하여 무덤 근처나 불탄

이듬해 봄이면 아무것도 없는 그 황량한 곳에 매우 흔하게 자랐다. 마침 그곳은 무덤이 있는 곳으로 가장자리를 빤빤하게 정돈을 잘해 놓은 덕에 고사리는 눈에 잘 띄었다. 염치를 차리느라고 무덤 앞 상석 근처에 있는 것은 손대지 않았다.

한참 고사리를 따라가며 꺾다 문득 고개 드니 무덤이 하나, 비석도 하나였으나 비석 글귀가 야릇했다. 학생學生 하나에 유인孺人이 둘이었다. 문득 내력이 궁금했다. 학생과 유인 각각 한 명씩 합장하는 경우는 이따금 보았어도 학생 하나에 유인 둘을 한꺼번에 합장한 무덤은 처음 보았다. 터무니없는 갖은 억측을 하다 그만 웃고 말았다. 세 사람이 잘 먹고 잘 살다 어느 날 같은 시간에 눈감은 것일까. 묘지도 말끔하게 정돈되어 있었으니 남은 자들 또한 사이좋게 잘 지내는 게 아닐까. 왜 꼭 학생과 유인만을 올바르다고 여기고 있었는지. 해는 가물가물 지고 있는 가운데 생각은 어떤 진전도 없이 걸음만 바빴다.

옹달샘이 흐르는 곳에 돌미나리가 무성했다. 누군가 머위 줄기를 꺾으면서도 차마 바빴는지, 돌미나리를 못 봤는지 물길 가득 돌미나리로 우거진 것이 아무리 봐도 흐무뭇했다. 배낭과 다래끼를 내려놓고 물길로 내려섰다. 혹시 거머리는 없는지 또 배암은 없는지 나뭇가지로 돌미나리 우듬지를 툭툭 건드리며 신호를 보냈다. 아침나절에 갑자기 꼬리라도 밟혔는지 더덕을 캐러 가는 숲속에서 화들짝 놀라 비탈 아래로 줄행랑을 놓던 꽃뱀을 만났던 터라 종일 배암 그림자가 머릿속을 어지럽혔기 때문이었다. 굵다란 부지깽이만 하던 배암은 무엇 때문에 그리 놀랐는지 아무리 생각해봐도 모를 일이었다. 올 들어 처음 배암을 보았다.

물을 댄 다랑논은 이제 겨우 한숨 돌린 듯 고즈넉했다. 저녁 햇살에 비친 물그림자엔 솔숲이 그대로 옮겨 앉아 있었다. 논둑에는 솜방망이가 샛노란 꽃대를 밀어올렸으며 하얀 꽃잎을 가진 졸방제비꽃도 한창이었다. 제초제를 많이 친 논두렁은 튼실하지 못했을뿐더러 밟으면 물큰물큰 흙이 내려앉았다. 자라는 풀도 한두 가지에 지나지 않았다. 한눈에도 제초제를 쳤는지 아닌지 알 수 있었다. 마을에서 외따로 떨어진 다랑논인 까닭에 어쩌면 농부 손이 덜 갔는지도, 그리하여 풀들에게는 오히려 살기 좋은 곳이 되었던 것은 아닌지. 게으름도 그럴 때는 파괴를 일삼는 미친 속도를 늦출 수 있는 한 방편이었다.

지지난해 숲 가꾸기를 하는 바람에 거의 들르지 않았던 다랑논 옆 산비탈 삼지구엽초 밭은 일없이 꽃을 피우고 식구를 늘렸으나 무엇보다 걱정스러운 것은 모내기를 할 즈음이면 누구든 예외 없이 논두렁에 제초제를 치는 까닭에 약초들 안녕을 장담할 수 없다는 것이었다. 모내기 전에 꽃이 이우는 대로 채취를 할 것인지 아니면 유월을 넘길 것인지, 결정하지 못한 채 미나리로 무거운 배낭을 추어올리면서 걸음을 옮기는 사이에도 한동안 눈길을 떼지 못했다. 다랑논 논두렁 개미취는 일없으므로 조붓하게 구불구불 이어진 논둑길 때문에라도 무심히 한겨울 새하얀 숫눈길을 떠올렸다.

비안개

마당은 추근추근했다. 며칠째 밤이면 숲에 모였던 비안개들이 마을로 내려와 나무와 꽃들과 질하게 놀다가 동살이 잡힐 무렵이면 다시 또 숲으로 돌아가는 모양이었다. 떠날 때는 마무리가 말끔해야겠지만 회두리를 맡은 누군가 흔적을 남겼는지 매일같이 아침이면 길과 나무이파리들은 축축하게 젖어 있었다. 하루 종일 숲 깊은 골짜기와 산마루는 안개 속에 숨어 모습을 보이지 않고 있었다. 농부들은 못자리에 어린 모들이 냉해를 입을까봐 걱정했다. 겨울옷을 정리하지 못한 채 봄을 겨울처럼 살고 있었으나 숲정이 나물과 약초들은 날씨에 크게 아랑곳없이 제 부피와 키를 키우고 있었다.

비가 오거나 날씨가 찌뿌드드한 날은 아랫목을 따뜻하게 덥혀놓고 배 깔고 엎드려서 소설책을 읽으면 그만이겠으나 숲정이 일이 궁금하여 좀이 쑤셨으니 게으름도 그럴 때는 뒷전이었다. 무엇이든 때가 있기 때문이었다. 다래 싹도 이미 쇠기 시작했으니 그보다 뒤늦게 싹이 돋는 노박덩굴 이파리도 쇠기 전에 따야 했다. 나물로 먹는 이파리들은 쇠면 뻣세지는 것은 물론 효소를 담그기에도 적당하지 않았다. 숲 가꾸기를 한 숲정이는 덩굴식물들을 모두 베어 없앴지만 뿌리까지는 어쩌지 못했던 까닭에 남은 밑동에서 자란 줄기들은 다급하게 키를 키웠다.

과수농가에서 나무들 가지치기 하는 이유는 많은 열매를 얻기 위해서이듯 줄기가 잘린 숲정이 덩굴나무들도 전보다 더 굵게 가지를 키웠다. 그러고 보면 식물들도 제 목숨 위태로운 것은 알았다고 해야 할 것이었다. 그렇지 않고서야 느닷없이 줄기를 크게 키워야 할 까닭이 없었기 때문이었다. 식물이든 동물이든 인간이 모르는 어떤 기운들이 분명 있었을 것이지만 인간은 그 기미 또는 기운이 괴롭고 귀찮은 까닭에 애써 모르는 체할 뿐이었다. 아저씨 아저씨 하면서 길짐 지운다고 하더니 하얀 꽃숭어리를 달고 있는 고추나무 이파리를 어여쁘다 어여쁘다 하면서 모가지를 분질렀다. 고추나무 꽃은 한창이어서 마음이 다 들썩들썩했다.

온 들은 트랙터 소리로 요란했다. 모내기를 위해 논바닥을 매고르게 하는 사전 작업 중이었다. 마을엔 그 옛날 어느 한때 마을공동체로 살았던 희미한 기억을 간직한 마을 공동 논이 있어 마을 주민들이 모여 봄이면 모내기를 하고 추수철이면 가을걷이를 했다. 어느 해는 이장 혼자 논부침을 하기도 했으나 말이 많아지자 다시 마을 주민들이 참여하는 형태로 바뀌었다. 어제는 논바닥을 갈고 비료를 치는 한편 돌멩이를 골라내는 일을 했으나 새참도 없고 점심도 없이 그냥들 헤어졌다. 이웃에 놉을 팔아도 새참 한 끼는 주는 법이었으나 무슨 일인지 갈수록 음식 나눠먹는 일도 야멸치고 박정해졌다.

을스산한 날이어도 숲정이에 있을 때는 비록 바짓가랑이가 젖고 신발 속으로 물기가 스며들어와도 기분은 잔칫날에 큰상 받은 것처럼 꽤나 밝았다. 어디를 가도 나물이며 약초가 매우 흔했다. 봄날 숲정이에만 들 수 있으면 아무리 가난한 사람일지라도 굶어 죽는 일은 없을 듯했다. 모르는 눈에는 그게 그거일 테지만 눈에 띄는 것이 모두 먹을거리이며 또한 약초이기도 했으니 몸까지 살질 것이었으므로 일거양득이었다. 어느 숲에 들어 짐승이 낸 길을 따라 갔더니 그 길이 바로 삼지구엽초가 무더기무더기 자라고 있는 삼지구엽초 떼판이었다. 이따금 이파리를 잘라 먹은 흔적이 있기도 했으나 떼판을 못쓰게 만들지는 않았다.

삼지구엽초는 꽃이 이운 뒤 이파리들이 붉은빛을 얻었다. 손대기 차마 아까웠으나 조심스럽게 솎아서 몇 개씩 줄기를 꺾었다. 이따금 뿌리도 캤으나 덩이진 뿌리는 쉽게 물러나지 않았는데 술에는 뿌리가 필요했으므로 힘들여서 뿌리를 구했다. 여럿에게 괜히 희떱게 군 탓에 술항아리 술이 거의 바닥을 드러냈다. 줄곧 약으로 먹으려고 사 가던 이가 있었는데 미리 계산을 못 한 탓이었다. 일을 반숭건숭하게 하면 반드시 남에게 피해가 갔다. 올봄엔 살구꽃을 제대로 만나지 못했다. 고묵은 살구나무들은 베이거나 남은 살구나무들은 꽃이 성글었던 까닭이었다. 그렇더라도 어느새 봄은 벌써 다 가고 말았다.

조화 붙은 날씨

귀울음처럼 소쩍새가 울었다. 하늘 가운데 떠 있던 반달이 부풀어 곧 보름달이 될 듯해도 바람은 여전히 시렸다. 모내기를 하던 이웃 어른은 손발이 시려서 보낸 논에서 모를 누비다 그만두고 돌아오는 길이라고 했다. 온 들녘에 달빛이 내려앉았다가도 단무릎에 구름과 안개로 바뀌니 조화가 붙어도 이만저만이 아니었다. 한낮에도 마찬가지였다. 느닷없이 소나기가 쏟아지는 바람에 비설거지를 위해 종종걸음을 치다보면 어느새 하늘은 또 구름 한 점 없이 말짱했다. 삶아 널어놓은 취나물은 마당으로, 헛간으로 갈피없이 오락가락하는 중에도 거진 물기가 빠져 불행 중 다행이었다.

하루에도 열두 번씩 추웠다 더웠다를 예사로 반복했다. 비와 햇님은 숨바꼭질에 재미를 붙이신 모양이었으나 비꽃이 떨어지는 숲정이를 헤덤비는 일은 보통일이 아니었으니 차라리 오새가 말짱해서 하늘을 살피는 능력이라도 주어졌더라면 하는 실없는 바람을 잔뜩 품은 채 빗방울 사이를 용케도 비껴서 더덕도 캐고 참취도 뜯었다. 괜스레 울뚝불뚝 날콩 씹은 상판으로 천마 밭에 화풀이를 해대면서, 아니 없는 참나물 밭에 들어서는 삽주 싹을 잘라 먹고 똥까지 싸놓은 보이지 않는 고라니를 향해 발길질을 해대면서 키득키득 웃어댔다. 아예 멧돼지가 파먹다 그만둔 칡뿌리를 굵은 놈으로 잘라내서는 쿵쿵 냄새를 맡았다.

계획하거나 또는 의도한 대로 되는 일이 없다고 해도, 이따금 들르곤 했던 골짜기를 아무리 거꾸로 등마루부터 시작했다고 해도 그렇게까지 모를 수 있을까 싶어 한참을 아름드리 뽕나무 아래 서 있었다. 등마루를 넘어 다른 골짜기인가 했는데 아무리 살펴도 무엇인가 이상스러웠다. 드문드문 참나물을 뜯고 더덕도 캐다보니 아름드리 뽕나무가 옛날처럼 서 있었으며 골짜기 건너편에는 어제처럼 돌배나무가 우뚝했다. 도깨비에, 아니 몇 뿌리 더덕 싹에 홀렸다고 하더라도 난생처음 겪는 일인지라 관청에 잡아다놓은 닭처럼 한동안 우두망찰했다. 그러고 보면 전체 지형을 살피는 데는 영 젬병이었다.

등마루 너머에서 사이를 두고 총소리가 들려왔으니 어찌 보면 냅다 줄행랑을 놓아야 할 판이었으나 무심하게 걷던 걸음 그대로 산 아래로 놀민놀민 가시덤불 사이를 헤치며 나아갔다. 플라스틱 인민군 병사가 얼띤 표정으로 서 있는 군인들 훈련장이 총소리가 들리는 그 언저리쯤에 있는 것을 알았던 까닭이었다. 처음부터 그곳까지 가서 고사리든 취나물이든 꺾으려던 참이었으나 숲 입새서부터 무언가 어긋나기 시작했으므로 차라리 마음이 놓였다. 애기나리 떼판이었으나 영 실팍하지 못했으므로 돌아서려고 걸음을 한 발 떼는 순간 굵은 더덕 싹이 걸음을 붙잡았다. 아주 더덕들 떼판이었다. 어린 싹은 그대로 두고서도 십수 뿌리에 이르는 더덕을 캤다.

게으른 말 짐 탐한다고 더덕을 캐긴 했으나 더덕구이 한번 변변하게 해먹은 적이 없었다. 손쉽게 술을 담그거나 항아리 속에 재우면 그만이었다. 끈적끈적 진이 묻어나는 더덕 껍질을 벗기려면 여간 곤란한 것이 아니었으므로 이따금 먹는 것을 포기하더라도 손에 진을 묻히는 것보다는 나았다. 무엇이든 맛난 것을 먹으려면 손품이 필요했다. 그러면서 잘 마시지도 않는 술은 왜 담그는 것인지 문득문득 궁금했다. 해마다 술은 적게/그만 담가야겠다고 하면서도 여전히 방안은 술병들 차지가 되곤 했다. 그렇더라도 달빛 밝은 밤이면 술 익는 소리가 부걱부걱 들려오고, 아니 고운 빛깔로 내려앉는 술병을 바라보는 기쁨만 한 것도 다시없었다.

돌이켜보면 2~3년 동안 들지 않았던 골짜기에서 더덕도 만나고 멧돼지 발자국도 만났다. 어떤 골짜기는 두서너 해 깜빡 잊고 찾지 않았던 그 짧은 시간 동안 씨앗들은 뿌리를 내리고, 나무들은 부피를 키우면서 딱따구리도 들이고, 소쩍새도 키웠다. 쥐오줌풀은 이미 한창이어서 어느새 나물로 먹던 기억도 까마득하게 잊히고 있었으며 눈에 띄지 않던 도라지 싹도 하나둘씩 키를 키우고 있었다. 숲은 바야흐로 여름을 향해 치닫고 있었다.

꽃배암들

🍃

　　왜 배암은 떡갈나무 가지에 올라앉아 있었을까. 그렇지 않아도 숲 입새부터 작대기만 한 꽃뱀, 유혈목이를 비롯한 배암들을 그전에도 두어 차례 만났던 까닭에 적잖게 기분이 언짢아 있던 터였다. 이상스레 올해는 배암이 기승이었으며 특히 앞산은 뒷산보다 배암이 많아서 이따금 서슴거리곤 했지만 더덕을 캐려면 앞산 골짜기만 한 곳이 없었다. 얼마 전 다른 곳에서 맛보기로 만난 천마 때문에라도 기어이 앞산 숲정이를 찾아 들었던 것이었으나 천마는 이른 것인지 늦은 것인지 도무지 알 수 없을 만큼 숲 바닥은 깜깜속이었다. 이쪽저쪽 거리가 천리만리인 것도 아니었으니 궁금답답하기가 이루 말할 수 없었다.

　　미친바람은 헛간에 놓아둔 대야며 바구니를 아무렇게나 날려버렸으며 걸음을 옮길 수 없을 만큼 하늘과 땅을 뒤흔들어댔다. 들판은 모내기가 한창이었으며 바람 타는 어린모들을 위해 모낸 논에는 호수처럼 물을 대놓아 물결이 무거칠게 일렁거리고 있었다. 마치 먼 바다, 사막 어디쯤에 서 있는 듯한 착각이 일 정도였으나 나뭇잎들은 바람을 타고 부쩍 부피를 키웠으며 층층나무는 눈꽃 같은 꽃을 피워 댔다. 숲 바닥에는 보랏빛 구슬붕이와 은대난초가 한창이었으며 며칠 사이 숲은 미욱하리만치 짙고 **빽빽**해졌다. 숲속에 들면 숲 밖은 이미 세속처럼 아마득해지곤 했다. 어디에도 없는 편편한 숲 바닥에 앉아 있는 일은 꿈결처럼 후눅했다.

바위틈에 낀 더덕들을 발견한 것은 배암을 피해 자리를 바꾼 뒤였다. 고사리를 꺾지 않으려고 길을 바꾼 뒤 하나둘 눈에 띄기 시작한 참나물을 꺾기 위해 비탈을 내려오다 그만 다래넝쿨에 발이 걸렸다. 숲 가꾸기를 할 때 가지며 밑동이 잘린 다래넝쿨들은 거리낌 없이 마구 기세 좋게 줄기를 키우고 있었다. 아니 어쩌면 절체절명의 급박한 위기감이 기를 쓰고 줄기를 키우게 한 것인지도 모를 일이었으나 다래나무 그늘 또는 그 사이에 자리 잡은 더덕을 캐야 하는 처지였으므로 그럴 때 다래나무는 여간 성가신 것이 아니었으니 발걸음은 데거칠어졌다. 그럴 때는 싸움닭처럼 볼품사나웠으며 멧돼지가 흙구덩이라도 파놓은 곳이라면 최악이었다.

더덕 줄기가 제법 굵직했으므로 조금은 설레는 마음으로 손곡괭이를 내리꽂았으나 다시 튕겨져 나왔다. 손을 넣어보니 바위틈이었다. 그 옆으로는 줄줄이 십수 뿌리는 넘을 더덕들이 얽히고설키며 부피를 키우고 있었으나 그림의 떡이었다. 바위틈에 걸린 더덕은 그예 중간에서 끊어졌다. 서운하고 아쉬운 일 가운데 하나는 더덕과 도라지들을 캘 때 뿌리가 잘리는 일이었다. 뿌리가 끊어진 더덕을 다래끼에 넣었다 다시 꺼내 맨손으로 껍질을 벗겼다. 왼손 엄지 밑에 피가

뱄으나 아랑곳하지 않았다. 숲에서 캐거나 꺾은 것을 잘 맛보지 않았으나 잘린 더덕은 꼭꼭 씹어서 먹었다.

이웃에 사는 사촌동생은 숲에 들 때 술은 통 마시지 않았으며 술 따위를 들고 숲에 드는 일도 없었다. 그에게 숲은 일터였으므로 감히 술 '따위'를 마실 수 없는 신성한 그 무엇이었지만 내게는 좀 다른 곳이었다. 숲은 어떤 기원이면서 또한 풍경이었으나 절체절명의 무엇은 아닌 또 다른 의미를 가진 장소였다. 그렇다고 아무렇게나 움직이는 곳은 아니었다. 더덕을 캐면 어설프게나마 구덩이를 메웠으며 탐탁한 것들을 만나면 두 손을 모으고 누구에게랄 것도 없이 감사 인사를 드렸지만, 그것이 무엇인지는 알지 못했다. 고라니와 먹이다툼을 하지만 고라니를 사냥하지는 않았으며 또한 미워하지도 않았다. 숲은 어쩌면 고라니 멧돼지와 같은 동물들이 있어서 더불어 숲인지도 모를 일이었다.

다래나무 그늘 속을 헤덤비는 사이 숲은 점점 어두워지고 있었으며 먼 데서 천둥소리가 들리기 시작했다. 허리를 펴고 하늘을 올려다본 뒤에야 하늘이 깜깜하게 주저앉고 있다는 것을 알아차렸다. 술렁거리는 숲을 눈앞에서 맞닥뜨리는 일은 사뭇 전율이었다. 이무기가 승천이라도 하는 듯 은밀한 어둠이 숲을 에워싸고 있었으며 한동안 바람은 미친 듯 불어댔다. 지구의 끝판을 보는 듯했다. 열고나게 숲 밖으로 나와 집에 거진 다다랐을 무렵 거칠게 쏟아지던 소낙비는 한순간 개면서 하늘은 다시 환해지고 있었다. 도대체 무슨 일이 있었던 것일까.

참나물

빗속에서 꽃을 피워올린 아까시나무
는 어쩐지 후텁지근해 보였으며 멀리 떠났던 청호반새는 엊그제 본
듯 다시 돌아와서는 우듬지 사이를 바쁘게 오가는 모습만이 새라새
로웠다. 천마 밭을 휘휘 둘러보는 가운데 용담을 만났다. 그전에도
분명 그곳에 있었을 테지만 무슨 일인지 처음 보았다. 아마도 개구리
돌다리 건느듯 건성건성 지나쳤기 때문일 것이었다. 짚신나물을 캔
자리에서 천마를 만났듯 그렇게 자차분했더라면 용담이 그곳에서 자
라는 것을 진작 알았을 것이었지만 늘 보이는 것만 보았다. 아니 보
이는 것조차 제대로 보지 못했다. 크고 작은 줄기를 가진 용담들이
꽤 듬성드뭇했으니 가을이면 보랏빛 꽃을 볼 수 있을지도 모를 일이
었다.

비 오는 것을 방패삼아 이웃 마을에 혼자 사시는 어르신을 찾았더
니 몸이 좋지 않다고 하시면서도 부엌에서 밥을 짓고 계셨다. 병원
에서는 무얼 잘 먹지 않아서 생긴 병이라고, 의사에게는 잘 먹는다
고 대답했다고, 그러면서 슬쩍 딴 곳을 바라보셨다. 어르신이 어떻

게 끼니를 에우는지 알고 있었으므로 잘 드셔야 한다고, 밥상에 마주 앉아 어르신이 끓여주신 국과 밥에 그리고 맥주를 한 잔씩 나눠 마셨다. 일이 고된 날은 반주로 맥주를 한두 잔씩 드시는 것을 아는 까닭에 얼마 전 맥주를 한 상자 가져다드렸더니 갈 때마다 맥주를 내놓으셨다. 밥은 내가 잘 먹었으나 진지를 자시고 나면 꼭 너 덕분에 잘 먹었다고 인사하셨다.

또다시 헛걸음을 칠까봐 느루 재면서 이르렀던 참나물 밭은 뜻밖에 아무도 손대지 않은 채 고스란했다. 이른 봄에 걸음하고는 처음이었다. 언제나 이웃 어르신들 손을 거친 뒤 뒷설거지하듯 나머지를 거둬들였던 터라 한동안 멀쩡게 서 있었다. 다래끼에 가득 꺾고서도 밭은 절반 이상 남아 있었으나 슬슬 귀찮은 생각이 스며들었다. 한자리에서 논김 매듯 뺑뺑매는 것이 영 달갑지 않았을뿐더러 언젠가 만났던 배암 때문에라도 한시바삐 자리를 뜨고 싶었으나 맞춤한 참나물을 그대로 두고 자리를 뜨는 것은 또 탐탁지 않았으니 그야말로 안팎곱사등이 굽도 젖도 못하는 꼴이었다. 끝판에는 언청이 콩가루 집어 먹듯 하고서는 자리를 떴다. 바구니가 넘쳤으니 이 사람 저 사람에게 손쓸 수 있었다.

말빚을 갚느라고 이웃에서 나물을 사고, 숲에서 얻은 것을 몇몇에게 보냈더니 돌아온 대답은 나물을 안다고 하는 이들조차 '개두릅'과 '참나물'을 알지 못한다는 것이었다. 나물을 아는 이들에겐 귀한 것이었겠으나 모르는 이들에겐 한갓 산나물에 지나지 않았을 것이었으니 괜히 애써서 나눌 일이 아니란 것을 다시금 알았다. 의도는 항상 어긋나게 마련인지 내가 보낸 무엇이 모르는 이에게 되받이하는 사태는 이미 어떻게 해볼 도리가 없는 일이었으니 선물은 어디에도 가닿지 못하는 것은 물론 건네지는 것도 아니라는 것을 다시 알았다. 그 가운데도 나물 맛을 아는 이가 있었으니 쓸쓸함 속에 얻은 작은 즐거움이었다.

무슨 일인지 올해는 가는 곳마다 한두 뿌리씩 더덕을 만났으니 기이한 일이었다. 지난해는 모래밭에서 바늘을 찾는 것처럼 어려웠던 까닭에 더덕술을 맘껏 담그지 못했으나 올해는 벌써 여러 병째 술을 담고 있었다. 애써 찾는 도라지를 빼면 무엇이든 흔했으며 앞산에 없으면 뒷산에는 찾는 무엇이 반드시 있었다. 짐승이 잘라 먹는 삼지구엽초 줄기에서는 다시 이파리가 돋지 않았으나 바로 옆에서 새로운 줄기가 돋아났다. 뿌리번식이 가능했으므로 삼지구엽초는 늘 떼판을 이루었다. 씨앗이 멀리 가지 않는, 예를 들면 더덕과 도라지 같은 식물들도 마찬가지였다.

천마가 자생하는 어느 한 곳은 작은아버지와 어머니 그리고 내가 알고 있었으므로 천마가 싹을 틔우는 이맘때가 되면 숨바꼭질을 하듯 서로 갈마들었으므로 이따금 내가 뒤로 빠졌다. 작은아버지와 마주치지 않도록 애썼으며 어머니께 양보한 뒤 어머니가 캔 것이 있으면 바로 구입했으나 우리 어머니는 일 원도 깎아주지 않아 이따금 실랑이했다. 그렇더라도 어머니는 다른 것을 덤으로 주는 것으로 내 입막음을 하곤 했다.

천마

6월이었다. 맑고 투명한 하늘을 가르면서 무슨 일인지 뻐꾸기는 목이 쉬도록 울어댔으나 아까시 꽃잎 속에 묻혀 가뭇없이 사라지곤 했다. 숲 가꾸기를 한 뒤로 앞, 뒷산 할 것이 숲을 뒤덮은 아까시나무는 하염없이 흰 꽃을 흩날리고 있었으나 올해도 벌들은 꿀을 만들지 못하고 있었다. 낮은 기온 때문이라고들 했으나 무엇 때문에 벌들이 꿀을 만들지 못하고 죽어가는지 누구도 꼭 짚어 말하지 못하고 있었다. 아까시나무 가까이 서면 겨우 서너 마리 벌이 윙윙거리며 꿀을 모으고 있었으니 어쩌면 벌 떼 같다는 말은 이제 고쳐져야 할런지도 모를 일이었다. 찔레꽃 넝쿨에서도 벌을 만나는 일은 쉽지 않았다. 벌과 비슷하게 생긴 낯선 곤충들이 꿀을 탐하고 있었다.

손바닥 위에 침을 뱉고 손가락으로 침을 튀겨서 방향을 정한 것은 아니었다. 마음과 걸음은 수시로 어긋났으므로 차라리 걸음이 이끄는 대로 가는 것이 시끄럽지 않았다. 어미 때문에라도 얼른 집을 벗어나고 싶었으나 이른 아침부터 시작한 일이 좀처럼 자리가 나지 않았다. 관광을 며칠 다녀온 어미는 그 여운이 가시지 않았는지 아침부터 관광버스뽕짝을 틀어놓고 빨랫감들을 정리하고 있었는데, 문제는 그 관광버스뽕짝이 듣그러웠다는 데 있었다. 어미가 세탁한 내 옷가지들에 모직 옷감과 함께 세탁하는 바람에 곁붙은 터럭들은 울고 싶은데 뺨 때린다고, 어미에게 화풀이할 기회를 줬다. 한 번으로 끝낼 일을 두 번씩 하는 것만큼 뜨악한 일도 없었다.

남쪽으로 가야겠다는 마음을 이긴 걸음은 서쪽으로 향했다. 길섶엔 보랏빛 지칭개가, 연푸른 노박덩굴이 어느 사이 꽃을 피웠다. 소먹이로 쓰일 호밀 밭은 물결처럼 출렁거리면서 먼 데로부터 바람을 불러들이고 있었다. 시작을 알 수 없는 바람결은 어느 순간엔 왜바람으로 또 어느 때는 맞바람으로 불어왔다. 찔레꽃가뭄을 걱정하던 일도 잠시, 줄기차게 마을을 떠돌던 안개가 걷힌 뒤 그예 바람은 머리를 흔들 만큼 겨울 맵찬 바람처럼 쉬지 않고 불어댔다. 그렇지 않아도 모살이를 하느라고 기진한 어린모들은 줄기 끝이 까맣게 타들어가고 있었으며 논에 바로 씨앗을 뿌린 볍씨들은 겨우겨우 싹을 틔우고 있었다.

수년을 한결같이 오가면서 찔레꽃머리면 만나곤 했던 천마 밭에는 어느 재바른 발자국만 남아 있을 뿐 천마는 꼬리도 보이지 않았다. 며칠을 잇달아 다니던 끝에 걸음을 끊었다. 그런 뒤 방향을 바꿔 자주 가지 않던 곳을 찾았다. 뜨거운 한낮 햇볕을 뚫고 다다른 그곳엔 처음처럼 흙빛을 띤 천마들이 솟구치듯 도드라졌다. 떼판이었다. 흐뭇하고 기뻤다. 당장은 그곳이 어미가 오가는 밭이라는 사실은 안

중에 없었다. 어미는 세탁기에 빨래를 한가득 넣은 뒤 갈무리도 하지 않은 채 벌써 계모임을 위해 집을 나간 뒤였다. 다래끼가 묵직해지니 샅샅이 둘레를 살피려던 맘을 접고 다시 골짜기를 건넜다. 저녁 무렵 어미는 그곳에서 꽤 많은 천마를 캤다며 내 앞에 펼쳐놓았다.

귀한/원하는 것을 얻으면 무엇인지 모르게 걸음을 삼가게 되면서 얼른 다른 곳으로 자리를 옮기고 싶어지곤 했다. 처음 간 어느 곳에 선 뜻밖에 박하 떼판을 만났다. 논두렁 물길 근처에서 자생하는 박하를 본 적 있었으나 숲 기스락에서 자생하는 박하를 만나기는 처음이었다. 어린 싹들이 한창 키를 키우는 것을 즐겁게 바라보았다. 잘못든 길에서 얻은 가외 소득이었다. 짚신나물은 말할 것도 없었다. 무더기무더기 떼를 지어 피었다. 마치 더덕을 캐러 갔다 산달개비 떼판을 만났을 때처럼 흐뭇했다. 잘못 든 길이라고 했으나 과연 그 길이 잘못 든 길인지는 알지 못했다. 숲에는 길이 없는 까닭이었다.

두 번째였다. 삼지구엽초를 만나 뿌리를 몇 개 캐려고 보니 손곡괭이가 없었다. 가만히 손곡괭이를 마지막으로 쓴 지점을 떠올렸다. 무어라 무어라 어느 동무와 전화통화를 하면서 논들을 지나고 숲을 지나 계류를 건넌 뒤였으나 하는 수 없이 오던 길을 다시 도섰다. 해는 이미 서산마루에 걸렸으나 지망지망 걸을 수 없었다. 등마루로 향하던 어느 지점에 손때 묻은 내 곡괭이가 기우뚱 엎어져 있었다.

장마 예보

　　　　　고라니가 뛰어오른 곳은 이제는 밭으로 변해 쓸모없게 된 봇도랑이었다. 미처 놀랄 겨를도 없는, 채 두 발도 안 되는 매우 가까운 거리였다. 겅중겅중 냅뛰는 고라니는 논들을 가로지르면서 가리산을 못 하면서도 마침내 앞으로만 내달려 내 눈앞에서 사라지고 없었다. 일단은 뛰고 본 것이겠지만 숲정이 쪽이었으니 아마도 어디만큼에서는 한숨을 돌리면서 또 둘레를 뚜릿뚜릿 살피고 서 있었을 테지만, 나는 고라니가 뛰어오른 봇도랑을 잠시잠깐 들여다보았을 뿐 내친걸음이었다. 뽕잎을 따러 나선 길이었으나 무슨 일인지 익모초 떼판을 만나 잠시 우두망찰하던 순간이었다.

　장마 시작된다는 예보가 있었다. 장맛비 내리면 한동안 숲정이를 드나들 수 없을 테니 자연 발걸음이 바빠졌다. 비 내린다고 해서 할 일이 줄어드는 것이 아니라 다만 연기될 뿐이었으니 햇볕 살아 있을 때 한 움큼이라도 더 나물과 약초들을 뜯어 항아리에 재워야 했다. 장마 시작되면 소설책들 끼고 방 안을 뒹굴 일로 즐겁지 않은 것은 아니었으나 그것은 다만 뒷날에 있을 일이었으니 당장은 뽕잎이며 기린초, 그리고 쇠무릎지기들을 따고 꺾어야 했다. 때가 늦으면 이파리들은 쇠고 어떤 것은 심지어 늦은 가을까지 기다려야 했으며 그것도 뿌리밖에는 쓸 수 없었다. 때를 맞춰야 하는 것은 제철음식을 먹는 일과 같았다.

인동꽃잎을 자루에 따서 담다가 문득 둘레를 살펴보았다. 예전 같으면 벌 떼 때문에라도 꽃잎을 따는 일이 여간 번거롭고 성가신 일이 아니었을 것이었으나 어쩐 일인지 벌 떼는 보이지 않고 처음 보는 벌레들만 꽃밭 위를 날아다녔다. 거듭거듭 이상기온과 기후변화에 대한 이야기들 오가고 있었지만 올해 같은 일도 드물다 싶었다. 벌을 보는 일이 흔치 않은 것은 물론 벌들 대신, 아니 벌과 비슷하게 생긴 처음 보는 벌레들이 불 달린 범같이 꽃잎 위로 날아들었다. 돌복상 또한 여태도 여물지 않아서 오늘내일 열매 딸 날을 미루고 있었다. 어른들은 감자가 알이 앉지/밑이 들지 않아 먹잘 것 없다며 하소연했다.

아주 변방인 이곳도 하루도 조용한 날 없이 공사 중이었다. 한편에서는 도로를 확장하고 또 한편에서는 농수로를 높이고, 또 다른 곳에서는 소나무들을 팔아먹느라고 숲을 파헤치고 있었으니 종일 공사장을 오가는 트럭과 자동차들로 인한 굉음은 물론이거니와 공사장에서 나는 소음 또한 여간이 아니었다. 주민들 가운데 크게 불평하는 이도 없었다. 여름이면 꼬마물떼새가 새끼를 기르던 냇가 작벼리는 이제 갈대가 점령하여 어디에도 발 디딜 틈 없는 갈대들만이 사는 세상이 되었으며 칠성장어가 뛰어오르던 물길은 보에 막혀 더 이상 물이 흐르지 않는, 검은 내로 변해가고 있었다. 그런데도 냇가 보래들은 쉴 새 없이 덤프트럭에 실려 어디론가 사라져갔다.

해질녘 호반새와 물총새들을 이따금 만나게 되는 것은 어찌할 수 없는 작은 위안이었다. 저수지 둑 높임 공사를 하느라고 둑을 막은 탓인지, 아니면 한동안 가물었던 탓인지 냇물이 흐르지 않게 된 내는 이미 갈대숲이 되었으므로 더는 물고기를 잡을 수 없게 된 터라 겨우 숲정이 부근이거나 농수로가 있는 곳에서만 우연찮게 물새들을 만났다. 지난해 오색딱따구리가 집을 짓고 드나들던 은사시나무는 올해도 변함없이 푸르른 잎을 피웠건만 딱따구리들은 보이지 않았다. 봄 내내 산등성이를 깎아내고 흙을 퍼 나르던 넘프트럭이 은사시나무 옆을 큰 소리를 내며 쉴 새 없이 오고 간 탓은 아니었을까 어방대중할 뿐이었다.

공동묘지 둘레에서 다시 또 고라니를 만났다. 벼농사를 짓던 수만 평 논이 어느 날 문득 옥수수 밭으로 바뀌었다. 둘레엔 전기울타리가 세워지고, 벼농사 지을 때까지 멀쩡하게 살아 있던 어린 소나무들은 제초제를 쳐서 죄다 죽여놓았다. 고라니는 물론 너구리도 옥수수를 먹는다는 것을 알고 있었지만, 어린 소나무들은 왜 죽였는지 퍽 궁금답답했다. 숲이 살아야 우리도 살 수 있다는 것을 왜 모르는 것인지, 아니 왜 알려고 하지 않는 것인지. 애꿎은 돌멩이만 툭툭 걷어찼다.

구름타래

능소화가 피었으니 그예 여름일 것이
었으나 해종일 내리는 빗줄기 사이로는 어느 계절인지 짐작하기 어
려웠을 뿐만 아니라, 도무지 아무런 계절 감각이 없었다. 밤과 낮이
갈마드는 것처럼 비는 하루걸러 한 번씩 거세차게 빗물을 쏟아냈다.
방바닥에 드러누워 있으면 몸속에서조차 곰팡이가 피어나는 듯했으
며 마당가 콘크리트를 바른 곳에는 파랗게 이끼가 돋아났다. 이와 같
이 석 달 열흘쯤 비가 내린다면 무엇도 성하지 못한 채 세상천지가
버섯동산이 될지도 모를 일이었다. 그런 장맛비 가운데서도 꽃들은
아무런 뜻도 없이 피고 졌으나 아무렇지도 않은 인간은 빗방울에 젖
은 꽃잎에 잠시나마 애틋한 마음 한 자락을 얻었다.

먼 데 제주섬에 있는 강정마을, 그보다는 조금 가까운 부산 한진
중공업, 아니 서울 중앙에서 들려오는 기자들이 벌인 도청 사건조차
이곳에서는 아무래도 강 건너 불구경이었다. 그보다는 깨 모종을 해
야 하는 때가 되었는데도 들깻모가 자라지 않는다고 애태우는 이웃
어르신들, 잦은 비 때문인지 농약을 쳐도 고추밭에 들러붙은 벌거지

가 죽지 않는다고 한숨 쉬는 어르신들 목소리가 한층 더 가깝게 들렸다. '충자벌레'라고 하는 이상스런 벌레가 마치 벌 떼처럼 논밭을 휩쓰는 때도 이맘때였지만 어르신들에게는 통과의례 같은, 한때 지나가는, 아니 농약 두어 통 치면 박멸할 수 있는 것이라고 안심하면서도 올 고추밭에 새로 생긴 벌거지는 좀처럼 맘을 놓지 못했다.

갈대가 우거져 답답하게만 여겨졌던 개울은 큰물이라도 만난 듯 일부러 가로막은 콘크리트 보를 보란 듯이 넘쳐흘렀으며 물소리 또한 높은 절벽에서 떨어지는 폭포수 소리와 다름없었다. 모처럼 시원스러운 물소리였다. 빗발을 가로지르면서 왜가리가 날아들었으며 잠시 비가 긋는 사이 잠자리는 떼로 몰려들어 하루살이처럼 어지러웠다. 붉고 노란 원추리 꽃이 빗속에서도 단박에 눈에 들어오는 까닭은 작지 않은 꽃잎들이 떼로 몰려 있기 때문일 것이며 나비라도 한 마리 꽃잎 끝에 앉아 있으면 퍽 좋아 보였다. 손가락만 한 검은 줄로 알록알록한 호랑나비 애벌레만 아니라도 괜찮았다. 어찌 보면 어여쁜 듯도 하고 또 어찌 보면 호랑이 같은 위엄이 엿보이기도 했으나 꿈틀꿈틀하는 모습은 아무래도 징그러웠다.

보랏빛과 어우러진 하얀 도라지꽃은 무슨 기쁨 같기도 하고, 또 어떤 깊이를 알 수 없는 슬픔 같기도 해서 길섶에 있는 도라지꽃밭을 한참 들여다보게 했다. 그러면서 굳이 사물에서 무슨 뜻을 얻으려는 까닭은 무엇인지 스스로 물었다. 숲정이에서 자라는 도라지들은 떼로 피어나는 일이 거의 없었으나 마을에서 씨를 뿌려 재배하는 도라지밭은 언제나 씨앗을 지나치게 많이 뿌리는 탓에 무리지어 꽃들이 피었으며 그렇게 모여들 있는 도라지꽃밭은 물까치 떼처럼 야단스럽게 보이기도 했다. 어떤 도라지밭은 그 사이에 더덕 씨앗까지 뿌려놓아서 아예 칡덩굴마냥 어수선산란해 보였으니 모여 산다고 해서 들이좋기만 것은 아닌 듯했다.

놀민놀민 걷다보니 숲정이 기스락을 지나게 되었다. 보랏빛 부채붓꽃이 한창이었다. 아주 떼판이었다. 숲 가꾸기를 하기 전에는 잘 보이지 않던 꽃들이 여봐란 듯이 꽃대를 밀어올렸기 때문이었다. 덤부렁듬쑥한 도랑을 건너야 하는 까닭에 먼발치에 서서 아쉬운 듯 궁금한 듯 눈길을 건넸다. 어지간만해서는 꽃을 꺾는 일이 없었으나 무슨 일인지 부채붓꽃만은 두어 송이 꺾어 방 안에 들여다놓으면 어떨까 하는 생각으로 발가락이 간질거렸으나 수풀을 헤치고 갈 일이 차마 아마득하여 못 본 척 걸음을 돌리고 말았다. 숲정이에 핀 꽃은 숲정이에 있을 때 빛나고 고운 법이었다. 모가지가 꺾이는 순간 꽃은 이미 꽃이 아닐 것이었다.

큰산은 아예 구름이 걷힐 줄 몰랐으나 앞산만은 무슨 일인지 구름타래들이 자리를 바꿔가면서 오르락내리락, 그러면서 산등성이를 살짝 드러내기도 하고, 홀연 산마루를 감추기도 하면서 산책길 걸음을 곁부축해주었으나 깊은 골짜기는 끝내 보여주지 않았다. 구름타래가 두터운 산골짝에서는 대체 무슨 일이 일어나고 있는지, 아닌 밤중에 홍두깨처럼 궁금해졌다.

고양이는 나비를 쫓고
나비는 꽃을 탐하는 사이

고양이는 나비를 쫓고 나비는 꽃을
탐하는 사이 꽃밭은 술렁거리면서 잠깐 생기가 돌았다. 그렇더라
도 그것은 비가 긋는 아주 잠시 동안이었다. 길래 이어지는 왕장마
에 어디든 눅눅하지 않은 곳이 없었으며 쇠붙이들은 검푸른 녹이 슬
고 있었고 또 두엄더미나 죽은 나무에서는 버섯들이 들풀처럼 번지
고 있었으나 고추밭에서는 고추가, 가지밭에서는 가지가, 상추밭에
서는 상추가 빗속에서도 부피를 늘리고 키를 키우고 있었다. 옥수수
밭에 옥수수들도 하루가 다르게 쑥쑥 자라고 있었지만, 감자밭 감자
들은 땅이 질어 캐지도 못할뿐더러 아예 어느 곳을 지나면 감자 썩는
냄새가 슬그머니 코를 자극하기도 했다. 감자농사는 이래저래 흉년
이었다.

수돗가든 집 바깥벽이든 어디서든 쉽게 제 집을 이끌고 느릿느릿
지며리 기어가는 달팽이들을 볼 수 있었다. 허리를 구부리고 앉아서
조금 더 자세히 달팽이를 들여다본 것은 달팽이가 직박구리나 동박
새들 먹이가 되어 종족을 번식시킨다는 소식을 접했기 때문이었다.

새들 먹이가 되어도 일고여덟 마리 가운데 한 마리는 살아서 새들 내장을 통과하고 심지어 어떤 달팽이는 새똥이 되어 나오는 순간 새끼를 낳기도 했다는 보고는 유나만 고래 뱃속에서 살아나온 것이 아니라는 것을 깨닫게 하면서도 한편 갖은 방법을 통해 종족을 번식시키는 동식물들이 뜨악하면서도 애처로웠다. 어쩌면 그것은 한없이 느리게 움직여야 하는 달팽이들 스스로 제가 가진 운명을 바꿔보려는, 날아다니는 새들에게 의탁해서라도 제 종족들을 새롭고 낯선 땅에 기어이 가닿게 하려는 것은 아니었을까 하는 생각을 해보게 했다.

미처 피지도 못하고 한편에서는 지고 있는 칡꽃을 깔끄러미 살펴보는 것은 날씨가 개면 꽃을 따야 하는 까닭도 있었지만, 칡꽃 숭어리는 한꺼번에 꽃을 피우지도 않을뿐더러 아래부터 차례로 꽃들이 피어나고, 먼저 핀 꽃들이 지는 동안 위에서는 또 다른 꽃송이들이 꽃을 피우는 탓에 한 숭어리에 달린 꽃들이지만 맨 아래와 맨 위에 피는 꽃들은 서로를 마주할 시간이 없었다. 그것은 한길을 걷더라도 한 번도 만나거나 마주칠 일이 없는 사람들과도 닮아 보였다. 칡 이파리는 새싹은 매우 작고 다 큰 잎은 또 엄청나게 컸다. 크고 작은 것 사이가 없었으니 새싹은 아마도 달밤에 저 홀로 부쩍 잎을 키우는 모양이었다.

자귀나무에 분홍빛 꽃들이 활짝 활짝 피어났다. 그냥 지나치지 못하고 꽃잎 하나를 따서 턱에 대고 슬슬 문질러보았다. 강아지풀을 목에 댔을 때와는 사뭇 다른 느낌이어서 팔뚝에도 대보고, 손등에도 대보았지만 간질이는 양이 아마도 여자들 화장솔 느낌이거나 남자들

면도한 뒤 바르는 비누거품 솔 느낌이 그러하지 않을까 상상도 해보
는 것인데, 퍽 재미났다. 박주가리 씨앗 털로 도장밥과 바늘 쌈지를
만들듯 자귀나무 꽃잎으로 솔을 만들어 부침개 부칠 때 기름솔로 쓰
면 어떨까 하는 생각을 해보았지만, 아직은 시험할 기운이 없었다.
꽃 냄새가 화장품 냄새처럼 살짝 비린 듯하여 역겨울 수도 있겠으나
새로운 재미는 있을 듯했다.

이웃집 강담에 핀 능소화는 동백꽃처럼 송이째 뚝뚝 떨어져 내렸
다. 그런 까닭에 꽃이 지는 모습이 지저분하지는 않았지만 어쩐지 선
혈처럼 보여서 아마득해지곤 했다. 강담 주인집 아주머니는 아들이
소 기르는 데만 정신이 팔려서 꽃들은 돌보지 않는다고, 능소화들 가
지를 좀 잘라주면 더 좋을 텐데라면서 귀 먹은 푸념을 했지만, 어쩐
지 내게는 큰아들 자랑하는 소리처럼 들렸다. 이웃에 의탁해서 기르
기 시작한 소가 이젠 열 마리가 넘었으니 그럴 만도 하다 싶었다. 도
시에 살던 아들이 아버지 죽음을 계기로 귀향할 뜻을 내비쳤을 때,
아주머니는 아들에게서 농사는 짓지 않겠다는 다짐을 받고서야 아들
귀향길을 허락했다.

미처 이름을 불러주는 이들 없어도 장맛비 속에서도 여름 꽃들은
한창이었다. 고삼은 이름을 몰라서들 그렇다 쳐도 길섶마다 하얗게
핀 개망초 꽃은 흔한 탓에 대접받지 못하는 꽃 가운데 하나였다. 그
런 까닭에 개망초 꽃은 환영받지 못하는 이주민들과 닮아 보였다.

더넘바람

　　　　　　　　　　　스리슬쩍 창문을 넘어온 더넘바람은
형광등 아래 매달아놓은 풍경을 가만가만 건드리며 그네를 탔다. 오
동나무 가지에 걸린 창밖 하늘은 눈이 시릴 지경이었으며 그때 무엇
인가 울컥 목울대를 건드리며 지나갔다. 읽던 책을 그대로 펼쳐둔
채 물끄러미 앉아 꼽꼽한 손바닥으로 찻잔들을 어루만졌다. 손가락
끝으로 무엇이 타고 오르는 듯도 하였으나 눈앞에는 다만 풍경 소리
뿐이었다. 먼 데 있어도 아주 가까운 듯, 옆에 있어도 영 먼 곳에 있
는 것처럼 여겨지는 것이 어디 바람뿐이겠는가마는 당장 발바닥을
간질이는 바람 때문에라도 들엎드려 있던 걸음을 난딱 일으켜 세워
야 했다.

　소문은 저녁 굴뚝 연기처럼 마을을 휘감고 돌았으나 내 걸음으로
확인해보는 것만 못했으니, 배낭을 챙겼다. 첫가을로 접어들자 우끈
한 기세로 소문은 돌고 돌아 마침내 산마루까지, 아니 저 강 아랫마
을까지 휘저어댔다. 해가 중나절이 되어서야 나선 길이었지만 바람
은 한껏 가슴을 달뜨게 하며 머리카락을 마구 버릇으며 불어왔다. 골

짜기로 접어들 때까지만 해도 소문은 소문이지 않을까 한편 의심하면서 깔매운 눈초리로 숲 바닥을 이리저리 여살폈다. 뜬소문이 아니었음은 골짜기를 따라 숲 깊이 들어설수록 더욱 또렷해졌다. 첫가을로 접어들면서 김장밭이 가뭄으로 아등그러지고 있었으니 숲 바닥이라고 온전할 리 없었다. 말 그대로 예초기로 밀어버린 것처럼 숲 바닥은 빤빤했다. 싸리버섯은 그만두고 무당버섯 하나 보이지 않았다.

버섯철에도 잘 찾지 않던 골짜기를 마지못해 찾은 것은 당귀와 오갈피나무 때문이었다. 무슨 일인지 버섯이 나는 골짜기에서는 당귀와 천궁, 오갈피나무를 쉽게 만나지 못했으나 그 너머 골짜기에는 또 어쩐 일인지 당귀와 오갈피나무가 그들먹했지만 집에서 찾아가기에는 퍽 멀었던 까닭에 작심을 해야만 겨우 한 해 한두 번이나 찾아가게 되었다. 골짜기치기 갈림길을 만날 때마다 왼쪽으로 꺾어들었다. 바위를 타고 흘러내리는 물길을 만나도 잠깐 남상거리며 넘겨다볼 뿐 오래 머물지 못했다. 얼마 앞서 지나간 발자국을 깔끄러미 살피는 것도 잊지 않았다. 숲 입새에 자동차 한 대가 세워져 있던 것을 보았기 때문이었다. 고무장화 발자국이었다.

첫가을 숲은 버섯이 없으니 차라리 고요했다. 이따금 솔바람 소리만 귓가를 맴돌았다. 그 높은 곳까지 이른 봄 나무 물을 받으러 왔는지 고로쇠나무에 묶어놓았을 법한 비닐관이 눈에 띄었다. 막 왼쪽으로 걸음을 옮기면서 어쩌다 뒤를 슬쩍 돌아다보게 되었다. 잘못 보았는가 했다. 파랗게 열매 맺은 오갈피나무에다 자주색 꽃을 피운 당귀가 한꺼번에 눈에 들어왔다. 발바닥이 간지럽고 숨이 다 막혔다. 지난해 이 골짜기를 찾지 않고 건너뛴 보람이었다. 오갈피나무는 어린 나무들도 십수 그루나 자라고 있었다. 당귀는 큰 것 하나만 캐고 아직 꽃을 피우지 못할 만큼 어린 것들은 그대로 두었다. 열매 맺은 오갈피나무도 그대로 둔 채 눈인사만 했다. 다른 나무에서 작은 가지를 하나 자르는 것으로 그만이었다. 손 타지 않은 것을 눈으로 직접 본 것만으로 기꺼웠다.

이따금 가고 싶지 않아도 어쩌지 못하고 가야 하는 곳이 있었지만, 숲에서만큼은 그렇게 되지 않도록 골짜기와 등마루를 잘 살피면서 걸어도 막상 걷다보면 예기치 못한, 아니 가고 싶지 않았던 곳에 이르는 경우가 가끔 있었다. 아무래도 이상스러운 일이었지만 조심하고 피하면 외려 꼭 그 일을 겪게 되고 마니 알지 못했다. 지난해 말 벌에게 쏘였던 골짜기를 잘 피해 왔다고 여기는 순간 오른쪽 종아리가 따끔따끔했다. 어뜩했다. 벌은 보이지 않고 왼손 등까지 가려웠지만 달리 방법이 없었다. 계류 기스락으로 난 자욱길을 따라 냇물이 흐르는 데로 걸었다. 큰산에서 시작된 계류는 마을을 휘돌아서 동해로 나갔으므로 계류만 따라 걸으면 언제고 집에 당도할 수 있었다.

숲 입새를 나오자, 채 물들기도 전에 이미 벚나무들은 잎을 떨구고 있었으며 논들엔 벼이삭들이 노랗게 물들고 있었다. 꽃 진 자리는 까맣게 잊은 감나무 아래, 파란 도사리들 유리구슬처럼 나뒹굴고 있었다.

한가위 보름달

저 구름 속에 덩두렷한 보름달 있을
것이었으나 볼 수 있고 들을 수 있는 것은 아무것도 없었을뿐더러 매
지구름만 온통 검은 하늘을 물들이고 있었다. 한가위 보름달을 보게
되리란 희망을 가진 것은 아니었으나 막상 먹구름 속에서만 해뜩이
다 사라지는 달을 바라보는 일은 어떤 몰락을 눈앞에서 목도하는 일
과 다르지 않았다. 떠오른 지 얼마 안 된 보름달은 구름바다에서 몇
번 은현隱顯을 반복하더니 그예 까맣게 사라져 잊히고 말았다. 돌아
가지 못하는 자들을 위한 애도였는지 그 사이 앞산 솔수펑이에서는
소쩍새가 목쉰 울음을 길게 울었으며 들논 벼 포기들 사이에 자리 잡
고 있던 고라니는 소쩍새 울음소리가 신호라도 된 듯 북쪽을 향해 죽
도록 달음박질쳤다.

헤어져 살던 자식들이 비꼬리처럼 느리게 돌아오거나 또는 용돈
이라도 명개 먼지만큼 부쳐오거나 아니면 양발이라도 한 켤레 건네
는 가운데 시골 집에서 홀로 사는 노인들은 먼 데 사는 자식들을 애
오라지 기다리며 음식 장만을 했다. 힘에 부쳐 때맞춰 벌초를 하지

못한 노인들은 두고두고 눈시울을 붉히며 안타까워했으나 그뿐 더는 누구에게도 말하지 못한 채 차례를 지냈다. 벌초를 하기 위해 품을 사려고 해도 살 수 없었다고 전하는 말끝이 자못 떨렸다. 임자를 모르는 공동묘지 무연고 묘지를 마을에서 가로맡아 벌초를 하던 풍경도 이젠 보기 어려웠을 뿐만 아니라 홀로 사는 이웃 노인들이 벌초를 해야 하는 경우 저 먼저 나서는 이들도 찾기 힘들어졌다.

느질게 와서는 쏜살같이 도서는 자식들이었지만 헤어지는 순간, 또다시 홀로 남아야 하는 부/모들은 언제나 섭섭한 눈물을 감추며 애써 손을 흔들면서 자동차들이 모퉁이를 돌아 사라진 뒤에도 오래 눈바래기를 하기도 하고, 아니면 서둘러 방 안으로 등을 돌리며 돌아서기도 했다. 이별하는 순간은 잠시잠깐이었지만 자동차에 올라 시동을 걸고 눈앞에서 사라질 때까지는 천년만년처럼 길었다. 명절 음식과 어렵게 구한 햅쌀이며 밭에서 금방 캔 고구마, 고추 따위를 노느몫으로 나눠 자식들 차에 실었으나 무언가 덜 보낸 듯하다며 연신 부엌과 창고를 두리번거리는 노인들을 보는 것도 이제 얼마 남지 않은 모습일 것이었다. 부/모들 돌아가시고 나면 형제자매들끼리 만나는 일이 얼마나 될는지 궁금해졌다.

흥성흥성하던 명절 분위기는 이제는 옛일이 되었다. 아랫마을 초등학교 운동장에서 벌어지던 동문들 체육대회 풍경도 없어졌으며 추석 전날 고향을 떠났던 동창들끼리 모여 술 한잔 나누던 모습도 흔히 볼 수 없었다. 담 사이로 이웃끼리 송편을 나누던 모습도 어릴 적 일이었다. 선물을 나누더라도 일회용 커피이거나 일회용 용기에 든 음료가 대부분이었다. 차례 음식은 물론 심지어 송편조차 가게에서 사다가 썼다. 송편을 빚고 전을 부치느라 해종일을 보낸 내게는 뜨악한 일이었지만, 앞으로는 더욱 손품이 드는 일은 누구든 꺼리고 성가셔 할 것이란 예감은 오래되었다. 차례상에 올라가는 음식부터 달라졌으므로 전통이네 어쩌네 하는 일 자체가 우스개가 된 것인지도 모를 일이었다.

　교회에 다니는 며느리가 성묫길에 동행하지 않아도 시아버지는 아무런 말을 보태지 않았다. 목이 잘린 닭이 차례상에 올랐으며 소고기 대신 햄과 맛살을 끼운 산적이 등장했으며 청주 대신 소주가, 언제부턴가 오징어가 명태포를 대신했다. 메(밥), 갱(국), 그리고 탕과 같은 말도 얼마나 더 쓰일지 알지 못했다. 차례상에 오르는 음식도 절차나 격식 없이 아무렇게나 만들어졌으며 나어린 자손들은 차례상에 오를 음식을 떠놓기도 전에 손을 내밀어 맛을 보았지만 누구도 크게 나무라지 않았다. 형식만 간신히 지탱되고 있는 듯 여겨졌지만 대놓고 어른들께 따지지 않았다. 부모들 다 돌아가시고 나면 아금박스럽게 제사상을 차릴 이도 없을뿐더러 차례와 격식을 미주알고주알 밑두리콧두리 캘 이도 없을 것이었지만 아직은 부모들 살아 계시니 그니미 형식이리도 갖추는 게 아닌가 싶었다.

　가만바람이 지나가는 동안에도 귀뚜라미들 쉬지 않고 울어댔다.

참취꽃

산초 열매

● 다래

➤ 송이

앵두낙엽버섯

▶ 솔씨

싸리버섯

가을 저녁 꽃

금강소나무

이삭여뀌

용담

해당화 열매

죽은 복작노루

실낱같은 누망을 품고 해가 중천에 떠서야 배낭을 메고 큰산으로 향했다. 아무런 예고도 없이 기온이 곤두박질친 뒤 된새벽이면 저절로 눈이 떠졌다. 한동안 우두커니 앉아 있기도 하고, 밖으로 나가 새벽달을 올려다보기도 하면서 동살이 비치면 가까스로 잠이 들어 그루잠을 자기 일쑤였다. 오동나무 우듬지에 앉은 새벽달은 이미 반달이 되어 차라리 푸른빛이었다. 그 새벽에도 어디선가 쉴 사이 없이 먼 데 새들은 울었으며 고양이는 밤을 새웠다. 선잠을 깬 뒤끝인지라 넋이 반쯤은 나가 있어 책을 읽을 수도, 글을 쓸 수도 없는 퍽 반숭스러운 상태였다. 책들을 잠자리 좌우로 늘어놓고 보니 아무것이나 집어 읽기 좋았으나 이따금 머리맡에 놓였던 책들은 책상 밑으로 사라져 한참 헛손질을 하기도 했다. 자장가처럼 책을 한두 줄 읽다보면 겨우 잠이 들었고, 마침내 늦잠으로 이어졌다.

바람은 산들거려 굳이 숲이 아니어도 어디든 가도 좋을 듯했다. 도랑가에는 달개비풀이 이제 막 돋은 듯 청염했으며 이삭여뀌 붉은

빛도 가을볕 가운데서 더욱 쓸쓸해 보였다. 마을 삼거리쯤 이르자 벌써 숲에 다녀오는 이웃들이 있었다. 아침 열 시가 조금 넘은 시각이었으니 아마도 꼭두새벽에 집을 나섰을 것이었고, 또한 숲에 버섯이 없다는 방증이기도 할 것이었지만 나와는 아무런 상관이 없었다. 굳이 버섯이어야 할 까닭도 없을뿐더러 방금 만난 이웃과는 가는 방향도 달랐으므로 큰산이면 어디든 좋을 듯했다. 숲 입새에 다다르자 한동안 잊고 지냈던 조뱅이가 보랏빛 꽃을 피운 채 바람에 한들거리고 있었다. 갈림길에서 잠시 망설였지만 가고자 했던 곳으로 내처 걸었다. 왼쪽으로 돌면 염소를 키우던 농장이 있었으나 얼마 전 그곳 주인도 딴 세상 사람이 되었다.

도시에 가족을 두고 혼자서 염소를 기르던 주인장은 아주 오랫동안 외딴집에서 혼자 살았다. 염소들을 키울 때는 마을에도 자주 내려오곤 했으나 언제부턴가 염소들도 흩어지고 주인도 병이 들었기 때문이었는지 자동차를 구입한 뒤로는 거의 만나지 못했다. 십수만 평에 이르는 숲 기스락에 있던 소나무들과 흙을 팔아치운 뒤로 논을 떠서 이웃 마을 사람에게 소작을 주었다. 수백 마리에 이르던 염소가 빡빡히 풀을 뜯어먹곤 하던 풀밭에는 이제 다시 억새와 수크령이 판을 치고 있었으나 그 틈에도 어린 소나무들은 어떻게든 뿌리를 내리고 키를 키우고 있었다. 어느 핸가 서너 번 책을 빌려준 인연이 있었으나 도시에서 무슨 일을 했었는지는 소문으로만 떠돌다 말았다. 큰산으로 들어가려면 염소농장을 지나야 했다.

숲정이 깊은 곳까지 농장 둘레라고 여겨지는 곳에 빨간 끈이 둘러

처지는 까닭을 알지 못해 궁금해하던 바로 그날 저녁, 주인장이 세상을 떠났다는 소식을 들었다. 농장 주인장은 외로움 때문에 병이 생긴 것이라고, 발병 원인을 그렇게 진단했다는 말을 전해 들었다. 해마다 버섯철이면 그 집 앞 철망문을 나서면서는 버섯을 좀 나눠드릴까 어쩔까 망설이기만 했을 뿐 한 번도 버섯을 나눠드리지 못했다. 저저한 설명을 해야 하는 것이 싫었던 때문이었다. 구절초와 네귀쓴풀을 캔 답례라고 하기도 그렇고, 땅을 이용하는 비용이라고 하기에도 어딘지 구차스러워서 그만 고개를 돌리고 말았다. 그 땅 주인이 여럿이라는 것은 부음과 함께 전해 들었다. 언제나 열려 있던 그 집 앞 철망문에도 이제 자물쇠가 채워졌다.

계류는 가을장마로 물이 불었으나 신발을 벗어야 할 만큼은 아니었다. 징검돌을 건너뛰었다. 앞서 간 발자국들로 인해 풀숲에 묻혔던 자욱길은 다시 길이 되었다. 비탈길을 따라 오르는 사이 시야는 점점 좁아지면서 엎어지면 코방아를 찧을 판이었지만 흰색 구절초며 붉은 무당버섯이 한눈에 안겨들었다. 한밤 별빛이 뚜렷해지면서 숲 바닥에 핀 가을꽃들도 작지만 한결 선명해졌다. 등마루에 올라서자 비로소 잊혔던 바람 소리가 들리고 먼 데 하늘이 눈에 들어왔다. 가만히 서 있으면 가슴이 호박꽃등처럼 환해졌다. 밤버섯과 싸리버섯이 한창이었던 참나무 숲에는 잊을 만하면 갓버섯이 나타나서 그곳이 어느 해는 버섯들로 지북했던 곳이었음을 일깨워주곤 했지만, 당장 눈앞에는 아무것도 없었다. 아니 솔숲 바닥에는 멧돼지들이 이리저리 파헤쳐놓은 솔가리만 답쌓여 있었다.

다른 사람들 입 빌리지 않고 내 눈으로 확인하였으니 되었다 싶으면서도 등과 골짜기를 몇 차례 오르내렸다. 그 가운데 네귀쓴풀도 캐고, 꽃잎 진 도라지도 만났다. 버섯에 홀려 있을 때는 보이지 않던 것들이었다. 저수지 둑 높임 공사 현장이 눈앞에 바투 다가왔다가는 사라지고, 병사들 유격훈련장이 가까이 드러났다는 또 없어졌다. 등 뒤에는 어른들이 '타케트장'이라고 부르는 대포알 과녁으로 쓰는 너른 비탈면이 있었다. 과녁을 벗어난 대포알이 심심찮게 산불을 일으킨 탓에 '타깃' 중심은 물론이고 그 둘레 또한 성한 나무들을 흔히 볼 수 없었다. 나무줄기가 찢어진 채 쓰러지고 밑동부터는 까맣게 그을려 있었다. 대포알 파편도 이따금 눈에 띄었다. 한국전쟁 이후부디 줄곧 대포를 쏘아댔다. 읍내에서도 한눈에 알아볼 수 있었으니 마을에서는 말할 것도 없었다.

등마루를 넘어 숲 한가운데 함지처럼 움푹 들어간 곳에서 싸리버섯을 만났다. 능이가 벌창이었던 곳이었다. 가뭄에 콩 나듯 싸리버섯을 만나니 차라리 아니 만나면 좋을 듯했으며 따지 않을 수 없으니 감질이 났다. 그렇게 이삭줍기하듯 싸리버섯을 따면서 숲을 거진 다 나왔을 때 불현듯 등 뒤에서 대포알 터지는 소리가 들려왔다. 등골이 오싹했다. 개새끼들 쇠새끼들 구두덜거렸을 뿐, 서두르지는 않았다. 숲 기스락을 따라 흐르는 수로 옆에 나돋은 고들빼기를 캐려는 순간 그만 수로에 반쯤 잠겨 있는 죽은 복작노루, 고라니를 봤다. 퉁퉁 물에 불었다. 순간, 속이 울렁거렸다. 빠르게 누구에게랄 것도 없이 기도를 하면서 그곳을 벗어났다. 수롯가에 헤딤벼친 발자국들은 그러므로 고라니 발자국일 것이었다.

가만히 눈을 감았다.

오후 두 시

도토리를 주우면서 빙하를 떠돌고 있
다는 북극곰을 떠올렸다. 이웃들이 송이를 땄다는 소식을 거듭 전해
들으면서 마침내 숲으로 향했다. 햇살이 맑은 가을 숲은 아무것도 하
지 않고 다만 고목은 소나무 보굿에 등을 대고 앉아 바람 소리를 듣
는 것만으로도 이미 모든 것을 얻은 듯 발바닥부터 어떤 충만감으로
그들먹했으므로 어쩌면 버섯은 핑계에 지나지 않을지도 모를 일이었
지만, 지난해 만났던 버섯들 안부도 챙길 겸해서 가든하게 배낭을 차
려 메고 건들건들 들길을 걸었다. 연둣빛이 차츰 새뜻한 노란빛으로
바뀌면서 논들 한쪽에서는 가을걷이를 하는 콤바인 소리가 걸걸했
지만 뒤돌아보지 않고 내처 큰산을 향해 나갔다. 벌써 겨울이 들앉아
있는 것인지 살갗을 스치는 바람결은 제법 선득선득했다.

흩어져 살던 참새들도 벼이삭이 패암을 시작하는 가을이 되면 무
리를 이뤄 논둑에 세워둔 허수아비며 논배미를 가로질러 쳐놓은 금
줄 사이를 헤치고 다니면서 먹이를 탐했다. 논 주인들이 애가 말라
목이 쉬건, 양동이가 부서지건 아랑곳하지 않았다. 참새다운 본래

면목이었다. 마치 멧돼지가 그물을 친 울타리를 넘어 옥수수 밭이며 고구마밭을 지싯거리는 것과 닮았다. 산짐승들을 막기 위해 전기울타리를 쳐놓아도 짐승들이 전기에 감전되어 먹이를 포기했다는 소식은 듣지 못했다. 고라니는 마을 한가운데 있는 논배미에다 잠자리를 만들기도 하는 것을 보면 산짐승들이야말로 마을이 생기기 이미 오래전부터 이곳이 숲이었다는 것을 잊지 않는 듯 여겨졌다. 불과 30~40년 사이 버덩이라고 불리던 낮은 풀밭들이 죄다 논과 밭으로 바뀌었으니 짐승들에게 마을은 성가신 장애물에 지나지 않는 것인지도 모를 일이었다.

차란차란하던 계류는 어느 사이 반나마 줄어들어 겨우 기스락을 개개는 정도였다. 전에는 자주 볼 수 없었던 서양쑥부쟁이가 하얗게 피었다. 달밤이면 이파리를 죄다 오므리고 있어 소금 꽃처럼 보였다. 구절초는 봉오리를 맺은 뒤에도 얼마만큼을 더 기다린 뒤에야 겨우 꽃을 볼 수 있었으므로 떼판으로 핀 꽃밭을 보려면 아직 한참을 더 기다려야 했지만, 오롯이 한 송이 외따로 핀 구절초만큼 또 가을이 지닌 애상을 잘 드러내는 꽃도 없었으므로 저절로 걸음이 멈춰지곤 했다. 큰산 소나무 그늘에 핀 구절초는 마을에서 만날 때와는 또 사뭇 그 느낌이 달랐다. 바위틈에라도 피어 있을라치면 무턱대고 가을을 불러들였다. 서리 내린 뒤에 피는 노란 산국과는 또 다른 순정한 슬픔을 불러일으켰다. 한 뼘가량 되는 가량가량한 줄기 끝에 핀 꽃잎은 해맑으면서도 무엇인지 모르게 애달파 보였다.

버섯철이 되어 큰산에 사람들이 들고 나는데도 군인들은 큰산에

다 대포를 쏘아대고, 마을 둘레에서는 진지 보수작업을 했다. 벌에
쏘인 어느 병사는 위생병에게 치료를 받았다. 우리 집 마당에서 잠
시 쉬던 병사에게 '물파스'를 바르면 괜찮아진다고 말하려다 그만두
었다. 처음부터 나도 벌침에 면역이 생긴 것은 아니었으니 아는 체하
지 않는 것이 낫겠다는 생각이 들었던 까닭이었다. 땅벌과 말벌에 쏘
여 목숨을 잃는 경우도 없지 않았으니 섣부르게 나서서 일을 복잡하
게 만드는 것보다는 의료진을 기다리는 게 낫겠다고 여겼다. 벌에 쏘
이면 신용카드 같은 것으로 벌침을 빼는 것이 먼저라고 '응급처치 교
육'에서는 가르치지만 불안과 두려움으로 넋이 빠진 사람에게 그것
이 쓸모 있을까 의심했으며 아직 한 번도 실행에 옮기지 않았다/못
했다.

　숲 입새에 들어섰는데도 버섯이라고 하는 종자는 코끝도 볼 수 없
었다. 어른들이 흔히 송이풀이라고 부르는 며느리밥풀꽃이 드문드
문 보이는 것이 그나마 어떤 위안이었다. 등마루를 좀 더 걸어간 것
은 그곳이 송이와 능이가 한꺼번에 나던 곳이었기 때문이지만, 멧돼
지가 솔가리를 버릇어 놓은 자리에 사람들 발자국까지 곁들여 어질
더분했다. 둥근 원처럼 바닥이 팬 곳에 줄느런히 능이가 돋곤 하던
자리에는 누군가 발자국으로 짓문질러놓았다. 오래지 않은 듯 놀란
흙들은 까맣게 죽어 있었다. 싸리버섯을 따도, 송이를 따도, 어떤 버
섯을 따든지 한두 번쯤 버섯들을 흔들어주는 것은 포자를 남겨놓기
위한 조치였다. 그런 다음 버섯 딴 자리를 살그머니 덮어주는 것은
서로에게 이로운 까닭이었지만, 무슨 일로 발바닥으로 빙 둘러가면

서 그곳을 들문질러댔는지 모를 일이었다.

　마음은 상했으나 산길 오른 품값이 있었으니 골과 마루를 조금 더 둘러보았지만 마찬가지였다. 숲이 사람들로 들끓지 않고 고요한 것은 크게 다행이었으나 귀밑 가까이서는 훈련 중인 병사들 구호 소리가 와드드했다. 나를 피해 저쪽으로 달아나는 작은 새끼 배암 한 마리를 보았다. 붉은 빛깔을 가진 독사였으나 이상스레 반갑기까지 했다. 거기에 나뭇가지 사이를 줄타기하듯 오르내리는 오색딱따구리도 한 마리 만났으니 더할 나위 없었으나 배가 고파왔다. 굴밤이 발밑에 수북한 것을 발견한 곳도 옛날 능이밭이었다. 차마 그냥 두고 오기 어려워 한두 알씩 주워 모았다. 멧돼지와 다람쥐들 겨울 양식이라는 것을 모르는 바 아니었으나 맨손이 허전했던 까닭이었다. 한겨울 굴밤묵을 쑤어 먹어도 좋을 것이었지만 눈앞에서 어른거리는 버섯을 잊은 것은 아니었다. 굴러내린 굴밤들을 따라 줍다보니 계류였다.

　문득 물속에 든 도토리까지 주워야 할 만큼 다급한 것인가 스스로 물었다. 아니었다. 두말없이 자리를 떨치고 일어섰다. 옆구리에 찬 다래끼에는 두어 움큼 되는 도토리가 들어 있어 자못 묵직했다. 소나무 그늘에 앉아 빵을 먹고 물을 마셨다. 먼 데 산은 볼 때마다 어떤 그리움으로 하얗게 얼어붙었다. 갈 수 없기 때문이 아니라 일부러 다가가지 않기 때문일 것이었다. 등 뒤로 굴밤 떨어지는 소리가 천둥소리처럼 들려왔다. 발아래가 천길 낭떠러지였다. 가려고 했던 송이밭은 끝내 외면했다. 아니 옆길에 두고 오르지 않았다. 용담과 네귀쓴

풀을 캐고, 구절초 꽃잎을 땄다. 땅 그림자가 조금 더 길어졌다. 오
후 두 시였다.

새쯤, 갈쯤

한결 별은 총총해지고 살얼음을 품은 바람은 보다 고즈넉해진 가운데 벌레 울음소리조차 들리지 않는 어둑새벽, 달은 이미 서산머리로 넘어간 지 오래되었다. 바람은 불지 않는데도 팔에는 소름이 돋았으며 발밑은 마치 얼음강판에라도 서 있는 듯 눈뿌리가 아찔했다. 속절없는 것이 어디 시간뿐이겠는가마는 봄 숲 노루귀를 찾아다니던 때가 엊그제인 듯 여겨졌으나 어느새 들판에는 연보랏빛 쑥부쟁이가 한창이었다. 논배미 한가운데 잠자리를 만들며 벼 포기를 짓밟으며 돌아치던 고라니도 멧돼지도 벼 베는 콤바인이 등장하자 숲 깊은 저쪽으로 스며들었는지 모습을 보이지 않았으며 부엉이는 이에 아랑곳없이 첫새벽에도 목쉰 울음을 울었다. 마치 폭설에 갇힌 듯 눈보라에 실려오는 울음처럼 아마득하게 느껴졌다.

올밤은 아람이 불기 시작한 지 오래되었으나 늦밤은 어찌된 일인지 설악산 대청봉에 첫얼음이 얼었다는 소식이 전해지는 가운데도 여태 새파랬다. 이전 같으면 밤 줍는 일로 신경이 곤두섰을 아버지는

돌복상나무를 옮겨 심는다든지, 아니면 볕이 좋은 날에도 방 안에 들
앉아 텔레비전을 보는 일로 시간을 보내곤 했다. 가뭄 걱정을 하던
김장밭 배추와 무는 지나치게 잘 자라서 시장에서는 벌써부터 값 폭
락을 우려할 지경이었으며 봄추위와 여름장마로 끌탕이 끊이지 않던
벼농사도 풍년이던 지난해와 별반 다르지 않다고 했으나 햅쌀 값은
하루가 다르게 오른다는 소식이었다. 벼농사를 하던 농사땅이 줄어
든 것이 원인일 것이었다. 도정공장에는 겉벼가 없다는 전언이었으
며 우리 동네에도 벼농사를 짓던 논이 인삼밭으로 변한 곳이 더러더
러 눈에 띄었다.

　쇠무릎지기를 캐고 있는 가운데 눈덕에서 도토리를 줍고 있던 외
딴집에 혼자 사시는 할머니가 누구냐며 왜장치듯 소리를 질러댔다.
자리에서 일어나서 아무개라고 했으나 이미 술이 얼근덜근한 할머니
에게는 어떤 소리도 들리지 않았으며 심지어 나를 알아보지도 못했
다. 검은 비닐봉다리를 들고서는 끝내 벼 벤 논을 가로질러 내 곁까
지 다가와서야 아이구 난 또 누구라고 하며 희멀겋게 웃었다. 무엇을
캐느냐고, 고들빼기는 캐지 말라고, 그리하여 캐고 있던 쇠무릎지기
뿌리를 보여드렸더니 그것은 또 무엇이며 어디에 쓰는 것이냐고, 미
투리코투리 캐물었다. 효능을 간단히 일러드렸더니 당신 집 둘레에
도 많다면서, 고들빼기를 캐지 않는 것을 어여삐 여기시면서, 당신
도 쇠무릎인지를 캐야겠다 하시면서 도토리가 든 검은 비닐봉다리를
흔들흔들하면서 도셨다. 먼 데 사는 딸네가 모처럼 다니러 와서 막국
수에 편육 한 저름, 그리고 소주 한잔 마셨노라고 하시면서.

항아리를 씻어 볕바른 마당에 도토리가 든 채바구니와 함께 내놓
고서는 들어와서 잠깐 숨을 돌리면서 책을 서너 줄 읽고 차를 마시
는데 문밖에서 사람 찾는 소리가 들렸다. 어지간만하면 내다보지 않
는 것이 버릇되었으나 무슨 일인지 읽던 책을 내려놓고 문밖으로 나
갔다. 승복을 입은 이들이 막걸리를 팔라면서 팔소매를 잡아끌었다.
미처 대답도 하기 전에 효소항아리들을 늘어놓은 곳간 앞에 섰다. 막
걸리는 없다고 하는데도 막무가내였다. 항아리 앞에 쪼그리고 앉아
냄새를 맡기까지 했다. 얼띤 표정으로 '효소'라고 했더니 승복을 입
은 이 옆에 있던 다른 이가 고개를 끄덕거리며 마지못해 물러나면서
도 어디 근처에 양조장은 없느냐고 재우쳐 물었다. 없노라고, 없다
고 거듭거듭 말했다. 승용차가 출발한 뒤에도 무엇에 홀린 듯 멍했
다. 바람 쐬라고 곳간 문을 활짝 열어 놓은 것이 빌미가 된 듯했다.

'전도부인'들은 부지깽이도 뛰는 바쁜 날이면 어김없이 모습을 드
러냈다. 선입견은 단단하여 어떻게든 그네들과는 말을 나누지 않았
다. 하필이면 물난리를 겪어 넋이 나간 채 설거지를 하는 때에 나타
나거나 아니면 집안닦달을 하느라고 몹시도 바쁜 때면 일부러 약속
이나 한 듯 양산을 치켜들고 무리지어 나타났다. 봄가을 농번기 때
면 유난스레 자주 눈에 띄었다. 어느 때고 우리 집 앞에다 승용차를
여러 대씩 늘어세우고 집 처마 밑에 아무렇게나 둘러앉아 인사 따위
는 건네지도 않으면서 왁자글왁자글했다. 농번기 때 차라리 농사일
이라도 거들면 백 마디 말보다도 훨씬 전도에 유리할 듯싶었으나 그
네들은 매번 양산을 치켜들고 다니면서 집집이 문을 두드려댔다. '믿

는 자'에게 유감없었으나 우리 집은 그냥 지나쳤으면 바랄 내 많았
다. 때때로 그네들 하느님은 대체 어디에 계시는지 궁금했으나 그뿐
이었다.

구절초 꽃잎을 따는 손길은 언제나 아슬아슬했다. 벌도 나와 같이
꽃잎을 탐했으니 때로 벌침에 쏘일 때도 없지 않았다. 멧돼지와는 도
토리를 사이에 두고 다투고 벌 떼와는 꽃잎을 두고 쌈싸웠으니 먹을
거리 앞에서는 인간이나 짐승이나 다를 것이 없어 보였다. 꽃밭에 들
어서면 그 향내만으로도 이미 어떤 시름과 근심도 한풀 꺾이고, 가슴
한켠이 때 없이 달뜨기까지 하였으니 꽃잎은 따지 않아도 아쉽지 않
을 것이었지만 기어코 자밤사밤 꽃잎을 따서 다래끼를 채웠다. 겨울
양식이라고 우기기에는 어딘지 애살스러웠으나 취한 듯 꽃잎을 따서
모았다. 꽃베개라도 만들면 한겨울이 포근할 것도 같았으나 설탕에
버무려 발효액을 만드는 일이 먼저였다. 앞산이든 뒷산이든 구절초
꽃 핀 자리 있으면 서둘렀다. 꽃잎은 개화 직전, 막 벙그러질 듯한 봉
오리로 만났을 때 가장 어여뻤다. 천지개벽이 그와 다르지 않을 것이
었다.

뒤꼍 오동나무 그늘 아래엔 오갈피열매 쥐눈처럼 까맣게 익고 있
었다. 큰산 골짜기에도 이와 같이 오갈피열매들, 당귀와 천궁 씨앗
들 맑게 영글고 있을 물소리를 따라 자울자울 흔들리면서 익어가고
있을 것이었다. 대포 소리에 놀라 떠났을 멧돼지들 한겨울 눈이 내리
면 골짜기로 돌아오듯 푸른 달빛을 따라 복작노루 또한 마을로 돌아
올 것이었다. 단풍나무 붉은 잎 지고 나면 허우룩한 숲정이에도 어제

처럼 부엉새 한밤을 지새울 것이었다. 새품, 갈품 둑길에 하얗게 피어났다. 쓸쓸하면서도 꽃다운 가을이었다.

착살스럽다

세발자전거를 몰고 가던 옥선 씨가 옆으로 스치면서 무엇이라고 쨍알하는 소리가 들렸다. 순간 기분이 몹시 상했던 것으로 미루어 아마도 듣기 거북한 소리를 했던 모양이었다. 해질 무렵 비수리를 꺾으러 가던 길에 잠시 길섶에 앉아 사진을 찍고 있었을 뿐 별다른 행동을 하지 않았을 뿐만 아니라 비록 앉아서이긴 했지만 밭에 다녀오시느냐고 인사까지 여쭈었다. 이따금 길거리에서 만나면 참 새퉁스러운 이라고 여겼지만 또다시 아무런 일도 아닌 것에 화를 내고 가는 뒷모습을 마주하면서는 어처구니가 없다는 생각까지 들었다. 선입견이 무서운 것이겠지만, 사람이 다니던 길에 제 집 앞이라고 콩을 심는 옥선 씨를 보면서는 도무지 좋은 감정이 생기질 않았다. 아스팔트 도로 옆 갓길에도 곡식을 심었다. 땅뙈기 한 평 없는, 바닥을 긁을 정도로 어렵게 살아가는 이였다면 살아가려고 아등바등하는 모습에 맘이 눅고 차라리 슬픈 생각이 일었겠지만, 그렇지도 않았으니 볼품사나웠다.

어떤 오해든 속내를 알지 못하는 데서 비롯되는 것일 테지만, 곁

모습만으로도 이미 고스란히 심정이 읽힐 때가 있었다. 그렇더라도 말을 나누는 사이는 아니었지만 무슨 원수진 사이도 아니었으니 어디서든 마주치면 인사만큼은 빼놓지 않고 드리곤 했지만, 이따금 눈살이 째푸려지는 일도 없지 않았다. 바지런한 데다 욕심까지 많은, 착살스러운 이는 결코 좋은 모습을 보여주지 못했다. 내일을 위해 살다가 마침내 빈손으로 땅에 묻히는 게 인간이었지만, 우리는 늘 내일을 위해서 살았다. 자식들 모두 도시로 떠나고 홀로 남은 어르신들이 농사지으며 자신의 생계를 스스로 책임지는 모습은 한편 클클하면서도 또 다른 한편 지나치게 애면글면 엄세판을 허둥거리는 것을 보면 안타깝기보다는 화가 떴다. 군자 말년에 배추씨장사를 한다고, 땅뙈기 정도를 두고도 늘그막에 이르러서도 알탕갈탕을 하는 것을 보면 한숨이 났다.

'그때, 저기'가 아니라 '지금, 여기'를 잘 살고 싶은 까닭에 보험 따위도 들지 않았다. 어제 핀 꽃을 오늘 다시 보러 나가면 꽃은 이미 지고 없을 때가 흔했다. 흐르는 것이 강물이 지닌 속성이듯 시간 또한 가고 나면 돌이킬 수 없었다. 미래를 기약하는 일이 허망한 이유였다. 아버지 자전거를 타고 비수리를 꺾어서 안고 머위 밭으로 향했다. 가을 머위를 뜯기 위해서였다. 향이 진한 것이 봄나물에 버금갔다. 미래를 위해 보험은 들지 않으면서도 끓는 물에 데쳐 된장에 무쳐 먹으면 좋았을 머위를 효소발효액을 만들기 위해 손질했다. 자가당착이었다. 어디까지가 미래이고 어디까지가 현재인지 가끔 헷갈렸다. 어머니가 삶아놓은 고구마로 저녁을 대신했다. 까맣고 하얀 새끼 고양이 두 마리는 인기척만 나면 화들짝 놀라 마치 콩마당 콩알들처럼 흩어져 달아나곤 했다. 어미 고양이가 멀뚱멀뚱 사람을 쳐다보며 제 갈 길로 가는 것과는 사뭇 달랐다.

　이웃집 논에서 콤바인으로 벼 베기 하는 것을 본 것도 잠시, 좁은 마당에 그들먹하게 벼들이 쌓이고 있었다. 농사를 거들어주는 이가 말을 잘못 알아듣고는 마당에 콤바인으로 타작한 벼를 부려놓았다는 것이었지만 속내는 건조기 한 통을 다 채우지 못하는 벼에 있었다. 반 통이든 한 통이든 건조기를 한 번 돌리는 데 드는 비용은 같았으므로 콤바인 주인은 모르는 척 벼들을 건조기에 말리는 대신 이웃집 마당에 쏟아놓은 것이었다. 이웃집 아주머니는 골병들겠다고, 힘들어 못 살겠다고 하소연을 하면서 그늘 아래 널어 놓은 벼들을 뒤적거리고 있었다. 그러면서 한편, 햇볕에 잘 말린 벼는 밥맛이 아주 그만이라는 말씀을 덧붙이셨다. 기계를 이용한 편리함이 반드시 사람을 행복하게 하는가 하는 문제는 조금 더 따져봐야 했다. 벼는 말할 것도 없고, 고추도 이제는 건조기 없으면 못 말리는 줄 알았다.

　다국적기업 '카길'이 충청남도에 들어온다는 소식을 접했다. "카길은 세계 곡물시장의 40퍼센트 이상을 점유하는 세계 최대 곡물업체로 연간 매출이 130조 원 규모에 이른다. 사업 내용도 곡물 사업뿐만 아니라 육가공, 소금, 파스타, 주스, 코코아 등도 취급하고 있다. 이 밖에도 제약, 철강, 섬유 등에도 진출해 있다."(매일경제) 한마디로 카길이라는 회사는 육식공룡이었다. 우리나라 대기업이 떡볶이와 삼각김밥을 팔듯, 돈이 되는 것이라면 어떤 것도 가리지 않는 자본

앞에서 우리는 참 순진하게 대응하고 있었다. 씨앗부터 농약, 비료, 사료, 영농기계에 이르기까지 어느 것 하나 다국적기업에 의존하지 않는 것이 없었다. 눈앞에서 지옥문이 열린 것이었지만 누구도 심각하게 여기지 않았을뿐더러 당장 발등에 떨어진 불인 줄조차 알지 못했다. 쌀값은 10년 전이나 지금이나 똑같았으며, 심지어 정부에서는 농지를 축소하는 정책을 추진하고 있었다. 쌀 한 말에 10만 원쯤 해도 농사를 짓지 않으면 아무런 소용이 없는 것인 줄, 화폐가 있어도 쌀을 살 수 없게 되는 날이 멀지 않으리라는 것을 왜 말하지 않는 것인지 궁금답답했다.

작년에 한 근에 1만 원 하던 고춧가루가 올해는 2만5000원으로 뛰었다. 중국산 고춧가루 수입을 하는데도 국내산 고추 값은 제자리걸음이었다. 왕장마로 인해 고추들이 죄다 탄저병에 걸린 것이 한 원인이었지만, 기후변화는 이제 기상이변이 아닌 일상이었으므로 기후변화만을 탓하고 있을 때가 아니었다. 탄저병에 걸린 고추에 뿌려대는 농약을 보고 있으면 기가 찰 만큼 엄청났지만 그것은 또 그대로 우리 입으로 어떤 거리낌도 없이 곧장 무찌르며 들어왔다. 바른 먹을거리를 선택하는 기준은 무엇인지 심사숙고해야 했다. 비닐하우스부터 걷어내야 할 테지만, 그렇게 되면 친환경, 유기농 농사 짓는 이들부터 아우성일 것이었다. 옥선 씨 자전거 짐받이에 실린 것이 깻단 묶고 난 끈 따위였다. 혼자 사시는 늙은 농부들, 농약에 그만 기대면 좋은 일일 테지만, 이미 아주 늦은 일이 되어버렸다. 제초제 치고, 탄저병 약 치고, 또 영양제(성장촉진제) 치고, 반복해서 제초제, 탄저병 약 또 벌거지 죽는 약 치고. 차라리 고춧가루 없이 살아가는 법을 궁리하는 것이 나을 듯했다.

신생이 탄생하는 순간

　　　　　　　　신생이 탄생하는 순간은 어쩌면 동살이 잡히는 이른 아침에만 있는 것이 아닌 듯 해지고 어둑살이 내려앉은 저물녘에도 태어나고 죽어가는 것으로 둘레는 북적북적했다. 별들이 돋아나는 순간 햇볕은 아마득하게 사라지고 없었으며 참새가 처마 밑 둥지로 돌아가는 사이 밤 부엉이는 솔숲 우듬지로 날아내려 목을 놓아 저녁을 울고 있었다. 귀밑머리를 간질이는 가만바람에도 길 위에 떨어진 낙엽은 번드치며 돌아누웠으며 멧돼지, 복작노루 지나다니는 길목에도 검푸른 어둠이 내려앉아 길을 열었다. 잠들어야 하는 것들은 고요히 잠들었으며 깨어나야 할 것들은 기지개를 켜며 서서히 깨어나고 있었다. 칠흑같은 어둠은 없었다. 북두칠성은 어제와 같은 자리에서 뚜렷했으며 개밥바라기별도 살짝 자리를 옮겼을 뿐 어제처럼 빛나고 있었다. 논들 사이로 난 길에는 아무 소리 없었으나 마을 어느 쪽에서는 늑대 울음 같은 개 소리가 길고 음울하게 이어지고 있었다.

　　짚 무덤은 맑은 어둠에도 오히려 더욱 가라앉은 표정으로 논배미를 지키고 있었다. 하얀 비닐로 휘감친 짚 무덤은 발효시킨 뒤 소여물로 썼다. 어떤 이는 사각형 짚 무덤이 모유인 데 비해 '라운드곤포사일리지'라고 불리는 하얀 비닐로 휘감친 커다란 짚 무덤은 우유에 빗댔다. 그것보다 궁금한 것은 그 많은 비닐은 어디로 갈 것인가 하는 데 있었지만, 짚 무덤 주인들은 대답이 없었다. 비닐로 흥하고 비닐로 망하는 게 농촌, 농업이 아닐까 내심 걱정스러웠지만, 평생농부들은 평생농부들대로 젊은 농업경영인들은 또 농업경영인대로 대량생산에만 관심을 집중시키고 있었다. 영농기계 값이 비싸다 아우성치니 지자체에서 농기계임대업을 시작했지만, 내 것이어야 직성이 풀리는 이들은 강 건너 불구성이었다.

한낮 햇살에 떠밀려 배낭을 메고 앞산 숲정이로 향했다. 가만있어도 발바닥이 근질거리는 마가을에 햇살까지 맑고 바람까지 부드러웠으니 엉덩이를 붙이고 앉아 있을 도리가 없었다. 숲 기스락에서 찔레꽃 열매인 영실을 따기 시작했다. 이리저리 덩굴 속을 헤집으며 열매를 따는 팔소매를 위에서는 찔레가시가 잡아당기고 아래서는 환삼덩굴이 막무가내로 막아섰다. 손에는 장갑을 끼었을 뿐만 아니라 나무 가위까지 들었으니 아무렇게나 가지를 잘라내고 싶었지만 그렇더라도 살살 참으면서 열매 숭어리를 잘라냈다. 이따금 아무런 맛도 보지 않은 채 눈으로만 맛을 가늠했지만 그것이 그리 나쁜 결과를 가져오지는 않았다. 열매는 때깔이 내용을 증명하기도 했기 때문이다. 겉과 속이 크게 다르지 않은 것이 바로 열매였다.

한곳에 오래 머물지 않으려 했으며 열매를 싹쓸이하지 않겠다는 어떤 다짐 때문에라도 반쯤 듬성드뭇 열매를 딴 뒤 걸음을 옮겼다. 새뜻한 노란 산국이 여전히 눈길을 사로잡았지만 꽃잎이 더 필요하지 않았으므로 내친걸음이었다. 아까시나무를 타고 올라간 노박덩굴 줄기를 하나 잡아당겨 가지를 꺾었다. 속씨가 새빨간 노박덩굴 열매는 겉껍질은 또 샛노랬다. 꽃이 필 무렵 가지와 꽃을 땄지만 열매는 또 달렸으니 보이는 대로 이따금 열매를 따곤 했다. 봄날에도 나물과 약초가 풍성했지만 마가을에도 봄날 못지않게 열매와 뿌리가 넉넉했다. 그렇더라도 오래된 소나무든 미추룸한 젊은 소나무든 도시로 팔려가는 솔숲이 점점 많아지면서 마치 숲은 폭격 맞은 전쟁터처럼 놀란흙을 벌겋게 드러내는 곳이 더욱 넓어지고 있었으니 나물이든 약초든 어느 시절에는 지난가을 버섯 하나 볼 수 없는 숲정이처럼 바닥이 텅 비게 될지도 모를 일이었다.

천둥지기에도 가을걷이를 끝냈으나 예전처럼 볏짚을 잘라 깔아놓은 곳은 흔히 볼 수 없었다. 짚을 거름으로 쓰는 대신 소여물로 쓰기 위해 벼이삭을 떨어낸 볏짚은 고스란히 논바닥에 깔려 있었다. 그것은 그만큼 소를 기르는 농가가 늘었음을 의미하는 것이었다. 마을 공동 쇠마구간은 물론이고 개인이 가진 쇠마구간도 적지 않은 까닭이었다. 한여름이면 개울 작벼리에 자란 갈대를 베어 소여물로 쓰기도 했지만, 칡덩굴 같은 것은 손도 대지 않았다. 쇠마구간에서 사료를 먹고 자라는 비육우들은 그러므로 다국적기업에서 생산한 국적을 알 수 없는 사료에다 겨우 볏짚 정도를 먹을 뿐이었다. 농사소로 기르던 시절에 소는 때로는 사람보다 귀한 대접을 받았다. 겨울이면 여물을 끓이는 가마솥에는 콩이며 청둥호박 같은 갖은 곡식과 채소들로 푸 짐했지만 이제는 그것도 전설이 되었다.

용담 꽃을 발견한 뒤 골짜기를 따라 들어가니 앞서간 발자국이 눈에 띄었다. 신발 크기에 따른 몸무게를 어림짐작하면서 대체 누구일까 궁금해했다. 버섯철이 끝나면 숲정이를 드나드는 사람이 거의 없을뿐더러 한겨울처럼 눈이 내린 때도 아니었으니 무엇 때문에 생긴 사람 발자국인지 갈수록 궁금증은 더해졌다. 약초들을 캐러 마가을에 숲에 드는 이를 알지 못했던 터라 조심조심 앞선 발자국을 살피면서 용담 뿌리도 캐고 운지버섯도 따고, 흔히 볼 수 없었던 말굽버섯도 두어 개 땄다. 발자국은 등마루를 향해 계속 나가고 있었지만, 까닭을 알 수 없으니 불안과 두려움이 저녁 이내처럼 밀려들었다. 짚이는 바가 전혀 없는 것은 아니었지만 당장 확인할 길은 없었다. 마치 등불 없이 어두운 길을 걷듯 귀를 곤추세우며 조심조심 걸음을 옮겼다. 여름에는 미처 알아볼 수 없었던 약초들이 어여쁜 꽃으로 오롯하게 제 모습을 드러냈다.

해가 노루 꼬리만큼 짧아진 까닭인지 숲 그늘도 일찍 드리워졌다. 메숲진 곳에서는 별뉘가 옅어진 사이로 저녁 그림자도 한결 일찍 당도했다. 등마루를 넘어 마을로 내려올 길을 살피자니 가고자 했던 곳이 아닌 전혀 엉뚱한 곳에 서 있음을 비로소 깨단했다. 골과 골은 등마루 하나에서 시작하지만 거꾸로 되짚어 오르다보면 이따금 이와 같은 실수를 하곤 했다. 그렇다고 낯선 골짜기는 또 아니었으니 놀민놀민 둘레를 살피면서 골짜기를 내려올 수 있었다. 천둥지기 논

에서는 가을걷이한 논을 갈아엎는 트랙터 쟁기질 소리가 한창 드높
았다. 봄은 어쩌면 트랙터 쟁기질 소리를 타고 오는 것인지도 모를
일이었다.

김장김치 260포기

산짐승들은 숲이 헐거워지면서 마을에서 먼 골짜기로 이동 중이었으나 부엉이는 해질녘이면 배고픈 아이처럼 어제와 같은 목쉰 소리로 울고 있었다. 어디를 둘러봐도 김장밭 무와 배추는 한 귀퉁이만 헐었을 뿐 거의 그대로 남아 있었다. 지난해 김장거리가 흉작이었던 데 반해 올해는 또 지나치게 풍작이어서 밭을 갈아엎어야겠다는 농가가 다 있을 정도로 김장밭 무와 배추는 푸대접을 받고 있었다. 대파는 겨울을 나도 크게 상관이 없었으나 무와 배추는 된서리라도 내린다면 그대로 주저앉을 판이었으므로 보고 있자니 마음 한구석이 편치 않았다. 시장은 좁고 심는 이는 많고, 아니 농사를 지으면서도 시장에 기대다보니 벌어지는 기이한 현상이었다. 김장에 쓰이는 양념을 자급자족하는 농가는 이제 어디에서도 보기 드문 일이 되고 말았다.

숲 기스락 근처 논길 위 빗물이 고인 움파리에는 멧돼지와 복작노루 발자국이 뚜렷했다. 복작노루, 즉 고라니는 우리나라에서는 흔하지만 지구 전체를 놓고 볼 때는 흔하지 않은 동물 가운데 하나였다.

어디에서는 흔하고 또 어디에서는 아예 볼 수 없는 고라니는 우리 지역에서는 흔한 까닭에, 농작물을 망가뜨리는 원흉으로 지목되는 까닭에 죽여도, 심지어는 바다까지 내몰려도 아쉬워하거나 안타까워하는 목소리는 들리지 않았다. 우리나라와 중국 동부 일대에서 멸종되면 지구상에서 아예 볼 수 없게 되는 동물인데도 아주 쉽게 수렵허가 대상이 되어 겨울이 닥치면 견디기 어려운 일을 당하곤 했다. 할머니 살아 계실 때는 호랑이와 여우와 늑대 이야기를 심심찮게 들려주셨지만, 이제는 다시 볼 수 없는, 이름으로만 기억되는 동물들이 되고 말았다. 함부로 아무렇게나 잡다보면 복작노루도 그렇게 되지 말라는 법 없었다.

며칠 바깥나들이를 하고 돌아오니 일이 산더미처럼 쌓였다. 해야 할 일은 몸을 움직여 해야만 없어지니 아니 할 수 없고, 한꺼번에 하다보니 잠깐 몸살 기운이 돌기도 했다. 그런 가운데 이웃 마을 할머니께서는 2~3일 전에 당신네 김장하는 날 올 수 있겠느냐고 전화를 하셨다. 다른 일은 몰라도 김장하는 일에 빠질 수 없어 알았노라고 답을 하고 나니 으슬으슬 몸살 기운이 돌았다. 제대로 몸살풀이를 하고 싶었으나 해야 할 일이 겹겹이었다. 할머니는 무려 260포기가 넘는 배추를 절여놓았다. 딸네들 동생네, 그리고 며늘네, 또 나눠 먹어야 할 이웃들 몫이라고 했지만 기가 딱 막혔다. 김장을 하려고 모인 사람은 할머니 포함 네 사람이었다. 다행히 날씨가 포근하고 바람이 크게 불지 않은 것이 부조라면 부조였다. 무김치까지 따로 했으니 아예 공장 규모였다. 당신 힘있을 때 해주는 것이라고는 했지만, 보고

있는 나는 속이 편치 않았다. 일흔 넘은 노인이 감당할 수 있는 수준
이 아닌 까닭이었다. 다른 사람 손을 빌리면서까지 그렇게 해야 하는
지 모를 일이었다.

김장밭에서 배추와 무를 뽑기 전에 씨앗들을 뿌리고, 비가 오면
오는 대로 오지 않으면 또 오지 않는 탓을 하면서 김장밭을 보살펴
야만 겨우 내 손에 들어올 수 있는 것이 바로 농작물이었다. 배추와
무, 파만으로도 최소한 3개월, 아니 거기에 고추와 마늘을 기르고 거
두는 일까지 하면 1년 내내 밭을 떠나지 않아야 가능한 일이었다. 고
추는 볕에 말리는 것으로 끝나지 않고 또 읍내 방앗간엘 다녀와야 비
로소 고춧가루가 되었다. 새우젓은 생새우를 사다 최소한 2년은 소
금에 절여두어야 했다. 멸치젓 또한 마찬가지였다. 그러므로 집에서
손으로 만든 음식에는 화폐로 환산할 수 없는 그 무엇이 깃들 수밖에
없었다. 친정이고 시집이고 어르신들이 직접 김장을 담가주면 얼마
간 화폐로 보답했다고 도리를 다한 것으로 생각하는 것은 그러므로
큰 잘못이었다. 거기에는 헤아릴 수 없는 시간과 근심이 깃들어 있기
때문이었다. 햇볕과 비/바람은 모른 척한다고 해도 그랬다.

이웃 마을 할머니 댁에서 김장을 버무리고 온 다음 날 '가리골'에
있는 작은집 김장밭으로 손수레를 끌고 갔다. 내 손으로 김장을 담가
보려는 까닭이었다. 핑계는 살림을 난 조카들에게 준다는 것이었지
만, 여태 내가 직접 김장 재료를 장만하여 김장을 한 적은 없었기 때
문이었다. 우리 집 김장은 내가 나들이를 하던 날 노인들께서 꼭두새
벽에 이미 씻고 버무려서 내가 손댈 일은 전혀 없었다. 겨우 배추 열

두 포기를 절이고, 양념을 준비하는 일로 하루해가 다 갔다. 그러하니 노인들 셋이서 300포기에 가까운 배추와 거기에 무까지 김장밭에서 뽑아 집으로 나르고 소금에 절이고 물에 씻느라고 해종일을 보냈으니 수술한 허리와 관절염을 앓는 다리, 성한 곳이 없는 몸들이 어떠했을까. 차라리 시장에서 사서들 먹으라고 왜장이라도 치고 싶었다. 그 김장은 그냥 김장이 아니라 병든 노인들이 온 힘을 기울여 몸으로 만든 음식, 아니 이미 노인들 몸이며 넋이었다.

언제부턴가 감나무의 감들을 따면서 까치밥조차 남겨놓지 않는 풍경과 마주치는 일이 잦았다. 콩밭에 콩을 심을 때도 적어도 세 알 이상을 심었던 것은 사람만이 먹겠다는 생각을 버리고 동물과 이웃해서 함께 살겠다는 의지를 드러낸 것이었다. 꿩도 먹고 두더지도 먹고, 그렇게 해도 사람이 먹는 것이 훨씬 더 많으리라는 것을 알고 있었다. 그러던 것이 금줄을 치는 것으로도 모자라 전기가 통하는 울타리를 만들어 사람까지 상하게 하는 일이 버젓이 일어나고 있었다. 일소를 몰아내고, 트랙터만 누비게 된 논밭은 결국 사람까지 몰아낼지도 모를 일이었다. 싫어하고 미워하면 외나무다리에서 마주치게 되듯 소외시키고 배제하면 그것은 고스란하게 인간을 향해 돌이킬 수 없는 무엇이 되어 들이닥칠 것이었다. 부룩을 박지 않고 사이짓기를 하지 않으면서 시장에서 종자를 구하게 된 것처럼. 화폐가 있어도 원하는 종자를 구할 수 없게 된 것은 어쩌면 기계와 과학을 맹신하고 인간이 인간을, 동물을 멀리하고 한낱 사물로 대하게 된 그 순간부터였을 것이었다.

　해진 뒤 거칠게 일어난 바람은 빈 들을 아낌없이 휩쓸며 지나쳤
다. 귀가 얼얼했다.

선물 받은 도루묵

밤새 시베리아 벌판에 서 있는 듯, 창문을 두드려대는 바람 소리에 손발이 오그라들 지경이었다. 얼마 전냇가에 첫얼음이 언 뒤로 연일 미친바람은 쉴 사이 없이 태질하며 마을을 들쑤셔놓고 있었다. 추워지거나 더워지는 일은 손쓸 겨를이 없는, 마치 번개가 치고 우박이 떨어지는 것과 같은, 맑은 여름 하늘에서 미꾸라지가 쏟아져 내리는 일과 닮았으니 늘 느닷없다고 여겨졌다. 맞은바람을 안고 걷는 것처럼 좀체 면역력이 생기지 않는 것은 추위도 마찬가지였다. 문밖에는 낙엽들이 답쌓이고, 헛간에 있던 물건들은 아무렇게나 나뒹굴었다. 첫추위를 도지게 당한 꼴이 되었으니 이다음부터는 좀 더 잘 견디지 않을까 하지만 그것도 두고 볼 일이었다. 그런 가운데 여태 거둬들이지 않은 김장밭의 배추와 대파는 되살아나는 듯 오히려 더 새파랗게 보였다. 꼿꼿하게 서 있는 대파가 보기 좋아 한참을 서성거렸다.

며칠 전부터 파리 한 마리가 방 안을 빙빙 날기도 하고 방바닥을 느릿느릿 기기도 하는 꼴을 물끄러미 바라다보기만 할 뿐 잡지 않고 있었다. 아주 쉽게 잡을 수 있는 것을 잡지 않은 것은 파리가 약해 보이기 때문이 아니라 그렇게 빌빌거리다가 죽겠거니 하는 생각 때문이었다. 고추바람이 불어 사람도 얼어 죽을 것 같은 판에 어디서 왔는지 모를 파리 한 마리는 이물스러울 만큼 기이해 보였다. 얼마 전에는 귀뚜라미 한 마리가, 또 어제까지는 노린재 한 마리가 책장 난간을 엉금엉금 기어다녔다. 추위 때문이라면 부엌이 나을 것도 같았지만 무슨 일인지 방 안에서 돌아다니는 작은 곤충들이 이따금 발견되곤 했다. 누워 있는 내 얼굴만 건드리지 않으면 파리조차도 가만히 놓아두는 일은 쉬웠지만 얼굴을 간질이는 일은 참을 수 없는 까닭에 기어이 일어나서 쫓아내곤 했다.

한미무역협정 국회 내 한나라당 비준 동의안 날치기 통과로 오자기 안에서 소를 잡는 듯 방송매체들은 소란스러웠지만 정작 농촌인 우리 마을은 빈 바람 소리만 요란할 뿐이었다. 누구도 내 일처럼 안타깝게 여기거나 분통을 터뜨리지도 않았을뿐더러 차라리 강 건너 불구경 하듯 나 몰라라 하는 태도가 뚜렷했다. 어떤 먹을거리를 선택하느냐 하는 것도 결국은 정치 행위인 줄은 잘 기억해내지 못했다. 텃밭에 농산물을 기르면서 자급자족할 수 있는 농민들은 이제 흔치 않았다. 우리 동네는 논농사가 전부였으며 밭작물은 가뭄에 콩 나듯 겨우 김장무나 배추를 기르는 정도였다. 고추며 마늘, 대파는 시장에 기댔다. 잡곡이라고 부르는 수수나 조를 심는 농가도 찾아보기 힘들었다. 이따금 들깨나 고추를 심을 따름이었다. 소를 기르는 축산 농가들은 가축 먹이 때문에 아우성이면서도 소를 기르는 방법을 바꿀 생각은 하지 않았다.

약빠르고 영특한 것이 인간이고 보면 쉽사리 망하거나 굶어 죽지는 않을 것이겠지만 굶어 죽거나 들머리판을 내지 않기 위해서는 하지 않아도 되는 고생을 죽도록 해야 하는 것이 문제라면 문제였다. 농가에서 성가시고 귀찮다고 여기는 청설모조차 잣송이에 잣알이 성한지 아닌지는 귀신같이 알았다. 인간은 잣송이를 깨봐야 속에 든 잣알이 여물었는지 아닌지 겨우 알았다. 옛일에서 무엇을 배우고 깨단했기 때문일 것이었지만 인간은 옛날 일로부터 무엇을 배우는 것은 마디고, 심지어 아무것도 배우지 못했다. 술기운으로 배살하면서도 곧장 잊고 또 술을 마시는 것과 닮았다. 아니 속병에 고약을 붙이는 것과 다르지 않았다. 아예 하지 않아야 할 일을 하는 경우 또는 잘못된 결정을 처음과 같이 되돌려놓는 일은 그러므로 죽은 자식 나이 세기에 지나지 않았다.

미친바람으로 꽁꽁 세상이 얼어붙어도 모처럼 바닷가에서는 도루묵이 많이 잡혔다. 초겨울 이맘때면 양미리와 도루묵으로 개락이어야 할 부둣가에 찬바람만 오고 가더니 며칠 사이에 도루묵이 그야말로 벌창이었다. 겨울이면 그물에서 고기를 벗기는 것으로 생계를 유지하는 어느 아주머니께서 이른 아침 도루묵을 서너 두름 가져다놓고 가셨다. 많으면 또 가격이 떨어졌지만 사먹는 이들에게나 일감이 없어 고심하던 이들에게는 좋은 소식이었다. 그렇더라도 찬바람을 맞으며 그물에서 고기를 벗기는 일은 하는 젊은이들을 찾기 어렵다는 하소연은 끈질기고도 오래된 소문이었다. 옛 시절에는 농촌에서도 겨울철이면 아낙네들이 부둣가에서 명태를 손질하거나 그물에서 고기를 따는 일로 한철 가욋벌이를 톡톡하게 했다. 그러나 이제는 그런 일을 하던 아낙네들은 늙고 병든 까닭에 마음뿐이었으며 젊은 아낙들은 김치공장 또는 음식점, 콘도미니엄 따위에 벌잇자리를 얻었으므로 부둣가 근처에는 얼씬거리지 않았다.

어쩌면 어린 시절 부둣가에서 벌어지던 고된 노동을 보았기 때문일지도 모를 일이었다. 어떤 이는 명태 덕장에서 명태 '때기던' 일을 여태도 되우 몸서리치는 일로 기억했다. 어지간하면 아이들 학비 때문에라도 명태덕장 일을 해야만 했다. 그렇게 노동하던 시절 일을 지금은 애써 기억하지 않으려고 했다. 세상 사는 일에 어디 만만한 세 있느냐고 하는 말로 더 이상 달팽이 뚜껑 덮듯 했다. 자신이 행한 노동에 당당해도 좋으련만 쓰리고 아픈 기억은 변주되거나 아예 없는 것처럼 잊었다. 노동하지 않는 삶이 어디 있을까. 누구든 무엇이든 어디에나 다 잇대어 있거나 기대면서 살았다. 혼자서는 용빼는 재간이 없는 것이 사람이었지만 그것을 자주 잊었으며 기억하지 않으려고 했다. 그러면서도 한편 인과응보라는 말을 곱씹어보았다. 사막한 인간이라고 해서 득달같이 벼락을 맞아 죽거나 삼대가 망하는 일은 흔하지 않았으니 말이었다. 무엇이든 물처럼 제 곳으로 흘러간다면 좋을 것이었다.

늦은 밤까지 매운바람 부는 부둣가에서 손발 꽁꽁 얼려가면서 그물에서 고기를 벗긴 품삯으로 받은 도루묵을 전해주신 아주머니 덕분에 점심 밥상이 그들먹하고 즐거웠다. 읍내에 사시는 아주머니는 항암치료를 받으셨던 이력이 있었으며 그리하여 이따금 효소와 관련하여 이것저것 물어보셨고, 나는 명개 먼지만큼 아는 것을 나눠드렸을 뿐이었다. 누구와 무엇을 나눈다는 생각조차 없는 때가 오면 참 좋겠다고 여겼다. 거친 바람 잠시 숙졌다.

불알고비

살구꽃 복사꽃이 그리고 자두나무 꽃
이 분홍빛으로 왔다 흰 눈처럼 하얗게 무너져 내렸다. 부처께서 꽃을
들어올리신 이유를 가섭존자처럼 난딱 알아채지 못한다고 한들 꽃
들, 여리고 어린 꽃들 어여쁘지 않은 것은 아니었다. 피고 지는 때가
인간이 기다린 때와 다르다고 하여 꽃들 밉광스럽지도 않았을뿐더러
지난해 피었던 꽃들 올해 만나지 못했다고 하여 또 못 견디게 서럽지
도 않았다. 꽃들 피는 순서를 정한 것은 어쩌면 인간들일 뿐, 꽃들은
바람과 햇볕이 알맞으면 아무 때고 꽃망울을 터뜨렸으니 달이 지구
둘레를 공전하는 한 꽃들은 피고 질 것이었다. 감나무 이파리가 참새
혓바닥만 한 싹을 내밀고 있을 때, 멍털멍털한 모과나무는 분홍빛 꽃
망울을 한껏 터뜨렸으나 대추나무 검은 수피는 여태도 한겨울처럼
깜깜했다.

봄 숲에서 피고 지는 꽃들은 작디작을 뿐만 아니라 지망지망 걸으
면 눈길에 잡히지도 않았다. 가만가만히 숲 바닥을 여살피면서 걸을
때에라야 비로소 제 몸을 온전히 드러냈다. 눈길이 마주쳐도 달아나

지 않고 똬리를 튼 채 그대로 있는 배암과 같이 서로 삼가고 조심하는 그런 때 꽃들과 맞닥뜨려야만 마침내 꽃들과 만날 수 있었다. 새끼손톱만 한 꽃잎이 전하는 말 따위를 알아들을 수는 없어도 꽃들 그때 그 자리에 있어서 반갑고 고마웠다. 소쩍새 울음소리가 키웠을 진달래꽃이 이운 자리에 연분홍빛 해뜩발긋한 함박꽃(철쭉)이 꽃을 피웠으나 그대로 어여뻐할 뿐 손대지 않았다. 참꽃이라고 불리는 진달래꽃은 눈에 띄면 이따금 한두 이파리 따서 입으로 가져가 맛을 보았으나 개꽃이라고 불리는 함박꽃, 아니 철쭉은 어릴 때부터 먹으면 '미친다'고 손대지 말라고 했던 어른들 금기가 여전히 지켜지고 있었다.

숲정이에서 자생하는 두릅 싹을 따러 나섰으나 어느 곳은 아주 이르게 당도했고 또 어떤 곳은 너무 늦게 닿은 탓에 맞춤한 두릅 싹을 만나는 일은 쉽지 않았다. 앞서 재바른 발걸음이 다녀간 곳도 있었으나 어쩌다가 '눈 먼' 두릅 싹 하나둘을 뒷갈망하듯 만났다. 한꺼번에 와락 피는 꽃들 없듯 한자리에서 자란 나뭇잎들도 가만히 살피면 앞서거니 뒤서거니 돋아났다. 두릅 싹이든, 개두릅 싹이든 사람과 짐승이 따서 먹지 않으면 그대로 가지도 되고 이파리도 되었다. 어쩌다 사람과 짐승들 입에 단 먹을거리가 되어 나무 싹들은 때 아닌 수난이었다. 어떤 자리는 낫으로 또 어떤 곳은 톱으로 손길이 닿지 않는 높은 곳에 난 싹을 따기 위해 나무줄기를 제겨냈다. 그리하여 나무들은 제멋대로 자라지 못하고 사뭇 옹두리투성이었다. 이파리를 먹는 나무들은 중력을 견디는 것만으로도 모자라서 사람들 손길에 잡아 채

이고 꺾여 아주 너덜너덜해졌다.

하얀 민들레는 지난해와 달리 가는 곳마다 흔했다. 한동안 텔레비전을 비롯한 대중매체에서 민들레가 사람 몸에 좋다고 하는 바람에 마을 밖에서까지 사람들이 들어와서 민들레를 캐가는 등 야단법석이었다. 총포總苞 모양에 따라 토종과 외국에서 들어온 민들레를 나누지만 이미 이 땅에서 나고 자라는 민들레였으므로 그런 구분이 의미 없어 보였다. 그렇더라도 전에 없이 하얀 민들레를 보면 기뻤다. 꽃 핀 뒤 갓털들 멀리 멀리 퍼져나가라고 쓸 만큼만 캔 뒤에는 볼 때마다 곁을 주지 않고 쏜살같이 지나쳤다. 다행히 노란 민들레처럼 하루 종일 피어 있지 않고 쉽게 꽃잎을 오므렸으므로 사람들 눈에는 덜 띌 것이라는 생각에 괜히 안심하곤 했다. 하얀 민들레 갓털들 먼 데까지 바람 따라 아낌없이 날아가기를 바랐다.

뜻밖에 '불알고비' 밭을 만나 고비를 서너 사발 꺾고 나니 괜스레 고사리 밭이 궁금해졌다. 고비든 고사리든, 아니 묵나물을 만들어야 하는 나물들을 효소 재료밖에는 잘 꺾지 않는 데는 뒷갈망이 성가신 까닭도 없지 않았다. 고비와 고사리 그리고 묵나물은 삶은 뒤 좋은 볕에 잘 말려야 했다. 바람과 볕이 좋으면 하루 이틀이면 끝날 수 있었지만, 날이 궂으면 서너 날은 손품을 들여야 하고, 맛도 장담할 수 없었다. 요즘은 전기건조기로 무엇이든 말리는 집이 늘었지만 전기건조기는커녕 식기건조기도 없으니 일일이 마당에 내놓고 들여놓는 몫은 온전히 내 차지였으므로 숫제 시작하지 않았다. 그렇더라도 고사리 밭을 그냥 지나치기는 어려웠다. 볕이 잘 드는 곳으로 '고사리

밥'이 많은 곳이면 고사리 싹은 반드시 있었다. 묵나물을 만들지 않는 어르신들이라도 고사리 한두 사발은 제사 음식으로 꺾어 말렸으니 바지런해야 했다.

고사리 밭을 꺼리는 이유 가운데 하나는 배암이 자주 눈에 띄기 때문이었다. 고사리 꺾다가 손가락을 배암에 물렸다는 흔한 소문이 배경처럼 드리워져 있기는 했지만, 이상스레 고사리 밭에서는 자주 배암과 마주쳤다. 유혈목이든 살모사든 종류를 가리지 않고 배암들은 볕 그늘 아래 기다랗게 또는 옹글게 똬리를 튼 채 그곳에 있었다. 질겁할 새도 없이 이제는 그만 천천히 자리를 떠나는 것은 배암이 아니고 오히려 나였다. 쫓을 생각도 없고 다만 배암을 핑계 대고 고사리를 거저두고 싶은 생각만 간절했다. 왜 그러는지 그 까닭은 스스로도 알지 못했다. 고사리 밭이었지만 그곳 주인은 고사리라기보다 어쩌면 배암이 터를 둔 곳은 아닐까 하는 의혹만 새록새록 돋아났다. 고사리는 밭을 만나면 고맙지만 가뭄에 콩 나듯 하나둘 눈에 띄면 돌아보지 않고 건너뛰었다. 이래저래 두어 사발 남짓 꺾었으니 고사리는 이제 그만이었다.

어느 산 기스락 묏등 근처에 둥굴레가 숱했다. 마치 음식을 진탕만탕 먹은 것처럼 속이 그들먹했다. 아무런 생각 없이 둥굴레 뿌리를 답삭이던 와중에 그만 사진기를 물속에 빠뜨렸다. 갱충맞기가 이를 데 없었다. 생각보다 몸이 빨랐지만 이미 사진기는 물 위를 둥둥 떠 내려가고 있었다. 호사다마랄까. 무엇이든 무트로 먹으면 체하는 법이었다. 전남편 묘를 없앤다는 것이 그만 다른 사람 남편 묘를 없앤

일이 마을에서 벌어졌다. 연기緣起는 과연 뜻이 없는 것일까. 공동묘
지 묏등 위로 은방울꽃들 시퍼렇게 돋아났다. 미구에 은방울 흰 꽃들
지천일 것이었다.

노란 고양이, 검은 고양이

그 숲에 가지 못하는 동안 귀룽나무 하얀 꽃은 만개하여 산을 뒤덮었다. 이제 고목은 나무가 된 귀룽나무들은 꽃구름을 피운 채 보이지 않는 향기를 퍼뜨리고 있었다. 지난겨울 소나기눈에 가지들이 찢겼어도 꽃그늘 아래로는 산민들레와 미나리냉이 그리고 보랏빛깔이 자잘한 현호색들을 품고 있었다. 어느 해는 달래를 캐기 위해 두어 번 찾았지만 올해는 한 번도 돌아보지 않았다. 들판에 못자리가 만들어지고 호랑지빠귀가 새벽마다 우는 가운데 귀룽나무는 저 홀로 잎을 키우고 꽃을 피웠다. 눈사태 같은 흰 꽃들이 지고 나면 쥐눈 같은 검은 열매를 맺을 것이었지만, 당장은 메밀꽃과도 같은 흰 꽃만이 눈길을 잡아끌었다. 언뜻 보면 연둣빛 이파리 속에 파묻힌 흰 꽃숭어리들이 있는 듯 없는 듯 연둣빛인 듯 흰색인 듯, 감추면서도 드러내고 서로 물들이면서도 제 빛깔로 당당했다.

지난겨울 식물에 관한 책을 읽으면서 올봄에 싹 틔울 '쥐오줌풀'을 기다렸다. 어르신들은 쥐오줌풀 어린 싹을 나물로 드셨지만, 이름 때문에라도 내게는 이상한 풀에 지나지 않았으며 분홍빛 꽃을 피워도 곁을 주지 않고 건듯 지나쳤을 뿐이었다. 쥐오줌풀이 약재로 쓰인다는 대목에 이르러서야 문득 관심을 갖게 되었다. 쥐 오줌 냄새가 난다고 하여 쥐오줌풀이라고 불린다고 했지만 막상 뿌리를 캐서 냄새를 맡아보니 전에 없이 향긋했다. 이웃 마을 할머니께 보여드렸더니 할머니는 대뜸 '등걸초'라는 이름으로 불러주셨다. 마을 어르신들이 부르는 이름이 사전에 올라 있는 경우는 거의 없었다. 이름만 놓고 보면 무엇과 무엇이 같은지 알 수 없었으며 실물이 없다면 서로 다른 외국어로 대화하는 것과 다르지 않았다. 귀하다고 하는 약재들은 대부분 비슷한 뿌리 모양을 하고 있었다.

지난해 가지 않았던, 아니 갔던 곳이어도 걷지 않았던 곳을 헤덤비다보면 난데없이 귀한 풀들을 만났다. 풀들은, 나무들은 어느 하나 어여쁘지 않은 것이 없었지만, 애정에 관한 한 물매가 심한 까닭에 어쩌다 삼지구엽초 떼판 따위를 만나면 사뭇 가슴이 부풀어 올랐다. 이제 막 연노랑 닻과 같은 꽃을 달고 있는 삼지구엽초는 차마 손대지 못할 정도로 새뜻했다. 삼지구엽초는 어린 이파리와 꽃이 거의 동시에 피었으며 속이 오르면서 꽃은 더불어 이울었다. 꽃들이 피어 있는 떼판은 잠깐 멈춰 지켜볼 뿐 손대지 않고 장소만 기억한 채 그대로 지나쳤다. 지나치면서도 뒤를 돌아다봤다. 그리운 무엇을 뒤에 두고 떠나는 걸음처럼 연연했다. 기억해둔다고 해도 언제 다시 그곳에 닿을 수 있을는지는 누구도 모르는 일이었으므로 어쩌면 처음이자 마지막일 수도 있었다.

고추나무 싹을 따러 나선 길이었으나 뜻밖에 고사리 밭을 만나고, 다시 고비 밭을 만나고 나니 어리떨떨했다. 고비 밭과 고사리 밭은 이미 누군가 다녀간 길이었으나 첩이 아흔아홉이나 된다는 고사리를 다 꺾을 수는 없는 노릇일 테니, 꺾는 일에 맘은 없더라도 눈길에 밟히니 이러지도 저러지도 못한 채, 이따금 실한 것들만 골라 꺾다보면 다래끼가 무거워지곤 했다. 그런 까닭에 또 고추나무 싹 대신에 노루발을 캤고, 땅두릅 싹을 제겨냈으며 돌아서서 단풍취를 꺾었다. 한두 개씩 모여 있는 비비추는 그대로 지나쳤다. 무덤을 옮겼거나 아니면 무덤을 파고 하얗게 육탈했을 뼈들을 어느 골짜기에 흩어버렸을 놀란흙이 드러난 무덤 터를 만나면 이상스레 가슴이 뭉클했다. 비바람에 삭고 저절로 낮아져 있는 듯 없는 듯한 무덤과는 또 다른 느낌이었다. 윤달이 든 해라고 해서인지 유난스레 많은 무덤이 흩어지고 사라졌다.

달이 덩두렷하게 부푸는 동안 새벽마다 귀신새는 울어 잠을 깨웠다. 어떤 꽃들은 열매로도 흔적이 없었으니 어느 결에 다녀가기는 다녀갔는지 문득 궁금했다. 숲정이는 하루가 다르게 빛깔을 바꿔갔다. 전에 없이 기온이 높은 까닭에 큰산을 오르내리는 사촌동생은 걸음이 나뭇잎 자라는 속도를 따라잡을 수 없노라고 푸념했다. 못자리 오대벼는 쑥쑥 자라는 반면 또 은광벼는 자라는 속도가 느려 '영양제'를 주어야 하는 상황이 벌어졌다. 한낮에는 한여름이었다가 해질 무렵이면 산꼬대를 하듯 초겨울처럼 쌀쌀해졌다. 봄꽃들 화락화락 한꺼번에 숲정이를 뒤흔들었으므로 웃을 수 없었다. 알 수 없는 기온 변

화에 태무심하지 못하는 까닭은 반드시 꽃들 때문만은 아니었다. 이
상기온은 알게 모르게 생태계에 영향을 주었으며 그 여파는 다시 내
일상까지 미치는 까닭이었다.

마치 고구마 꽃을 만나기 어렵듯 어쩌면 이제 감자 꽃을 보기 위
해 사진 박물관엘 가야 할는지도 몰랐다. 소쩍새 없는 봄을 맞고, 아
니면 말똥가리 없는 겨울을 보내게 될지도 모를 일이었다. 이 땅에서
호랑이와 반달곰이 사라졌듯, 벌들이 찾아오지 않으므로 해서 자두
와 복숭아는 물론 쌀까지 수입해 먹어야 하는 상황일 벌어질는지도
몰랐다. 어둠 속에 길들여져 앞을 볼 수 없는 박쥐처럼, 그렇게 긴긴
어둠 속을, 꽃들이 새들이 없는 날들을 살아야 한다면 즐거울까. 늦
봄 귀룽나무가 새하얗게 피어서 잠시잠깐 눈부셨다. 바위 틈새로 매
화말발도리 피어서 백척간두에 선 것처럼 아슬아슬하면서도 기꺼웠
다. 숲 가꾸기 하던 이들 톱날에 가지 다 베였어도 매화말발도리 기
어이 살아서 꽃 피웠다. 다시 볼 수 없을 듯하여 서러웠던 마음 간곳
없었다.

산마루를 제멋대로 넘나드는 소쩍새는 목 쉰 울음으로 달밤에 풀
려난 누렁개와 입씨름했다. 겹벚꽃잎 답쌓인 물길에서는 악머구리
들끓었으며 집쥐를 사냥하던 도둑고양이는 헛간에서 새끼를 낳았
다. 집에 짐승을 키우지 않았으나 어미는 나도 모르게 아우는 누구도
모르게 스리슬쩍 도둑고양이들이 모여 노는 곳에 생선대가리들을 놓
아두었다. 그런 이유 때문인지 도둑고양이들은 나를 봐도 도망하지
않았으며 때로는 빤히 나를 치어다보기까지 했다. 무엇에도 곁을 잘

두지 않았지만 말 못 하는 짐승이므로 더러더러 생선뼈다귀이거나 국물 우린 멸치들을 수북하게 모아서 그들이 먹을 수 있도록 해주었다. 노란 고양이, 하얀 무늬가 있는 검은 고양이는 둘이 어울려서 잘 놀았으므로 예뻤다.

송홧가루 날리고

보랏빛 오동나무 꽃이 피어나고, 연무처럼 송홧가루는 날려 마을을 뒤덮었다. 송홧가루는 장독대든, 신발상이든 어디든 아랑곳없이 찾아들어 마을을 황금빛으로 물들였다. 숲정이엔 어제 일처럼 샛노란 꾀꼬리가 날아들었으며 읍내 부둣가엔 지난해 이맘때 먹었던 꽁치가 돌아왔다. 모내기를 시작한 들판은 기계 소리로 시끌벅적했다. 기계로 농사 짓는 요즘은 대부분 호락질로 모내기를 끝냈으니 새참이든 들밥이든 제 식구들끼리만 먹었다. 새참이라야 빵에 우유가 고작이었으며 들밥은 읍내 음식점에서 배달시켜 먹었으니 이웃해서 일하는 이웃을 불러 함께 나눌 밥이 없었다. 기껏해야 술 한잔이 다였다. 논에 모를 내는 일이나, 가을걷이를 하는 일은 농사 가운데 으뜸이었으니 집안 잔치이면서 마을 잔치였다. 품앗이를 하기 위해 십수 명에 이르는 사람이 일꾼으로 참여했으니 들밥이든 새참이든 푸짐하고 넉넉하지 않고는 배길 수 없었다.

'잿놀이(재누리)*'라고 불리던 새참은 주로 막장을 풀고 끓인 국수, 이른바 장칼국수를 끓여 동이째 머리에 이고 들로 나갔다. 점심으로 먹는 들밥엔 반드시 생선 한 토막, 모내기철에 나는 꽁치 또는 자반고등어를 양념장에 쪄서 한 사람 앞에 두 토막씩, 꼭 가랑잎에 싸서 앞앞이 도르리했다. 바닷가를 턱밑에 두고 있으면서도 생선을 흔하게 먹을 수 없던 시절이었다. 여름이면 손수레에 생선을 싣고 시골로 팔러 다니던 생선장수가 풍기던 비린내는 아직도 삼삼했다. 육고기는 1년에 한두 번, 명절 때나 어쩌다 마을에 잔치가 있어야 맛볼 수 있는 음식이었으니 생선 비린내만으로 충분히 입안에 군침이 돌았다. 들밥을 머리에 이고 가는 어미 뒤에는 막걸리 주전자를 든 아이들이, 또 그 아이들 옆과 뒤로는 반드시 누렁이가 뒤따랐다. 심부름하면서 한두 모금 맛본 막걸리에 취기가 도도해진 아이들은 불콰해진 얼굴로 어른들에게 웃음을 샀다.

　모내기 전 미리 제초제를 친 논두렁은 까맣게 죽어가고 있었다. 잡스러운 풀이라고 불리는 잡초 가운데는 민들레, 박하, 질경이, 쉽싸리, 쇠무릎치기들이 있었다. 내게는 약으로 쓸 수 있는 약초였지만 논두렁 풀들인지라 손대지 못하는 그림에 있는 떡이었다. 제초제를 친다고 해서 영영 풀들이 되살아나지 않는다면 차라리 다행이련만, 풀들은 기어이 살아서 다시 돋았으니 제초제를 치는 순간만 풀들은 잠시 사라질 뿐이었다. 한 해 두세 번 논둑에 돋은 풀들을 깎으면 되련만 편리함에 익은 몸들은 손쉽게 제초제를 썼다. 어릴 때는 논둑 풀을 깎아 소여물로 썼으나 이제 사료를 먹는 소들에게 논둑 풀은 필요 없었다. 소들은 기껏 볏짚으로 입가심을 할 수 있을 뿐이었다. 한쪽에서는 농약을 쳐야 농사 잘된다고 나발을 불었으며 또 한편에서는 논두렁이나 길섶에 돋은 풀은 농약과 중금속 오염 농도가 높으니 먹지 말라고 했다.

못자리가 시작되면 논길을 걷는 것마저 꺼려지는 까닭에 멀리멀리 에돌아 숲 기스락으로 돌았다. 이따금 달콤하게 느껴지는 냄새가 나는 곳을 가만히 살피면 풀들이 까맣게 타 죽어가는 것을 볼 수 있었다. 제초제를 친다고 해서 풀들이 하루 이틀 사이에 죽는 것이 아니고, 더디고 느릿느릿 마치 암환자처럼 죽어갔다. 단박에 죽지 못하니 고통이 이루 말할 수 없을 듯했다. 암환자뿐만이 아니고 몸에 갖은 병으로 약을 먹는 사람이 갈수록 많아지는 것은 이런 환경과 무관하지 않을 것이었다. 비닐하우스에서 자란 철이 없는 과일이며 채소를 먹으면서도 몸에 이로울 것이라고 믿어 의심치 않았다. 흙에서 빗물과 바람과 햇볕으로 자라던 과일이며 채소들은 이제 단작單作하는 환경에서 석유와 영양제로 자라고 있었으므로 사람에게 이로울 리 없었으나 우리는 차마 불편했으므로 속내를 까발리지 못했다. 요즘 어머니 시장바구니에는 미국에서 온 오렌지로 가득했다.

솔 싹을 따기 위해 느지막이 숲정이로 들어섰다. 떼판을 이루며 피던 삼지구엽초들은 자욱길에서도 불쑥불쑥 돋아나서 걸음을 멈추게 했다. 솔 싹을 따는 일도 얼마만큼 지질해질 무렵 다래덩굴로 얼기설기 어지러운 비탈로 내려섰다. 다래덩굴로 숨겨진 비탈에는 쥐오줌풀이며 둥굴레 그리고 삼지구엽초가 떼판을 이루었으며 고사리도 내 새끼손가락만큼 굵었고 무엇보다도 더덕과 잔대로 내 눈을 현혹시켰다. 저 홀로 자란 더덕과 잔대는 알속이 있고 실했으므로 지르

됐다. 황금알을 낳는 거위를 만난 것처럼 걸음은 달떴다. 한편 덩굴 한가운데였으므로 발밑을 살피는 일도 게을리 하지 않았으나 톱톱한 더덕과 잔대를 캐는 일로 신명이 붙은 손길은 재발랐다. 고목은 잔대 뿌리 굵기는 내 주먹만 했다. 다래끼는 금방 묵직해졌다. 비탈은 물 기를 머금었으며 물길을 향해 아래로 떨어져 내리고 있었으므로 호 랑이 아가리에 든 것처럼 바드러웠다.

써레질을 한 뒤 물을 대놓은 논들은 사철 가운데 단 며칠 숲이며 나무와 구름을 고스란히 품을 수 있었다. 가만바람도 없는 날이면 물 위는 거울처럼 고요했다. 먼 길 떠나온 원앙이며 청둥오리들은 논물 에서 가만가만 헤엄치며 먹이를 낚았다. 찔레꽃머리에 앞서 하얀 꽃 을 피운 고추나무는 산 기스락을 온통 무명천을 덮어놓은 것처럼 뒤 발했다. 나무들이, 꽃들이 있었으므로 무거운 배낭을 짊어지고서도 낯선 곳으로 여행 온 여행자처럼 뜬발로 걸을 수 있었다. 열흘 피는 꽃 없듯, 모내기철이 지나면 논들은 또 온통 농약 냄새로 진동할 것 이었지만, 앞날을 지레 걱정할 이유는 없었다. 봇도랑에서 보기 싫 도록 자라던 돌미나리들 흔히 볼 수 없게 되었다고 어르신들 걱정이 이만저만 아니었다. 찬거리 없을 때면 단걸음에 달려 나가 두어 모숨 베어다 저녁 밥상에 올릴 수 있었던 일 이제는 옛일이 되었다. 마을 안쪽에서는 솔수펑이를 밀어내고 태양광발전소를 짓는다고 소나무 들을 파내고 있었다. 태양광을 '그린에너지'라고 선전했다.

우리가 깔고 앉은 터, 어디든 숲 아닌 곳 없었을 테지만, 목초지 조성을 이유로 소나무를 팔아먹은 자리를 둘러보면 한심스러웠다.

소나무들 팔아먹은 자리에 논을 뜨더니 이번에는 태양광발전소라고
했다. 꽃들 피고 지는 사이 세상은 또 얼마만큼 변할 것인지.

<hr />

*새참으로 나가는 국수는 집에서 농사지은 밀을 국수집에 가서 국수로 뽑아온 것이다. 흉년에는 점
심에 밥 대신 콩죽, 콩탕들로 대신했다. 점심밥 가운데 꽁치도 꽁치지만, 자반미역을 튀겨 내놓는 것
을 **빼놓을** 수 없다. 이를테면 특별식이었던 셈이다. 또 하나 반찬 가운데 머윗대나물이 있다.

산작약 흰 꽃을 그리워하다

찔레꽃머리 빗밑은 무거웠다. 검질기게 내리는 이슬비 사이로 검은등뻐꾸기 울음소리는 목이 메었다. 푸른 물총새는 강둑을 떠나지 않았으며 노랑할미새는 논두렁을 뛰듯 날아다녔다. 보랏빛 지칭개 껑쭝하게 핀 길섶에는 비에 젖은 토끼풀이 붉었다. 아까시 꽃잎 이울고 있는 숲 기스락에는 어느새 청백색 초롱꽃 활짝 피었으며 까맣게 잊고 지냈던 각시원추리도 한껏 새뜻했다. 솔수펑이 사이로 소리도 없이 부엉이 날아드는 가운데 작고 어린 새들 혼비백산, 울어댔다. 우윳빛 감꽃은 이제 필까 필까 하는데 그 너른 그늘 아래 노란 꽃 피웠던 뱀딸기는 빗속에서도 붉은 열매 맺었다. 찔레꽃 덤불 꽃 무덤을 이루는 가운데 산골무꽃 갸우스름하게 피고 졌다.

산도라지를 캐러 들어간 골짜기가 전에 없이 낯설었다. 언제 한번은 다녀왔을 법한 곳이었지만, 바위너설을 극터듬으며 바위들 사이에 간신히 뿌리 내린 산도라지를 따라 헤덤비다보니 이상스레 등골이 서늘해졌다. 이따금 군 사격장에서 쏘아대는 총소리가 귓불을 스

치고 지나갔다. 산도라지를 따라 움직이던 걸음이 쑥쑥 뽑히는 산달
개비를 만나서 그만 너른 버덩으로 들어섰다. 아까시나무들이 듬성
드뭇한 가운데 산달개비는 떼판으로 자라서 손길은 즐거웠으나 아무
래도 등골이 오싹했다. 바삐 움직이던 손길을 멈추고 아무리 둘레를
돌아봐도 별다른 것은 보이지 않았다. 멧돼지가 칡뿌리를 캐먹은 흔
적이 고작이었으며 희미한 사람 발자국 정도였다. 볕뉘조차 들지 않
는 시펄뚱한 하늘로 숲 그늘이 어두컴컴했지만 꼭 그것 때문만은 아
닌 듯했다. 집으로 돌아가기에는 어정쩡한 시간이었으나 등 뒤가 두
려워서 서둘러 등마루를 타고 산 아래로 내려섰다.

　이 땅 어느 곳 무덤 아닌 곳 없었으며 전쟁터 아닌 곳 없었으므로
그 골짜기에도 누군가의 무덤이 있었을 것이었으며 또 어느 산짐승
들 누군가 놓은 올무에 목숨 잃었을 것이었으나 보이는 것은 오로지
푸르고 푸른 나무와 풀들뿐이었다. 여태도 피고 지는 쥐오줌풀과 이
제 막 봉오리 열기 시작한 백선이 또 한편에서는 해맑았다. 찔레꽃
떼무덤처럼 피었어도 눈에 들어오는 것은 오로지 짐승 발자국들이었
다. 골짜기 천둥지기까지 내려왔어도 시서늘했던 기운은 좀처럼 가
시지 않았다. 질경이를 캐려던 생각도, 산뽕나무 싹을 따려던 마음
도 온데간데없었다. 오줌조차 누지 않고 걸음을 재촉했다. 그때 건
너편 솔 그늘 사이로 사촌동생이 걸어 나오고 있었다. 느닷없이 불러
세웠다. 때때로 큰산에 들고 나는 사촌동생에게도 그런 일 가끔 있었
다는 말을 들었어도 무슨 까닭인지 도대체 편안해지지 않았다.

　수년 동안 연애를 하느라고 가진 논 절반을 팔았어도 빚을 다 가

리지 못한 마을 청년이 모내기한 논을 가만히 건너다보았다. '도지'를 주고 청년이 부치는 논이었다. 연애하느라고 농사일에 태만해진 청년에게 마을 어르신들은 덩어리일감은 물론이고 시시부렁한 일감조차 주지 않게 되었다. 아금박한 '전업농'이었던 청년은 이제 만 평 논농사를 겨우 건사할 뿐, 누구도 더는 소작을 주지 않았으니 갖은 농기계가 별무소용이었다. 올봄 빚으로 가진 논 절반을 넘기면서도 아직도 절반은 남았노라며 스스로를 위로하던 청년이 얼마 전 모내기한 논은 못줄이 나란하지 못하고 연애의 흔적처럼 왜뚤삐뚤했다. 어느 날 여자 친구와 함께 있는 청년을 시내 영화관에서 마주쳤다. 함께 있던 여자 친구는 애써 나를 외면했다. 그 무렵에 이미 청년이 가진 논 절반이 빚으로 넘어가던 때였다.

일찍 모내기한 논들에는 벌써 모살이한 모들이 새파래졌다. 흐린 날이면 까마귀 울음소리는 더욱 음산하게 들렸다. 어릴 때 배운 대로 침을 세 번 퉤, 퉤, 퉤 뱉었다. 길섶에서 만난 뱀딸기를 따먹지 못하고 물끄러미 바라만 봤다. 어릴 때는 아무렇지도 않게, 어떤 의심도 없이 덥석 눈에 띄자마자 달려들어 그 심심한 맛에도 아랑곳하지 않고 한 움큼씩 따서 먹곤 했다. 제초제 친 논두렁에는 농약에 죽어가던 풀들이 되살아나고 있었다. 마을에는 월남전에 참전했던 어르신 가운데 두 명이 폐암 선고를 받고, 한 분은 얼마 전 세상을 떠났으며 나머지 한 분은 폐암 4기라고 했다. '고엽제'를 의심하지 않을 수 없었다. 편리함에 생명을 내주는 것이 어디 농약뿐이겠는가마는 손이 모자란다는 이유로 농약 없이는 농사지을 수 없다는 어르신들을 곁에서 보며 답답해할 뿐 손쓰지 못했다. 제초제 뿌린 논두렁에 콩을 심는 일도 흔했다.

숲정이이건 마을 길섶이건 마을 밖에서 들어온 이들이 심심찮게 나물을 뜯거나 약초를 캤다. 마을 밖에서 들어오는 이들은 해마다 늘 었다. 심지어 '오랍뜰'에 심어놓은 민들레를 캐가는 일도 있었다. 이 웃에서 심은 것이라고 이야기해도 미안해하기는커녕 그 당당함이 외 려 뻔뻔스러울 지경이었다. 우리 집 노인은 그것이 다 텔레비전 때문 이라고 진단했다. 텔레비전마다 무엇 무엇이 몸에 좋다는 이야기뿐 이니 무리도 아니라는 것이었다. 숲정이에 어린 도라지를 남겨두고 왔더니 어느 날 우리 어머니 어린 노라시들 한 모숨 캐가지고 오셨 다. 까닭을 물으니 남겨두어야 어느 손에 돌아갈지 모르기 때문이라 고 했다. 어른들 버릇은 검질겨서 귀에 딱지가 앉도록 일러도 모르쇠 로 일이관지했다. 무엇이든 캐느라고 캐도 2~3년만 발걸음을 하지 않으면 식물들은 기어이 살아서 씨앗을 퍼뜨리고 제 땅을 넓혀갔다. 그렇게 문득, 어느 골짜기든 등성이에서든 마주치는 도라지와 더덕, 아니 천마며 삼지구엽초들 고맙고 어여뻤다.

청미래덩굴, 귀룽나무 꽃 진 자리 새파랗게 녹두알만 하게 열매들 맺었다. 새끼손가락만 했던 두릅 싹들도 이제는 너풀너풀 이파리들 자라서 가지가 되었던 터라 가만히 살피지 않으면 두릅나무인지조 차 알아보기 어려워졌다. 바람이 지나가고 천둥 번개 사이를 건너 우 박이 쏟아져도 꽃들은 피고 지고, 지난해 겨울 떠났던 여름 철새들은 다시 돌아왔으나 개울 작벼리에 집짓지 못했다. 갈대가 밭을 이룬 개울은 이제 어떤 동물도 식물도 허락하지 않을 듯했다. 작벼리가 없어지고 보니 모래, 자갈들 사이에 집을 짓던 꼬마물떼새도 보이지 않았다. 숲정이에서 사라진 이제는 다시 볼 수 없게 된 산작약 흰 꽃이 몹시도 그리운 날이었다.

뽕나무 심다

중나리는 하나둘씩 꽃망울을 터뜨리
기 시작했건만 빗밑은 무거워서 숲속으로 들지 못하고 숲 기스락만
오르내리고 있었다. 찔레꽃가뭄으로 농민들 속 타들어간다는 소식
을 들었지만 우리 마을은 벌써 여러 날 검질기게 비가 내리고 있어,
그것도 소낙비가 한 차례 지나가면 바로 날이 드는 것이 아니라 이슬
비인지 는개인지 모르는 가는 비가 마치 뿌무개질하는 것처럼 온종
일 마을 위를 떠돌았지만 겨우 먼지잼 정도였다. 참깻모가 자라지 않
는다고 속을 끓이시던 어르신들께서도 이제는 오락가락하는 빗줄기
에 슬슬 넌더리를 내기 시작했다. 모자란 곳이 있으면 반드시 넘치는
곳이 있기 마련인지 숲정이는 온통 우중눅눅하고 땅은 무솔아서 자
칫 잘못하면 비탈에서 미끄러지기 쉬웠다. 젖은 신발을 매우 꺼리듯
숲정이가 추진 것은 추위 뜸떠먹게 싫었다.
꿀풀을 논두렁이나 길섶이 아닌 곳에서 자라는 것을 찾기 어려워
서 차라리 포기하려던 차, 움 안에서 떡 받는다고 무심코 찾아들었
던 숲정이 자국길에서 떼판으로 만났다. 어릴 적 나뭇단을 실은 '발

구'가 다니던 길은 이제 없어지는 듯 희미해지고 있는 가운데 이따금 성묘하러 가는 이들만 오고 가는 길이었으므로 아무런 희망도 없이, 도라지를 캘까 하고 들어섰던 길이었다. 하도 많아서 듬성드뭇, 처외삼촌 벌초하듯 꺾고는 도망치듯 자리를 떴다. 첫 손길은 내가 꽃을 꺾는 듯했지만 얼마만큼 지나면 꽃이 나를 부리고 있는 듯한 야릇한 환각에 빠졌다. 떼판으로 피어 있는 꽃밭은 마치 숲속에 있는 알지 못한 빈터처럼 이상한 마력으로 사람을 홀렸다. 깊은 수렁에라도 빠진 듯 도망치는 마음과는 달리 손길은 바쁘게 꽃잎을 꺾고 있었다. 그리하여 다래끼는 꽉 찼다.

뒷집 아주머니께서 '생추(생치)나물'이 맛있다고, 이른 봄에 가장 먼저 나는 나물이라고 아무리 이야기해도 드렁조로 들었다. '미나리냉이'를 '삼나물'이라고 부르는 우리 어머니 때문에라도 어른들과 나물과 약초 이야기를 할라치면 외국어보다 더 어려웠다. 이즘에는 아예 실물을 들고 가서 여쭙거나 이야기를 나눴다. 생추나물이 '전호'를 달리 부른다는 것은 얼마 전에 알았으며 그것조차 '기름나물'과 어떻게 다른지 아직 알지 못하는 가운데, 생추나물 뿌리를 효소 재료로 쓰려고 캤다. 어르신들은 나물은 나물일 뿐, 또 약으로 쓰는 일은 흔치 않았다. 기껏 삽주 뿌리를 캐서 말려 물을 끓여 먹는 정도였다. 도라지든, 잔대든, 더덕이든 밥반찬이었다. '숲 가꾸기'를 하면서 흔치 않게 된 도라지를 두고 몇 마디 나눌 뿐, 그것도 지나가는 소낙비처럼 잠시였다.

다래끼만 들고 숲 기스락에 들었다 나오는 길에 이웃 아주머니께서 소매를 잡아끌었다. 담 아래 심어놓은 것이 당귀인지 아닌지 봐달라는 말씀이었다. 어떤 이가 당귀라고 심으라고 주었다지만, 그것은 참당귀가 아니고 '개구릿대', 어른들이 먹으면 미친다고 손대지 못하게 하는 '개당귀'였다. 알쏭달쏭하다든가 단정하기 쉽지 않다든가 해독이 불가능하다든가 하면 그것은 이따금 금기가 되어 접근을 차단하는 빌미가 되었다. 때로는 확신이 갖는 어리석음보다 차라리 의심하는 가운데 둘레를 뻥뻥매며 바장거리는 게 나아 보였다. 탐욕스러운 데다 부지런하기까지 하여 어떤 일에 허양 달려드는 이들을 보면 숨이 막혔다. 숲정이에 들고 나다 숲 입새에 세워놓은 차들을 보면 대체로 값비싼 차들이었다. 약초를 캐거나 나물을 뜯어 먹고사는 이들이 아니란 뜻이었다. 그런 이들로 인해 채 익지 않은 숲정이 돌복상들은 이미 거덜이 났다.

올봄 뽕나무를 열 대 주문하여 두 그루는 사촌에게 주고 여덟 그루를 아버지께 심으시라고 건넸다. 우리 아버지 하도 미처 자라지 않은 나무를 자르는 통에 이번에는 아예 몇 마디, 어디까지 자르라고 일러드린 뒤, 한동안 나무 심은 곳을 찾지 않다 오늘 찾았더니 나무들은 이파리를 탐스럽게 키워냈다. 찾지 않는 동안 초롱꽃이며 기린초는 꽃을 피워 밤나무 과수원을 하얗고 노란 꽃밭으로 만들어주었다. 그곳은 갖은 풀이 꽃을 피우는 곳이었으나 아버지 땅이었으므로 아주 드물게 찾았다. 초롱꽃이 떼판으로 핀 곳에 처음으로 손을 댔다. 그 꽃들 씨앗 맺기 전에 아버지 손에 사라질지도 모른다는 근심 때문이었다. 아버지는 자생하는 약초와 나물은 도통 관심 밖이었다.

그것은 아버지가 심고 가꾸는 배추와 무들과는 달리 통제할 수 없기 때문이지 않을까, 의심했다.

솎아베기를 한 숲정이는 이제 미욱할 대로 미욱해 보였다. 허리께를 넘는 나무 이파리들은 줄기 잘린 봉창이라도 하듯 매우 우거졌으므로 뜻하지 않게 헤덤벼치게 만들었다. 보이지 않는 잘린 그루터기에 정강이라도 채일라치면 괜스레 부아가 치밀었다. 앞이고 바닥이 보이지 않았으므로 서둘러 그곳을 빠져나오는 것이 상수였다. 그러다가 덤부렁듬쑥한 곳에서 하수오 덩굴에 발이라도 걸릴라치면 앞에 있었던 일은 옛일처럼 까맣게 잊어버리고 하수오 뿌리를 캐느라고 흙투성이가 되었다. 어쩌다 뿌리가 잘리면 가슴이 찢어졌다. 도라지를 캐다 그런 일이 생기면 숫제 도라지 한 뿌리를 캐지 않고 그냥 건너뛰었다. 뿌리가 잘리는 것은 대체로 세심하지 못하고 성마르게 굴 때 그러했기 때문이었다. 가는 뿌리라도 끊지 않고 말짱하게 다 캐면 마치 큰일이라도 이룬 듯 뿌듯했다.

모내기를 끝낸 들판에는 다시 '중기제초제'를 치는 기계 소리와 논둑 풀을 깎는 예초기 소리로 소란스러웠다. 그 틈 사이로 까마귀 울음소리 드높았다. 젊은 나이에 세상을 뜬 이들 가족이 보내는 부음이 잦았다. 무슨 일인지 죄다 암이 사망 원인이었다. 비닐하우스에서 석유와 농약으로 농산물을 생산하는 농업 방식을 바꾸지 않는 한, 누구도 '암'에서 자유롭지 못할 것이었다. 제초제를 치는 농부들 가운데 입가리개를 한 사람을 여태 한 명도 만나지 못했다. 그렇게 제 목숨을 담보로 농사지어 번 돈 모두를 병원에 가져다주고 나면 지상에서 그 삶도 마감될 것이었다.

　여름장마처럼 길래 비 흩뿌리는 동안 메숲진 숲정이 어딘가에 노란 감자난초가 연둣빛 옥잠난초가 피고 지지 않았을까.

개똥장마

숲 기스락에 샛노란, 총총한 별 같은 좁쌀풀 꽃이 피어 흐린 하늘 가운데서도 밝게 빛났다. 밤늦 비린내가 안개를 따라 온 동네를 휘젓고 다니는 사이, 까마귀는 떼를 지어 전염병이 돈 마을처럼 전깃줄을 옮겨 다니며 아우성이었으며 귀신새는 새벽마다 길고도 슬프게 울었다. 꼬마물떼새 보이지 않는 자리에 노랑딱새가 이따금 모습을 드러냈다. 개울 작벼리는 이제 발 디딜 틈 없이 갈대들이 점령해버렸다. 다슬기 자라던 자리까지 차지한 갈대들로 물길은 오솔길만큼 좁디좁아졌다. 그런 가운데 어쩌다 눈길을 돌리면 엉겅퀴 꽃대가, 물레나물과 또 흔히 만날 수 없는 당귀가 불쑥 갈대숲 사이에서 너른 이파리를 너풀거리며 서 있었다. 차마 손댈 수 없어 가만가만 다가가 눈인사만 하고 아쉽게 돌아서곤 했다. 어느 해 큰물이 휩쓸고 지나간 뒤 큰산에서 물길을 따라 내려오다 강섶에 뿌리를 내렸을 헛개나무와 함박꽃나무는 흔히 마을에서 볼 수 없는 나무들이었으니 반가움은 퍽 컸다.

오뉴월장마를 개똥장마라고, 거름이 되는 개똥처럼 좋은 장마라고 했건만, 비도 없는 그렇다고 햇볕이 충분한 것도 아닌, 도통 무엇인지 모를 날씨가 날마다 이어지고 있었다. 빨래를 널었다가도 메뚜기뜀을 하며 널었던 빨래를 거둬들여야 하는 일이 되풀이되었다. 하늘을 향해 삿대질이라도 하고 싶었다. 멀쩡했던 하늘이 순식간에 새까맣게 어두워지며 매지구름이 몰려들었고, 드디어 소나기가 되어 쏟아졌다. 마당에 빨래를 널었다 골탕을 먹는 날이 많아졌지만 또 들깻모를 내기에는 비가 달갑지 않았다. 이제 날씨는 한 치 앞도 내다볼 수 없는, 그야말로 신께서나 아실 일이 되고 말았다. 먼 데 숲으로 들어가지 못하고 소낙비 내리면 집으로 냅뛸 계산을 하고 마을에서 멀지 않은 숲정이를 오르내렸다. 낮은 산이었지만 도라지를 캐다보면 하수오가, 하수오를 캐다보면 더덕이 눈에 띄었다. 가슴 높이까지 자란 수풀을 헤덤벼치며 다니는 대가였지만, 기침이 잦아진 아버지께 말린 산도라지를 달여드렸더니 기침이 한결 눅잦아졌다.

  줄딸기가 익어 떨어지는 가운데 산딸기는 새빨갛게 익어갔으며 멍석딸기는 이제 막 꽃망울을 터뜨렸다. 한 송아리에서 피고 졌을 산딸기였겠지만 익어가는 속도는 제각각이어서 산딸기를 따려면 여러 차례 걸음을 해야 했다. 비닐봉다리에 넣기보다 입으로 가져가기 바빴다. 줄딸기는 새콤한 맛이 강한 반면 산딸기는 조금 더 달달했다. 솎아베기를 한 숲정이에 들면 줄딸기 줄에, 산딸기 가시 때문에라도 찜부럭을 내다가도 새빨갛고 달달한 열매를 만나면 희희낙락 즐거웠다. 산뽕나무는 어디를 가도 이상한 벌레들이 집을 지은 탓에 오디는 언감생심 손도 못 댔다. 맛도 없을뿐더러 허연 벌레집은 아무래도 수

상했다. 그런데 무슨 일인지 오디가 떨어지고 난 뒤 뽕나무에 또다시 새싹이 돋기 시작했으며 새로 돋은 싹은 벌레집 없이 말짱했다. 그냥 지나칠 수 없어 눈에 띄는 대로 새싹을 꺾었다. 가지를 꺾으면 우윳빛 같은 액체가 흘렀다.

재바른 사람들 뒷설거지를 하듯 이제야 돌복상나무를 찾아 다녔지만 쉽지 않았다. 골짜기마다 봄날이면 무릉도원을 이루던 복숭아밭이 솎아베기하는 손길에 거진 다 베여 없어지고 말았다. 겨우 살아남은 나무들은 또 아주 높은 우듬지만 살려놓아 손이 닿지 않아 소금 먹은 소 굴우물 들여다보듯 안타깝게 바라만 봐야 했다. 돌복상 몇 알 얻자고 가지를 자를 수는 없었다. 돌복상나무를 찾아 골과 마루를 넘나들다 우연찮게 산돌배나무를 만났다. 열매가 제법 많이 열렸다. 저 건너 다른 골짜기에 고묵은 돌배나무도 가지만 몇 개 잘린 채 살아남아서 기뻤던 걸음이 덩달아서 누군가, 돌배나무를 제겨내지 않고 살려둔 손길에 감사 인사를 했다. 소나무, 참나무류가 아닌 여러 나무가 어우러져 있거나 키 낮은 떨기나무들로 메숲진 숲정이를 솎아베기할 때 눈 밝은 손길이 있어 이따금 돌배나무 같은 과일나무들을 살려두었다.

정작 만나려던 돌복상나무는 쉽게 만나지 못했지만 머루나무와 다래나무 또 산돌배나무들은 여러 그루 만났다. 머루와 다래 같은 넝쿨과일나무는 톱과 낫으로 제겨내도 해가 지나면 쉽사리 무성해졌다. 논두렁에 아무리 제초제를 쳐대도 풀들은 다시 또 돋아나는 것과 같이 나무와 풀을 인간이 이기지는 못할 것이었다. 숲정이에서 도라지를, 삽주를 전과 같이 볼 수 없노라고 어르신들께서 한근심하셨다. 그렇더라도 숲정이를 돌아보면 반은 맞고, 반은 틀린 것임을 알 수 있는 까닭은 나물과 약초가 나고 지는 때가 다른 데 있었기 때문이다. 참나물과 참취가 돋아날 때 도라지는 싹을 틔우지 않았으니 나물만 뜯으러 숲정이에 들고 나는 어르신들 눈에는 도라지가 없는 것이 마땅했다. 같은 잔대나 하수오도 묵어 알속이 있는 것은 늦게 싹이 돋았다. 내남없이 전체 판을 다 읽지 못하고 늘 한 귀퉁이에서만 어정버정했다.

약초를 캐다보면 뿌리가 비슷한 것들끼리 묶어놓아도 재미있겠다는 생각을 자주 했다. 이를테면 엉겅퀴와 쇠무릎지기, 용담을 묶고, 삽주와 노루오줌을 묶는 식으로. 국화과에 엉겅퀴는 비름과에 쇠무릎지기가 성에 차지 않을지도 모를 일이었지만, 과를 나눈 것도 인간이 한 일이었으니 뿌리 모양으로 다시 묶는다고 해서 크게 잘못된 일은 아니지 않을까. 햇빛을 볼 수 없는 날이 길어지면서 단오가 지나도 달빛을 보기가 힘들었다. 지망지망 걷던 발길 끝에서 호랑지빠귀가 한 마리 날아올랐다. 암컷인가 하는 순간, 뒤미처 또 다른 호랑지빠귀가 다른 쪽으로 날아갔다. 깃털 색깔이 비슷했지만 크기가 다른 것으로 미루어 암수 한 쌍으로 짐작되는 귀신새(호랑지빠귀)는 그러나 멀리 날아가지 않았다. 언젠가 보았던 어설프고 엉성한 둥지가 근처에 있을지도 모른다는 생각을 했지만 내친걸음이었다. 둥지를 찾는다 한들 무엇 하랴 싶었던 것이었다.

어쩌다 반짝 여우볕이 돌고 바람 한 줄기 귓불을 간질이는 산마루에 올라서서 뿌리 깊은 금강소나무를 바라볼라치면 약초도, 나물도 다 잊었다. 천 년 같은 한순간이 지나갔다.

잘고 어린 꽃들에게도 눈길을

문득 보랏빛 노루오줌을 만났다. 먼 곳에서만 찾다 숲정이 어귀, 길섶에서 만나고 나니 차라리 어이없었다. 발밑은 언제나 어두웠다. 노루오줌이 무리지어 핀 곳에 짚신나물과 석잠풀, 꿀풀들이 오롯하게 피어 있었다. 아무 곳에서나 떼로 피고 지는 개망초 또한 예외 없었다. 우리 집 밤나무 밭에도 루드베키아와 개망초, 달맞이꽃이 어느 때부터 피기 시작하여 보이는 대로 뽑아 버리지만, 무섭도록 떼로 피어서 키 작은 꽃들을 뒤덮어버리곤 했다. 꽃들 잘못일까마는 한꺼번에 떼로 피어나면 두렵고 불길했다. 밤나무 밭에는 이른 봄부터 늦가을까지 갖은 꽃이 피고 졌으나 여름이면 미욱하도록 무성하게 피어나는 개망초와 루드베키아, 달맞이꽃 때문에라도 패랭이꽃과 같은 키 작은 꽃들은 간신히 꽃을 피웠다. 노랑연두 빛깔 꽃을 피우는 돌나물은 아예 키 큰 꽃들 사이에서 잘 드러나지도 않았다.

비탈진 곳에 거미처럼 매달려서 하수오를 캤다. 발아래는 허공이었으나 나무뿌리에 발을 얹고 흔들거리면서 하수오를 캔 뒤 그 옆에서 또 묵은 더덕도 캤으니 도랑에 든 소가 따로 없었다. 발밑으로 사태 난 골짜기처럼 흙들이 무너져 내리는 소리를 들으면서 아무래도 악착스러워지는 게 아닌가 싶어서 슬그머니 걱정스러웠다. 어린 하수오들을 모르는 체 내버려두고 자리를 떴다. 북쪽 산비탈은 빗물에 자꾸 씻겨 나가 나무들 뿌리를 하얗게 드러냈다. 그런 곳에서 나무뿌리를 더위잡고 올라서서 수풀 속으로 들어섰다. 먼 길을 에돌아야 하는 일이 성가신 까닭이었다. 어느 해 솎아베기를 한 숲속은 제겨낸 나뭇가지들을 제대로 모아놓지 않아 사태 만난 공동묘지처럼 어질더분했지만, 돌아서기는 이미 늦었다.

솎아내고 잘라낸 나무 그루터기에서 다시 자란 가지들은 내 키를 넘었으며 청미래덩굴은 심심찮게 발길을 잡아챘다. 앞산 수풀 속에서 고라니 새끼를 만난 뒤로는 되도록 덤부렁듬쑥한 수풀은 피하려고 했지만, 숲은 이미 우거질 대로 우거져서 조심스럽게 움직이는 수밖에 달리 방법이 없었다. 수풀 속에 웅크린 채 꼼짝도 않던 새끼 고라니를 보자 천길만길 뛰었지만 이상스레 자꾸 눈에 밟혔다. 아무런 준비 없이 맞닥뜨렸을 때는 고라니 새끼인지, 멧돼지 새끼인지 몰라서 더욱 놀랐다. 뒤에 사촌동생에게 물으니 새끼 고라니는 어떤 기척에도 움직이지 않아서 이따금 너구리에게도 물려 죽임을 당하지만, 멧돼지 새끼는 소리에 예민하여 어떤 소리가 나면 냅뛰기부터 한다고 일러주었다. 그러므로 날 기겁하게 했던 것은 고라니, 복작노루 새끼였다. 동그랗게 몸을 말고서 인형처럼 꼼짝 않고 누워 있던 모습이 여태도 삼삼했다.

바위옹두라지 틈 속으로 뿌리를 내린 도라지와 하수오를 만날 때가 이따금 있었다. 때로는 그대로 지나쳤지만, 뿌리를 끊어먹을 것 같은 예감에 사로잡히면서도 기어이 손을 대는 경우가 있었다. 손을 대는 순간 손곡괭이는 바위를 뚫지 못하고 튕겼다. 뿌리를 끊는 것이 싫을 때는 다시 흩어졌던 흙을 모아 북을 주듯 덮어주었지만, 그렇지 않을 때는 끊어지건 말건 뿌리를 잡아당겼다. 그래 놓고서는 괜히 울근불근했다. 한 발 내딛으면 그곳이 벼랑 끝이라는 것을 알았더라도 이미 내친걸음이었다. 잘린 뿌리를 들고서 한참을 들여다보곤 했다. 무슨 까닭인지 올해는 유난스레 도라지와 하수오를 자주 만났다. 이제 막 꽃대를 밀어올리느라고 애를 쓰는 도라지며, 꽃봉오리를 만들어 조만간 활짝 꽃을 피울 하수오는 아니 만나는 게 나았다.

붓꽃을 살펴보려고 걸음을 멈추던 순간, 눈앞에서 누런 고라니가 껑충 뛰어 달아났다. 수풀 속을 헤덤벼치며 달아나는 소리가 끊이지 않았다. 갑자기 시르멍했다. 숲 기스락에서 고라니가 저 먼저 놀라 달아나는 것은 흔한 일이었지만, 다섯 걸음쯤 떨어진 눈앞에서 냅뛰는 것을 본 적은 없었다. 겁 많기로는 꿩에 버금갔다. 떼로 모여 있던 꿩들은 인기척에도 한꺼번에 날아오르는 것이 아니라, 한두 마리 날아간 뒤에 뒤미처 또 한두 마리가 날고, 다 날아갔나 싶어 맘을 놓는 순간, 푸드덕 회를 치며 또 한두 마리가 짝을 지어 달아났다. 발을 동동 굴렀다. 이번엔 달아나는 고라니 뒤꽁무니에다가는 화도 내지 못한 채 얼이 빠졌다. 멧돼지가 칡뿌리를 캐 먹느라고 파헤쳐 놓은, 마치 폭탄 떨어진 곳처럼 울멍줄멍한 구덩이들이 즐비한 곳이었다. 그곳은. 무리지어 핀 붓꽃들을 마주하는 일은 뒤로 미루고 말았다.

멧돼지 똥을 피해서 돌아섰으나 이번에는 독사와 마주쳤다. 똬리를 틀고 앉아 도라지 밭 수문장이라도 된 듯 빳빳하게 고개를 내민 모습을 놀래지도 않고 멀뚱멀뚱 내려다봤다. 그러다가 문득 정신이 들어 도라지고 뭐고 슬금슬금 뒷걸음질을 쳤다. 도라지는 그것으로 그만이었다. 아니 캐어도 아쉬울 것이 없던 참이었다. 꼭 무엇을 캐려고 숲정이에 드는 것은 아니었다. 물레나물은 어디에서 피고 지는지, 그토록 자주 눈에 띄던 노루오줌은 왜 볼 수가 없게 된 것인지, 아니 이제야 꺾으려고 했던 삼지구엽초 떼판은 누가 망가뜨렸는지, 궁금답답해서 마실 다니듯 숲정이를 어정어정하기도 했다. 그럴 바에야 차라리 나뭇가지를 잘랐으면 낫지 않았을까 싶을 만큼 돌복상 나뭇가지를 찢어놓은 모습을 그저 바라만 볼 때도 있었다. 옛 사냥꾼들은 산짐승 사냥을 해도 단박에 멱을 따서 고통을 되도록 줄여주었다. 알래스카 선주민들이 약초를 캐기 전날 목욕재계하고 나쁜 맘 먹지 않고, 약초 캐는 당일에는 아침도 굶은 채 숲에 드는 까닭이 무엇이었겠는가.

통째로 산을 헐어내는 일도 아무 때나 밥 먹듯 하는데, 어쩌면 나무 한 그루쯤 안달복달할 일도 아니었다. 소 먹이를 기른다고 허가를 낸 뒤 소나무를 다 팔아버리고, 풀밭을 만든 뒤 루드베키아는 아무 데서고 무리를 지어 피어났다. 이웃 어르신은 집 앞 길섶을 아예 루드베키아 꽃밭으로 만들었다. 금잔화도 그 어르신이 키우는 꽃 가운데 하나였다. 원산지를 따지는 일이 아무 소용없는 일이 되었지만,

그렇더라도 작고 소박하여 눈에 잘 띄지 않는 우리 땅에서 자생하는
꽃들에게도 눈길 한번 주었으면 하고 바랐다.

까막까치

구름이 드리운 산은 한없이 낮아졌으
나 난들은 또 끝도 없이 멀어졌다. 지질한 장마 가운데 칡꽃이 피었
다. 숭어리 전체가 피는 것이 아니라 아랫자리부터 피어나기 시작하
니 칡꽃은 한 송이 온전히 한자리에 피는 일이 없다. 는개와 이슬비
가 갈마들며 내리기 때문인지 칡 이파리에는 자잘한 이슬방울들이
올목졸목 마치 진주처럼 앉았다. 비에 젖은 꽃은 꺾지 않으니 가만히
들여다보면서 어디 어디 피었나 숲 기스락을 따라 돌았다. 꿩의다리
는 이제 막 꽃망울을 만들고 있었으며 붓꽃은 흔했다. 달개비풀은 말
그대로 쑥쑥 물기 많은 곳 아무 데서나 떼를 지어 돋아났다. 무슨 까
닭인지 (홑왕)원추리 꽃대에는 진딧물이 새까맣게 달라붙었으며 까
마중 이파리는 또 무당벌레가 하얗게 갉아먹었다. 달맞이꽃과 갈퀴
나물 꽃은 빗방울을 맞으며 여태도 고요했다. 숲정이에서 뜰로 옮겨
심은 동자꽃은 새붉었다.

새끼를 낳은 고양이는 이따금 눈에 띄었다. 밖에 생선대가리를 내
놓아도 쉽게 없어지지 않는 가운데 파리 떼가 들끓었다. 까마귀 떼

는 심심찮게 까치 떼와 패싸움을 벌였다. 언제나 쫓겨가는 것은 까마
귀 떼였다. 악을 써대며 달려들어도 둥지를 지키는 까치 떼를 이기지
못했다. 소란이 숙지근해져서 나가보면 까치 떼만 전깃줄에 의기양
양하게 앉아 있곤 했다. 햇볕 쨍쨍한 날 들려오는 뻐꾸기 울음소리는
사뭇 나른하고 졸린 듯한 반면 빗속에서 듣는 뻐꾸기 소리는 퍽 애잔
스러웠다. 빗줄기가 가늘어지고 날이 조금 드는 기미가 엿보이면 개
구리 떼는 귀가 멍멍할 정도로 목청을 돋웠다. 개울에 큰물이 진 뒤
기세등등하던 갈대숲은 시르죽은 강아지처럼 기운을 펴지 못했다.
차라리 그리하여 염치가 좀 생겼으면 하는 바람도 없지 않았다.

　묽숙한 어둠 속에 앉아 책 읽는 일이 지질해지면 기웃기웃 창밖을
염탐하다 마침내 우산을 들고 노량으로 밖을 헤매며 돌아다녔다. 장
마가 길어지면서 논두렁 풀들은 예초기 칼날에 깎이거나 아니면 악
랄한 제초제에 빨갛게 타죽었다. 제초제를 흠뻑 친 논두렁은 기댈
곳 없는 흙들이 풀썩풀썩 물러앉았으나 논두렁 주인은 아랑곳하지
않았다. 그럴 때면 한길이 되도록 논두렁 풀들을 아무렇게나 내버려
둔 게으른 농부가 다 어여뻐 보였다. 땅이 망가지면 물이 망가지고
동시에 공기도 망가진다는 것을, 한번 뿌려진 농약은 쉬이 사라지지
않고 빙빙 지구를 맴돌고 있다는 것을 알면 얼마나 좋을까 하는 아쉬
움으로 애가 말랐다. 석유와 석탄 같은 화석연료가 이미 정점을 지
나 바닥을 향해 가고 있다는 게 한편 다행스럽게 여겨지기도 했다.
알뜰하게 들머리판을 내고 나면 좀 깨단하는 것이 있지 않을까 하는
속셈에서였다.

집 앞 마당가에 콩을 심은 밭주인은 처음 아시김은 손으로 매더니 어느 날 드디어 밭 가장자리를 돌아가면서 제초제를 쳤다. 제초제 냄새가 하늘이라도 떠메고 갈듯 진동했다. 갈 곳 없는 세입자처럼 불서러웠다. 직접 농약을 사용하지 않아도 삼이웃에 함께 사는 죄였다. 논과 밭은 물론 큰길가에도 집집이서 부지런히 '풀약/제초제'를 쳐댔다. 이틀이 멀다하고 한/의원을 오가면서도 농약에 대해 조금도 의심하지 않았다. 어느 할머니는 고추밭에 대고 약을 쳤다. 까닭을 물으니 지난해 누군가 다섯 번 정도 약을 쳤더니 고추가 멀쩡했다고, 그리하여 올해는 다섯 번 정도 약을 칠 것이라고 했다. 그런 뒤 얼마 지나지 않아서 할머니는 죽을상이었다. 세 번 약을 쳤으나 고추에 무름병이 생겼다고 동동 발을 굴렀다.

농작물이 망가지는 것은 수/십 년에 걸쳐 수 톤이 넘는 트랙터로 밭을 갈아대고 수/백 킬로그램에 이르는 농약/비료를 뿌려댔으니 트랙터 무게에, 남아 있는 농약/비료에 짓눌린 논/밭이 내뱉는 신음 소리이지 않을까. 농약과 비료 범벅이 된 채소와 과일들은 또 내 밥상에 아무렇지도 않게 올라왔다. 엊그제 뒷집 아주머니께서 집 앞 마당에서 딴 것이라고 자두와 복숭아를 건네주셨다. 농약을 치지 않으셨다는 말씀을 빠트리지 않고, 또 지난번에 나눠드린 토마토에 대한 답례라는 말씀을 덧붙이셨다. 자두와 복숭아는 다디달았다. 앉은 자리에서 서너 개를 순식간에 먹어치웠다. 물론 그 복숭아나무와 자두나무 옆, 밭에다 농약을 치는 또 다른 이웃이 있다는 것을 모르지 않았다. 농약들 직접 닿지 않아도 공기를 통해서 얼마든지 과일나무 가지에, 열매에 닿을 수 있었지만, 그 말씀이 고마웠다. 언제부턴가 뒷집 아주머니께서 집 둘레에 제초제를 치지 않고 손수 김을 매시는 모습을 자주 보게 됐다.

짐승 혓바닥 같은 칡 줄기는 무서운 기세로 나무며 풀들을 뒤덮으며 영역을 확장해갔다. 그 위에는 또 새빨간 새삼 줄기가 칡 이파리를 휩싸며 영토를 넓혀가고 있었다. 나는 가만히 손을 뻗어 새삼 줄기를 걷어냈다. 먼저 어디에고 달라붙기 시작하면 새삼 줄기는 땅에서 떠났다. 기대어 선 곳에서 꽃을 피우고 열매를 맺었다. 새삼은 줄기와 씨를 모두 약재로 썼다. 하늘은 무겁게 내려앉았다. 빗줄기는 거세질 듯 거세질 듯, 비구름을 몰고 다니며 가랑비를 흩뿌리는 가운데 옷자락은 차츰 무거워졌다. 30도를 웃돌던 날씨는 20도 안팎으로 곤두박질쳤다. 둑길에는 버섯이 하얗게 돋았다. 시들고 있는 물레나물 노란 꽃에는 나비가 날아들었으며 보랏빛 칡꽃 숭어리에는 벌 떼가 윙윙거렸다. 비가 흩뿌려도 벌과 나비들은 쉬이 자리를 떠나지 않았다. 우두커니 서서 쥐었던 주먹을 폈다. 서 있는 자리에는 내 주먹만 한 멧돼지 발자국이 뚜렷하게 박혀 있었다.

고라니와 멧돼지, 심지어 너구리까지 옥수수 밭과 고추 밭, 콩 밭을 헤집어 망쳐놓는다는 어른들 원성이 자자했다. 고라니는 마을 한가운데 있는 논에서도 쉽게 마주쳤다. 기척이 나면 순식간에 저 멀리 도망하는 고라니였지만, 때때로 안쓰러웠다. 산짐승들에게 마을 안팎이 따로 있을 리 없었으나 인간들은 마을 밖으로, 숲속으로 자꾸 짐승들을 몰아붙였다. 숲에서는 또 덫을 놓아 짐승들 목숨을 위협했

다. 우산을 받쳐 든 손을 자꾸 오므렸다 펴보았다. 하늘은 점점 어두
워지고 있었다.

언젠가는 그리워질 한여름

사뭇 햇볕은 쨍쨍했다. 오동나무에 매달려 우는 매미 소리는 한층 더위를 부채질하는 소음에 가까웠다. 건들건들 바람이 불기는 했어도 조금만 몸을 움직여도 팥죽 같은 땀이 흘러 온몸을 적셨다. 콩밭에 콩 이파리들은 아등그러지고 있었으며 벌 떼는 기승이었다. 한밤이 되어도 한낮의 열기는 좀처럼 식지 않아 잠자리가 불편했다. 한밤 문득 깨어나 올려다본 하늘에는 달과 별이 뜻밖에도 맑고 고요했다. 그러고 보니 집 앞 가로등 불빛이 꺼져 있었다. 희끄무레하면서도 사물을 분간할 수 있을 만큼 어둠 속에서도 빛은 충분했다. 뙤약볕 속에서 하얗게 도드라지던 신작로 흙길을 떠올렸다. 둘레가 온통 시멘트와 아스팔트뿐이었으므로 흙먼지 뽀얗게 일던 신작로를 다시 만날 일 없었으니 아쉬움은 컸다. 신작로 길섶에 우뚝하게 자라던 미루나무도 그리웠다.

오른손을 벌에 쏘여 며칠 손가락 쓰는 일이 자유롭지 못했다. 소복하게 부어오른 손등이 마치 찐빵처럼 보였고 손가락을 마음대로 쓰지 못하니 여간 불편하지 않았다. 숲속에서 헤딤벼치다보니 어느

순간 덤부렁듬쑥한 수풀 한가운데 서 있었다. 공황이었다. 키 높게
자란 풀숲에 꼼짝없이 갇힌 꼴이었다. 오른손에 들고 있던 손곡괭이
로 풀들을 젖히는 순간 불침이라도 맞은 듯 새끼손가락 옆이 뜨겁고
아팠다. 미친 듯 수풀을 헤치며 앞으로 나갔다. 가까스로 자국길까
지 나와 뒤돌아보니 멀지 않은 거리였으나 수풀을 헤치고 나올 때는
그야말로 천릿길처럼 멀었다. 벌에 쏘인 자리가 걱정이었으나 뾰족
한 수가 없었다. 손등이 부어오르는 것을 가만히 들여다봤다. 자주
벌레에 물리고, 벌에 쏘이다보니 차라리 덤덤했다.

집 둘레에 제초제를 치지 않으니 이번에는 배암이 문제였다. 돌
각담이 많으니 배암이 많은 것은 어쩌면 당연한 일이었겠으나 그렇
다고 해도 직접 마주치는 것은 또 다른 일이었다. 방 창문 아래 이웃
집 돌각담으로 배암이 꼬리를 내보이며 사라지는 것을 지켜본 뒤로
영 편치 않았다. 급기야 배암은 활짝 문들을 열어놓은 효소방으로 진
입하기에 이르렀다. 방법이 달리 없었으니 쥐를 잡는 '끈끈이'를 사
다 바닥에 늘어놓았다. 내심은 그대로 배암이 효소방을 빠져나갔으
면 하는 바람이었지만, 당장 할 수 있는 일은 그뿐이었다. 집지킴이
로 신성하게 여기던 구렁이들이 지붕 위에서 살던 일은 이제는 옛일
이었다. 배암은 여전히 나와는 친해지지 못하고 있었다. 도무지 친
해질 수 없는 사람이 있는 것과 닮았다.

다리를 다친 고양이를 본 것은 막 빨래를 끝내고 돌아서던 길이
었다. 그보다는 먼저 출렁거리는 가죽만 남은 고양이 뱃가죽이었다.
인기척에 절뚝절뚝 걷는 모양새가 어설펐다. 순간 떠올린 것은 아버

지 밥반찬으로 냉장고에 넣어두곤 하던 참치 캔이었다. 후다닥 들어와 냉장고 문을 여니 참치 캔은 없고 그 대신 꽁치통조림이 보였다. 통조림을 들고 밖으로 나가니 그때까지도 다리 다친 고양이는 그대로 서 있었다. 통조림통을 흔들며 가끔 생선 뼈다귀 따위를 놓아두곤 하던 곳으로 고양이를 꾀었다. 콩밭 속으로 들어간 고양이를 보면서 꽁치통조림 한 통을 다 쏟아놓은 뒤 자리를 피했다. 그때까지 콩밭 속에 숨어 있던 고양이는 둘레를 살피며 허겁지겁 꽁치 토막들을 먹으면서도 근처에 서 있던 나를 끊임없이 살폈다. 까닭 없이 마음이 아팠다.

'문어바리' 잠수부가 문어를 잡을 때 암컷 문어를 먼저 잡는 이유는, 암컷 문어를 먼저 잡으면 반드시 근처에 숨어 있던 수컷 문어가 암컷 문어를 구하려고 달려들기 때문이라고, 심지어 자신의 다리가 다 찢겨나가는 한이 있어도 어떻게든 암컷을 놓지 않으려고 애를 쓰는 게 바로 문어라고, 문어들끼리 서로 잡아먹는다는 이야기 또한 가족 단위로 움직이는 문어들에게 먹이가 부족하고 없을 때 문어들 가운데 누군가 희생하는 것이라고, 문어잡이 잠수부는 그렇게 해석했다. 희생하는 것이라고. 인간이라면 부인이 누군가에게 잡혀 죽어야 하는 상황이라면 아마도 부인 등을 먼저 떠다밀 것이라고 누군가 농담했다. 모여 앉았던 사람들 씁쓸하게 웃었다. 흔히 짐승에 빗대서 무엇을 이야기하지만, 인간을 다 알 수 없듯 동/식물을 알기란 참 어려운 일이었다. 둘레 환경이 나빠지면 소나무는 솔방울을 마구 맺고, 과일나무 가지치기를 하는 이유 또한 과일을 많이 맺게 하기 위해서였다.

햇볕이 따갑고 맑으니 이불 빨래들이 보송보송 잘 말랐다. 가슬 가슬한 새물내는 한여름 뙤약볕이 주는 선물이었다. 눅눅하고 찐득 하던 공기는 한결 가벼워졌다. 멀고 가까운 데 칡꽃들이 한창이었으 나 그림 속 떡이었다. 해질녘에 한두 시간 가까스로 숲정이 기스락 을 돌아다녔다. 무엇을 따고 꺾는다기보다 산책에 가까웠다. 흘러내 리는 땀을 어찌지 못했다. 눈과 얼굴은 흘러내린 땀으로 따가웠으며 숨은 턱까지 찼다. 앞뒤를 분간할 수 없을 만큼 정신이 멍했다. 그런 어느 날 훈련 중인 군인들과 딱 마주쳤다. 다들 한잠에 빠져 있는, 모아서 세워놓은 총들을 다 집어가도 모를 만큼 깊은 잠에 빠져 있 는 그들을 그냥 지나쳤다. 지도를 읽지 못하는 군인들이 있는가 하 면, 훈련 중에 보초도 세워놓지 않고 한잠에 빠져 있는 군인들도 있 었다.

어린 시절 반공드라마를 지나치게 본 탓인지, 그런 장면과 마주칠 때마다 상상 속의 '국방군'은 모두 전멸했다. 물론 드라마 말미에 죽 었던 국방군들은 반드시 부활했지만. 물을 얻으러 오는 병사들을 보 면 애처롭기도 했다. 우리 어머니라면 먹을거리를 챙겨주기도 했을 테지만, 내게는 어림없는 일이었다. 숲 기스락을 따라 파놓은 토치 카는 마치 무슨 도적놈 소굴처럼 당장 멧돼지라도 튀어나올 듯 깊고 어두컴컴했다. 오래 돌보지 않은 그런 토치카 위에는 도라지꽃들이 이따금 바람에 흔들렸다. 겹겹이 녹슨 철조망은 멧돼지 고라니도 뛰 어넘을 만큼 낮아지고 낡았다. 위태로운 평화였다. 붓꽃이 이울고,

노루오줌이 시드는 가운데 보는 것만으로도 눈이 시원해지는 새파란 큰유리새가 날아올랐다. 이 뙤약볕, 그 햇살들이 언젠가는 그리워질 여전한 한여름이었다.

산돌배 나무

고구마꽃

도라지꽃

🌿 돌나물

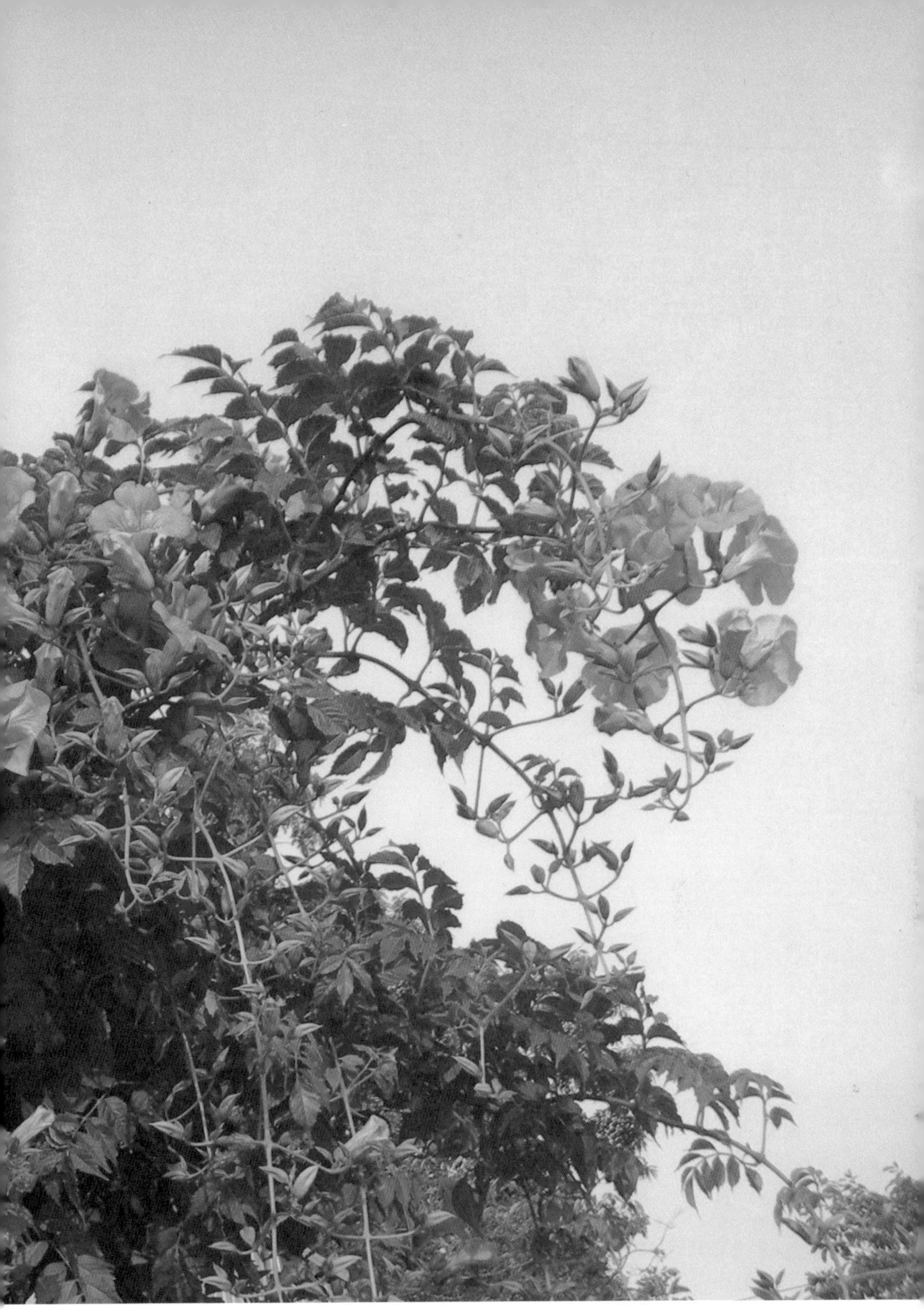

능소화

▶ 패랭이꽃

부처꽃

붓꽃

더덕꽃

구름버섯 (운지버섯)

한여름 뙤약볕은 구새 먹은 은사시나무가 태풍으로 쓰러지는 것으로 막을 내렸다. 오색딱따구리가 살았던 아름드리 은사시나무는 허리가 꺾인 채 다시 일어설 기미조차 없어 보였다. 농로로 쓰러져 길을 막고 있던 나뭇가지들은 기계톱에 잘렸다. 구불구불하게 이어진 농로 가운데 언덕쯤에 자리한 우람하고 높게 자라던 은사시나무는 길 어귀 이정표처럼 서 있어 한여름에 만들어내는 짙은 그늘은 물론이거니와 저물녘 나뭇잎들이 바람결을 따라 수선거리는 소리만으로도 이미 그 자체로 보기 좋은 풍경이었다. 나무 한가운데 난 구멍 속으로 딱따구리가 드나드는 것으로 보아 구새가 먹었나 했지만, 그 구새로 인해 폭풍우에 맥없이 쓰러질 것이라고는 미처 예상하지 못했다. 드는 줄은 몰라도 나는 줄은 안다고 했듯 나무가 꺾이고 없는 자리에는 빈 하늘만 더 크게 들어와 앉았다.

버섯이 난다는 소문을 접했지만, 차일피일 미루다가 마침내 숲속에 들었다. 큰산 기스락에는 얼마 전부터 솎아베기를 시작했다는 소

식이었으나, 큰산, 그것도 민통선 숲을 솎아베기해서 나무들을 얼마
나 잘 기를 수 있을지 의심하던 차에 큰산 입새에서 솎아베기한 모양
새를 맞닥뜨리고서는 딱 기가 막혔다. 일자리를 만든다는 미명이었
지만, 솎아베기를 한 숲에는 버섯이 나지 않았으니 하나는 얻고 또
하나는 잃은 셈이었다. 큰산까지 굳이 솎아베기를 해야 하는지도 의
심스러웠다. 엊그제는 일부러 몇 해 전 솎아베기를 한 앞산엘 들어갔
다. 싸리, 밤버섯은 고사하고 '잡버섯'이라고 불리며 발길에 수없이
채이던 무당버섯조차 보이지 않았다. 우리 어머니는 산이 놀라서 그
런 것이라고 했으며 또 다른 어르신들은 기계톱에서 흘러내린 기름
탓이라고, 어르신들마다 각자 그럴듯한 진단을 했다.

　산마루턱에 이르자 울컥, 목이 멨다. 가을 들어 처음 큰산에 들어
갔다. 산 아래 기스락에서는 솎아베기를 하는 기계톱 소리가 끊이지
않고 이어지고 있었으나 물소리도, 바람결도 지난해 만났던 소나무
들도 모두 처음인 듯, 아니 그렇게 그 자리에 어제처럼 자리하고 있
는 것이 반갑고, 고마웠다. 간절한 그리움처럼 가만바람에도 솔 냄
새가 풍겼다. '송이풀'이라고 어른들이 부르는 며느리밥풀꽃은 오늘
도 피었다. 지지난해 능이가 돋았던 곳으로 걸음을 옮겼다. 엄지손
톱만 한 버섯들이 줄줄이 돋아나고 있었다. 지난해는 깜깜했던 자리
였다. 그리고 보면 인류가 멸망하는 일은 있어도 지구에서 버섯이 사
라지는 일은 없을 듯했다. 접시만 한 흰가시광대버섯, 누런 호박색
을 띠는 껄껄이그물버섯이 눈에 들어왔다. 도감에는 이 버섯들 모두
식용이라고 표시되어 있지만, 우리 집/마을에서는 먹지 않는 '잡버

섯/똥버섯'들이었다. 어려서 딸 수 없는 버섯들은 갈잎으로 슬쩍 덮
어두었다. 그 자리를 다시 찾을 수 있을지는 장담할 수 없었다.

솎아베기 한 숲에도 사람 발자국은 여지없이 찍혀 있었다. 앞선
간 발자국은 피하는 게 상책이었다. 발자국이 큰지, 작은지 아니면
장화인지, 등산화인지 유심히 살폈다. 큰 바위 아래는 짐승들 잠자
리가 고스란히 드러나 있었다. 바닥을 얼마나 다졌던지 매흙질한 부
뚜막처럼 반질반질했다. 금방이라도 큰 소리를 치며 어디선가 달려
올 듯했다. 오래전 어머니와 함께 올랐던 앞산은 산등성이를 따라가
면서 능이를 알밤 줍듯 했던 곳이었지만, 솎아베기한 나뭇가지들만
어질더분할 뿐 어디에고 버섯은 보이지 않았다. 옛 생각을 따라 계류
를 따라 아래로 아래로 내려갔다. 내려가면서도 그전과 다르게 계류
가 길다고만 생각했을 뿐, 그곳이 오래전에 만났던 계류가 아니라는
사실은 미처 깨닫지 못했다. 짐승 발자국과 사람 발자국이 어지럽게
뒤얽혀 있었다.

가도 가도 찾는 버섯은 없었다. 솎아베기를 한 참나무 숲에서 마
침내 배낭을 벗고 앉았다. 베어 넘긴 아름드리 참나무들이 아무렇게
나 뒹굴고 있었다. 베어 쓰러진 나무에는 구름버섯(운지버섯)이 꽃
처럼 피었다. 구름버섯은 참나무든 오리나무든 가리지 않고 돋았다.
꽃처럼 어여삐 조심스럽게 따서 봉지에 담았다. 얼마쯤은 그대로 남
겨두고 자리에서 일어섰다. 그 근처 어디쯤이 '숯가마'라고 불리는
곳이었다. 참나무들로 미루어 숯가마라는 지명이 유래한 이유를 알
수 있을 듯했다. 지금은 그 근처에 저수지와 군부대 유격장이 들어섰

으며 민간인은 출입할 수 없는 곳이 되었다. 등성이를 향해 올랐다. 낯선 풍경이었다. 먼산주름 사이로 저수지 공사 현장과 군부대 사격장이 바투 눈앞에 들어왔다. 되짚어 등성이 길을 따라 걸었다. 오솔길은 오늘 닦은 것처럼 뚜렷했다. 다시 발걸음을 돌렸다.

마을을 향해 골과 마루를 몇 개 넘고 나니 은근히 부아가 났다. 버섯도 뒷전이었다. 여기가 거긴가 싶으면 다시 골과 마루가 나타났다. 어느 해 도라지를 캐던 민둥산 돌각사리로 가득한 산마루에서 숨을 골랐다. 도라지꽃은 이미 지고 없었다. 발치 끝에서 부지깽이만 한 배암을 본 것은 그때였다. 까치독사였는지, 살모사였는지 알지 못한 채 우두커니 서 있었다. 미처 놀랄 틈도 없이 이번에는 바위 꼭대기에서 또 다른 배암 한 마리가 미끄럼을 타고 내 앞으로 달려 내려오고 있었다. 하늘이 노래졌다. 엎친 데 덮친다고 하더니 꼭 그 짝이었다. 그 와중에도 흔히 볼 수 없는 네귀쓴풀을 뜯어 다래끼에 담았다. 싸리나무 잎이 모여 있고, 노란 멧토끼 똥이 흩어져 있는 것으로 미루어 어딘가 멧토끼가 사는가 했더니, 주먹만 한 멧토끼 새끼 한 마리가 말똥말똥한 눈으로 나를 치어다보고 있었다. 붙박인 듯 가만히 섰다.

키를 넘는 수풀을 헤덤벼치며 비탈로 내려서다보니 다래가 보였다. 한 손으로는 다래 줄기를 잡고 또 한 손으로는 다래를 따서 입으로 넣으려고 고개를 숙이고 보니, 아뿔싸, 발아래는 그야말로 깜깜절벽이었다. 다래나무에 매달린 채 먼저 다래를 먹고, 손에 닿는 대로 다래를 몇 개 더 딴 뒤 다래 줄기를 더위잡고 절벽 아래 계류로 내

려서고 보니 이번에는 갈대숲이 또 길을 가로막았다. 앞일을 미리 알
수 있었더라도 나는 그곳에 갔을까.

죽은 이들은 어디로 가는지

　　　　　　　해가 등 뒤를 비추며 떠오를 때 기쁨
은 찬란했다. 벼랑 끝에 선 금강소나무들은 일제히 해가 솟아오르는
방향으로 직립했다. 저물녘 금강소나무 자태가 관능적이라면 동살
이 잡힐 때 솔수펑이 나무들은 갓난아이 얼굴처럼 해맑았다. 해는 뜨
지 않고 희번하게 날이 밝아올 무렵 집을 나선 걸음이 산등성이로 접
어들어서야 비로소 동쪽 바다에서 떠오르는 해와 마주했다. 산을 넘
어 서쪽에서 불어온 가만바람도 숨이 멎는 듯 어떤 움직임도 없었다.
나무들 사이로 스며드는 이른 아침 볕뉘는 요란스럽거나 수다스럽지
않았으며 때때로 정밀했다. 자욱길 옆 오소리 똥무덤조차 고즈근했
다. 등성이길 뒤쪽은 여전히 어두컴컴했다. 숲속 정령들이 깨어나는
소리 때문에라도 자국걸음이었다. 동고비가, 또 다른 쪽에서는 오색
딱따구리가 바빴다.

　가을 버섯철이었다. 큰산, 대포를 쏘아대는 '타깃장'에서는 연일
대포알 터지는 소리가 천지를 진동시켰지만, 사람들은 어딘가에 돋
고 있을 버섯을 찾아 숲속으로 숨어들었다. 지난해 깜깜하게 소식 없

던 숲에 올해는 무슨 일로 줄지어 버섯들이 돋아났다. 마을에서 국유림 일부를 임대한 까닭에 마을 밖에서 오는 사람들과 심심찮게 실랑이가 벌어졌지만, 도둑 한 놈에 지키는 사람 열이 못 당한다고, 숲은 그야말로 사람들 개락이었다. 머리 위로 대포알이 날아가고, 큰산 너부죽한 비탈에는 대포알이 터지면서 먼지가 구름처럼 피어올랐지만, 사람들은 용케도 나무들 사이를 비켜 다니며 버섯 찾기에 열을 올렸다. 마치 사금을 찾아 헤매는 사람들과 닮았다. 버섯은 어느 사이 값이 폭등하여 능이 1킬로그램에 5만 원을 오르내렸다.

핑계가 좋아서 사돈집에 간다고, 버섯 또한 어쩌면 핑계모였는지도 모를 일이었다. 숲속으로 스며드는 일은 그것 자체로 커다란 위안이며 즐거움이었다. 동살이 채 비치기도 전에 숲으로 향하는 까닭을 묻는 이를 만나는 일도 없었으며 산 위에서 불어오는 바람결이 그때만큼은 오롯하게 내 몸을 관통하는, 알쭌한 내 시간이었다. 아무것도 하지 않고 다만 숲속 나무들 곁에 서 있는 것만으로도 마음은 이미 천하를 다 얻은 듯 충만했다. 오랫동안 가을이면 들고 나던 큰산이었지만 언제나 처음처럼 낯설고 또 새로웠다. 능이가 났던 골짜기를 따라 오르내리다보면 어느 해 만났던 소나무들을 또다시 만났을 뿐만 아니라 능이가 해마다 나던 자리에서 돋아나는 것을 보면 퍽 기이하게 여겨지기도 했다.

60년 가까이 대포알을 쏘아대고 있는 '타깃장'은 말 그대로 폭탄 맞은 자리였다. 때때로 표적을 벗어난 대포알은 아무 데나 떨어져 나무들을 불태우기도 했으며, 또 나무들 허리를 두 동강 내기도 했다.

대포알이 떨어진 자리는 끔찍했다. 그런 까닭에 큰산, 건봉산은 군
부대에서 '민간인' 출입을 제한했지만 참나무류와 소나무가 떼판을
이룬 근처 숲은 또 버섯들이 자생하는 곳이었으므로 가을 버섯철이
면 숲으로, 숲으로 사람들이 몰려들었다. 무슨 소문이 돌았는지 심
지어 충청도 어느 지방에서 왔다고 하는 이도 있었다. 인터넷이 몰고
온 미친바람 탓은 아닐까 지레짐작했다. 마을에서는 버섯철이 당도
하면 한두 번쯤 숲에 들어 먹을 것을, 한가위 명절에 나물에 넣을 버
섯들을 따는 것으로 그만이었던 것이 이제는 한철 가욋벌이로 자리
를 잡아가고 있었다.

　그러나 그것도 잠시, 지금 큰산 기스락은 '솎아베기'가 한창이었
다. '타깃장'을 뺀 나머지 산은 이미 수년 전부터 솎아베기를 시작했
으며 솎아베기를 한 숲은 버섯이 돋지 않았으므로 어른들은 저마다
탄식했다. 솎아 벤 나뭇가지들을 아무렇게나 내버려두어 어떤 어른
들은 좋은 불쏘시개가 될 것이라고 악담했다. 올해만도 '타깃장' 둘
레에 과녁을 벗어나 아무렇게나 떨어진 대포알들이 불을 뿜어 서너
차례 산불이 나서 소방헬기가 날아와 불을 꺼야 했다. 한참 숲속을
헤덤벼치다보면 어느 사이 등 뒤에서 대포알이 떨어지는 소리가 온
산을 울리곤 했다. 그럴 때면 저절로 악담반지거리가 쏟아졌다. 어
느 날은 골짜기 깊숙한 곳에 몸을 낮추고 앉았다가 뜻밖에 다래나무
를 만났다. 구새 먹은 굴참나무가 쓰러지면서, 덩달아서 땅으로 넘
어진 다래나무에는 새파란 다래들이 옹종망종하니 매달렸다. 봉지
를 꺼내 한참 다래를 따다가 눈앞에서 참나무가지에 똬리를 틀고 앉

아 혀를 날름거리는 배암과 눈이 딱 마주쳤다.

다래를 미처 다 따지 못했으므로, 아니 머리 위에서는 여전히 대포알들이 날아가고 있었으므로, 쓰러진 참나무를 발로 뒤흔들고, 다래나무 줄기를 손으로 쥐고 흔들면서 배암을 쫓았더니 나무에서 떨어진 배암은 무엇이 무서웠는지 골짜기 아래를 향해 쏜살같이 달아났다. 이른 아침 배암에게는 난데없는 횡액이었을 것이나 다래를 만난 나는 희희낙락했다. 버섯을 찾는 일이 지질해지면 구절초와 네귀쓴풀을 뜯어 모았으며 언틀먼틀한 바위틈에서 자란 고목은 금강소나무들 거북등 같은 보굿을 어루만지면서 먼 데를 꿈꾸었다. 이따금 빨갛게 물든 단풍나무에 어리비친 햇살을 치어다보는 것만으로도 생은 이미 가을 문턱을 넘어섰음을 알아챘다. 다래끼에 지북하게 버섯들이 쌓이면 문득 좋은 소나무 그늘을 찾아 앉았다. 사라져 없어져가는 묘지에는 나무들이 우죽우죽 자라고 있었다.

며칠 전에는 버섯을 따러 숲으로 갔던 이웃 마을 아무개 씨가 다시는 집으로 돌아가지 못했다. 심장마비, 갑작죽음이었다. 아들딸 아홉을 둔 아무개 씨를 생각하면 정갈하던 도시락 보자기가 떠오르곤 했다. 어느 시절 한때 그니와 나는 숲속에서 함께 나무에 주사도 놓고, 어린 나무를 심기도 했다. 그럴 때마다 그니가 찬 허리주머니에는 고사리와 같은 나물들이 늘 그득했다. 숲일을 그만둔 뒤에도 숲속을 드나들며 약초며 나물을 뜯어 시장에 내다 팔았다고 이웃들은 전했다. 잠시 그니의 명복을 빌었다. 죽은 사람들은 어디로 가는지, 가만히 고목은 금강소나무를 어루만지며 서 있었다.

기이한 하수오

벼를 베는 '콤바인' 소리도 얼마만큼 숙지고, 곧이어 볏짚을 묶는 '원형/사각 묶음틀' 소리가 먼지를 일으키며 천지간을 진동시켰다. '라운드 베일러'가 지나간 자리에는 거대한 공룡 알 같은 볏짚 무덤들이 생겨났다. 기계로 둘둘 말아 묶은 볏짚 '곤포 사일리지'는 하얀 비닐로 포장을 해서 보관하는 까닭에 거인들이 가지고 놀던 공깃돌이라고 해도 굳이 믿을 만했지만, 그것은 이미 한겨울 내내, 아니 내년 이맘때까지 우리에 갇힌 소들이 먹어야 하는, 먹는 소여물, 소먹이었다. 소들에게는 다국적 곡물회사에서 만든 사료에 덧붙여 유일하게 먹을 수 있는 풀이었다. 한겨울 소에게 가마솥에 여물을 끓여줘야 했던 시절에는 콩꼬투리조차 귀한 소여물거리였지만, 이제는 그대로 태워 없애버려야 하는 쓰레기에 지나지 않았다. 나지막하던 볏짚낟가리를 찾아보기 어려워진 것과 마찬가지로 콩깍지며 메밀대, 들깨대를 땔감은 그만두고 불쏘시개로 쓰는 집도 이제는 찾아보기 어려워졌다.

한바탕 버섯으로 들끓던 큰산, 산마루는 벌써 낙엽 지고 겨울 그림자가 짙게 드리웠으며 아랫녘 낮은 숲정이에도 도라지, 더덕 꽃대들이 이울고 있었다. 들깨 마당질하는 이웃들도 심심찮게 눈에 띄었다. 바람결이 바뀌고, 가로수 잎새들이 물들면서 가을은 이미 저만치 가고 있었으니 가을은 소리와 색으로 현현하는 동시에 사라져 없어지고 있었다. 가을가뭄이 오래 지속되면서 어르신들은 벌써부터 김장거리 값이 뜰먹거릴 것이라고 걱정, 근심이 대단했지만, 맑고 투명한 햇살 아래 고요한 바람이라도 불라치면 이리저리 휩쓸리면서 마당 한구석에 답쌓이는 낙엽을 보는 것만으로도, 그늘 속에 앉아 찻잔 속에 들어앉은 무색투명한 하늘을 보는 것만으로도 마음은 넉넉해지고 누구라도, 어떤 허물이라도 다 덮어두어도 좋을 듯했으며 발끝은 간질거리면서 몸은 어느새 숲정이에 들어 있었다.

순정해 보이던 구절초가 이운 자리 옆에는 꽃자주색 산부추 꽃이 만개하였으며 새뜻한 가을 산국은 꿀벌들을 불러 모으고 있었다. 꽃대를 휘저으며 벌들을 내쫓은 뒤 꽃을 따 모았다. 우거져 있던 숲이 차츰 헐거워지면서 잘 보이지 않았던 숲 바닥이 드문드문 드러나 발밑을 살피는 데 어렵지 않았지만, 청미래덩굴이나 찔레나무 덤불 속은 여태도 깜깜하고 어두웠다. 우리 마을에서는 '퉁가리'라고 부르는 청미래덩굴 열매나 찔레꽃 열매는 모두 다 필요했으므로 가시덤불을 헤치는 수고쯤은 아무렇지도 않았지만, 아직 굴속으로 들어가지 않고 어슬렁거리는 배암을 만나는 일은 사뭇 섬쩍지근했다. '솎아베기'를 하고 나뭇가지들을 아무렇게나 내버려둔 탓에 배암이 벗어놓은 허물들이 나뭇가지 위에 빨래처럼 넘너른한 것을 보았던 때문이기도 했다.

노랗게 잎이 물든 솔수펑이에 쏟아지는 별뉘 아래 가만히 서 있으면 옅은 슬픔과 이상한 적요가 밀물처럼 몰려왔다. 소멸해가는 것을 직접 눈으로 봐야 하는 어떤 애잔함일 것이었지만 문득 내년 봄은 어떤 풍광일지 가늠하지 못하는 데서 오는 서글픔일지도 모른다는 생각이 설핏 발끝을 스치고 지나갔다. 반짝거리는 것이 어디 한여름 강변 모래밭뿐일 것이며 또 해질녘 가을 강물이 빛내는 윤슬만 한 것이 있을까 싶으면서도 고즈넉한 늦가을 솔수펑이 그늘 아래서 별뉘를 받은 이파리들이 뿜어내는 빛깔만 한 것이 또 있으랴 싶어 마당질한 뒤 쌀자루처럼 하던 일을 멈추고 가만히 서 있었다. 꽃대마저 시든 도라지 뿌리는 향마저도 쌉쌀해서 코끝에 대지 않아도 한여름 비바람과 천둥번개, 햇살과 구름까지 엿보이는 듯했다. 더덕, 잔대도 마찬가지였다.

늦은 봄 도라지를 캐러 나섰다가 배암을 만나는 바람에 혼비백산해서 뛰쳐나왔던 숲정이에 다시 이르고 보니, 버섯이 한창이던 시절 누군가 버섯을 따러 숲을 헤덤벼치며 다녔는지 곳곳에 잘 드러나지 않는 자국길이 나 있었다. 송이는 벌써 없었으며 곳곳에 '깨금버섯'만이 가을가뭄에 미라처럼 말라가고 있었다. 진흙이 많은 땅이여서인지 곡괭이가 제자리에서 튀어올랐으며 이따금 뿌리가 끊어졌다. 어린 도라지를 둘러보는 것으로 자리를 벗어나서 '퉁가리'를 따기도 하고, 찔레꽃 열매를 구경하기도 하면서 숲속을 대강 훑어본 다음 다른 곳으로 움직였다. 어느 해 봄 묵은 더덕을 캤던 곳을 다시 찾았으나 칡덩굴 때문에라도 쉽게 속으로 들어서지 못하고 한참을 다람쥐처럼 둘레를 뼁뼁매면서 들어갈 수 있는 곳을 찾았다. 꼭 더덕이 아니어도 그곳은 잔대며 삼지구엽초가 떼판으로 자생하던 곳이었으므로 1년에 두서너 번은 반드시 찾는 곳이었지만, 한여름만은 덤부렁 듬쑥한 수풀 때문에라도 찾지 않았다.

실도랑을 따라가다보니 마침 비탈을 타고 오르내리는 짐승길을 만났다. 나뭇가지를 더위잡으며 돌부리를 극터듬으며 오르다 한숨 돌리려던 찰나 생강나무 가지를 타고 오른 실 같은 풀줄기를 보았다. 칡줄일까 하고 이리저리 줄기를 들여다보아도 겉모양만으로는 무엇인지 도통 감을 잡을 수 없었다. 나무 그루터기에 발을 디디고 서서는 살살 뿌리를 캐기 시작했다. 직감했던 대로 하수오였다. 뿌리가 끊어지지 않도록 주의를 기울였으나 사방에서 뻗은 다른 뿌리들로 뒤엉킨 가운데 자리한 하수오 뿌리를 캐는 일은 쉽지 않았다. 나무가위로 하수오 뿌리가 다치지 않도록 다른 뿌리를 잘랐다. 하나를 얻으니 또 다른 무엇을 잃었으나 유독 탐내던 것이었던지라 다른 무엇은 신경 쓸 여력조차 없었다. 오래 묵어 탐탁한 하수오였으므로 털끝 하나 다치지 않도록 애를 써서 고스란히 캐어 흙을 털어내고 나니 그 모양새가 몹시 기이하고 묘했다. 그러고 나니 다른 무엇은 아무래도 좋을 듯하였으나 더덕을 향한 유혹은 끝내 뿌리치지 못했다.

칡넝쿨 속에 자란 더덕과 잔대를 하나둘 캐 모으다보니 배암을 떠올리던 일은 까마득한 옛일이 되고 말았다. 칡넝쿨을 타고 올라 열매를 맺은 새삼 줄기를 거뒀다. 새삼 열매 속 씨앗은 마치 깨 알갱이

와도 닮았다. 무엇을 할 것인지 정하지 않은 채 새삼 열매를 다래끼
로 가득 그러모았다. 가을볕은 여전히 짱짱하고 반짝거리고 있었으
나 숲정이 나무 그늘 속은 어둡고 축축했으며 찬 기운이 돌았다. 묵
은 하수오 한 뿌리 캐었으니 다래끼가 비어도 그만이었다. 손끝에 닿
는 느낌이 살가운 산국이 떼판으로 핀 자리에는 벌 떼로 어지러웠으
며 가을볕은 들판 가득 빛살쳤다.

숲의 인문학

ⓒ 김담 2013

1판 1쇄   2013년 3월 18일
1판 4쇄   2015년 12월 30일

지은이   김담
펴낸이   강성민
편집   이은혜 박세중 이두루 곽우정
편집보조   차소영 백설희
마케팅   정민호 이연실 정현민 양서연 지문희
홍보   김희숙 김상만 한수진 이천희

펴낸곳 (주)글항아리 | 출판등록 2009년 1월 19일 제406-2009-000002호

주소   10881 경기도 파주시 문발동 파주출판도시 513-8
전자우편   bookpot@hanmail.net
전화번호   031-955-8891(마케팅) 031-955-2670(편집부)
팩스   031-955-2557

ISBN   978-89-6735-043-7 03800

글항아리는 (주)문학동네의 계열사입니다.

이 도서의 국립중앙도서관 출판시도서목록(CIP)은 e-CIP홈페이지(http://www.nl.go.kr/
ecip)와 국가자료공동목록시스템(http://www.nl.go.kr/kolisnet)에서 이용하실 수 있습니다.
(CIP제어번호: CIP2013001167)